LOUIS BAYARD

Louis Bayard est journaliste au *Washington Post* et au *New York Times*.
Un œil bleu pâle (2007), son premier roman publié en France, est suivi de *La tour noire* (2010) et *L'héritage Dickens* (2011). Tous ont paru au Cherche Midi éditeur.

Retrouvez toute l'actualité de l'auteur sur www.louisbayard.com

LA TOUR NOIRE

DU MÊME AUTEUR
CHEZ POCKET

UN ŒIL BLEU PÂLE
LA TOUR NOIRE

LOUIS BAYARD

LA TOUR NOIRE

Traduit de l'anglais (États-Unis)
par Jean-Luc Piningre

LE CHERCHE MIDI

Titre original :
THE BLACK TOWER

Le papier de cet ouvrage est composé de fibres naturelles, renouvelables, recyclables et fabriquées à partir de bois provenant de forêts plantées et cultivées durablement pour la fabrication du papier.

ISBN : 978-2-266-18890-6

À la mémoire de mon père

« Souffrir est la première chose qu'il doit apprendre, et celle qu'il aura le plus grand besoin de savoir. »

Jean Jacques ROUSSEAU,
Émile, Livre deuxième

AVANT ET APRÈS
LA RÉVOLUTION FRANÇAISE

1770 : Marie-Antoinette, fille de François Ier et de l'impératrice d'Autriche Marie-Thérèse, épouse le dauphin de France, Louis Auguste.

1774 : à la mort de Louis XV, son grand-père, Louis Auguste devient Louis XVI.

1778 : Marie-Antoinette donne naissance à son premier enfant, Marie-Thérèse Charlotte.

1785 : Marie-Antoinette accouche de son deuxième fils, Louis-Charles.

1789 : la Bastille est prise d'assaut par les Parisiens. L'événement est considéré comme la fin de l'Ancien Régime et le début de la Révolution française. Une foule venue de Paris, majoritairement composée de femmes, envahit le château de Versailles et exige le transfert de la famille royale au palais des Tuileries.

1791 : tentative de fuite de la famille royale, arrêtée à Varennes-en-Argonne et renvoyée à Paris.

1792 : les autorités révolutionnaires transfèrent la famille royale à la prison du Temple.

1793 : *Janvier :* Louis XVI est guillotiné.
Juillet : Louis-Charles est séparé de sa famille.
Octobre : Marie-Antoinette est guillotinée.

1795 : annonce de la mort de Louis-Charles. Il est inhumé au cimetière Sainte-Marguerite et recouvert de chaux vive.

1799 : Napoléon est désigné comme premier consul.

1804 : Napoléon se couronne lui-même empereur.

1815 : l'armée napoléonienne est défaite à Waterloo, et l'Empereur exilé à l'île Sainte-Hélène. Louis XVIII (frère cadet de Louis XVI) remonte définitivement sur le trône.

1821 : mort de Napoléon Ier.

1824 : mort de Louis XVIII. Son jeune frère, le comte d'Artois, devient Charles X.

1830 : Charles X est renversé par la révolution de Juillet. Son cousin Louis-Philippe d'Orléans est proclamé roi des Français.

LES BOURBONS

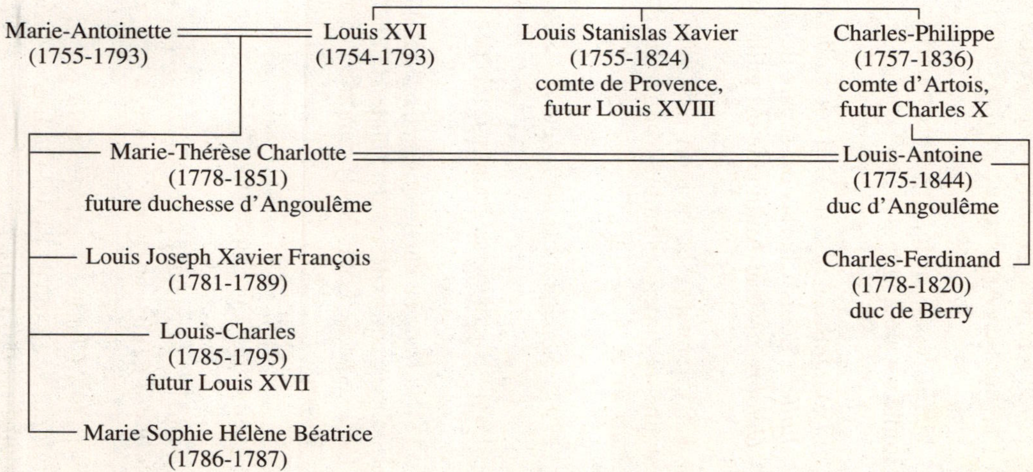

PREMIÈRE PARTIE

Saint-Cloud

13 thermidor, an II

Première rencontre, peu après treize heures. Prisonnier seul dans sa geôle. Touché ni son déjeuner ni son dîner.

Odeur épouvantable. Empeste déjà dans le couloir. Parler à Barras des conditions de détention. Excréments partout. Urine, sueur, moisissures, peaux mortes. Une foule de rats. Vers, poux, blattes.

Découvert captif sur un lit de la taille d'un berceau (pour des raisons inconnues, refuse d'y dormir). Déformation remarquable de la cheville. Genoux, poignets jaunâtres, bleuâtres, terriblement enflés.

Porte des nippes ! Culotte en lambeaux. Ne se soucie plus de s'habiller. Côtes saillantes sous la peau. Jambes, bras couverts de plaies purulentes. La vermine lui court dessus, grouille dans les draps, couvertures.

Sursauté à l'ouverture de la porte, légèrement tourné la tête vers nous, puis immobile. Quand j'ai abaissé ma chandelle, yeux ouverts une fraction de seconde, aussitôt refermés. Le moindre éclairage extrêmement douloureux. N'a pas vu la lumière depuis au moins six mois. Peut être considéré aveugle.

Pas de réaction quand je dis bonjour. Ne répond pas aux questions. Légère exhalation par les lèvres entrouvertes (muguet sur le tour de la bouche). Grosse araignée noire accrochée à son cou. Un rat lui mâche les cheveux (délogé à grand'peine !). Captif prononcé premiers mots de remerciement.

Refus quand je lui ai demandé de se lever. A essayé à mon insistance, mais forces insuffisantes. Avec mon aide, a réussi à faire deux pas au prix d'intenses souffrances. S'est effondré quand j'ai retiré mon bras. (Présent pendant l'entrevue, le gardien a refusé d'épauler le sujet avec moi.)

Recouché le prisonnier, ai promis revenir demain après-midi pour commencer traitement. D'une voix difficilement audible, m'a prié de n'en rien faire. Son désir le plus cher : « mourir dès que Dieu le permettrait. »

Demander au général Barras de <u>nettoyer</u> cette cellule. Faire entrer la lumière ! Soigner genou malade de toute urgence. Toilette et exercice indispensables. De même : contacts avec famille, amis, <u>qui que ce soit</u>. Je dois parler aussi je dois

Mais qu'avons-nous

1

Le mendiant au coin de la rue

Je suis un homme d'un certain âge, c'est-à-dire assez vieux pour m'être fourvoyé de mille manières. Et je suis moi-même surpris de le constater, mais le seul conseil que je puisse vous prodiguer est le suivant : faites qu'on ne trouve pas votre nom dans la culotte d'un mort.

Ah, oui… Je m'appelle Hector Carpentier, dit le « professeur » depuis quelque temps. J'enseigne les maladies vénériennes à l'école de médecine, ce qui ne cesse d'amuser mes élèves. « Venez ! crient-ils. Carpentier va nous parler du stade secondaire de la vérole. Jamais plus vous n'irez baiser ! »

J'habite rue du Helder avec un curieux chat tigré qui répond, lui, au nom de Baptiste. Mes parents sont morts, je suis fils unique et n'ai pas le bonheur d'enfants autour de moi. Bref, je compte pour ma seule famille et, à certains moments de calme, mes pensées vont vers ceux qui, sans vraiment être frères ou sœurs, ont finalement l'apparence, voire l'importance d'une parentèle. Ou l'ont eue. Si vous voulez savoir, je me rappelle mieux, par exemple, mes camarades étudiants que mon propre père. Quant à ma mère… eh bien, elle reste assez présente au terme de ces années quoique, à divers points de vue, elle paraisse tout de même moins vraie que Charles. Charles était peut-être totalement factice mais, pour un temps lui aussi, il ressembla à une famille.

Ma mémoire me renvoie à lui dès que je vois un pentas. Il me suffit d'en apercevoir un et je suis une fois de plus au Luxembourg, à quelque moment du mois de mai. Je regarde passer une jolie fille (l'inclinaison de son ombrelle et, oui, le jaune lumineux de ses gants, comme du beurre frais), tandis que Charles rumine au-dessus des fleurs. Il ruminait toujours au-dessus des fleurs… le voilà qui en détache une et me la tend.

Cinq pétales, d'où le nom de pentas. Un bouquet d'étoiles plus fin qu'un chuchotement. Imaginez qu'on ait retiré une étoile de mer du fond des océans et… qu'importe, les mots me manqueront de toute façon. D'ailleurs, elle n'a rien de si remarquable, cette fleur dans sa paume. Mais elle requiert mon attention, comme le reste autour d'elle : le terrier d'Aberdeen qui ronfle sur un banc, le cygne du bassin qui nettoie les plumes de sa queue, et la statue de Léonidas, recouverte de mousses noires. Je suis la mesure de ces choses qui me le rendent bien, et cela suffit, je pense.

Évidemment, nous sommes certainement les mêmes aujourd'hui. La vie nous a marqués. Quoique, à l'instant présent, je puisse imaginer qu'un soupçon de grâce… je veux dire : elle nous a touchés, n'est-ce pas ? À l'image de cette fleur idiote que, n'importe quel autre jour, j'aurais foulée comme un carré de tapis.

Il occupe mes pensées d'autant plus que, la semaine dernière, j'ai reçu une lettre de la duchesse d'Angoulême (elle réside à Goritz chez le comte Coronini). Sous une enveloppe toute bordée de timbres, sa lettre, comme toujours écrite d'une main timide, était une sorte d'essai sur la pluie, avec une averse de prières en guise de conclusion. J'ai trouvé cela rassurant. On dit qu'elle rédige ses mémoires, et je ne le crois pas. Il n'est personne d'aussi secret que Marie-Thérèse et elle le restera, je suppose, jusqu'à ce qu'un médecin la déclare morte.

Ce qui n'est peut-être pas pour demain. Le Seigneur ne manque pas d'humour à cet égard. Plus ses serviteurs réclament sa présence (et n'en doutez pas, la duchesse est de ceux-là), plus longtemps il les cloue ici-bas. Non, ce sont les blasphémateurs qu'il tient à fustiger. Prenez M. Robespierre. Aux pires heures de la Terreur, il décida que le concept de Dieu faisait bien trop Ancien Régime. Élu au Comité de salut public, il déclara qu'on se référerait désormais au Seigneur sous l'appellation d'Être suprême. Il y eut une sorte de fête, je crois, pour célébrer cette promotion. Et un défilé, peut-être. Je n'avais que deux ans.

Quand, quelques mois plus tard, la moitié de la mâchoire arrachée par une balle (par ses soins ?), il gémissait en montant sur l'échafaud, préparait-il des excuses ? Nous ne le saurons jamais. En tout cas, lui n'eut pas le temps de composer des mémoires.

Du temps, j'en ai de pleins hectares mais, devrais-je conter ma vie, je ne commencerais pas par d'ennuyeuses génuflexions. J'oublierais les ancêtres avec leurs hallebardes, les sages-femmes qui vous recueillaient dans leurs grosses mains calleuses. Non, je commencerais plutôt par Vidocq. Et je finirais probablement avec lui.

Curieux aveu de ma part, je l'admets, d'autant plus que je n'ai passé en sa compagnie que de courtes semaines. Quinze années s'écoulèrent depuis, sans quasiment de nouvelles. Pourquoi alors prendre la peine de revenir sur la terrible affaire qui nous rassembla ?

Non pas dans l'espoir d'être cru. J'écris avant toute chose pour y croire moi-même. Cela eut-il vraiment lieu ? De cette manière précise ? Je n'ai d'autre choix que de tout coucher sur le papier, aussi exactement que je le puis, et je verrai bien alors à quoi je suis confronté…

Savez-vous avec quelle facilité s'enfuit le temps ? Je n'ai besoin que de fermer les yeux. Les deux dernières décennies s'évanouissent dans un souffle, et je me retrouve une fois de plus en…

1818, vingt-troisième année du règne de Louis XVIII… selon les documents officiels, car, à l'exception de trois d'entre elles, Sa Majesté régna surtout bien loin d'ici (caché à l'étranger, diront les malveillants), tandis qu'un certain Corse foulait l'Europe à ses pieds. Rien de tout cela n'importe plus. Le Corse est (de nouveau) exilé, les Bourbons sont de retour, les combats ont cessé, l'avenir est sans nuage.

Cette curieuse époque porte le nom de Restauration, cela impliquant qu'après avoir bêtement essayé la démocratie, puis subi un empire, les Français ont restauré leurs forces, retrouvé leurs esprits et remis les Bourbons aux Tuileries. Nos vieilles dissensions sont voilées de silence. Nous avons engrangé assez de politique pour durer au-delà de nous, et la leçon est acquise : qui choisit la ligne dure chute d'autant plus durement.

Je l'ai retenue aussi, cette leçon, bien que je fusse fort jeune au début de mon récit. Si jeune que je me reconnais à peine : à quatre ans de la trentaine, rose, efflanqué et sujet aux refroidissements. Mort depuis quelque dix-huit mois, mon père nous laissa, à mère et moi, la maison où je grandis, ainsi qu'un terrain vierge à la Chaussée-d'Antin que de hasardeuses spéculations me firent perdre trop vite. À savoir que je fus le principal financier d'une jolie danseuse un peu maigre, portant le nom d'Eulalie. Elle avait des yeux noirs, un sourire furtif qui semblait à peine glisser sur ses lèvres, et une façon toujours charmante de faire claquer les articulations de ses poignets.

J'ai ouï dire que les dîners, le théâtre, les gants et les voitures à cheval ne coûtent rien à Paris. C'est assurément vrai quand l'on n'est pas celui qui paie. Tout le temps que je la connus, Eulalie n'a jamais payé quoi que ce soit, cela faisait partie de ses attraits. Et lorsque, contrainte et forcée, elle admit devoir deux mille francs au tailleur, treize cents au tapissier et Dieu sait quoi encore… rien ne me parut plus naturel que de vendre le terrain de mon père et d'arpenter les rues avec des demi-bottes crottées et un unique costume noir.

J'appris avec le temps que mon argent profitait à un certain Cornu, clerc de notaire de son état, et qui, cinq années durant, fréquenta Eulalie et deux enfants qu'il lui donna.

Les scènes la dégoûtant, je ne lui en fis point. Elle m'a laissé toute une cave de souvenirs, où je passe l'essentiel de mes jours en cette seconde Restauration. (À farfouiller.) Mère et moi résidons au Quartier latin.

Pour compenser la perte de nos biens, nous décidâmes de prendre des pensionnaires, pour la plupart des étudiants de l'université. Parée de sa coiffe de tulle, mère préside à la table des repas. Moi, je répare les fuites, les lattes également quand je peux (les lambourdes du deuxième étage commencent à pourrir). Je hante à mes moments de libre les laboratoires de la faculté, où le Dr Duméril, un vieil ami de la famille, tolère que je poursuive des expériences dont peu seraient capables de vous expliquer la teneur. Je répète volontiers que j'ai rédigé la moitié d'une monographie, mais j'en suis au même point depuis quasiment deux ans. La seule partie que j'aie réellement achevée est le titre : « Effets thérapeutiques du magnétisme animal, associé à diverses pratiques orientales des anciens… »

Oh, j'arrête là. J'ai un jour débité le titre entier à ma mère, qui jeta sur moi un regard d'une si insondable tristesse que je décidai de n'en plus parler. Je faillis même renoncer entièrement à mon projet. Ce que j'aurais fait si j'étais plus courageux.

Pourquoi faut-il justement que j'en parle ? Ah ! Parce que, ce matin-là, je rentre du laboratoire. Non, ce n'est pas tout à fait vrai. Je rentre de chez le père Bonvin.

Nous sommes lundi 23 mars, le jour du printemps pour être exact, quoique la nouvelle ne semble pas avoir atteint Paris. Depuis environ une semaine qu'à la façon d'un invité malveillant, une bruine glacée s'est installée ici, les différences normalement établies entre l'air et l'eau sont noyées dans un bruit d'éclaboussures. On n'entend que ça : les siennes à soi, celles de la promeneuse derrière et du piéton devant. Partout ce bouillonnement noir et liquide fait de nous les grenouilles d'un royaume englouti.

Le parapluie ne sert à rien. On visse son chapeau sur sa tête, on remonte bien son col et on continue. Même sans aller nulle part, on y va !

Voilà qui me décrit bien tandis que, plein d'une maussade résolution, je m'engage rue Neuve-Sainte-Geneviève. Sans direction particulière, sinon mon domicile. La rue serait vide s'il n'y avait Bardou, qui lève le chef pour me saluer. Qu'il pleuve ou qu'il vente, Bardou veille sur mon carrefour et me sert en quelque sorte d'abscisse. On raconte qu'il perdit jadis un bras dans une manufacture de papier. Il a bien un emploi de bedeau à l'église, mais il reste fidèle à son poste, près du vieux puits condamné. Je ne manque jamais de lui jeter en passant une piécette ou deux (dernièrement, du cuivre plus fréquemment que de l'argent), et il me témoigne sa reconnaissance en inclinant la tête d'un demi-pouce. C'est entre nous un rituel, dont l'origine se perd, mais qui est rassurant.

En ce jour du 23 mars, pourtant, les règles intrinsèques de notre rituel sont bouleversées. J'en suis choqué. Le fautif étant Bardou, qui a l'effronterie de me regarder. De river ses yeux sur moi et, même, de longuement me dévisager.

Veut-il me punir de mon avarice ? J'admets que l'idée me traverse l'esprit, mais alors que je poursuis vers la maison, une autre possibilité se présente, plus inconvenante encore que son examen intempestif. Je veux dire : et si ce n'était pas Bardou qui était là ?

J'en ris en me retournant. « Pas Bardou ? » Enfin, il est comme d'habitude tordu, recroquevillé dans son coin. Son chapeau est en lambeaux, ses bottes déchirées menacent de se disloquer (sans jamais y parvenir). Et ce moignon, pour l'amour de Dieu ! Frémissant comme une baguette de coudrier. « Pas Bardou, ça ? »

Il quitte mes pensées au moment où j'entre. Nos étudiants sont partis à leurs cours, mère a emmené Charlotte, la bonne, acheter des rideaux au Palais-Royal, je suis donc seul et de précieuses minutes attendent que je me fasse un plaisir de les gaspiller. Une fois débarrassé de mes bottes, je m'installe sur le canapé de crin (qu'il ne faut point utiliser) pour lire les dernières critiques de Talma dans *La Minerve française*. Faute d'argent pour l'abonnement, je l'ai chipée chez le père Bonvin et… j'allais parler de réfléchir, mais le verbe somnoler me paraît plus approprié. Car j'ai l'impression qu'on me sort d'un profond ravin au moment où l'on frappe.

« Aucune importance. » Je cale le journal sur mon nez. « Charlotte ira ouvrir. »

Ah, Charlotte n'est pas là ! Il n'y a que moi à la maison et l'on frappe de plus en plus fort, à coups répétés. Je peux faire semblant de ne rien entendre, j'ai cette capacité, déjà bien éprouvée. Mais on s'entête et, dans mon hébétude, je commence à me demander s'il n'y aurait pas un code secret derrière tout cela. Seulement, je n'en aurai pas la clef avant d'ouvrir et, sans prendre le temps de vérifier si je tiens à savoir, je cours dans le vestibule, tire le verrou et la porte d'un même geste et…

Bardou se dresse devant moi, le menton bas et la voix sourde :

— Mille pardons, monsieur.

C'est encore la chose la plus choquante qu'il soit capable de faire. Tenir entier sur ses deux jambes. De mémoire, c'est la première… et peut-être la dernière fois. Sa carcasse déformée oscille lentement devant moi. Une seconde de plus, et il va s'effondrer.

— Du pain, gémit-il, prenant appui sur le linteau. S'il vous…

Que l'on me comprenne bien. Je ne ressens pas une once de charité à cet instant, seulement un picotement de terreur. Je ne veux pas le voir succomber sur le parquet. Car, même si j'arrive à escamoter le cadavre, mère sentira son odeur mêlée à celle de la cire, et cela fera un article de plus sur le grand rouleau des remontrances. Ce rouleau-là n'est point du parchemin, sa teneur est liquide, il n'a pas de fin... et comme sa langue de grand serpent se jette à mon cou, je me rue vers le garde-manger...

« Il ne doit pas mourir par terre, il ne doit pas mourir par terre ! »

Nous n'avons pas de pain, mais... quelque chose qui y ressemble... un macaron ! Sans doute vieux d'une semaine. Parfait.

Je reviens à pas lourds avec mon gâteau rance, un fin sourire dessiné sous le nez, et là, sur le seuil...

... plus personne.

Je perçois derrière moi une gorge qu'on racle. Bardou ! Transposé par quelque artifice dans la salle à manger, même adossé au vaisselier.

— J'ai...

Les mots s'éteignent sur mes lèvres lorsqu'il s'empare du macaron dont il ne fait qu'une bouchée.

— Pouah ! s'exclame-t-il en jetant le papier cuisson. De la merde de bique !

Il prend place sur le canapé que je viens de libérer (celui qu'il ne faut point utiliser).

Et les reproches que m'inspire ma décence de bourgeois blessé restent sans voix car la sienne mue, se déleste du poids des ans en quelques secondes.

Ce n'est rien comparé aux changements qui affectent son corps. Il se défait ! Les lambeaux s'échappent de sa manche vide, son bras valide fouille dans le creux de sa poitrine et, miraculeusement, un second bras apparaît à la place du moignon.

« Une hydre aux membres qui repoussent », pensé-je, émerveillé, en le regardant.

— Écoutez, bon ami, je ne sais ce que vous fomentez…

Il ne m'écoute pas, ses mains s'affairent sur son visage, ou plutôt celui de Bardou qu'il détache entièrement !

D'ailleurs, pourquoi s'arrêter là ? Voyez, il s'arrache les cheveux, comme un oiseau se dépouille de ses plumes, ce qui, comme le reste, ne demande qu'un instant.

En outre, l'insolent oisillon a le culot de se lever. Il arbore maintenant une bonne tignasse brune, imprégnée de sueur, ses yeux gris-bleu dominent un nez vigoureux, et, plus troublant encore, une légère cicatrice se dessine sur sa lèvre supérieure.

— Je… je dois vous avertir, bafouillé-je, que le corps de garde se trouve au coin de la rue.

Il sourit dans le mouchoir qui recueille le faciès de Bardou et, d'une voix étrangement suave, me répond.

— Non.

— Pardon ?

— Pas au coin de celle-ci, mais à celui des rues Cholets et Saint-Hubert. Allons-y tout de go, si vous le souhaitez.

Survient alors la plus incroyable des transformations. Il se redresse. Non, ma description est incomplète : il grandit. Comme s'il découvrait subitement six pouces de vertèbres enfouis dans une épine dorsale qu'il déploie sans encore en connaître la longueur. Devant mes yeux, l'invalide et minuscule vieillard de ma rue est devenu un solide gaillard de cinq pieds, deux pouces et six lignes. Carré, fier, sec, comme issu d'un relevé géologique, avec des reliefs musculeux bordés de graisse, elle-même immergée dans des strates de chair. Il forme une étude à lui seul, un précis de puissance bestiale, de quoi avoir des tremblements jusqu'au fond du larynx.

— Je vais vous prier de bien vouloir quitter cette maison sur-le-champ, lui dis-je. Vous avez… vous abusez de mes sentiments charitables.

Mon ton est-il mal assuré ? Je ne m'en aperçois pas. Je n'entends que l'intrus marmotter d'une voix de gorge :

— Enfin, un macaron… J'appelle ça du pavé de Gironde, moi… Non, mais qu'est-ce qu'il…

Il poursuit, déclamant soudain :

— Morbleu, vous n'avez rien pour faire passer cette affaire ?

Ses yeux se posent sur le vaisselier, où Charlotte a laissé une bouteille entamée. Il dégage le bouchon, saisit un verre sur le dressoir, l'élève d'un œil sceptique à la lumière (comme engendré par son regard, tout un eczéma de tachetures apparaît sur le verre). Puis, la truffe frémissante, il y verse prudemment un peu de vin.

— C'est déjà mieux, dit-il. Beaune, non ? Pas mauvais.

Quant à moi, je… cherche une arme, et m'étonne d'en avoir si peu à disposition. Deux couteaux à beurre. Un bougeoir. Charlotte a-t-elle rangé le tire-bouchon dans le tiroir ? Combien de temps me faudra-t-il pour l'en sortir ? Et combien de…

Toutefois mes spéculations s'arrêtent là, car…

— Je vous en prie, Dr Carpentier, asseyez-vous.

2

Mort d'une pomme de terre

Cela suffit à me désarmer, quoique pour une excellente raison : il m'a appelé « docteur ».

En cette deuxième Restauration, personne ne m'estime digne de porter ce titre, moi encore moins que les autres. Alors, m'affaissant sur la première chaise, je m'élève vers cette promotion. Si, si, je m'efforce d'en être digne.

— Eh bien, vous connaissez mon nom, lui dis-je, pourtant je n'ai pas eu l'honneur d'être présenté.

— C'est vrai, je l'admets.

Cela concédé, il part en chasse, renifle, inspecte et corrompt tout ce qu'il touche. La table rectangulaire en merisier et sa toile cirée. Les carafes ébréchées, ternies. Les traces de brûlé sur le vieil abat-jour ivoire. Tout dégage sous ses doigts une odeur de misère.

— A-ha ! fait-il en glissant son index sur une pile d'assiettes à liseré bleu. Tournai, ça, non ? Ne rougissez pas de honte, docteur ! Sans le travail des forçats, la porcelaine coûterait cher.

— Monsieur, je vous ai demandé la faveur d'apprendre votre nom, me semble-t-il.

Ses yeux joyeux se posent un instant sur moi.

— En effet, en effet, je vous prie de m'excuser. Peut-être avez-vous entendu parler d'un certain…

Ses doigts forment un bouton de fleur devant sa bouche, où le nom éclôt bientôt avec une traînée de pollen.

— … Vidocq ?

Sûr de lui, il attend qu'une lueur illumine mes pupilles.

— Voulez-vous dire… cette espèce de policier ?

Le sourire décline, le regard se ferme.

— « Cette espèce de policier »… Certes, Napoléon n'était qu'une espèce de soldat, et Voltaire un vain libelliste. Franchement, docteur, je serais désespéré que vous ne sachiez estimer les choses à leur juste valeur.

— Non, je… cet homme pourchasse les criminels, c'est cela ? Les journaux parlent beaucoup de lui.

Haussement d'épaules grandiloquent.

— Les journaux racontent des fadaises. Si vous voulez vraiment savoir qui c'est, demandez aux crapules que son nom fait trembler. Ils vous écriront une bibliothèque, docteur.

— Et en quoi nous concerne-t-il, votre Vidocq ?

— C'est moi, Vidocq.

Ce qu'il lâche telle une apostille. Comme si, ayant confié son identité à l'espace entre nous, il n'avait plus besoin de la revendiquer. (La chose en soi ayant plus de poids que s'il l'avait criée sur les toits.)

— Fort bien, fort bien, dis-je en croisant les bras sur ma poitrine. Avez-vous des papiers pour le prouver ?

— Écoutez-moi ça ! s'exclame-t-il. Des papiers ! Enfin, Dr Je-Mange-Dans-La-Faïence-Des-Forçats, dites-moi pourquoi il me faudrait des papiers !

— Enfin, vous vous introduisez ici… (À ma grande surprise, ma colère croît en proportion de la sienne.) Vous faites irruption avec votre faux moignon et vos petites astuces, monsieur Qui-Que-Vous-Soyez, pour vous présenter finalement sous le nom de Vidocq, et moi je suis censé vous croire ! Rien ne m'y oblige. Comment puis-je m'assurer de ce que vous me dites ?

Mû par quelque regret, il rumine avant d'annoncer :

— Vous ne pouvez pas.

Une bonne leçon, sur laquelle on ne reviendra plus : François Eugène Vidocq, si c'est bien lui, n'est pas soumis aux critères empiriques qui ont la préférence du commun des mortels. Prenez-le pour argent comptant ou brûlez en enfer.

— Soit. Si vous êtes réellement ce M. Vidocq, dites-moi alors où se trouve Bardou.

— Croyez-moi, il sera toute la semaine en de bonnes mains. Chez les sœurs bernardines, comme employé au potager. À mon avis, il n'est pas pressé de retrouver son coin de rue, docteur.

— Mais pourquoi vous donner tant de mal, depuis le début ? Prendre sa place, vous vêtir de guenilles comme lui, aller jusqu'à…

— À l'évidence, dit-il en se penchant au-dessus de la table, lorsqu'un chasseur guette sa proie, il doit tout mettre en œuvre pour qu'elle ne le voie pas.

— Qui joue le rôle de la proie ?

— Vous, bien sûr.

Ayant à cet instant un mouvement de recul, j'aperçois mes demi-bottes devant le canapé, et le journal que j'ai seulement parcouru.

— Et pourquoi ce rôle m'incombe-t-il ? demandé-je.

Je le sais déjà : Eulalie.

J'entends même une voix débiter l'assignation. Vol et recel d'argenterie… Eulalie et son clerc de notaire, arrêtés par les gendarmes, et… « On ferme les yeux si vous nous livrez le chef de bande. » Alors qui dénoncer, sinon le pauvre Hector ? Ne fera-t-il pas tout pour sa chère Eulalie ? Encore et encore ? Même l'accompagner à la Force…

« Oui ! » jaillit la réponse de cette masse desséchée qui me sert de cœur.

— C'est absurde, dis-je plutôt. Je n'ai… Qu'aurais-je pu…

— Allons, allons, dit mon visiteur en massant son torticolis. Les interrogatoires, c'est mon travail, pas le vôtre. C'est pour cela qu'on me paie, figurez-vous. Et, tiens, mettons-nous-y…

Il engloutit une nouvelle gorgée de vin, essuie sa bouche sur sa manche et poursuit :

— … commencez par me dire pourquoi Chrétien Leblanc en avait après vous.

— Je ne connais personne de ce nom-là.

Petit sourire.

— En êtes-vous certain, docteur ?

— Autant qu'il se peut, oui.

— Étrange affaire, dans ce cas. Puisque je suis venu vous dire que M. Leblanc vous connaît, lui.

Fouillant à nouveau sous sa chemise, il en extirpe (non, pas un troisième bras) une feuille de papier boucherie. Tachetée de cire, alourdie par la graisse. Et sur ce fond impur jaillit en lettres noires une sourde inscription :

DR HECTOR CARPENTIER
18, rue Neuve-Sainte-Geneviève

Se faufilant derrière moi, le terrible inconnu souffle un air ivre dans ma nuque.

— Votre adresse, non ?

— En effet.

— Votre nom aussi ?

— Oui.

— Et vous avez l'honneur d'être l'unique Dr Carpentier de Paris, si je suis bien renseigné, dit-il.

Avant d'ajouter, gratifiant mon oreille d'une pichenette :

— J'ai vérifié, pensez-vous. Mordieu, mais j'ai plus faim que le diable ! Vous n'avez rien d'autre à manger ? Parce que votre macaron avarié, là…

Pas plus d'une seconde plus tard, je l'entends fouiner dans notre garde-manger et incriminer tout ce qu'il touche.

— Ces châtaignes sont avariées… De la compote de poire, ça ? Je me méfie… Le fromage a l'air correct, quoique… ces marbrures violacées… me semblent un rien bizarres…

— Enfin, c'est insensé ! m'écrié-je. Je n'ai jamais reçu de Leblanc ici ! Je ne suis même pas…

« … médecin traitant… »

Mais l'orgueil me fait taire. Ou est-ce le spectacle de mon visiteur, qui reparaît avec une pomme de terre en bouche. Une pomme de terre crue ! On dirait un cochon prêt pour la rôtissoire.

— Eh bien, docteur, dit-il en arrachant un bout du tubercule qu'il réduit en purée docile. Nous sommes assurément d'accord sur un point. Vous ne pouviez recevoir ce M….

— … Leblanc.

— … Leblanc, reprend-il après moi, postillonnant un feu nourri de pulpe blanche. Pour la simple raison… qu'il n'est pas arrivé ici.

— Dans ce cas, pourquoi me tracasser ? Pourquoi ne pas l'interroger, lui ?

Nouvelle bouchée et mastication crépitante.

— Parce qu'il est… *mmpcheurcq*…

L'explication s'arrête momentanément. Le monsieur lève un doigt pour me prier d'attendre. Je m'y emploie une bonne minute, le temps qu'il libère son pharynx.

— Parce qu'il est mort, dit-il.

Le goût de la patate crue doit parvenir à son cerveau, car le résultat de ses efforts rejaillit sous la forme d'un jet noirâtre et continu, à destination, semble-t-il, d'une carafe ouverte.

— Je l'aurais crue un peu plus mûre, grommelle-t-il.

Et, oui, ma première pensée va à ma mère. Il faut nettoyer ces saletés avant qu'elle revienne. Je n'ai pas le temps d'attraper la carafe que l'inconnu intercepte mon bras.

— À trois rues d'ici, précise-t-il, son doigt boudiné sur le col du récipient. Voilà où le malheureux Leblanc est passé de vie à trépas. À deux enjambées de l'université qui vous retient de longues journées.

Il repose la carafe et se rapproche de moi.

— Docteur, M. Leblanc fut tué alors qu'il se rendait ici, et je compte sur vous pour me dire ce qu'il voulait y faire, lâche-t-il en essuyant les miettes de pomme de terre qui séjournent sur mon manteau. La question est de savoir à qui vous préférez vous confesser. En ce qui me concerne, ma clémence est plus grande que celle du bon Dieu. Au pire, l'État vous refera une éducation dans une cellule de votre choix. Cela forme le caractère ! Bien, maintenant, ouvrez votre sac et racontez votre histoire à Vidocq. Avant que (j'ai droit alors à un sourire entendu) maman Carpentier rentre à la maison et s'effarouche du spectacle que nous lui laissons.

Il recule pour me dévisager. Puis il fait volte-face et renverse la bouteille de vin. Il reste une unique goutte qui, justement, goutte sur la table du dîner.

— Aïe, aïe, mais il n'y en a plus ! fait-il. Allez donc nous chercher une autre pinte, mon brave !

3

La chambre des morts

L'humaine conscience doit ainsi fonctionner. On vous accuse de quelque chose et, plus vous cherchez à le nier, plus vous semblez coupable. Votre voix devient métallique, votre cœur fait un bruit de crécelle, vos « non » ont la sonorité d'un « oui », et vous le sentez bien, ce « oui », prêt à sauter la rambarde de vos lèvres… Tandis que votre interlocuteur saisit la bouteille de bourgogne (que vous lui avez remontée il y a moins d'une demi-heure), colle un œil sur le goulot, n'aperçoit que le vert des jungles obscures et, d'un ton imprégné de résignation, annonce évidemment :

— Encore vide.

Puis il agite un doigt en direction du verre resté plein devant vous, celui que vous n'avez pas eu l'estomac de boire (en raison dudit interlocuteur). Qui poursuit :

— Avez-vous l'intention… Allez-vous…

Vous voyant hausser les épaules, il le porte droit à sa bouche. Suivent un soupir satisfait et un renvoi qui parfument l'atmosphère. L'homme étudie sa mise et c'est comme s'il découvrait sur lui les hardes du pauvre Bardou. Il produit alors une montre de gousset :

— Il faut y aller.

Il faut y aller ensemble, veut-il dire. Et il est modérément surpris que vous ne leviez pas le petit doigt.

— J'ai besoin de vous montrer une chose, explique-t-il.

Comme vous ne bougez toujours pas, plutôt que se lancer dans des explications, il continue d'un ton moqueur :

— Peut-être souhaitez-vous lui laisser un mot ? Au cas où elle s'inquiéterait ?

C'est le plus détestable dans l'histoire. De fait, vous vouliez laisser un mot à votre mère. Vous en êtes réduit à chausser vos bottes, regarder le journal posé par terre et penser malgré vous : « Voilà ce qu'il restera de moi. »

Votre legs : une gazette à moitié lue et une monographie inachevée. Impossible de tarder davantage car, après avoir ouvert la porte, votre homme est déjà sur le porche avec la mine d'un grand seigneur qui étudie son domaine. Il vous attend.

— J'arrive, marmonnez-vous. J'arrive, maudit gredin !

Plus tard dans la journée, je m'étonnerai qu'il soit venu seul. Pas d'officiers de police, pas d'escouade de gendarmes pour m'en imposer. Pour autant que je sache, il n'était pas même armé. C'est qu'il m'avait observé assez longtemps pour s'assurer de ma docilité.

Se trompait-il ? Car me voilà qui prends place sans rechigner dans le fiacre apprêté et qui, transi, l'entends aboyer l'adresse au cocher :

— Quai du Marché-Neuf !

Il tire les rideaux sur les glaces puis, voulant remonter ses manches, s'aperçoit qu'il n'en a pas ! Ce ne sont que les loques humides de Bardou, lesquelles, soumises, lui collent à la peau.

Le véhicule dut récemment transporter de jeunes mariés, car il reste un bout de dentelle accroché à la portière, mais aussi des fleurs d'oranger éparpillées, et la monture brisée d'un éventail japonais. Le tout couronné d'une odeur forte, semblable à celles qu'exhalent les tanneries. Mais non, suis-je bête, c'est celle de Vidocq !

— Où allons-nous ? demandé-je.

— Faire une petite visite à la morgue, rien de plus, dit-il avec un pâle sourire et un bref hochement de tête. Vous ne me croyez toujours pas, docteur ?

— Je…

— Vous doutez encore que je sois lui et qu'il soit moi, n'est-ce pas ? Ah, taisez-vous donc, imbécile !

Sur mes genoux arrive soudain un petit carton rond, protégé par deux feuilles de verre. Je reconnais d'un côté les armes de France et les mots « Surveillance et vigilance ». De l'autre, ce seul patronyme : VIDOCQ, en lettres d'or épaisses et triomphantes.

— Avec la signature du préfet lui-même, dit-il mollement. Si cela peut contribuer à votre tranquillité, monsieur Puis-Je-Voir-Vos-Papiers.

Bien sûr que cela me tranquillise, et pourquoi pas ? Cela me permet, du moins, de le désigner de cette manière. Pourtant j'hésite encore.

« Vidocq. Mais dis-le, nom de Dieu ! François Eugène Vidocq. Décortique-le, s'il faut, répète une syllabe après l'autre. Fran-çois-Eu-gène-Vi-docq… »

Son nom était connu dès avant la Restauration. On l'entend, pour ainsi dire, avec un point d'exclamation.

La terreur des bandits ! Un fléau pour le crime ! Le Bonaparte des barrières !

À quarante ans juste sonnés, il se flatte déjà d'un long chapelet d'exploits. Certains, par exemple, jurent s'être trouvés à la guinguette Desnoyers le soir de la rafle. Ils l'auraient vu toiser les danseurs, les vociférateurs, de dangereux voyous prompts à jouer du couteau, et, d'une voix qu'on entendit jusqu'à la Bastille, les sommer de quitter les lieux. Un mutin au passage perdit un doigt. Les autres obéirent dans un murmure. Vidocq marqua les pires d'entre eux dans le dos, d'une croix à la craie blanche : un signe pour les dénoncer aux gendarmes qui, attendant à l'extérieur, les attachèrent à mesure qu'ils sortaient.

On prétend également qu'il arrêta un brigand en n'ayant pour indice que la couleur de ses rideaux. Que, sans y être invité, il se faufila dans une soirée aux Tuileries et attendit pour pincer l'escroc que celui-ci fasse sa révérence au roi ! Et que dire de sa capture à Saint-Cloud du terrible géant Sablin, dont l'épouse était en couches ! (Il en profita pour récupérer l'enfant dont il est aujourd'hui le parrain.)

Il se serait un soir glissé parmi un groupe de tueurs plantés devant sa porte ! Il aurait passé la nuit avec eux, à attendre que ce satané Vidocq daigne se montrer, avant de les accompagner dans leur repaire, au diable vauvert, où, naturellement, il avait posté un bataillon de gendarmes. (La maîtresse du meneur l'aurait ensuite récompensé d'une partie de jambes en l'air.)

Selon la légende, il n'a besoin de s'enquérir que de quelques détails touchant à un forfait pour vous livrer l'auteur en un clin d'œil. Il vous en fournira la description physique, mais aussi le lieu de résidence, le patronyme de ses principaux acolytes, et… la variété de fromage qu'il préfère. Sa mémoire est si précise que la moitié de Paris le croit omniscient, sinon doté de pouvoirs que lui aurait conférés le diable.

Mais ne poursuit-il pas plutôt l'œuvre de Dieu ? Si l'on se fie aux récits des journaux, il envoya au bagne des centaines de malfaiteurs en quelques années seulement. Ceux qui lui échappèrent tremblent au son de son nom. Qu'une larronnerie échoue au dernier moment, et ce sera Vidocq qui a mis son grain de sel. Qu'une veuve sans âge parvienne, contre toute attente, à conserver ses bijoux, ce sera encore la faute de ce coquin. Qu'un innocent survive jusqu'au lendemain, c'est qu'à nouveau il y a mis du sien, le maudit Vidocq.

Il suffit certains soirs que le vent tourne légèrement, que l'escalier craque dans le noir, et son nom, tel un juron, sort de toutes les bouches.

Vidocq, Vidocq, Vidocq. Partout Vidocq.

Le voilà qui martèle le toit de notre fiacre, comme pour mieux paver le chemin de ses mots :

— Un peu plus vite, cocher, je vous prie ! Et arrêtez-vous en passant chez Mabriole, que je montre à ce docteur de malheur ce qu'est un macaron !

Croisant les mains sur son ventre rond, il me dévisage d'un œil cynique autant que dubitatif.

— Vous n'êtes pas sujet aux évanouissements, j'espère ?

— Mais non, bien sûr que non.

— Ah bon ? J'aime mieux ça. Car vous en avez l'air !

J'ai toujours considéré la morgue comme la meilleure illustration des principes démocratiques. Elle est ouverte à tous : hommes, femmes, enfants, morts ou vivants. Quand nous arrivons peu après deux heures, j'aperçois à peine l'ombre d'un gardien. Ainsi que tout le monde, je me dirige aussitôt vers la pièce vitrée contiguë à l'entrée.

Trois bières sont penchées vers nous comme des goulottes à grain. Dans chacune se trouve un corps que l'on gardera encore vingt-quatre heures avant de l'expédier (si personne ne le demande) à l'école de médecine qui paie dix francs le cadavre. C'est pourquoi des centaines d'individus bien vifs se pressent chaque jour devant ces cloisons vitrées pour épargner la table de dissection à leurs amis ou relations. Ou pour profiter du spectacle de la mort. J'ai vu plus de touristes anglais ici qu'au Louvre.

— Venez, dit le policier.

Il me prend par le coude et me guide le long d'un couloir. Nous traversons une pièce aux rideaux de calicot jaune, meublée d'un canapé de crin et… ce qui est à mes yeux très surprenant, un piano-forte. Je frappe le do de la serrure, qui retentit, parfaitement juste.

— Que voulez-vous, grommelle Vidocq. La famille du gardien a le droit d'occuper ses journées, non ?

Nous pénétrons dans une seconde pièce, sans fleurs ni piano. Sans meuble non plus, et dépourvue de fenêtre. Il n'y a qu'une plaque de marbre noir, drapée de batiste blanche, et deux chandelles sur leurs bougeoirs.

Vidocq en saisit un, se place au bout de la table et, retirant le drap, révèle la tête de l'endormi.

— Je ne pense pas vous avoir présentés, fait-il d'une voix sèche comme des copeaux de bois. Dr Carpentier, M. Chrétien Leblanc.

4

Où il manque trois ongles

Naturellement, Vidocq pensait que sa mise en scène m'ébranlerait, mais il se trompait.

Pour tout praticien de la médecine, et même s'il ne la pratique pas, un cadavre n'est rien d'autre qu'un cadavre. La seule véritable surprise est que la dépouille de M. Leblanc se trouve encore là. Dans d'autres circonstances, on l'aurait transportée sans attendre à Vaugirard, à Clamart, voire, faute d'argent, à la fosse commune du Père-Lachaise. Mais comme, à l'évidence, on tient à m'étudier pendant ce tête-à-tête particulier, j'accepte finalement de me pencher sur ce visage auquel la lumière des bougies confère un teint laiteux. J'examine les deux touffes de poils saillant de ce nez aquilin, la fossette sous la bouche, assez profonde pour y mettre le pouce, et les capillaires qui marbrent les paupières closes. Le cuir chevelu, rétréci, révèle une bande grisâtre au milieu de mèches teintes dans un noir profond, toutefois les favoris sont bien lissés, les sourcils bien taillés, et des pores s'échappe l'odeur aigre-douce d'un onguent.

— Cinquante-cinq, cinquante-six ans peut-être. Allez savoir ? dit Vidocq, qui se colle à mon dos, en sorte que son menton me chatouille l'épaule. La mémoire vous revient, docteur ?

— Je ne connais pas cet homme.

— En êtes-vous sûr ?

— Absolument.

Il grogne puis s'adosse au mur, les mains croisées derrière le crâne.

— Ni ascendance, ni descendance. Nous avons mis deux jours pour trouver quelqu'un qui soit capable de l'identifier. Dieu bénisse les créanciers ! Il a fallu qu'un bottier de la rue Dauphine se présente à la police pour déposer plainte. Comme quoi un scélérat du nom de Leblanc avait disparu dans la nature sans lui payer une paire de souliers. « Dans la nature ? ai-je relevé. Il serait plutôt monté au ciel. » Ah, il était fort courroucé, le bottier ! Il est venu observer le corps et il a dit : « Crénom, comment les récupérer, mes sept livres, maintenant ? »

Vidocq s'esclaffe avant de continuer :

— Je n'aurais pas demandé mieux, bien sûr, que de le rembourser sur les fonds de Leblanc, mais son portefeuille s'était envolé depuis longtemps. Ses vêtements aussi. Quand on laisse traîner un cadavre, tout finit par disparaître. Même les dents en or. Il n'avait plus que son caleçon sur lui. Allons, mon bon ami, murmure-t-il lentement à l'infortuné tandis que (d'un geste aussi doux qu'étonnant) il passe une main dans ses cheveux parfumés. Vous vous doutez, dit-il en relevant la tête, que dans ma profession on croise quelques cadavres. Des rapineries qui tournent mal, généralement. Une victime trop prompte à protester... Un voleur en herbe, qui manque de métier... La bourse ne lui tombe pas dans les mains et alors il s'affole. Ou encore la victime reconnaît son brigand, c'est pourquoi il faut la… (Il me regarde droit dans les yeux.) Le coup part vite, la plupart du temps. C'est net et sans bavures. Ici, en revanche, on a fait durer le plaisir, et le résultat est beaucoup moins net. Pas de la belle ouvrage…

Il retire le reste de la toile de batiste et demande :

— Que voyez-vous ?

Non, il dit plus précisément :

— Que voyez-vous, docteur ?

Peut-être m'entendez-vous répondre, d'une voix de baryton cette fois :

— Eh bien, vous m'écouterez, dans ce cas. Si j'en juge par les articulations, la période de *rigor mortis* est largement dépassée. La chair des muscles commence à se décomposer. Ce qui indique que votre homme est mort depuis au moins trente-six heures. Non, pardon, je dirais quarante-deux.

— Et pourquoi quarante-deux ?

— Je ne pense pas vous avoir présentés, dis-je en lui tendant la main.

Car du bout de mon doigt j'ai recueilli une mouche, qui somnole dans sa robe d'émeraude.

— *Lucilia sericata*, expliqué-je. Mieux connue sous l'appellation de mouche verte, ou mouche dorée. L'un des premiers insectes à se manifester. Celle-ci semble avoir fait bombance pendant quelques bonnes heures.

Comme pour confirmer mes propos, résonne le bourdonnement d'autres diptères du même ordre, assemblés à la table du souper. L'un d'eux va se poser sur le nez de mon interlocuteur, qui avance la mâchoire et l'envoie promener d'un brusque courant d'air.

— Quarante-deux heures, murmure-t-il. Donc… il est mort avant la nuit… Eh, mais comment pouvez-vous…

Le piano commence alors à chuchoter dans la pièce voisine. Des gammes, répétées avec une allègre précision. Cela peut être n'importe qui, cependant je me représente une jeune fille, avec frisettes et robe-chasuble. La prunelle de l'œil du gardien.

— Pas de contusions sur la tête. Le coup mortel a été porté… voilà… juste en dessous des côtes, sur le côté gauche. Sans doute une lame assez longue, un… un…

— … poignard, ou une dague.

— Mais voilà qui est étrange, dis-je en montrant du doigt le buste imberbe de Leblanc. Voyez-vous ces déchirures ? D'un pouce de diamètre ? J'en compte une bonne demi-douzaine, rien que sur la poitrine.

— Il en a quatre autres dans le dos.

— Peu profondes, celles-là. Un demi-pouce, à mon avis. Il aurait suffi d'un couteau de table.

Mon doigt effleure l'omoplate, revient sur le cou, et j'ajoute :

— On pourrait presque…

— Oui ?

— Admettons qu'il ne se soit pas blessé accidentellement…

— Ah ?

— Dans ce cas, j'affirmerais qu'on a voulu le saigner, avant que de l'occire…

Je détache la chandelle du bougeoir et la flamme répand des mares de lumière sur la peau molle.

— Est-ce ainsi qu'on l'a retrouvé ? demandé-je.

— Pas exactement. On lui a fait un brin de toilette. C'est qu'il avait des croûtes un peu partout. Particulièrement sur les doigts.

— Sur les doigts ?

— Hm. La main droite. Cela n'était qu'un bloc de sang. Une masse visqueuse. Regardez donc, docteur.

Il observe ladite main que je lève à la lumière. Le piano s'est tu, on n'entend que le bourdonnement des mouches et un filet d'eau qui goutte au loin. Puis, soudain, les premières mesures d'une étude.

— Les ongles, dis-je finalement. Il en manque trois.

— Ils manquent en effet, convient Vidocq avec un sourire amer. Parce qu'on les a arrachés.

Il vide sur le marbre le contenu d'une bourse en toile. Trois infimes demi-lunes brillent à la lumière.

— Nous avons trouvé cela en revenant sur les lieux du crime. Je ne doute pas que M. Leblanc aurait préféré les garder sur lui…

Je recueille une des demi-lunes dans la paume de ma main. La corne est dure comme une miette d'ambre.

— … Souvenirs, souvenirs. J'ai vu un certain Bonnefoi, jadis, en faire autant sur un de ses compagnons au bagne. Avec une alêne de sellier. Vous n'avez jamais ouï pareils hurlements. Bonnefoi avait pris le gars pour un mouchard… Ce en quoi il se trompait… Une lamentable erreur. Allons, allons, vieux cheval, dit-il en caressant le front de Leblanc, nous en avons presque fini.

— Les coupures, les ongles arrachés…

Les notes provenant de la pièce à côté semblent se mêler à mes pensées, les regrouper dans la bonne tonalité.

— Ils l'ont donc torturé, n'est-ce pas ? dis-je.

Vidocq recule de quelques pas en haussant les épaules.

— On torture pour deux raisons, docteur. Soit on veut faire parler la victime, soit on a envie de lui faire mal.

— Mais qu'aurait-il eu à avouer ?

— Un nom, peut-être. Celui de la personne chez qui il se rendait.

Il pose sur les ongles du pauvre Leblanc le carré de papier qu'il m'a montré, une heure auparavant :

DR HECTOR CARPENTIER
18, rue Neuve-Sainte-Geneviève

La chose prend brusquement une tout autre apparence…

Sans même chercher à s'en cacher, mon grand policier bâille comme une corneille. La mâchoire est allongée, le cou gonflé, les poumons se remplissent et se vident.

— J'ai oublié un détail, déclare-t-il finalement. Votre adresse se trouvait dans sa culotte, insérée dans une pochette en cuir qu'il avait nouée à la taille. Que dites-vous de ça ? Vous auriez pu le fouiller autant que vous vouliez, cela vous aurait sans doute échappé… À moins de l'examiner nu, bien sûr, à la morgue de Paris…

Il croise les doigts et tire sur les jointures de ses phalanges par petits gestes saccadés.

— Nous savons qu'il demeurait rue de Charenton, poursuit-il. Somme toute assez loin de votre quartier, docteur. À mon avis, ses bourreaux l'ont pris en chasse à peine sortait-il de chez lui.

— Dans ce cas, pourquoi ne l'ont-ils…

— Oh oui, je me suis posé la question. Pourquoi ne l'ont-ils pas suivi jusqu'à votre domicile ? Explique-nous, vieux requin, dit-il en glissant un pouce sur l'oreille du mort. Hm, pourquoi ? Tu les auras remarqués, sans doute ? Peut-être tenté de t'en débarrasser, même ? Un détour par ici, un détour par là ? En passant par le premier poste de police, pour sauver ta peau ? Ils ont été plus rapides, hein, vieux turbot ? dit-il en soufflant gentiment dans ladite oreille.

L'étude suit son cours telle une douce rivière. Déconcerté, je me passe une main dans les cheveux, et la musique semble alors détonner. Pour me tenir compagnie, sans doute.

— Si Leblanc venait me rendre visite…

— Oui.

— Et qu'il ne voulait pas qu'on le sache…

— Oui.

— Alors pourquoi ne s'est-il pas fié à sa mémoire ? Pourquoi conserver ce papier sur lui ?

Vidocq sourit en étudiant le torse blanc du cadavre nu.

— Je suppose qu'il avait envisagé le pire et préféré mettre de telles informations en lieu sûr, pour ainsi dire. Car dans ce cas, quelqu'un comme moi… l'idée me fait presque rougir, docteur… ne manquerait pas de tomber dessus, voyez-vous.

Il roucoule à l'oreille de l'infortuné :

— Rien n'échappe à ce bon Vidocq, n'est-ce pas ?

Je m'assieds sans vérifier qu'un siège est là pour m'accueillir.

— Leblanc me protégeait… fais-je d'une petite voix.

— Oh, cela n'est qu'une supposition, naturellement. Mais je regarde ceci (d'un geste, il indique le cadavre)… puis je regarde cela (il montre de l'index le papier avec mon adresse)… et je me dis : « Même s'il n'est pas allé jusqu'à se le mettre dans le cul, son papelard, il a tout fait pour vous épargner de semblables tortures. »

Vidocq n'est plus qu'une vague présence dans l'obscurité, jusqu'à ce que sa main, rencontrant mon épaule, me fasse l'effet d'un coup de semonce.

— Mais il s'est acquitté de sa tâche, n'est-ce pas, docteur ? dit-il en retirant un fil, planté sur mon manteau. Puisque vous voilà, plus ou moins dans la fleur de l'âge. Et je me pose une question. Un homme dont vous ignoriez l'existence vous a sauvé la vie. Cela vous inspire quoi ?

À mon avis, cela n'est pas un jugement, il veut simplement savoir. Une fois encore, Vidocq s'adresse à Leblanc :

— Ta confiance m'honore, vieille tortue, puisque tu nous laisses terminer le travail.

Plus tard, bien plus tard, cette transition du singulier au pluriel (un « me » qui devint « nous ») m'apparaîtra pour ce qu'elle vaut. Ou peut-être ne vaut-elle rien du tout, et n'y eut-il pas de moment décisif, la situation étant d'emblée sans retour ? Ce qui est bien regrettable.

— Allez, dodo maintenant, murmure Vidocq en remontant le drap sur la tête du défunt.

Il repose la chandelle sur le bougeoir et se tient immobile. Je ne dirais pas qu'il prie, plutôt qu'il réfléchit. Puis il part d'un pas décidé et ne s'arrête que pour une remontrance à laquelle je m'attends :

— Eh bien ? Vous voulez voir les vers à l'œuvre ?

Je ne rencontrerai pas cette pianiste que j'ai imaginée. En guise de compensation, un flot de notes m'accueille dans le vestibule, comme une marée de printemps. Jamais plus je n'entendrai cette sonate de Mozart sans penser aux mouches vertes.

5

Pas de fumée sans feu

Nous sommes à peine ressortis que Vidocq, prenant la tête, se lance d'un pas si alerte qu'il me faut presque courir pour le rattraper. Chemin faisant, il répand des gerbes de boue et d'eau de pluie, et je dois le suivre, le suivre encore, contourner les flaques qu'il traverse à gué, protéger mon chapeau du crottin qu'il projette.

— Pardonnez-moi… monsieur Vidocq ?

— Quoi encore ?

— Je me demandais si j'étais libre de retourner chez moi ?

Estomaqué, il m'observe.

— Et pour quoi faire, grand Dieu ?

— Eh bien, il semble que… je ne vous suis plus d'aucune utilité.

Comme il paraît tomber des nues, je lui offre un sourire propitiatoire.

— D'autant que… Enfin, il ne m'a pas été possible de reconnaître officiellement le corps du malheureux Leblanc. Alors je ne vois pas à quoi je puis servir.

Il baisse la tête pour mettre ses yeux à hauteur des miens et bientôt son haleine me brûle les joues.

— Écoutez, petit crétin ! Un homme vient d'être assassiné et vous êtes forcément au courant de quelque chose. Plus nous aurons d'indices, et plus ce quelque chose a des chances de jaillir de votre pauvre mémoire. Je tiens à être là lorsque cela aura lieu, car je ne suis pas convaincu que vous soyez aussi bête que vous en avez l'air.

La mine dégoûtée, il s'écarte avant de conclure :

— Vous partirez quand je vous le dirai, monsieur Je-Veux-Rentrer-Chez-Moi !

Cela établi, il me tourne le dos et poursuit au pas de charge, en me défiant de ne pas l'imiter. C'est alors qu'une très évidente question m'entrouvre les lèvres.

— Où allons-nous ?

Le son de ma voix anéantit tout espoir de réponse. Car, braillante et bêlante, elle me trahit et révèle le vert fruit frémissant caché en son sein. Je me résous donc à ne jamais plus interroger mon visiteur à ce sujet. Et je tiendrai parole.

À la vérité, nous ne semblons nous diriger nulle part. La bruine a cessé de nous importuner, une clarté de pissenlit ratatine les nuages. Bref, c'est un temps idéal pour une sortie.

Et quels promeneurs faisons-nous ! Moi avec mes pantalons noirs aux genoux luisants, mon manteau sombre troué aux coudes, et Vidocq paradant comme un monarque déposé, affublé des guenilles trempées de Bardou. S'arrêtant au coin de la rue pour ajuster le cuir en lambeaux qui lui sert de bottes, il me dit, tout sucre et tout miel :

— J'espère ne pas vous avoir fâché indûment, docteur ?

— Pourquoi serais-je fâché ?

— Certains hommes n'aiment pas être dérangés dans leurs habitudes.

Je lui affirme n'être pas à proprement parler un homme d'habitudes. Il n'en croit rien.

— Docteur, puis-je vous rétorquer que vous me prenez pour un con ? Je n'ai eu besoin de vous observer qu'un jour pour tout savoir de votre emploi du temps. École de médecine le matin, neuf heures trente à onze heures. Ensuite le père Bonvin, où vous buvez un unique café, puis un verre d'eau sucrée, avant de voler discrètement le journal. Une aubaine qu'ils ne l'attachent pas avec une chaîne, n'est-ce pas ? Et vous filez droit à la maison. Un petit somme, et il y a toujours de menus travaux à terminer l'après-midi. Souper avec maman et ces messieurs les pensionnaires. Une dernière promenade avant le coucher, une pincée de tabac sous la joue gauche. On fait le tour du pâté de maisons et on revient. Après quoi au dodo, et le lendemain on recommence. Ai-je oublié quelque chose ?

J'aurais mille manières de protester. Je pourrais lui dire par exemple que, certains jours, j'étudie à l'école jusqu'à midi. Que je m'offre de temps à autre un chocolat au café des Mille Colonnes. Que je ne mâche du tabac le soir que si la cuisine de Charlotte me reste sur l'estomac.

Cela ne reviendrait qu'à lui donner raison. Donc je me tais, ce qui est en soi un aveu.

— Oui, vous êtes un homme d'habitudes, compte tenu du fait que vous ne…

« … travaillez pas. Que vous êtes un oisif, sans vraie occupation », implique-t-il. Mais quelque chose l'empêche d'aller au bout de sa pensée.

— Eh oui, conclut-il. Je pourrais régler ma montre sur vous.

Cette dernière remarque ne suggère-t-elle pas une confiance excessive, car il ajoute aussitôt :

— Il en va de même avec tous les gredins.

Nous passons le pont Saint-Michel, remontons la rue des Arcis, prenons à droite la rue Neuve-Saint-Médéric… puis une rapide succession d'autres, et le vieux Paris se referme sur nous. Aux clameurs des boulevards répond le bruit des sabots sur les pavés. Voies et venelles s'enroulent autour de vous, et gare aux culs-de-sac ! Les égouts suppurent comme de vieilles plaies, et les maisons semblent porter le deuil des siècles écoulés.

Dans le Marais, déserté par l'aristocratie, paraît régner un ordre artificiel. Aussi régulièrement que l'astre du jour se lève et se couche, les pluies d'un hiver opiniâtre rejoignent la vidange dans les rigoles pour créer cette boue parisienne à l'odeur si reconnaissable. Attention à celui qui marche trop lourdement, car une éclaboussure, volant comme une insulte jusqu'au bord de ses lèvres, risque de lui en porter le goût. Ce délicat parfum vous accompagne, vous le sentez presque au bout de vos semelles, dans le bruit des cailloux aspirés par la fange, et l'impression vous vient bientôt que la ville entière se dérobe sous vos pas.

Tout de même… où allons-nous ?

Il n'est pas encore deux heures de l'après-midi et à chaque fenêtre luit déjà une chandelle, dont les faibles clartés semblent se fondre dans l'air, l'eau et la terre, en sorte que, les yeux ouverts, on a la sensation d'avancer les paupières closes.

Qu'importe, mon compagnon connaît le chemin. Vidocq navigue sans carte ni compas, ce sont les corps humains qui lui servent d'amers. Les blanchisseuses et les charrons. Le chiffonnier avec son crochet et sa hotte. Les mégères qui médisent par groupes de trois ou quatre sur le seuil des maisons. Il les flaire avant même de les voir, les harangue en plastronnant tel un cocher entrant au relais de poste.

— Bonjour, les filles ! Ah, mais c'est qu'on récite son rosaire ! Eh, Gervaise, vieille truie ! Tu me dois soixante sous de ce combat de coqs. Bah, garde-les jusqu'à dimanche. Mais trouve un volatile un peu plus énergique, cette fois ! Maintenant, est-ce le soleil que j'aperçois ou Mlle Sophie ? Mais bien sûr que c'est vous, vous lui faites de l'ombre, au soleil, pardi…

Sa démarche change à mesure qu'il s'approche d'elles. Le pied droit traîne légèrement, comme celui d'un enfant contrarié. Le gauche patine dans la gadoue et ses grosses pattes d'ours dessinent des arabesques au-devant de lui.

— Ho-ho-ho, voilà Tambour ! On ne s'était pas revus depuis le bagne ! Et que sont ces flacons qu'on vend à la criée ? Des décoctions pour guérir tous les maux ? Te voilà bienfaiteur de l'humanité ! Dis-moi, aurais-tu quelque chose pour faire grossir les roupettes ? Mon camarade, ici présent, en aurait bien besoin…

Pétrifiés devant lui, ils ont le sourire creux des nobles aux réceptions des Tuileries. Quelle n'est donc pas ma surprise, alors que nous empruntons la rue des Blancs-Manteaux, de repérer un individu qui, loin de s'immobiliser, se dirige droit sur nous, un sac de navets à l'épaule.

— Chef, dit-il d'une voix sans relief.

— Allard.

Chacun regardant derrière l'autre, ils échangent de menus propos et quelques jurons sur l'exécrable temps qu'il fait. Toujours de sa voix molle, Allard indique :

— Il est là.

— Depuis longtemps ?

— Depuis onze heures.

Vidocq lève la tête.

— La fille aussi ?

— Toute la famille.

— Donne.

Allard confie le sac de navets à Vidocq, qui me le fourre dans les bras sans que je puisse protester.

— Vous serez bien aimable de ne pas trop le secouer, docteur.

Me faisant signe de le suivre, il se poste devant la vitrine d'un volailler, feint quelque intérêt pour une oie normande, puis me tire par la manche vers la première entrée. La porte se referme derrière nous, il pose un doigt sur sa bouche et m'indique l'escalier de l'autre main.

Quatre étages, cependant ! Avec ce lourd fardeau ! Quand nous arrivons au dernier palier, j'essuie mon front en sueur sur la toile du sac et Vidocq, le ventre gonflé, s'efforce de contrôler sa respiration. Le temps de retrouver son souffle, et il donne trois petits coups à la porte.

— Qui est-ce ?

— Des amis.

Des bruits de pas à l'intérieur : rapides, puis traînants. Quelques instants plus tard, la porte s'ouvre sur une jeune femme (est-elle si jeune que cela ?), sèche comme un cotret, qui a un nez de chat et des yeux de campagnol.

— Ah ! s'écrie le policier. La belle Jeanne-Victoire !

— Monsieur François, fait-elle, froide comme le verre.

— Je cherche ton Poulain, très chère.

— C'est qu'il n'est pas ici.

— Hum, fait-il en balayant la pièce du regard. Eh bien, nous l'attendrons, si cela ne te gêne pas.

Ce qu'elle prend en considération, tandis qu'il la contourne, si bien qu'il ne reste à considérer… que moi, mon chapeau à la main, un mince sourire courtois aux lèvres et le paquet qui m'encombre les bras.

— Je ne crois pas vous avoir présentés, dit Vidocq.

Les logis de Paris ont ceci de fort étrange que, plus ils se rapprochent des cieux, plus ils ressemblent à l'enfer. La plupart du temps, un appartement en rez-de-chaussée sera doté d'une cheminée, d'un buffet en bois de rose, de fauteuils tapissés de velours d'Utrecht, parfois même d'un jardin. Alors que, sous les combles, on sent le froid s'immiscer par les fissures du plâtre, et on entend les vers dévorer la charpente.

Pourtant des gens demeurent avec cette Jeanne-Victoire sous ces plafonds bas qu'elle appelle chez elle. Sans doute gèlent-ils en hiver, mais à quoi bon mettre du bois dans l'âtre si le vent étouffe les flammes ? À quoi bon tendre des rideaux si le jour n'entre pas ? Coller du papier peint sur des murs ruisselants de crasse ? En outre, le plancher est inégal, et il n'y a pour meubles que deux paillasses fourmillant de vermine, ainsi qu'une table à laquelle manque un pied. Le reste est un fouillis de haillons, de vieux souliers, de lattes brisées et de vaisselle cassée.

Et il y a un poupon.

Je ne le vois pas tout de suite. J'essaie de trouver un endroit où je puis décemment rester debout, ce qui implique de pousser quelques bas sales, une cage à oiseau, et c'est en déplaçant la bouilloire que j'aperçois, perchée dans un poêlon, une forme immobile aux joues rouges et à la peau lisse.

Si immobile que je tends le bras (pour lui tâter le pouls, sans doute) lorsque, soudain, les paupières s'agitent et les mains se jettent vers moi.

Il soutient mon regard, ce poupon. Sans faire le moindre bruit.

— En pleine santé, cet enfant, dit Vidocq par-dessus mon épaule. Mes félicitations, Jeanne-Victoire. C'est ton troisième, non ?

Elle ne cille pas non plus.

— Mon premier avec Arnaud, dit-elle.

— Ah oui, c'est vrai. Tu aimerais mieux tout recommencer avec lui, bien sûr…

— En revanche, monsieur ne respire pas la santé, observe-t-elle. La solde du policier ne nourrit pas son homme, dirait-on.

Souriant comme un printemps, Vidocq soulève un pan de la blouse sale de Bardou.

— L'habit ne fait pas le gendarme !

Alors il ouvre grand les bras, prêt à étreindre cette malheureuse, voire tout ce qui l'entoure (jusqu'à les étouffer, peut-être ?).

— Tu ne fumes pas la pipe ? demande-t-il.

L'expression de la fille indique que non.

— Une erreur de mes sens abusés, alors ? J'aurais juré en reconnaître l'odeur.

— Arnaud a la sienne, bien sûr. Il la fume quand il est ici.

— Certainement.

Puis, comme s'il s'en souvenait brusquement :

— Peux-tu me la montrer ? Je voudrais justement m'en acheter une neuve.

— Ah, je suis vraiment navrée, monsieur. Je n'ai pas idée de l'endroit où…

— Pas idée ? s'exclame-t-il, plongeant la main dans une cruche à eau ébréchée, dont il ressort une pipe de bruyère.

Il sourit en soumettant l'objet à ses narines épatées.

— Hm, encore allumée, remarque-t-il. Et c'est ce que j'appelle du bon tabac.

Jeanne-Victoire rentre le menton jusque dans ses seins. Elle ressemble au taureau prêt à charger, mais ne parvient qu'à dire :

— Arnaud sera désolé de n'avoir pu vous revoir, monsieur…

— Beaucoup moins que moi, sûrement !

Vidocq écarquille les yeux, repose la pipe, contourne une cuvette renversée et s'arrête devant le poêle à bois au fond de la pièce. L'air tenaillé par le regret, il le fait basculer.

La grille s'ouvre et un homme s'effondre par terre. Cette sorte d'homme fort singulière qui tient dans un fourneau : petit, noueux, désossé, la peau grise et couverte d'escarres, et des paupières si rapprochées que la surprise ne parvient pas à les disjoindre.

Vidocq le contemple comme un père au retour de son fils prodigue.

— Ah, Poulain ! Ça, c'est une veine ! Dis, ça te plairait d'écluser un gorgeon avec nous ? Mon bon copain et moi (il fait un geste vers le bon copain) sommes venus fêter la naissance du petit dernier. Tu ne croules pas sous la besogne, quand même ? Allons, viens !

6

Les mésaventures d'un soulier clouté

Il n'est, à mon sens, rien de plus triste qu'un estaminet en milieu d'après-midi. Si, peut-être : les deux femmes qui tiennent celui-ci. En voici d'ailleurs une, la veuve Maltaise. Un nid de cheveux blancs aux racines incertaines, noués dans un grand fichu bleu ; une robe de calicot et un visage de même matière, rendu cotonneux par les ans ; un œil tombant, et l'autre altier. Sa voix semble monter du plancher, tel le charbon du fond de la mine.

— Encore ce Vidocq ! peste-t-elle. Et on s'étonne de perdre des clients, tiens !

— Mais je vous revaudrai ça, dit-il en l'embrassant. Vous le savez bien.

Elle nous désigne une table et, quelques instants plus tard, nous apporte un pichet de vin rouge, trois assiettes en étain et un reste de veau, bordé de marques de dents.

— Faut encore qu'il revienne ! maugrée-t-elle, furieuse. Comme s'il ne pouvait pas régler ses affaires chez Pontmercy… Non, c'est toujours chez moi !

— Alors, Poulain ! fait Vidocq, serrant d'un bras puissant le cou du misérable individu. Il y avait bien longtemps qu'on ne s'était vus, mon ami ! Je te trouve bien pâlot. Bois un coup, ça te donnera des couleurs !

On discerne un billard dans la pénombre, et une queue posée sur le tapis. Tout vernissé de bave, un mortier à tabac trône sur le comptoir. Et dans un coin, un chat au poil roux de fumée grignote un os de rat.

— Pas mauvais, ce vin, mais le veau est un peu dur, commente le policier en sortant de sa bouche un bout de cartilage. Doit y avoir des morceaux de Maltaise, là-dedans. Bien, Poulain, si je te parle d'un certain Leblanc, naturellement, cela ne t'inspire rien ?

— Pourquoi, ça devrait ?

— C'est que… pardon, j'ai encore un machin dans les dents… Il semble que la vie d'un certain Chrétien Leblanc ait connu un dénouement malheureux, dimanche dernier. Allons, ne me regarde pas comme ça. Je n'ai pas dit que tu y étais pour quelque chose. Il y a des tas d'événements malheureux à Paris, je sais. Docteur, vous ne voulez plus de votre vin ? Êtes-vous sûr ?

Il boit mon verre plus lentement. Et, celui-ci étant encore plein au tiers, il fait un geste inattendu. Profitant de l'inattention de Poulain, il le cache sous la table et le vide par terre avant de continuer.

— Voilà mon dilemme : mon bon ami Pomme Rouge, de la rue de la Juiverie… que tu connais, n'est-ce pas ? Enfin, quelqu'un a tenté hier de lui refiler… non, pardon, de lui vendre une montre. Une montre assez commune, l'ancien propriétaire n'étant pas fortuné… Toutefois celui-ci avait eu les moyens de faire graver au dos son monogramme. CXL. Chrétien Xavier Leblanc.

Vidocq penche la tête comme si ses mots vibraient dans ses oreilles et qu'il fallait les en ôter.

— Eh bien, je fus atterré d'apprendre que le receleur de ladite montre est un certain Poulain, alias Coubert, alias Lamotte, dit-il. Oui, mon ami, tes divers surnoms, il n'en manque pas un. Alors je me suis demandé si, par hasard, tu aurais été malgré toi en relation avec l'infortuné Leblanc. À mon grand soulagement, j'ai découvert qu'on te prêtait un alibi. Car bien sûr je me suis renseigné. Deux messieurs respectables m'ont certifié que tu as passé la soirée du dimanche chez la mère Bariole. À partir de six heures. C'est bien cela, Poulain ?

Le petit homme allonge ses jambes et contemple ses pieds.

— Tu te doutes, poursuit Vidocq, que je me suis senti bête. Oser penser que tu… Je préfère me taire. Cependant mon bon copain ici présent… Pardon, je ne te l'ai pas présenté : le Dr Carpentier. Oui, on lui donnerait douze ans, mais, crois-moi, c'est une autorité et beaucoup à Paris le craignent. Sur son seul témoignage, plus d'une douzaine de marauds sont montés à l'échafaud. L'œil de la tombe, comme on l'appelle dans les prisons. Allons, ne rougissez pas, docteur, ça n'est que la vérité. Or mon bon ami le Dr Carpentier me dit que M. Leblanc, ce pauvre, pauvre M. Leblanc, a vraisemblablement été tué… ah, rappelez-moi, docteur… dimanche en début d'après-midi, est-ce bien cela ?

Il s'interrompt comme pour méditer la chose. Puis reprend, en proie à un indicible embarras :

— Ah, Seigneur Dieu, je me sentais plus bête encore ! Je m'évertue à reconstituer tes agissements du dimanche soir, alors qu'en fait le meurtre date de l'après-midi !

Et de se frapper le front :

— Toc, toc ! Y a-t-il quelqu'un, là-dedans, Vidocq ? (Il s'esclaffe et rapproche sa chaise de la table.) Le pire, mon bon ami, c'est qu'il n'y a plus personne pour te fournir un alibi, au moment qui nous intéresse maintenant… Disons, entre douze et quinze heures trente. (Il caresse le bout de son nez en affichant un mauvais sourire.) Alors voudras-tu peut-être éclairer notre lanterne ?

Il m'apprendra bientôt ceci : mis à l'épreuve, un homme avoue immédiatement ou décide de résister par tous moyens. Il n'y a que deux voies à suivre, et Poulain choisit la seconde.

— J'étais avec Jeanne-Victoire, dit-il.

— Assurément.

— Elle le confirmera.

— Bien entendu.

— Je faisais la sieste, monsieur. On a le droit de se reposer, dans ce pays.

— Surtout quand on travaille la nuit, renchérit Vidocq, qui, en guise d'approbation, bâille comme un hippopotame. Docteur, me demande-t-il en se frottant les yeux, avez-vous toujours ce sac avec vous ?

À ma grande surprise, l'objet repose près de ma cheville.

— Mettez-le donc sur la table, voulez-vous ? dit-il.

Il part au comptoir se servir dans le mortier, puis déambule un instant sur le plancher grinçant.

— Ce qui est intéressant, observe-t-il en revenant, c'est que, ce dimanche-là, il a plu diablement. Nous marchions dans des torrents de boue. Que dis-je, un océan, n'est-ce pas ? (Comme en quête de confirmation, il ne quitte plus Poulain des yeux.) Or, quand j'ai fait la connaissance de Leblanc, j'ai noté une chose très curieuse à moins d'un mètre de sa personne. Veux-tu que je te dise quoi ?

— Je vous en prie.

— L'empreinte d'un pied, fait-il avant de priser une nouvelle pincée. Eh bien, tu sais ce qu'on dit de moi : je n'oublie jamais un visage. Ni une empreinte de pied. Et surtout s'il s'agit du tien. J'ai regardé dans le petit dossier que j'ai établi sur toi. « Poulain, Arnaud. Un nain avec des pieds de nain. Manque plusieurs clous au soulier droit. »

Le maraud croise les bras sur son torse d'oiselet.

— Ça arrive de perdre des clous, dit-il.

— Certes.

— Et les empreintes, ça s'en va avec la pluie.

— En effet, celle-ci aurait disparu si je ne l'avais relevée à ma manière. Tout entière, avec une pelle. Je l'ai rapportée dans nos bureaux où, au bout de quelques heures, elle a durci comme du plâtre.

Vidocq plonge lentement le bras dans mon sac de navets dont il dégage une brique d'argile, enveloppée de paille… et qui porte l'empreinte d'un soulier, semblable à quelque vieux poisson fossile.

— Maintenant, dit-il, tout auréolé de lumière, si tu avais l'obligeance de retirer ton soulier droit…

Poulain n'a que le choix d'obéir, comme les ruffians de la guinguette Desnoyers. Cette fois, il n'y a pas de seconde voie.

— Ah, voyez-vous, dit le policier en glissant le soulier dans la brique. Ça lui va comme un gant. Ils sont faits l'un pour l'autre, ces deux-là.

S'il est content de lui, pour une fois il le cache. Il a tout du maçon qui, dans une église, admire le transept d'un confrère.

— La vérité sort de la bouche du soulier, mon garçon. Allez, chausse-moi ça, tu vas prendre froid. Non, attends. Je vais nouer tes lacets.

De fait, il noue ceux-ci, non seulement au soulier, mais également au pied de la chaise.

— Il ne faut pas m'en vouloir, on n'est jamais trop prudent. Je te trouve encore bien pâlot ! Maman Maltaise ! Un autre pichet pour notre ami !

Le vin arrivant, Vidocq sert maintenant avec parcimonie, comme s'il voulait prolonger sa réflexion.

— Poulain, dit-il en poussant lentement son verre vers celui-ci. Tu peux faire quantité de choses, et crois-moi, j'en connais long sur toi. Mais tuer, je ne pense pas. Ou du moins pas encore. (Se penchant vers lui, l'œil étincelant, il lui empoigne le menton.) Dis-nous ce qui s'est passé, et il se peut que le vieux François Eugène soit miséricordieux.

Dans le fond de l'échoppe, le chat se lèche voluptueusement les pattes.

— Eh bien, j'ai eu de la chance, dit Poulain, voilà tout.

— Comment cela ?

— J'étais simplement au bon endroit, au bon moment, et je m'occupais de mes affaires. À une charrette des quatre-saisons, si vous voulez savoir.

— Oh, la tienne, certainement.

Poulain plisse ses paupières… qu'il a déjà serrées…

— La fille était allée pisser, peut-être…

— Continue.

— Alors j'ai entendu des bruits vers la rue des Maçons.

— Quelle sorte de bruits ?

— Oh, ben, un gars qui se faisait taper dessus. Je me suis dit que j'allais jeter un coup d'œil, au cas où ça vaudrait la peine.

— C'est là que tu as vu Leblanc ? Pour la première fois ?

Après mûre réflexion, le larron hoche la tête.

— Que faisait-il ?

— Rien, il se prenait des torgnoles.

— Et il ne criait pas ? Il n'appelait pas au secours ? La plupart des gens y penseraient, mais pas lui ?

— Il aurait bien voulu, sûrement. Sauf qu'ils l'avaient bâillonné.

— « Ils » ? Ils étaient plusieurs ?

— Deux.

— Tu les connais ?

— Sûrement pas ! s'offusque Poulain. Je ne fraie pas avec les blancs-becs.

— Des blancs-becs ? Qu'est-ce qui te fait dire ça ?

— Foutre, ils lui vidaient les poches et ils laissaient l'argent ! Ils n'ont pris qu'une maudite enveloppe. Enfin, à quoi bon secouer l'arbre sans ramasser les fruits ?

— Ensuite ?

Je crains de mal décrire la curieuse grimace que fait soudain Poulain. Une étrange contraction que nous appellerons sourire.

— J'ai crié : « Police, police ! »

L'œil brillant, Vidocq lui tapote la main.

— Après t'être assuré qu'il n'y avait pas d'agents aux alentours.

— Eh !

— Et cette petite ruse fut suivie d'effet ?

— Ils ont détalé comme des lapins, ces chenapans. Du sang plein les pattes, ils avaient. Ils lui ont même laissé ses grolles, au gars. Voilà pourquoi je ne crois pas qu'ils étaient du métier.

Vidocq étudie la queue posée sur le billard.

— Donc les deux larrons ont filé, dit-il, et Poulain a le champ libre.

— Je ne voulais rester qu'une seconde, moi. Voir ce que je pouvais glaner.

— Une montre et un portefeuille, peut-être ?

Poulain hausse les épaules.

— Sa mise, aussi ?

— Pas eu le temps.

— Ah ? Des concurrents sont arrivés ?

— Que nenni, dit Poulain.

Pour la première fois, la crainte semble troubler la toile unie de son visage. Réprimant un léger frisson, il se penche vers Vidocq et murmure :

— Il m'a attrapé, le coquin.

— Qui t'a attrapé ?

— Eh bien, le mort. Qui voulez-vous que ça soit ?

7

Un message d'outre-tombe

Sans hâte, Vidocq se sert un nouveau verre de vin, qu'il boit entièrement pendant que je l'observe. Puis il annonce, d'une voix plate comme un autel :

— Je dirais que ton mort n'est pas très mort, dans ce cas.

— À deux doigts, admet Poulain.

— Il t'a attrapé quoi ? La cheville ?

— Les deux. Dans l'état où il était, je n'aurais pas cru qu'il aurait encore tant de force.

— Hm.

— J'avais l'air fin, moi.

— Sûrement.

— Et il n'arrêtait pas de jaser, ce couillon.

Vidocq remplit encore son verre, qu'il repose sur la table sans n'y plus toucher.

— Jaser ? Il n'était pas bâillonné ?

— Ben, je lui ai ôté, son bâillon, tiens. Si qu'il avait des dents en or ?

— Et de quoi parlait-il, au juste ?

Poulain ouvre brusquement les yeux.

— Il répétait toujours la même chose, comme un perroquet. « Il est ici, il est ici ! » qu'il disait. Ça n'en finissait pas.

Un silence nous enveloppe qui semble monter des profondeurs. Ce qui se produit toujours, me rendrai-je compte, quand Vidocq rumine le renseignement qu'il a tant attendu. Pendant quelques instants, il se ferme comme une porte.

— Mais il ne t'a pas dit qui ?

— Non, et je n'allais pas le supplier.

Le policier hoche la tête, s'interrompt, et reprend son dodelinement à vitesse réduite.

— Donc tu as ce moribond qui s'accroche à toi. Ensuite ?

— Ensuite ? Je lui fais lâcher prise et je me sauve.

— Ah !

— Je ne tiens pas à l'approcher de trop près, moi. Au cas où saint Pierre ne voudrait pas le garder. Il aurait vite fait de me dénoncer, le citoyen, et de m'envoyer à la Force.

Vidocq étudie le plafond comme si, d'un moment à l'autre, un cadavre allait tomber du ciel.

— L'argent du portefeuille… dit-il, et celui que tu as gagné avec la montre. Où a-t-il fini ?

— Avec la petite Agnès, on a fait un tour chez la mère Bariole et on s'est donné du bon temps.

Poulain change brusquement de ton lorsqu'une pensée inattendue lui traverse l'esprit :

— J'aurais mieux fait d'acheter des souliers neufs.

— Tu n'as rien pris pour la petite ?

— Pour quoi faire ?

Vidocq est prêt à répondre, mais la veuve Maltaise, à bout de patience (et blême de colère), lui coupe la parole.

— Ça suffit maintenant. Termine ta besogne ou je fais appeler la police.

C'est sûrement le plus étrange. Il a beau être employé par la Sûreté, le personnage continue d'être extravagant. Au point qu'on le distingue d'une police qui se retournerait contre lui.

Il tapote le bras de la veuve et lui glousse à l'oreille.

— Donne-moi encore une minute, ma chère. Oh, j'ai oublié de te dire, ce veau était un pur régal.

Pendant ce temps, Poulain se fait la mine du mendiant aux portes de l'église…

— Monsieur, dit-il, j'ai été loyal avec vous, j'ai répondu à vos questions et je crois mériter votre indulgence.

À quoi Vidocq répond sur le ton du chanoine fatigué de le voir :

— Oui, j'entends bien. Mais tu as tout de même dépouillé un homme à l'agonie. Voilà qui s'ajoute à une longue liste de méfaits, et je ne puis garantir que M. Henry fermera les yeux cette fois, dit-il en servant un dernier verre au voleur. J'interviendrai cependant en ta faveur, puisque tu t'es montré obligeant.

Le nez dans son verre, Poulain entrevoit le morne avenir qui se dessine devant lui. Cela fait, il se gratte le menton, la tête, et relève enfin les yeux.

— Puis-je conserver ma pipe ? dit-il, sombre et la lèvre dure.

— Bien sûr, mon ami, bien sûr. Je te propose même une chose : je t'enverrai Agnès le dimanche. Ou Lise. Elles savent dérider un bonhomme, pas vrai ? Et je veillerai sur Jeanne-Victoire, dès que j'aurai un moment. Sur la petite, aussi.

— Vous n'avez qu'à les adopter. La Jeanne n'est qu'une traînée.

Vidocq se raidit et braque un regard mauvais sur le futur condamné.

— Elle dit toujours le plus grand bien de toi, Arnaud.

Pourquoi, à cet instant précis, m'estimé-je obligé de prendre la parole, pour la première fois depuis mon entrée en ces lieux ?

— Ce bébé, demandé-je, dites-moi son nom.

— Arnaudine, crache Poulain comme un pépin de pomme.

De maussade, il devient ténébreux et ajoute :

— C'est elle qui l'a voulu. Elle ne pouvait pas me donner un garçon, alors il a fallu qu'elle l'appelle Arnaudine. Ce que c'est d'être sentimental ! Elle est fêlée, si vous voulez savoir. Ça la perdra un jour.

— Je note ! dit Vidocq qui repousse son verre, quitte sa chaise en titubant et, sans nous laisser le temps de respirer, fait tomber celle de Poulain.

Sa cheville étant attachée à celle-ci, le voleur s'étale de tout son long, étouffe un cri et observe le policier d'un air incertain.

— Un crâne fêlé, c'est vite arrivé, assène Vidocq, avant d'enjamber le gisant et de m'accorder un sourire. Ça sera tout pour aujourd'hui, docteur.

8

Une affaire de sycophante

Il est presque six heures du soir quand Vidocq me raccompagne chez moi. Il a emprunté à Allard une redingote à longues basques, acheté un chapeau (déchiré au-dessus du ruban) à un fripier qu'il n'a visiblement pas payé, et il a coiffé ses cheveux avec sa salive.

Tout paraît indiquer que nous retournons à la civilisation. Vers des contrées qui devraient m'être familières, et que je ne suis pourtant pas sûr de reconnaître. Passé le coin de la rue Neuve-Sainte-Geneviève, je retrouve le vieux puits où trônait Bardou ; j'entends les grognements cadencés des porcs de M. Tripot, qui courent dans la rigole ; mais, arrivé au seuil de ma propre maison, je ne peux m'ôter de l'idée que je me suis trompé de chemin.

Cependant Charlotte, avec ses joues vermillon, tachées de son, m'ouvre la porte et le doute n'est plus permis.

— Le voilà ! crie-t-elle dans le couloir. Le voilà, madame Carpentier !

Dans la pénombre du salon, mère offre un spectacle inquiétant avec sa coiffe de tulle et sa jupe de laine noire, taillée dans une vieille robe. Ses pantoufles ne tiennent plus à ses pieds que par lassitude.

— Oh, dit-elle, les mains en entonnoir devant la bouche.

Et Charlotte de s'empresser :

— Monsieur Hector, il ne vous est rien…

— Comme vous pouvez le constater, mesdames, je vous le rapporte sain et sauf, fait Vidocq en surgissant derrière moi.

Je me demanderai toujours ce que mère détailla en premier. Le chapeau miteux ? Les mèches maladroitement plaquées sur ce crâne sale, ou bien ce torse avantageux ? Je penserais plutôt à la masse qu'il représente et qui, où qu'il se trouve, semble trouer le décor.

— J'étais sur le point de me rendre à la police, dit-elle d'une voix mince.

— Nul besoin, madame ! La police s'est rendue jusqu'à lui, voyez, répond le chef de la Sûreté en me serrant la nuque d'une main possessive. Cet après-midi même, votre Hector a fait preuve d'un dévouement extrême dans le cadre d'une enquête de la plus haute importance.

— Une enquête ?

— Il se ferait sûrement un devoir de vous raconter cela par le menu, mais le préfet en personne lui a ordonné de garder le secret.

— Le…

— Un brillant esprit, votre fils. Le grand Paris ne tarit pas d'éloges sur lui ! La duchesse de Duras… vous la connaissez, je suppose ?… me faisait le plaisir de sa compagnie dans ses appartements, lorsqu'elle m'a tiré sur la manche pour me demander d'une voix enrouée de lui présenter l'extraordinaire Dr Carpentier.

Ces deux derniers mots changent aussitôt la tournure de la conversation. Mère n'a pas plus l'habitude que moi qu'on me donne du « docteur », et sa bouche rétrécit pour former un trait noir.

Surpris, l'ancien bagnard s'interrompt et peut-être comprend-il ?

— Mille pardons, madame. J'ai omis de me présenter. François Eugène Vidocq.

Ah, cela n'est pas rien, cette révérence qu'il fait. Loin de ressembler au bref salut du bourgeois parisien, c'est un geste fougueux, sinon martial. (J'apprendrai plus tard qu'il s'est battu dans l'armée révolutionnaire.) Il manque d'achever notre pauvre bonne qui, émerveillée, se frotte les oreilles.

— Votre fille, madame ? suppose le policier.

— Notre femme de chambre, dit mère, raide comme un os de seiche.

— Ah, je vois que le charme est une condition *sine qua non* pour être admis chez les Carpentier, répond-il en effleurant des lèvres la main de Charlotte. Mais quels jolis doigts ! De précieux coraux que la mer déposerait sur le sable…

Le teint de notre bonne, si je puis me permettre, confine toujours à l'écarlate, tant elle passe ses journées à ranimer le feu, à monter et descendre les escaliers. Cependant, plus que jamais, le sang afflue sous sa peau de rousse. Mère, en revanche, ne se prend pas au jeu. Elle s'avance vers Vidocq et, du ton qu'emploient les marquises pour congédier les boueux, le remercie de lui avoir ramené son fils.

— Pas du tout ! jacasse-t-il. Rien ne m'est plus…

— Bonne soirée, monsieur.

Il n'a pas terminé sa phrase que la porte se referme sur lui. Je l'imagine dehors, la bouche tordue, à se gratter les côtes, et l'entends maugréer :

— Ravi de vous avoir rencontrée…

Que rien ne transparaisse sur les joues de ma mère ne devrait pas m'étonner. Je ne l'ai vue rire que quatre fois dans ma vie (quatre fois de plus que mon père). Son visage semble fait pour consigner le temps qui passe. Même ses yeux de craie, qui furent sans doute fort beaux, paraissent composés de couches géologiques, telles les roches sédimentaires.

— Nous nous sommes inquiétées, dit-elle.

— Je m'en doute.

— Tu aurais pu laisser un mot.

— Je suis navré, mère.

— Comme si je n'avais pas assez de soucis sans craindre en plus que tu sois mort ou à l'agonie quelque part. Comme si…

Elle décroche un châle du portemanteau avant de reprendre d'une voix sourde et cassante qu'elle paraît arracher de sa gorge :

— Eh bien, ôte ce manteau, pour l'amour de Dieu ! Naturellement, tes bottes sont crottées. Tant pis, tu les brosseras plus tard. Nos hôtes attendent leur dîner.

Nos hôtes. Mère persiste à les désigner ainsi depuis le jour où nous fûmes obligés de prendre des pensionnaires. J'ai toujours pensé que cette affectation cache une minuscule note d'espoir. Car en général, les « hôtes » s'en vont, non ?

Alors que les trois jeunes gens installés à la table du souper ont plutôt l'air disposés à rester. Et pourquoi pas définitivement ? Au début, mère aurait préféré éviter les étudiants, dont on dit qu'ils mangent trop de pain. Mais en plein Quartier latin, on n'a pas toute liberté de choix : les étudiants y sont nombreux comme les étoiles, et aussi invincibles que les rats.

Les nôtres arrivèrent groupés : trois solides gaillards de la faculté de droit, déjà unis par des liens d'amitié, et qui se permirent aussitôt d'appeler mère « maman ». Un nom qu'elle déteste, mais auquel elle se sent obligée de répondre. Quant aux leurs, ils n'ont pas d'importance. (Je les oublierai dès que je ne serai plus là.) Nous nous contenterons des surnoms spécifiques à chacun, et commencerons au bas de leur hiérarchie propre, avec Lapin, puisqu'il a l'âme d'un Jeannot et le visage correspondant. Nous poursuivons avec Rosbif (le plat de viande qu'il préfère, trop cher pour la maison) et son penchant pour se nourrir de la chair des autres. Finissons avec Nankin, en référence aux élégants pantalons jambes-d'éléphant qu'il arbore en été, avec sous-pieds de tresses de cuivre. Fils d'un magistrat de Rouen, Nankin est le plus aisé de nos hôtes, et sa pension de mille cinq cents francs annuels lui permet de dormir dans l'ancienne chambre de mon père (avec celle qu'il trouve parfois nuitamment sur le chemin du retour). Il a également le droit de prendre son café dans la cour, sous les tilleuls.

Comme bien des soirs, nos gars observent une sorte de rituel apéritif qui les met en joie et consiste à tourmenter notre quatrième pensionnaire. Celui-ci, octogénaire confirmé, est un émérite professeur de botanique. Les étudiants l'appellent le père Letemps, ce qui n'a rien d'honorifique. Il porte une cravate effilochée et cire ses chaussures avec du jaune d'œuf. Cela fait un an maintenant qu'il s'est décidé à revendre sa volumineuse nomenclature des orchidées, tome après tome, cependant il a toujours deux mois de retard sur son loyer. Mère aurait pu l'expulser il y a longtemps, mais c'est un vieil ami de la famille. Cela étant dit, ni lui ni elle ne parlent jamais du passé.

— Père Letemps ! crie Rosbif. Votre barbe est pleine de saletés, mon vieux !

— Comment ? Que me…

En sus de plusieurs autres infirmités, le professeur est à moitié sourd. Il apportait jadis son cornet à table, mais nos jeunes se mirent à fourrer des croûtons de pain dedans.

— Voilà ! aboie Rosbif. Je le tiens ! C'est bien un vermisseau. Imaginez, messieurs, la faune qui pullule dans la barbe du botaniste !

— Allons chercher du vermifuge à l'Hôtel-Dieu ! dit Lapin.

— Pas de précipitation, mon ami ! Consultons d'abord les entomologistes. Il y a sûrement là des espèces inconnues de l'homme.

— Charlotte, glisse mère, qui lentement replie sa serviette, ces poires sont fort appétissantes.

Voici comment elle dévie la conversation. Une façon également de dissimuler ses petites économies. Moins elle dépense, meilleur est le menu. Ces poires, par exemple, lui ont coûté deux liards pièce. Les pommes de terre (légèrement pourries), dix sous. Marchandant le mouton elle-même, elle l'a emporté pour un franc cinquante. Il lui reste maintenant à déclarer délicieux ses patates et son ragoût.

— Je vous remercie, madame.

On entend à peine la bonne s'affairer autour de la table. Elle est encore toute renversée ! La bouche de Vidocq sur sa main, sûrement. Je la vois qui, incertaine, quitte la pièce et revient aussitôt sortie. Elle verse de la crème dans le verre de Lapin, qui, jusque-là, contenait seulement du vin. Et lorsqu'elle tente de retirer mon assiette, à laquelle je n'ai pas touché, je lui tape gentiment sur le poignet.

Elle me sourit discrètement. Si je l'imite, c'est que je ne sais ce qu'elle nous réserve…

— Monsieur Hector, annonce-t-elle, est allé au-devant des aventures aujourd'hui.

L'un après l'autre, les étudiants lèvent la tête, reposent leurs couteaux, et le silence s'installe.

Mère intervient promptement.

— Un individu répugnant l'a harcelé tout l'après-midi. Un homme qui sent l'eau-de-vie, la graisse d'ours et je ne sais quoi d'autre.

Quelques secondes s'écoulent et nos hôtes se demandent si la parenthèse est refermée ou s'il faut attendre un supplément d'information. Ils vont reprendre leurs couteaux quand Charlotte lâche dans un souffle :

— Vidocq…

J'aperçois le sourire qui se dessine sur les lèvres avinées de Rosbif.

— Non ! s'exclame-t-il. Cette fripouille ?

— Que nenni ! s'écrie la bonne, qui gratifie la nuque du malotru d'un joyeux coup de torchon. Les malfaiteurs de France et de Navarre tremblent devant lui ! C'est qu'il leur fait rendre gorge.

— Qui ! Lui ? Cet habitué des coupe-gorge !

— Et plutôt deux fois qu'une, approuve Lapin.

— Tendre Charlotte, mais ne savez-vous pas ? Votre charmant Vidocq est un odieux criminel.

— Mensonge.

— Que la foudre s'abatte sur moi si je mens ! Je vous affirme qu'il échoua dans les pires geôles de ce pays.

Mère nous octroie à chacun un regard irrité.

— Impossible, dit-elle. C'est une sorte d'agent de police, n'est-ce pas ?

— D'agent, répète Nankin qui, méprisant, ajuste ses bésicles sur son nez grec. Le mot est faible, maman. Et le procédé n'a rien d'original : aux fins d'abréger sa peine, une crapule en détention propose aux autorités de leur servir de sycophante. Ce qui, en sus d'une impudence effrontée, dénote un manque total de scrupules. Deux qualités dont, à l'évidence, Vidocq n'est pas dépourvu.

— À ce qu'on m'a dit, ajoute Rosbif, il a cafardé jusqu'au dernier de ses amis pour s'insinuer dans les bonnes grâces de son nouvel employeur.

— Cafardé ? répète mère, les paupières plissées. Je ne sais ce que cela signifie.

— Cela veut dire trahir, madame Carpentier.

Soudain une voix râpeuse à l'autre bout de la table.

— J'avais bien l'impression, pourtant, que c'était une bonne chose de livrer des canailles.

Les visages se tournent vers le père Letemps, qui bougonne au-dessus de son assiette, sans peut-être se rendre compte que nous l'entendons.

— Comment ? fait calmement Nankin.

— Rien.

— Pardonnez-moi, j'ai cru vous entendre parler.

— Non, non.

— Vous êtes sûr ?

— Oui, oui.

Sa serviette devant sa bouche, mère chuchote à mon intention :

— Hector, tout cela est-il vrai ?

— Je n'en ai pas la moindre idée, marmonné-je.

Alors satisfaite, ou même triomphante, elle s'exclame :

— Je savais qu'il y avait un mystère là-dessous ! N'est-ce pas, Charlotte ?

— Tant et si bien, poursuit Nankin, que l'admirable Vidocq s'est hissé au sommet de la hiérarchie policière. Et si l'on doutait encore de sa fourberie, que l'on se rappelle ce que la plupart des journaux ont annoncé. Il a réuni toute une troupe de policiers en civil, figurez-vous, sa fameuse brigade de Sûreté, composée uniquement de voleurs, de déserteurs et de vauriens. Choisis parmi ses anciens compagnons, naturellement ! La lie de la société ! s'écrie-t-il en souriant à sa manchette de dentelle. Ah, il faut s'incliner devant tant de hardiesse ! Cet homme est un démon. Grâce à lui, et avec l'assentiment du comte Agnès et de M. Henry, il n'y a maintenant plus de frontière entre le bien et le mal. Allez donc distinguer les représentants de la loi de ceux qui la violent.

— Il paraît, renchérit Lapin, que brigands et pillards doivent partager leur butin avec lui, faute de quoi il les embastille.

— Quel digne représentant de son espèce ! abonde Nankin. De toute façon, les études scientifiques démontrent que le cerveau du criminel est irrécupérable. Vous aurez beau déguiser un coquin en gentilhomme, lui donner un travail honnête, l'accompagner à la messe et lui faire descendre les Champs-Élysées en voiture à cheval, le naturel reprendra le dessus. C'est ainsi, et l'on n'y peut rien.

— Hector, murmure ma mère (sa serviette toujours sur sa bouche), si tu laisses cet homme entrer à nouveau ici, je ne sais ce que…

— Il n'est pas…

J'allais dire « entré ici », mais le souvenir de l'intrus m'en empêche. Je le revois enfourcher la chaise, jurer et lamper notre vin, cracher des restes de macaron et de pomme de terre crue. J'ai un chatouillement dans les lèvres en y repensant. Je crains même d'en rire franchement, quand résonne la voix de Nankin, avec ce quelque chose de glaçant qui la caractérise.

— Monsieur Hector, vous ne nous avez pas dit ce qu'il venait vous demander.

Je me racle la gorge. Une fois, puis deux.

— Je suis tenu au secret.

Il n'insiste pas. Inutile, en effet, puisque Rosbif et Lapin sont trop heureux de le faire à sa place.

— Il est tenu au secret, dit-il !

— Allons, monsieur Hector !

— Faut-il vous arracher des aveux ?

— La famille royale a besoin d'un nouveau médecin, c'est cela ?

— Ha ! Tout le monde sait que le roi souffre de la goutte, et qu'elle empire chaque jour.

— Nul doute que lorsque Louis aura sa dose de… Pardon, monsieur Hector, rappelez-moi l'objet de vos expériences. Il faut toujours que j'oublie…

Quand je leur explique que mes recherches ne leur sont d'aucun intérêt, Nankin rétorque, scandalisé :

— Pourquoi dites-vous cela ? On ne parle que de vous à l'école de médecine, cela ne vous aura pas échappé ! Mes amis internes affirment que M. Carpentier, lorsqu'il émergera enfin de son laboratoire, surprendra le monde entier avec ses découvertes. (Faussement perplexe, il se tourne vers Rosbif.) N'est-ce pas ce qu'ils répètent ?

— Certes, certes. On attend de grandes choses de M. Hector.

— Et n'est-ce pas une chance immense de le compter dans nos relations ? Ses biographes nous seront reconnaissants de noter scrupuleusement le peu que nous savons.

Non que je manque de soutiens. Celui de Charlotte, par exemple, qui, plantée devant la porte, s'empourpre de colère.

— Évidemment, ces jeunes étudiants ignorent que M. Hector est complimenté en haut lieu.

— En haut lieu ? répète Nankin. Et tiens, par qui donc ? demande-t-il, une lueur malsaine dans le regard.

Trop tard pour arrêter notre fidèle bonne qui, redressant les épaules, assène :

— La duchesse de Duras !

Les rires éclatent au point que le lustre cliquette au-dessus de la table. L'air circule soudain plus vite entre les poires et les prismes, les rideaux dansent en rythme avec les pendeloques. Siégeant dans l'œil de ce bruyant cyclone, je me réfugie dans l'abstraction où tout s'estompe rapidement. Cela fait, je lève les yeux vers le père Letemps qui, à mon étonnement, me regardait. Cela ne dure qu'une seconde, pendant laquelle nous partageons… ah, appelons cela un sort commun…

— Hector, dit mère. Je ne sais où vous a conduit cet horrible individu, mais vous sentez pire que l'égout.

Interdit, je porte ma manchette à mon nez et l'odeur de Vidocq, cette curieuse senteur animale, se propage dans mes sinus.

Il m'a donc marqué comme son territoire, pensé-je en m'adossant à ma chaise.

Exactement au même instant, me revient en mémoire le souffle de Leblanc à l'agonie.

« Il est ici ! »

*

*   *

Je pars pour ma promenade peu après neuf heures. La même que d'habitude, comme Vidocq le remarqua, et à la même heure. Le tour du pâté de maisons et je reviens.

Ce soir, j'admets brièvement songer à composer un itinéraire différent. Une fois refermé la porte, je pourrais prendre à gauche plutôt qu'à droite. La rue des Postes jusqu'à celle de l'Arbalète. Ou celle de la Vieille-Estrapade avec le Panthéon en ligne de mire. Avec un peu de courage, je poursuivrais jusqu'au Jardin du Roi. Et ensuite traverser la Seine vers le faubourg Saint-Antoine. Oui, pourquoi pas ?

Finalement, je fais comme à l'accoutumée, et l'odeur qui est généralement la mienne l'est redevenue.

La lune est là comme une pêche qu'on aurait à peine grignotée, au milieu de carrés de ciel mouchetés que les nuages ont eu l'obligeance de libérer. Pour la première fois depuis des semaines, l'architecture céleste se révèle au-dessus des piles d'ordures et des façades crépies, et je retrouve cette bonne vieille sensation de marcher dans un défilé en haute montagne.

Alors, comme si je les convoquais de mon plein gré, les événements de la journée s'impriment sur la toile du soir. Le bébé dans son poêlon. La veuve Maltaise et son fichu bleu. Poulain affalé dans la sciure, son soulier noué à sa chaise par ses lacets. Mozart et les mouches vertes, le marbre veiné de gris sous le corps de Chrétien Leblanc. Un lent cortège d'images dans l'esprit d'un vivant.

16 thermidor, an II

Eu toutes les peines du monde à faire nettoyer la cellule. Les gardiens trouvent « trop dangereux de séjourner dans cette pestilence ». Refusent d'entrer, d'offrir quelque forme d'aide. (Craignent d'être pris pour des monarchistes, m'a rapporté l'un deux.)

Transmis mes inquiétudes à Barras. Parlé cet après-midi aux délégués de la Commune. Les ai informés que, sans minimum d'hygiène, prisonnier promis à une mort certaine. Médecine impuissante contre certaines humeurs. Ai bien insisté. Mais dois attendre décision.

17 thermidor

Réponse arrivée. Commune accepte le principe du nettoyage de la cellule, par deux hommes, qui devront être de bons « représentants du peuple français, discrets, aux opinions irréprochables ».

22 thermidor

Commis se sont présentés à huit heures du matin avec seaux, balais, brosses, grandes quantités de savon, etc. Ont vite compris que cela serait insuffisant.

Immondices, poussière, excréments. Matelas rongé par l'humidité. Atmosphère plus que nauséabonde, nocive. Une journée entière de travail très pénible, malgré pauses fréquentes (vomissements). Commis mordus par les rats, piqûres de puces, d'araignées. « Ça grouille, là-dedans, disent-ils. On a vu des égouts plus propres. »

Captif n'est pas sorti de sa cellule. N'a bougé que lorsqu'on a dégagé une persienne (première fois depuis six mois). S'est tourné vers le jour. Douleur considérable à la lumière, mais s'est tenu face au soleil, les yeux mi-clos.

23 thermidor

L'intendance a enfin accepté qu'on lave le prisonnier. Envoyé Caron, le commis de cuisine, chercher de l'eau chaude. Procédé moi-même à la toilette. Fait venir la mère Mathieu (de la taverne du père Lefèvre) pour qu'elle le coiffe. Cheveux sur les épaules, pleins de peaux mortes, n'avaient pas été lavés depuis des mois. Opération délicate, très pénible pour l'enfant. Mère Mathieu réussi à couper ongles doigts et orteils, longs comme des griffes, durs comme de la corne.

Avons retiré et brûlé vêtements couverts de vermine. Remplacés par costume de lin neuf (pantalon, gilet, veste).

Procédé le soir à premier examen complet. État général terrifiant. Tête basse, cou déformé. Lèvres blanches. Joues creuses, pâles, verdâtres. Membres atrophiés, bien que disproportionnés sur torse chétif. Ventre gonflé (souffre de diarrhées aiguës). Extrême sensibilité au bruit. Répugne à s'exprimer.

Ulcères sur tout le corps. Particulièrement cou, genoux, poignets. Ai tenté de curer plaies et de les panser, mais impossible, trop douloureux. Ferai d'autres tentatives.

Genou à soigner en priorité (considérablement enflé : a doublé de volume). Couleur inquiétante. Captif marche laborieusement.

Pronostic très peu favorable. Préparer rapport circonstancié pour Barras. Dans l'espoir qu'en intervenant vite, état de santé puisse être amélioré. Serait bon que ce petit changeât d'atmosphère, pour dire le moins. Me suis permis de prendre lit dans la chambre de sa sœur pour qu'il dorme un peu mieux.

Ai dû réprimander gardien qui, arrivant dans la cellule, cria : « Retourne dans ton coin, Capet ! » Expliqué que désormais il appellerait le prisonnier « monsieur ». Gardien rétorqué qu'il n'y avait plus de messieurs, nous sommes maintenant tous citoyens, etc. Ai insisté, me prévalant des pouvoirs conférés par Barras.

M'entendant, prisonnier a supplié qu'on n'en fasse rien. Terme de « monsieur » lui étant trop pénible. Ai demandé dans ce cas ce qu'il souhaitait. Répondrait à « louveteau », a-t-il dit. Ai relevé qu'il n'était pas un animal mais un jeune garçon, et il a souri (pour la première fois). Semblait s'attendrir sur moi !

A voulu savoir son âge. Ai répondu neuf ans. En effet, a-t-il dit.

M'efforcerai désormais de l'appeler Charles.

9

Une promenade au Luxembourg

Quatre journées entières me séparent de l'apparition de Vidocq, et pourtant il est toujours là. Chaque fois que je fais le tour du pâté de maisons, que je pousse jusqu'à la rue de l'École-de-Médecine ou que j'emprunte le journal du père Bonvin, sa voix me souffle à l'oreille…

« Je pourrais régler ma montre sur vous. »

Et voilà que, vendredi matin, je dévie de mon orbite bien-aimée. À cause d'une lettre sur papier lilas, à la bordure dorée qui se morcelle entre mes doigts, au blason médiocrement gaufré en haut de la feuille. Le papier est si mince, si friable, que j'ose à peine le toucher.

Docteur Carpentier,

Les récents événements entourant la disparition de M. Leblanc me poussent à vous écrire. Puis-je vous supplier de me rendre visite, demain matin, à dix heures, à mon appartement du 17 rue Férou.

Sauf contrordre de votre part, je me réjouis par avance d'un moment en votre compagnie. Merci dans tous les cas de bien vouloir procéder avec la plus grande discrétion.

Anne Verteuil, baronne de Préval

Une baronne ! Son nom paraît aussi fragile que son papier à lettres.

Je pense d'abord à une facétie de Nankin et de ses camarades. Puis s'impose à nouveau l'idée qui a germé en moi à l'irruption de Vidocq. (« Vous vous trompez de suspect. »)

Et de rang également. Je n'ai guère approché l'aristocratie que le dimanche après-midi aux Champs-Élysées. Maintenant que les Bourbons sont de retour, tout le monde se plaît à flâner entre les ormes pendant que les fiacres y défilent. Les chevaux ont des rosettes sur l'encolure, les cochers portent perruque et lavallière, et, derrière les fenêtres, l'on aperçoit le blanc d'une peau poudrée et un manche en ivoire chinois. L'on entend presque jacasser quelque bouche en cul-de-poule. Que l'une de ces créatures tende un bras nonchalant pour m'aider à prendre place à son côté est aussi improbable qu'une missive du roi me priant de venir soulager sa goutte.

Bref, rien ne justifierait qu'on me promût ainsi. Je commencerai avec le porteur de la lettre. Certainement pas le valet en livrée qu'on eût pu attendre, mais un simple messager, plus ridé que le Mont-Blanc, prompt à me rire au nez devant les deux sous que, en guise de pourboire, je lui octroyai.

L'adresse, ensuite. Cette calme rue Férou, à un jet de pierre des jardins du Luxembourg, si loin des clameurs de la cour. Enfin, une baronne à cet endroit ?

Tout l'après-midi et toute la soirée, j'assemble mille raisons de décliner l'invitation… pour l'accepter le lendemain matin. J'ai une raison aussi : Vidocq serait sûr que je refuserais.

Paris est, ce matin, prisonnière de la brume. Entrelacées de relents d'égout, les fumées brunes des feux de la veille absorbent les moiteurs de trois semaines pluvieuses, puis dérivent le long des charrettes, des échoppes, des arbres et des toits. De fins nuages dentelés s'envolent qui, par leur mobilité, semblent vouloir démontrer qu'un souffle s'élève de la ville.

Le 17 rue Férou n'a pour se distinguer qu'une façade à l'enduit jaune, trois étroites fenêtres aux persiennes assoupies, et un heurtoir en ferronnerie qui représente un satyre grimaçant. Le mécanisme est coincé, c'est pourquoi il me faut frapper moi-même. Affublée d'un châle noir en mérinos, une vieille concierge m'ouvre avec un sourire de mère maquerelle.

— Oui, le Dr Carpentier ! Elle vous attend.

S'emparant d'une chandelle, elle me conduit au second étage, un exercice auquel son corps est peu habilité. Car il faut qu'elle le hisse, pour ainsi dire, et traîne ses jambes derrière elle comme deux lourdes valises.

— Vous avez bien trouvé votre chemin ? demande-t-elle. Ouf ! Lorsqu'il fait ce temps-là, je n'arrive pas à voir mon nez. Grrm. La baronne sera si heureuse de vous recevoir. Je lui conseille plutôt d'inviter de jeunes hommes, moi. Pfff. Pour la changer de ces vieux trumeaux en bas bleus et veston sale, qui soupirent encore et toujours après le temps jadis. Aïe. Quand c'est fini, c'est fini, et on passe à la suite. J'ai ce tempérament-là, il est vrai. Ouille.

S'arrêtant finalement devant une porte en chêne décolorée par les ans, elle grogne comme un ours :

— Votre visiteur, madame la baronne !

Alors, respectant peut-être quelque rituel convenu, elle tourne la poignée, pousse la porte d'un cheveu et recule lentement, courbée et hoquetant dans l'axe du palier.

J'aperçois des tomettes usées sous un tapis râpé. Puis une vieille table ronde, un buffet bas couronné d'un miroir, un banc solitaire et un fauteuil à dossier court, si desséché qu'on le croirait volé à quelque veuve dans une chaumière bretonne.

Sauf qu'une femme magnifique s'en sert pour siège.

Non, permettez-moi d'être plus clair. Elle fut magnifique. Lorsqu'elle portait des fleurs de pêcher dans les cheveux, une robe d'été en linon pour mettre en valeur sa charmante poitrine, et des gants de daim d'une blancheur sublime.

Mais trente ans se sont depuis écoulés. Le blanc a jauni, le linon s'est transmué en damas noir, lui-même passé de mode, et le fichu a tant de fois été recousu qu'il ne reste plus rien à recoudre.

Quant à ce beau visage, s'il l'est encore aujourd'hui, il a durci jusqu'à affecter cette sorte d'autorité muette qu'imposent les tablettes des civilisations disparues.

— Dr Carpentier, commence-t-elle d'une voix caressante de contralto. Comme c'est aimable de votre part de répondre à mon invitation.

Quittant son fauteuil de paysanne, elle me tend une main gantée que, faute d'une meilleure idée, je saisis. Par charité peut-être, elle la retire aussitôt.

— Navrée, dit-elle, mais vous n'êtes pas tout à fait l'homme que j'aurais cru.

Je suis prêt à lui demander à qui elle pensait donc, quand je suis frappé par une chose qui, au premier examen, m'avait échappé : le spectacle de ses yeux. L'un est brun, l'autre bleu (comme empruntés, si cela était possible, à deux femmes distinctes).

— Vous proposé-je une tasse de thé, docteur ?

S'en servant une qui, à mon soulagement, n'est pas l'œuvre de quelque forçat, elle m'apprend que… Malheureusement, je n'entends que la musicalité de sa voix. Je perçois vaguement un cliquètement de cuillers… une méridienne, un tapis de sisal… et pour finir, un petit cabinet d'histoire naturelle, garni seulement de quelques coquillages et d'une rangée de tomes en maroquin rouge.

— Ah, ma bibliothèque vous inspire, dit-elle, ironique. Ce sont les mémoires de mon défunt mari, le baron de Préval. Il était ambassadeur de Louis XVI à Berlin.

Ne sachant quoi répondre, eh bien, je ne réponds rien, et il se trouve que c'est exactement le signal attendu. Sa tasse de thé reposée, Anne Verteuil place ses mains sur son giron et entame son récit, de l'air consciencieux et soumis d'une maîtresse de maison qui fait visiter celle-ci. Alors tant de malheurs qui, pour être abordés, auraient requis des journées de faux badinage, voire des semaines d'apprivoisement, me sont révélés avec un abandon souverain.

— Naturellement, la Révolution nous a tout fait perdre. Les Jacobins ont confisqué nos terres, ce que nous avions prévu, et la plupart de mes bijoux ont été égarés entre Paris et Varsovie. Ensuite M. le Baron a dilapidé ce qu'il nous restait de fortune. C'était un voyageur, mais pas un émigré. S'exiler volontairement est une chose, disait-il, l'éloignement forcé en est une autre. Le pauvre n'arrêtait pas de se plaindre. Sans cesse à intriguer pour revenir à Paris, où personne ne voulait de lui, bien sûr.

Elle reprend sa tasse qu'elle maintient un instant sur sa lèvre inférieure.

— Toutes ces manigances coûtent de l'argent, dit-elle. Du moins les siennes.

Elle se relève alors dans un froissement de jupons, ouvre la porte du petit cabinet et d'un geste léger, caresse les reliures rouges.

— Voilà l'ensemble de sa succession : une vie en dix volumes. En ses vieux jours, il était persuadé qu'on le publierait. (Elle saisit le tome le plus à gauche et me le tend.) Celui-ci sera peut-être à votre goût, docteur. Il va de la naissance de Préval à Toulon jusqu'à sa brève nomination à l'intendance du Limousin où, si je puis me permettre, il ne s'est pas spécialement distingué. (De ses doigts repliés, elle frotte le dos de l'ouvrage.) C'est le seul dont je supporte la lecture, les autres me rappellent de trop pénibles souvenirs. Eh bien, bonjour, mon beau minou !

Je sens une friction sur la jambe de mon pantalon avant d'en apercevoir la cause : un éventail mouvant de noir, d'orange et de blanc, qui bondit dans les bras de madame.

— Déjà réveillé ? Quel endormi, ce patte-pelu ! C'est le brouillard, n'est-ce pas ? C'est qu'il aime la brume, mon mistigri ? Alors, y vois-tu clair, maintenant ?

À la lueur du bougeoir, l'animal et la baronne ne forment brièvement qu'un corps, aux membres enroulés de plaisir, aux murmures mêlés de miaulements.

— Je crains d'être amenée à vous poser une question indiscrète.

Je ne suis pas tout d'abord certain que c'est à moi qu'elle parle, son timbre restant en deçà du registre humain.

— Je vous en prie, bafouillé-je.

— Vous a-t-on suivi ?

— Non.

Ma voix déborde de conviction, ce qui ne devrait pas être le cas (je dois encore m'habituer à l'idée de mériter une surveillance).

— À mon tour d'être indiscret, madame la baronne.

— Faites, m'oblige-t-elle.

— Quel lien peut-il y avoir entre vous et M. Leblanc ?

Elle repose son chat par terre et j'ai enfin son entière attention. J'en pâlis presque, au reste. Car cette attention se pare d'un sourire que mille salons et autant d'antichambres ont aiguisé avec les années.

— Docteur, j'ai fort curieusement besoin d'un peu d'exercice, moi qui n'en pratique pas. Me feriez-vous l'honneur de me servir d'escorte ?

Le Luxembourg, ses statues et fontaines peinent à se libérer du brouillard. Le ciel est entièrement voilé, comme le palais, où la Chambre des pairs (vestiges desséchés de toutes les monarchies et de tous les empires) fait un bruit de cadavre qu'on scelle dans sa bière. La cime des platanes a été élaguée, leurs branches sont raccourcies, en sorte qu'à la place de leurs dais ombragés ne restent que des troncs, humides et balafrés, qui balisent la voie tels des trophées de guerre.

Pour quelqu'un de peu exercé, la baronne a le pas vif. Je dois allonger le mien pour suivre son allure. Avant peu, cependant, nous marchons de concert et l'on pourrait croire que nous foulons depuis plusieurs générations un gravier dans lequel est inscrite l'empreinte de nos pérégrinations.

— Vous êtes encore jeune, déclare-t-elle finalement. Peut-être vingt-cinq ans ?

— Vingt-six.

Elle hoche distraitement la tête.

— Il y a peut-être vingt-six ans que j'ai rencontré Chrétien Leblanc, par un après-midi d'été dans la Stare Miasto, à Varsovie. Je soupais dans une auberge, d'un bol de *krupnik*, ce me semble et, levant les yeux, je l'ai vu devant moi avec ses bas bleus et sa redingote défraîchie. Il contemplait ma soupe comme un chat contemple un lapin. Malgré mes réticences, je n'ai pu qu'être émue...

Je manquerais presque de sentir la main gantée qui, si légèrement, me serre le bras.

— ... Leblanc était lui aussi émigré, à sa façon. N'étant pas désigné par un titre de noblesse, il était resté à Paris plus longtemps que les autres. Pas indéfiniment toutefois, et, le jour venant, il a dû faire vite. Comme nous, il avait l'air d'avoir été poussé dans une montgolfière, et d'en tomber avant qu'elle retouche terre. Il peinait encore à se relever quand je l'ai rencontré. (Mme Verteuil contourne prudemment une flaque d'eau.) Nous avons longuement conversé. J'aimais ses façons et, lorsqu'il a terminé mon *krupnik*, je me suis adjoint ses services.

J'entrevois où nous nous dirigeons entre deux vagues de brume : vers la rue de l'Ouest et la pépinière au fond du jardin, où moineaux, piverts et linottes dansent la sarabande.

— Mon mari m'a laissée dans la déroute, explique-t-elle, en conséquence de quoi j'ai été contrainte de me séparer de nos domestiques. Leblanc a eu la bonté de rester à ma disposition et, quand ses propres revenus se sont amenuisés, il a continué de me rendre régulièrement visite, juste pour prendre de mes nouvelles. Je pense avoir survécu grâce à lui.

Un imperceptible murmure tandis qu'elle ralentit avant de poursuivre :

— C'est lui qui m'a convaincue de rentrer à Paris. « Bonaparte est parti, m'assurait-il. C'est votre chance de mener à nouveau une existence heureuse. » Je crains qu'il m'ait surestimée. Mais je l'ai approuvé, ne serait-ce que pour lui faire plaisir. Mon unique condition étant qu'il me trouve un logement aussi éloigné que possible du précédent.

D'un de ces gestes, courts autant qu'éloquents, auxquels nous a habitués Mlle Mars, la baronne désigne les lieux.

— Et me voilà, dit-elle.

— Tant d'épreuves, madame... Voilà qui est désolant.

— Ne soyez pas désolé. D'autres que moi ont subi bien pire. Et cela n'est pas rien, je suppose, d'être encore en vie au terme de ces années. Quoi qu'il en soit, vous n'êtes pas venu ici pour vous apitoyer sur un vieux fossile comme moi.

— Je ne connais toujours pas la raison de ma venue, madame.

Pivotant sur un pied, elle étudie les alentours.

— Mercredi de la semaine dernière, Leblanc s'est présenté à moi en proie à la plus vive agitation. Il prétendait être entré en possession d'un objet particulier qu'il avait soumis, pour en certifier l'origine, à une personne d'un certain rang, bien qu'elle aussi dépossédée.

— Cet objet ?

Je ne sais si elle m'entend, car elle ajoute :

— L'authenticité de la chose lui était confirmée, mais il souhaitait engager quelqu'un d'autre pour une deuxième vérification. Il avait choisi pour cela un médecin de la rue Neuve-Sainte-Geneviève, répondant au nom de Carpentier.

— Ce monsieur n'est jamais arrivé à mon domicile.

De la pointe du soulier, elle trace un cercle au sol autour d'une aile de rouge-gorge.

— Je m'en serais doutée.

Elle lève ses yeux vairons vers moi, chacun brillant d'une sagacité propre.

— Docteur, je ne suis d'aucune façon une femme exemplaire. J'ai dans ma vie souvent désiré la perte d'autrui, mais là… que les flammes de l'enfer embrasent les assassins de cet homme !

— Puis-je savoir, madame, comment vous avez eu vent de sa mort ?

Elle m'étudie un instant en mordillant sa lèvre supérieure.

— Il avait coutume de me rendre visite chaque lundi matin, à dix heures précises. Aussi fidèle que la rosée. Je ne l'ai pas vu lundi dernier et n'ai reçu aucun message pour m'en prévenir. Cela n'était pas dans ses manières. Ne l'ayant pas trouvé à sa pension, j'ai fait comme tout Parisien peut faire. Je me suis rendue à la morgue, où j'ai donné au gardien son signalement précis. En échange de quelques sous, on m'a conduite… (elle marque un temps)… à ce qui restait de mon ami. Docteur, aimeriez-vous vous asseoir ?

Un banc nous attend à trois mètres, que j'essuie avec mon mouchoir (le seul que je possède) avant de permettre à la baronne de s'y installer. Me remerciant d'un signe de tête, elle incline progressivement les jambes, le dos restant parfaitement droit, et prend place. Une fois son ombrelle posée à côté d'elle, elle examine ses gants et déclare :

— Docteur, je ne sais si vous savez où vous venez de mettre les pieds.

— Je ne le sais jamais. L'état de mes bottes doit en dire long à cet égard.

Elle résiste à la tentation de baisser les yeux (une chaleur inattendue se dégage de ses étranges iris).

— Il serait charmant de pouvoir se fier à vous.

— J'ignore toujours ce que l'on me confierait.

Pendant quelque cinq minutes nous n'échangerons plus un mot. Il se produit cependant une chose curieuse : tandis que nous restons immobiles, le brouillard se retire, semblable à une émulsion dont les éléments s'émanciperaient. Et je me rends compte, avec un bref frisson, que d'autres êtres humains partagent ces lieux avec nous.

Qu'aurions-nous à craindre de ces spécimens ? De la grisette qui, somnolant sur son banc, risque de chuter ? D'une jeune élève d'un couvent riverain, qui partage pain noir et fromage avec son grand-père ? De deux étudiants en droit qu'en d'autres circonstances je n'aurais point remarqués ? Leur banalité, ce matin, paraît miraculeuse.

— Il est ici, dis-je.

Le visage de la baronne se tourne d'un pouce vers moi.

— Les dernières paroles de Leblanc, lui confié-je. Il annonçait le retour de quelqu'un, mais qui ?

Plutôt que de rencontrer mon regard, elle rive le sien sur quelque point à l'ouest.

De l'autre côté de l'allée de gravier, à environ trois mètres, un vieux soldat voûté, vêtu de l'uniforme Louis XV (épées croisées dans le dos, croix de Saint-Louis au cou) parcourt *La Quotidienne*. Il n'est pas rare, en ces endroits, de rencontrer de tels débris… Ils toisent, goguenards, les officiers napoléoniens, se réchauffent au feu de leurs souvenirs et portent un large ruban blanc à la boutonnière afin de bien montrer qu'ils ont choisi le camp victorieux de l'histoire.

De tous nos voisins de fraîche date, c'est encore celui-ci qui attire le moins l'attention. Pourquoi la baronne se raidit-elle en l'apercevant ? En galant compagnon, je vais lui suggérer de nous déplacer, lorsque sa voix résonne en direction de l'homme :

— Monsieur Vidocq, nous ferez-vous le plaisir de vous joindre à nous ? Vous nous entendrez beaucoup mieux.

10

L'aigle à deux têtes

Sursautant, le vieux soldat braque sur nous un regard furibond, la rage écume au fond de ses orbites. Mais cela ne dure qu'une seconde, car sa peau de papyrus se fend bientôt d'un sourire très reconnaissable, et l'évidence démontre que Mme Verteuil a touché juste.

Le plus étonnant est que Vidocq ne semble pas s'en offusquer. Il détend ses jeunes jambes, bondit au-devant d'elle et la salue bien bas puis, d'un ton plein d'aigre suavité, déclare :

— Mille pardons, madame la baronne. Pour rien au monde, je n'aurais voulu vous importuner.

— J'ai pourtant bien lu les nombreux portraits que la presse rend de vous, et l'on ne m'a jamais donné à comprendre que la timidité fût un de vos défauts.

— Sans doute pas, dit-il, s'inclinant davantage, mais confronté à un si remarquable discernement, je me trouve à court de mots.

— Sauriez-vous nous excuser un instant, madame ? m'interposé-je.

Je prends à part M. Vidocq pour lui parler dans le creux de l'oreille. Si je suffoque de colère, je ne parviens à produire qu'un crachotement étouffé :

— Comment… comment…

— Comment ai-je deviné que vous meniez votre enquête personnelle… grogne-t-il. Sur celle de la police ? Cela m'a coûté vingt secondes et dix sous, si vous tenez tant à le savoir. À l'avenir, Mme la baronne usera de messagers plus discrets, ou vous serez moins avare de vos pourboires, docteur.

C'est certainement un de ses talents. Pris sur le fait, il parvient toujours à vous prendre à votre tour.

— Me dites-vous que je n'ai plus le droit de quitter mon domicile sans votre approbation ?

— Bien sûr que si, rétorque-t-il, tant que vous serez décidé à subir le même sort que Leblanc.

— Messieurs, interrompt Mme Verteuil. Si vous devez continuer à susurrer ainsi, nous serons aussi bien dans mes appartements. (Ses joues se colorent légèrement à mesure qu'elle en évalue les conséquences.) Il fut un temps où j'aurais hésité à recevoir deux messieurs chez moi, mais j'atteins aujourd'hui un âge où ma réputation n'en souffrira pas. Au contraire…

Lorsque nous essuyons les bribes de brouillard qui nous couvrent la peau, la sensation est celle, huileuse, que l'on éprouve en frottant une plume arrachée à un canard. Avec précaution, Vidocq a repoussé le chat de la baronne, laquelle fredonne une douce mélodie en repliant son ombrelle de soie. J'ai de nouveau le sentiment de l'avoir fréquentée pendant de longues années, dans cette pièce même, avec sa table ronde et son fauteuil des campagnes bretonnes. Lorsque soudain elle se faufile dans sa chambre… N'est-ce pas là un de ces gestes désinvoltes que l'on se permet seulement en présence d'amis de toujours ? Vous ne manquerez d'ailleurs pas d'apprécier son pas franc et léger lorsqu'elle revient, comme si nous allions entamer ensemble une partie de whist.

Ce n'est toutefois pas une table de jeu qu'elle nous rapporte, mais un petit tabouret à pieds croisés, tendu de satin bleu. Et l'illusoire intimité qui vient de s'esquisser meurt aussitôt, car un objet si entier et si élégant jure dans ce décor.

Mme Verteuil elle-même semble ne pas savoir qu'en faire. Elle se prépare à le poser par terre, mais change d'avis et le cale tendrement sur ses genoux, tel un fidèle épagneul.

— Monsieur Vidocq, dit-elle, j'ai eu besoin d'une heure à peine pour accorder ma confiance au Dr Carpentier. En ce qui nous concerne, vous et moi, que pouvez-vous me dire qui, de ce point de vue, soit susceptible de hâter les choses ?

Par orgueil, peut-être, il ne s'est pas départi de son maquillage, et ses années d'emprunt le rapprochent de la baronne.

— Eh bien, je pourrais vous dire que je suis franc comme l'or, mais êtes-vous prête à le croire ? Alors j'affirmerai ceci : je considère que tout crime commis à Paris est commis contre moi. Oui, un affront à ma personne ! Et mon honneur reste sali tant que le crime est impuni.

Il contemple son visage grimé dans le miroir du buffet.

— Jeune homme, poursuit-il, j'ai payé plus que mon tribut dans les geôles de ce pays. Et les pires d'entre elles, je vous assure. Un châtiment disproportionné pour une unique erreur de jeunesse. La seule chose qui me retint de céder au désespoir était l'idée, non : la certitude que je ne ressemblais pas à ces loques autour de moi. Autant je méritais qu'on me libère, autant ceux-là méritaient la prison. Les côtoyant, j'ai percé leur caractère et compris à quel point la société s'épanouissait en leur absence. Une certitude qui fut mon salut et l'est encore aujourd'hui.

Un comédien à l'Odéon aurait orné pareille tirade de mimiques et de fioritures, fait résonner sa voix jusqu'aux sphères du « paradis », tandis que Vidocq se contente d'un registre bas et paisible. Cela étant, il fixe Anne Verteuil d'un regard perçant, comme si jamais il n'avait convoité d'autre public qu'elle.

— Madame, dit-il, il est fort avisé d'être économe de sa confiance. Mais donnez-moi la vôtre, et vous en serez récompensée dès avant la fin de la journée.

Si elle hésite encore, le masque qu'elle affiche s'effrite lentement tandis que, d'un murmure, Vidocq lui demande :

— Je crois avoir compris que vous parliez d'un objet ?

Comme elle ne répond pas, il reprend d'une voix plus douce encore :

— Un objet dont M. Leblanc tenait à faire certifier l'origine.

Elle hoche brièvement la tête.

— Sauriez-vous, madame, où il a déniché cela ?

Elle inspire un beau volume d'air qu'elle relâche par petits soupirs.

— Il ne me l'a pas révélé, dit-elle finalement. Son… correspondant tenait à garder l'anonymat.

— Un correspondant dont il ignorait l'identité…

— Apparemment.

— Leblanc avait-il conservé cet objet ?

— Non.

Comme il est intéressant de le voir opérer alors… d'avancer sur la pointe des pieds (qu'il a cependant fort gros) tel un mari adultère.

— Eh, qu'a-t-il pu en faire ?

— Il m'a demandé de le placer en lieu sûr. Jusqu'à ce qu'il puisse le récupérer lui-même. Leblanc péchait par optimisme, dit-elle en étudiant attentivement ses ongles.

— C'est donc vous qui l'avez ? risque le policier.

— Oui.

Peinant visiblement à se contenir, il bride ses lèvres et torture sa syntaxe.

— Comment vous convaincre de bien vouloir nous le présenter ?

Elle baisse les yeux et, telle une personne tirée d'un sommeil enivré, découvre sur ses genoux le tabouret tendu de satin bleu. Ses doigts de craie, glissant le long d'un pied, achoppent sur une sorte d'agrafe brillante qu'on pourrait croire inséparable du siège, mais qu'elle détache d'une chiquenaude.

Vidocq pose l'agrafe sur la table tandis que je m'empare du bougeoir le plus proche. Et là, sur l'acajou, se trouve non pas une agrafe, mais un anneau d'or, terni et entaillé de petites encoches. Je m'entends soudain dire :

— Bien trop étroit pour servir de bracelet.

— Et bien trop grand pour être une bague, renchérit le policier.

Il l'approche de la flamme, qui révèle également un sourire sur ses lèvres.

« Mais cela irait très bien à un bébé », pense-t-il.

Aussitôt, les irrégularités visibles sur ce cercle doré revêtent une signification précise.

— Un anneau de dentition, dis-je.

— Et de grande valeur, remarque Vidocq en le faisant rouler dans sa vaste paume.

Les blonds sourcils de la baronne forment des voûtes brisées.

— C'est de l'or pur, si c'est ce que vous voulez dire. En revanche, sa valeur serait plutôt liée à la qualité du propriétaire initial.

— Un bébé ?

— C'était alors un bébé, oui.

— Le connaissiez-vous ?

— Je me suis parfois trouvée en sa présence. J'ai plutôt connu sa mère. Enfin, à peine…

— Assez fortunée pour donner à son fils de l'or à mâchonner !

Mme Verteuil se tait un instant. Lorsqu'elle reprend la parole, son ton a légèrement changé : on pressent d'autres mots sous ce qu'elle nous expose.

— Fortunée, elle l'était. Un temps du moins. Cet anneau était un cadeau de la grand-mère de l'enfant.

Suit un silence plus long, d'une demi-minute, qu'elle brise en ouvrant un tiroir plein de diverses babioles, et dont elle ressort une paire de jumelles de spectacle, certainement anciennes.

— Voilà, dit-elle, les tendant au policier. Le monogramme de la grand-mère est gravé en très petites lettres. Voyez vous-même.

Étant fort étroites pour sa tête de bœuf, les jumelles confèrent un air de chimiste affolé à notre homme, lorsqu'il se penche au-dessus de la table. Il observe l'objet pendant quelques secondes, et un sillon lui creuse le front.

— Vous devriez apercevoir aussi un aigle à deux têtes, poursuit la baronne. Rien à voir avec celui du *signore Buonaparte*. Le distinguez-vous, monsieur ?

Comme étourdi, Vidocq serre l'anneau entre ses doigts en opinant du chef.

— Vous connaissez peut-être aussi sa provenance ?

— J'ai en effet servi quelques semaines dans les cuirassiers de Kinski, dit-il. Je puis donc reconnaître l'insigne.

— Kinski ? balbutié-je. Mais c'est en Autriche !

— Bien sûr, confirme gracieusement Anne Verteuil. Puisque ce sont les armoiries de l'impératrice Marie-Thérèse.

— Donnez-vous la peine de regarder, me dit le policier.

Je presse les jumelles sur l'arête de mon nez, et l'univers miniature que recèle l'anneau se précipite vers moi. L'aigle à deux têtes… la croix teutonique…

— Et le nom de l'enfant, dit Mme Verteuil. On le déchiffre plus qu'on ne le lit.

Quelques lettres apparaissent en effet, gravées sur la face interne. Certaines sont effacées, mais il en reste assez pour deviner les autres…

LO IS CHA L S

— Louis-Charles, murmuré-je, le nom paraissant s'imprimer, magnifié, sur la table en dessous. Le dauphin.

La voix de la baronne résonne dans mon dos avec une pointe de sarcasme.

— Il semblerait qu'avec le temps le terme de roi conviendrait.

Comme répondant à quelque signe convenu, l'anneau quitte mon champ de vision. Relevant les yeux, je le trouve dans la paume de Vidocq et, l'instant d'après, voilà qu'on le projette contre le mur le plus proche. Le policier perd ce qui lui restait de bienséance, car il sort de sa bouche un mot qui jamais ne devrait être prononcé devant un tabouret tapissé de soie bleue.

— Merde !

— Oui, admet Mme Verteuil. Pour ainsi dire.

11

Le dauphin disparu

Si la baronne préfère ignorer l'outrecuidance de Vidocq, c'est qu'elle est à l'image de son temps.

Voyez-vous, la Restauration doit apporter la paix. Nous sommes censés oublier qu'un monde fut renversé, un roi et une reine livrés à la vengeance, que la place de la Révolution revêtit la couleur du sang, que le noble et l'évêque tremblèrent devant l'artisan et le paysan.

Nous sommes censés oublier que, surgissant des cendres de cette conflagration, un parvenu envahit la moitié d'un continent, inspirant la terreur aux monarchies régnantes et ôtant à la France près d'un million de ses hommes.

Nous sommes censés oublier tout, tout, tout ce qui eut lieu entre 1789 et 1815, entre la prise de la Bastille et Waterloo. Sans rancune. Vive la Restauration !

Mais voici le plus intéressant : oublier est facile. Cela fait deux ans que, sans un regard en arrière, nous jetons au rebut de belles assiettes aux initiales de Bonaparte, ainsi que ses aigles et ses abeilles. Nous avons renversé les statues de l'Empereur, escamoté les « N » des façades du Louvre, recouvert l'impérial de peinture royale. Et acclamé le nouveau roi autant que nous exécrâmes le précédent.

Un tel retournement est, en un sens, une bénédiction, car vivre des temps historiques n'est pas vivre du tout. Mieux vaut prétendre qu'il ne s'est rien passé.

Sauf que, malgré tous nos efforts, cela reste impossible. En définitive (et à ce point de mon discours, vous devez m'avoir compris), on ne peut oublier. L'histoire somnole mais se réveille toujours.

Et donc, au moment où nous nous y attendons le moins, voici qu'un spectre vient nous rendre visite. Le spectre d'un jeune garçon que, plus que toute autre personne, nous voudrions bannir de nos mémoires.

Il s'appelait Louis-Charles, duc de Normandie. Un prince de roman, blond et charmant, avec un œil vif et une santé de fer. Il fut baptisé à Notre-Dame, il avait à son service une armée de domestiques : femmes de chambre, huissiers, chambriers, des valets pour le coiffer, nettoyer son argenterie et son linge personnel… même une berceuse attitrée pour l'aider à s'endormir. Il gambadait dans les orangeries, parfois sur l'un de ses huit poneys noirs, se déplaçait en fiacre, jouait dans les palais.

Jamais il ne demanda rien de tout cela. Il était simplement né à cet endroit. Ce qui n'empêcha pas les sages révolutionnaires de le déclarer coupable de vivre dans le faste, alors que les enfants de France souffraient par milliers. Quel meilleur arrangement, donc, que de le faire souffrir à son tour ?

Ils l'envoyèrent à la tour du Temple, une forteresse, postèrent un gardien jour et nuit à sa porte, le déposèrent de son titre et de sa dignité, le battirent et l'affamèrent. S'ils n'osèrent pas l'exécuter comme ses parents, c'est que le monde les regardait encore. Alors ils le traitèrent en sorte qu'il meure de lui-même, et l'observèrent en train d'agoniser. Lentement, dans les conditions les plus sordides, isolé de quiconque aurait pu le soutenir.

Lorsqu'ils l'eurent vidé de son dernier souffle, ils le jetèrent dans la fosse pour que ses os se mêlent à ceux des inconnus. Ni sépulture, ni cérémonie, ni prière. L'« égalité » jusqu'au bout. Il avait dix ans.

Toute la nation s'est efforcée d'oublier cet enfant. Vous comprendrez dès lors qu'un homme comme Vidocq, que le cours de l'histoire jamais n'ébranla, n'apprécie guère que l'on vienne ainsi crier dans son dos (tel l'aubergiste après le client qui s'en va sans payer). Homme de progrès, il préfère parler de l'avenir. Lequel, ai-je besoin de vous le dire, n'est autre que le passé.

*

* *

— Un aigle à deux têtes, grommelle-t-il.

Repenti de son accès de colère, il se baisse et ramasse l'anneau à terre.

— Et une croix prétentieuse, poursuit-il à voix haute. On veut me faire croire qu'un gamin est ressuscité des morts…

— Je vous dis seulement, lui répond la baronne, que Leblanc le croyait… au point d'y sacrifier sa vie.

Comme si elle nous avait déjà congédiés, elle s'assied sur l'étrange banc qui trône, solitaire, au milieu de la pièce. Lorsque, bien droite, elle tend les bras vers le mur, l'objet manquant, en quelque sorte, révèle sa nature.

C'était un piano-forte.

— Je me souviens des premières rumeurs qui circulèrent à Varsovie, dit-elle. Ces chuchotements qui viraient dans l'aigu : « Le prince est vivant ! » Chacun tenait cela de bonne source, et le récit était toujours le même. Le remplaçant par un autre enfant, une petite cabale royaliste avait réussi à libérer le prince, qui était maintenant à l'abri du danger. Peu de temps s'écoulerait, disaient-ils, avant que le monarque réclame son royaume.

Elle pose les mains sur l'invisible clavier et ses doigts commencent à papillonner.

— Enfin, poursuit-elle, tout cela paraissait empreint de mysticisme ! Naturellement, les années passèrent, et le dauphin restait toujours dans sa cachette. Ce qui n'entama en rien les convictions de certains. Je me souviens aussi d'une duchesse qui, à chacune de ses soirées, déclarait que l'enfant-roi était attendu la semaine suivante. « Plus que quelques jours, je vous l'affirme ! » Au terme de nombreux mois, je l'ai tancée : « Ma chère, s'il s'entête à nous faire languir, le Messie sera de retour avant lui. » Elle ne m'a plus jamais invitée.

Les mains s'immobilisent et reprennent place sur les genoux.

— En ce qui me concerne, dit la baronne, je n'ai jamais vu dans ces rumeurs qu'une sorte de boniment, destiné à nous réconforter. Mais Dieu sait à quel point nous en avions besoin.

Devant la fenêtre, Vidocq essuie les glaces couvertes de buée. Ses doigts crissent sur les croisées.

— Madame, dit-il, savez-vous combien de soi-disant dauphins sont déjà ressortis de la tombe ? J'ai eu le plaisir d'en rencontrer moi-même plusieurs. Un fils de tailleur, un fils d'horloger, un autre qui prétendait avoir le sceau papal sur la jambe. Cela n'était qu'une cicatrice, le jeune homme, un braconnier, s'étant blessé en relevant ses collets. Avez-vous entendu parler de Mathurin Bruneau ? Le rejeton d'un sabotier. Il tient aujourd'hui sa cour dans un cachot du Mont-Saint-Michel.

Avec un sourire sarcastique, Vidocq conclut en se tapant gentiment sur la poitrine :

— S'il vous reste des rois à présenter, madame, il faudra frapper à d'autres portes que la mienne.

— Je n'ai rien à présenter de la sorte, réplique-t-elle, la voix soudain bordée d'une couche de givre. Leblanc y croyait, et ce n'est pas mon cas. Mais s'il se trompait… (elle se lève pour faire face au policier)… puis-je vous demander pourquoi il est mort ?

Toujours courtoise, elle espère une réponse et ajoute en inclinant la tête avec déférence :

— À quoi bon tuer cet homme, s'il était simplement victime d'une illusion ?

Les poignets croisés sur la bosse de son ventre, Vidocq lâche une longue goulée d'air par les narines.

— Expliquez-moi une chose, la prie-t-il. Que pouvait bien savoir Leblanc au sujet de Louis XVII ? Vous m'avez dit vous-même que ce n'était pas un aristo.

Je la vois pour la première fois tressaillir. Cette vieille insulte de la Révolution lui fait l'effet d'une motte de terre qu'on jette à son visage. Un aristo… La baronne se ressaisit et, d'un ton aussi serein que possible, rétorque :

— Leblanc serait très heureux de vous éclairer sur ce point, je n'en doute pas. Je veux dire : s'il était encore là.

— Il n'avait d'autre preuve que ce maudit anneau ? Il aurait pu tomber dessus n'importe où. J'ai bien vu de vieilles assiettes de Marie-Antoinette arriver sur un étal de betteraves aux halles.

— Il m'a juré avoir d'autres gages de sa bonne foi. Je lui ai demandé lesquels et il m'a convaincue d'attendre. Sa priorité était de trouver son homme.

— Quel homme ?

— Celui qui serait capable de reconnaître formellement le roi disparu.

— Et qui était-ce ?

— Le Dr Hector Carpentier, bien sûr, lâche-t-elle avec une pointe d'exaspération.

Jusqu'alors, je me serais volontiers persuadé qu'ils avaient entièrement oublié ma présence. Voilà que tous deux me dévisagent, et l'air qui m'entoure devient à la fois glacé et brûlant.

— Cela n'a pas de sens, marmotté-je.

Mais l'air persiste à bouillonner, et ma voix retrouve ses coupables accents.

— On l'aura mal renseigné, les assuré-je. J'avais seulement... trois ans à la mort de Louis XVII. Qu'aurais-je à dire à propos de... d'une personne que je n'ai jamais vue ?

— En effet, médite Anne Verteuil. Il serait vain de vous interroger à son sujet.

Se tournant devant son miroir, elle décoiffe quelques-unes de ses boucles blond-roux, frictionne brièvement ses pommettes, bref, déshabille sa peau des miasmes de la ville. Cependant, elle ne touche pas à sa bouche, qui reste légèrement tordue lorsqu'elle s'enquiert :

— Pardonnez cette question brutale, docteur, mais que faisait votre père pendant la Révolution ?

12

La conversion du perroquet

Ayant grandi dans une calme maison d'une rue tout aussi calme, je devins sans le vouloir un grand connaisseur de silences. Dès mon plus jeune âge, je savais reconnaître celui du soir tard de celui du matin tôt. Distinguer le mutisme de l'épouse et celui du mari. Différencier secrets espoirs et désespoirs... À condition de les écouter longtemps, tous les silences révèlent un registre particulier.

Mais je ne connais rien qui ressemble à celui de Vidocq, entre l'instant où nous quittons le logement de la baronne et celui où nous tournons rue Soufflot. C'est un silence contenu, qui broie toutes sortes de sentiments (imaginez une vessie de porc qui se distend devant vos yeux). Un terrible silence, donc, et c'est un soulagement qu'il soit enfin brisé.

— Que ne m'aviez-vous dit que votre père s'appelait comme vous : Hector ?

S'il a encore ses frusques de vieux soldat, la voix de Vidocq, elle, n'a rien perdu de sa jeunesse. Elle ricoche sur les étals, renverse le creuset du rétameur, posé sur son réchaud, déchire le châle de brouillard qui drape encore le dôme du Panthéon.

— Pourquoi diable me cachiez-vous l'existence d'un autre Dr Carpentier ? Cela ne vous aurait pas traversé l'esprit que je m'y intéresserais ?

— Mais il n'était pas docteur !

— Qu'est-ce que cela signifie ?

— Cela signifie qu'il abandonna la médecine très jeune. Pour gagner sa vie, mon père était polisseur de verre. Pendant tout le temps où je le connus, personne ne l'a jamais appelé « docteur ».

Je dois ici faire un aparté et me traiter de... menteur.

Car à l'occasion, aussi fréquemment que la lune s'aligne sur le soleil, peut-être, une personne extérieure au cercle de famille (un maçon, un mendiant, un fonctionnaire du ministère de la Justice, ou une relation dont j'ignorais l'origine), se glissant jusqu'à lui, lui donnait du « Dr Carpentier ».

Je l'étudiais alors attentivement, et pourtant je ne sais toujours pas aujourd'hui comment décrire sa réaction. Sans reprendre son interlocuteur, il laissait simplement le mot en suspension. Vous auriez pu croire qu'il se sentait blessé, mais vous deviniez à la fin qu'il était simplement gêné, comme si sa vieille nourrice, faisant soudain irruption, lui rappelait les jours anciens où il chassait les pigeons.

Je veux dire par là que le terme l'intimidait.

Vous comprendrez pourquoi j'appris à ne pas lui conférer ce titre. Et pourquoi également, nourrissant le dessein, toute ma vie durant, de lui briser sa carapace, je ne conçus de maillet plus solide que de me sacrer moi-même... docteur.

La première réponse qu'il me fournit, quand je lui fis part de mon intention d'aller à l'école de médecine, fut :

« Hm. »

Et voici la seconde :

« Hm. »

Je le confesse : le voile rêveur qui le recouvrait généralement se dissipa un instant. Ses yeux rosirent d'inquiétude, comme si j'avais craché des glaires et du sang. Puis il s'abstint de me regarder, incapable de continuer.

Sans doute aurait-il été moins soucieux s'il avait su le temps qu'il me faudrait consacrer à mon projet. Car, en cette seconde Restauration, je doute toujours de devenir médecin.

Donc, lorsqu'un parfait inconnu, du nom de Chrétien Leblanc, vous en accorde le titre avant que vous l'ayez obtenu, on vous excusera, j'espère, d'avoir bien voulu l'accepter. Oui, je fus ravi d'être le Dr Carpentier, même quelques jours seulement. J'aime à penser, au reste, que nous en fûmes tous deux ravis.

Et si je ne me préoccupe guère de l'autre Dr Carpentier, eh bien, accordez-moi cela : mon père lui-même ne voulait plus le connaître.

— Et quand a-t-il claqué ?

Sombre et gutturale, la voix du policier me rappelle à l'instant présent. Perplexe, je le dévisage.

— Mort ! explique-t-il. Quand est-il mort, votre père ? Depuis combien de temps mange-t-il les pissenlits par la racine ?

Si vous appréciez l'euphémisme, Vidocq n'est pas votre homme.

— Un an, lui dis-je. Un an et demi.

— Ah, vous êtes doué pour l'observation empirique, vous ! « Un an. Un an et demi… »

— Dix-huit mois, cela ira ? Ajoutez vingt et un jours et onze heures…

Il fronce légèrement les sourcils en pétrissant sa croix de Saint-Louis.

— Pas de funérailles grandioses, je suppose ?

— Enterré sans fleurs ni couronnes, conformément à sa volonté. Celle de ma mère, du moins. La cérémonie a duré cinq minutes.

— Qui était là ?

— Personne. Mère, moi et… et Charlotte, c'est tout.

Non, quelqu'un d'autre. Une quatrième silhouette se détache du fond de ma mémoire. Voilée de noir, courbée comme une virgule, elle se penche sur la bière ouverte, d'où émane une odeur particulière de laine et de paraffine…

— Le père Letemps.

— Oh ! Voilà qu'on donne dans l'allégorie, maintenant !

— Non, non. Le père Letemps est un ami de la famille. Mais c'est un sobriquet, son vrai nom est…

— Oui ?

— Hm, le professeur Racine, je crois. Ou, euh, le professeur Corneille…

Une pensée surgit brusquement, dont la vitalité m'impressionne : « Je regrette que père ne soit pas là. »

— Pas de notices dans les journaux ? demande Vidocq sur un ton plus doux. Pas de service funèbre ?

Je secoue la tête.

— Eh bien… dit-il, ôtant son tricorne et consultant le ciel. Les nouvelles en ont mis du temps pour arriver au… regretté M. Leblanc, qui a trouvé la mort en cherchant un disparu ! C'est à faire pleurer les anges.

Voici qu'une autre voix entre dans notre tableau. Pas celle des anges, cependant.

— Bonjour, monsieur Hector.

Encadré presque entièrement par le portique du Panthéon, Nankin se dresse devant nous dans les basques de sa queue-de-morue, parée de boutons d'or sur un jabot de dentelle. Il affiche la molle indolence de celui qui s'est assoupi en cours de droit civil.

— Dois-je rester inconnu ? dit-il, amusé, pointant nez et bésicles à l'endroit de Vidocq. Puis-je avoir l'honneur d'être présenté ?

— Je vous fais l'honneur de mon pied au cul si vous ne foutez pas le camp tout de suite, répond l'intéressé.

Je prends la peine de souligner que, si ce dernier ne hausse pas le ton, le propos est assez clair pour apporter quelque couleur au front pâle de Nankin. Qui attendrait cela d'un vétéran des armées de Louis XV, et qui, à en croire les apparences, a tout d'un octogénaire ?

— Allons, voyons, répond le jeune homme avec un sourire amer. Il n'y a pas lieu d'en arriver là.

Vidocq le saisit par les revers de sa redingote et le soulève d'un même geste, en sorte que les bottes de l'étudiant dansent en l'air sans cavalière. Clignant des yeux, le jeune juriste se recroqueville dans sa queue-de-pie… quoique sans jamais cesser de sourire, sous les rugissements intempestifs que lui inflige mon compagnon.

— Me suis-je mal fait comprendre ? hurle celui-ci, avant de projeter Nankin deux bons mètres plus loin. Le respect des anciens, c'est pas fait pour les chiens ! Allez, du vent !

D'un regard froid et attentif, il observe Nankin qui ramasse son chapeau et, sans se retourner, disparaît au coin de la rue.

— Votre papa, me dit-il alors, inspectant rapidement les alentours, il ne vous a jamais parlé de dauphins, je suppose ?

— Jamais. Son père à lui était notaire, et mes grands-parents maternels vendeurs de pommes de terre.

D'un côté comme de l'autre, on ne fréquentait pas la noblesse.

— Ah, mais vous connaissez le proverbe : « Autres temps, autres mœurs. » On peut dire que les temps ont un peu changé, pendant la Révolution !

Il a subitement un geste inattendu : me serrant à peine le coude, il me pousse légèrement en avant. Et, tels d'oisifs gentlemen au sortir du Théâtre de l'Odéon, nous allons flâner dans des rues qui bêtement se succèdent.

— Je me trouvais à Arras, indique Vidocq, quand tout est parti à vau-l'eau. Il y avait une femme là-bas, que je n'oublierai jamais, la citoyenne Lebon. Une religieuse de l'abbaye du Vivier, que les Jacobins avaient forcée à épouser le curé de Neuville. Ah, ils faisaient la paire, ces deux-là, un vrai mariage d'amour ! Elle se chargeait de dénoncer les ennemis de la République, et lui s'assurait qu'ils expiaient leurs péchés. J'étais là le jour où on a exécuté M. du Vieux-Pont, à cause de son perroquet.

« Un perroquet que la Lebon aurait entendu crier "Vive le Roi !" En moins d'une semaine, son maître avait la tête tranchée. Le volatile a failli subir le même sort, et l'on racontait qu'il n'avait obtenu sa grâce qu'à la sollicitation de la citoyenne, qui avait pris l'engagement de le convertir. Elle y travaillait sans doute encore lorsqu'on est venu la chercher à son tour…

Il se rapproche de moi avec un fin sourire aux lèvres.

— Voyez comment les choses se passaient, conclut-il. La béguine, devenue roturière, jacassait avec un perroquet royaliste. Les trois ordres à elle seule, frayant dans une même République !

À mon insu, la rue Neuve-Sainte-Geneviève vient de se profiler devant nous. Une fois de plus, nous nous arrêtons au coin. Une fois de plus, j'examine le plâtre qui se fissure sur les façades, et le vieux puits, et les caniveaux noirs de boue… enfin la rue elle-même, dont la pente repousse tant les chevaux qu'ils s'y aventurent rarement. Sous les franges fuyantes du brouillard, tout paraît à la fois plus réel et plus menaçant.

— Vous pensez que mon père aurait pu connaître un ou deux Bourbons ?

— Possible, répond Vidocq en haussant les épaules. L'ennui, « docteur », c'est que les individus capables de nous renseigner à ce sujet sont morts. Et à moins que vous ne trouviez un moyen de les faire parler dans cet état, je crains que vous ne soyez pour moi qu'une perte de temps.

Cela dit, il relâche mon bras, s'incline froidement, me souhaite une bonne soirée et, redevenu le vétéran des guerres oubliées, s'élance rue de la Vieille-Estrapade. Deux détails dénoncent l'illusion : son pied droit qui traîne légèrement (en quoi je discerne plutôt le doute qu'une blessure ancienne), et le sourire tordu qui lui ride la face lorsqu'il se retourne vers moi.

— Cela serait peut-être le moment de refaire connaissance avec votre papa ? Qu'en pensez-vous, Hector ?

28 thermidor, an II

Évoquer restrictions avec Barras et commissaires. Suis autorisé à voir Charles une heure seulement tôt le matin, toujours en présence gardien. Toute confidence impossible entre patient et moi. Dois adresser requête trois jours à l'avance au Comité pour visite prolongée.

Hors mes visites, Charles dans solitude complète. Ni feu ni chandelle. Seuls bruits : verrous, plats en terre cuite passés à travers le guichet, voix lui ordonnant de se coucher et le réveillant périodiquement la nuit.

Avant détention, garçon était au dire de tous ouvert et charmant. Devenu presque insensible après six mois de réclusion. Regard fixe, morne, indifférent.

Nourriture extrêmement pauvre. Deux portions de « soupe » par jour : un bouillon insipide. Rares morceaux de bœuf. Miche de pain noir. Cruche d'eau. Ai expliqué Barras : carences alimentaires et captivité ont considérablement affaibli patient. Ai exprimé désir de l'escorter moi-même pour minimum d'exercice hors de sa cellule. En attente décision Comité de sûreté générale.

Charles me demande ce matin pourquoi je m'occupe de lui. Mon devoir, lui dis-je. Pensait que je ne l'aimais pas. Bien au contraire, ai-je affirmé.

À l'évidence, toute obligeance lui inspire une grande peur, plus encore que les mauvais traitements. Nécessaire d'en apprendre davantage sur ceux-ci.

3 fructidor

Progrès. Charles en mesure de marcher plus longtemps sans soutien de ma part. Ressent toujours douleurs intenses genoux et chevilles.

Reçois à l'instant réponse Comité : exercice physique accepté. Patient autorisé à quitter cellule dix minutes chaque jour, pas davantage. Sera escorté à tout moment par deux gardiens en plus de moi.

Après réflexion, ai adressé seconde requête. Compte tenu grande sensibilité à la lumière, préférable de prévoir sorties au crépuscule ou à l'aube. Attends nouvelle décision.

6 fructidor

Demande acceptée. Condition : trois gardiens et non plus deux.

7 fructidor

Charles inquiet à l'idée de quitter sa cellule. Paraît très hésitant*. Accepte sur la promesse que je l'y raccompagne dès qu'il le souhaite.*

Par prudence, lui ai couvert les yeux d'un bandeau de toile légère. L'ai guidé au-dehors avec force précautions. Gardiens à dix pieds derrière nous sur le chemin de l'escalier. Patient n'a pas gravi une *marche depuis plus d'un an. Lourdement accroché à mon bras. Épreuve considérable : jambes ont cédé plusieurs fois sous son poids. Très essoufflé en arrivant au quatrième étage. Ai dû l'asseoir un certain temps pour qu'il se repose.*

Chemin de ronde offre vue sur cour forteresse et rues de Paris. Enfin debout, Charles sans rien demander a soudainement retiré son bandeau. Cillant devant le jour, a conservé les yeux ouverts entre cinq et dix secondes.

A lentement prêté attention aux bruits. Et quel était cet oiseau qui chantait ? Un rossignol, lui ai-je répondu. Oui, a-t-il dit, c'est cela. M'a demandé de reconnaître autres bruits, un par un : porteurs d'eau, balayeurs, chevaux, diligences, charrettes de fruits, etc.

Puis un en particulier. Qu'est-ce que c'est ? Quelqu'un qui siffle, sans doute. Mais qui ? a-t-il insisté. Un groupe d'enfants qui descendaient le boulevard du Temple. Il a souhaité que je les décrive. Eh bien, ils se poursuivent, font la roue, rient, s'ébattent, crient, s'apostrophent, s'arrêtent à la boulangerie…

Le commentaire a semblé le satisfaire. Observant un changement d'attitude, lui ai demandé ce qui n'allait pas.

A secoué la tête. En redescendant l'escalier plus tard, a voulu savoir (un murmure) si ces enfants venaient le tuer.

17 fructidor

Renouvelé requêtes pour obtenir un aide. Une heure de soins par jour restant insuffisante. Gardiens refusent d'obéir à mes ordres. Faute d'une personne pour administrer remèdes, appliquer onguents et pansements, exercer membres, etc., patient ne guérira pas. Demande étudiée, m'a-t-on dit.

20 fructidor

Pas de nouvelles.

22 fructidor

Toujours pas de nouvelles. Lenteur horripilante.

23 fructidor

Autorisation du Comité reçue avant midi. Disposerai d'un aide semaine prochaine.

Je n'ai que peu d'indications. Tapissier de métier. Bonnes recommandations des instances républicaines. A servi quelque temps comme infirmier. Son nom : Chrétien Leblanc.

13

Où le cacao paraît délier les langues

Voilà qui est surprenant. Au souper, Nankin ne souffle mot de notre rencontre inopinée de cet après-midi. Dès que je croise son regard, il détourne les yeux et, à peine son repas terminé, s'excuse et se retire pour étudier.

A-t-il honte ? Ou, suspendu aux mains de Vidocq, a-t-il flairé l'existence d'un autre univers, où politesses et pantalons de nankin ne profitent à personne ? Peut-être n'exprimé-je ici que mon propre sentiment.

Déçus, Rosbif et Lapin l'imitent, incapables sans lui de procéder aux habituelles fustigations. Charlotte débarrasse la table, et il ne reste assis que mère et moi. Non qu'elle s'en aperçoive, car, comme tous les vendredis soir, elle polit l'argenterie.

Une argenterie qui faisait partie de son trousseau de jeune mariée et qui, pour autant que je sache, ne fut jamais utilisée. (Les hôtes de la maison Carpentier se contentent d'étain.) Ce qui ne la dissuade en rien de la fourbir chaque semaine. Elle noue l'un des tabliers de Charlotte par-dessus sa robe de tulle noire, recouvre ses manches de mousseline et s'attelle à la tâche avec une fixité de chirurgien. Cinq minutes ne sont pas écoulées que ses bras sont enduits d'une écume visqueuse et nacrée que l'on concevrait mieux dans le ventre d'une baleine.

— Mère ?

Elle ne lève pas les yeux, ne répond pas, ne laisse aucunement distraire son attention. Mais elle dit :

— La première colonne de la rampe branle à nouveau dans l'escalier.

— Je sais.

— Tu devais la réparer.

— Je le ferai.

— Tu disais cela hier. Avant-hier aussi, si je ne m'ab…

— Mère, je t'en prie. J'ai besoin que nous parlions d'une chose.

Le sang afflue à mes tempes, et la main que je passe sur mon visage ruisselle de sueur.

— Ou plutôt de quelqu'un, précisé-je.

— Qui ?

— Père.

Elle s'interrompt enfin dans son ouvrage. À peine.

— Que pourrais-je te dire… que tu ne saches déjà ? fait-elle en reprenant sa peau de chamois. Tu as grandi dans cette maison, tu l'as vu chaque jour de ta vie. C'est bien toi qui étais là, n'est-ce pas ?

— C'est bien moi.

— Me voilà soulagée. J'aurais pu croire qu'on t'ait remplacé à un moment ou un autre…

Pendant trente secondes, il n'est de bruit que le frottement de la peau de bête contre une cuiller à café.

— Certainement, mais… ce n'est pas parce que l'on vit auprès de quelqu'un… que l'on manque de questions à son sujet.

La peau s'immobilise un court instant mais repart de plus belle.

— Les gens sont ce qu'ils sont, Hector. Rien ne sert de… Et c'est tout.

— Il fut autrefois médecin.

— Qui ?

— Père.

Comme si elle avait égaré quelque objet, ses yeux gris et plats courent de gauche à droite.

— Il y a si longtemps, Hector.

— Pourquoi a-t-il renoncé ?

— Oooh.

Elle s'essuie le front avec sa manche. Une vague d'écume se maintient comme un troisième sourcil au milieu des deux autres.

— Il avait ses raisons, sans aucun doute, dit-elle.

— Quelles raisons ?

— Tu es grotesque, Hector ! « Quelles raisons ? » Comme si je pouvais… Après tant d'années… (Elle secoue sa peau de chamois.) Tout cela est terminé. Il ne faut plus y penser.

Voilà une parfaite illustration de la pensée « restauratrice » : mère fait exactement ce que son pays lui demande. Quelques lustres durant, elle a déployé le drapeau tricolore à sa fenêtre ; il est aujourd'hui blanc avec trois fleurs de lys. Les aigles et les abeilles qui ornèrent jadis ses tasses en porcelaine sont maintenant remplacés par les armoiries royales. Le seul objet en sa possession qui évoque le passé est un très petit vase, paré d'un unique « N » doré. Elle le conserve dans une niche secrète du salon, et n'y met jamais de fleur.

— Quand père était médecin, poursuis-je d'une voix légère, quelle sorte de gens soignait-il ?

— Les uns comme les autres, je suppose.

— N'aurait-il pas… Je me demandais si, à l'occasion, un aristocrate ne serait pas venu le consulter ? Quelqu'un d'un rang élevé…

Le silence s'épaissit.

— … ou un membre de la famille royale.

— Hector, dit-elle, brandissant un couteau à beurre, toutes ces questions m'agacent. Les gens que ton père rencontrait, comme ceux qu'il évitait, il y a un quart de siècle… ne sont pour toi d'aucun intérêt.

— J'y trouve un intérêt, si.

Ce n'est qu'une simple affirmation, cependant les yeux gris se précipitent sur moi. Les mains cessent de s'activer, et mère m'assène d'une voix sombre :

— Cet ignoble bagnard !

— Non.

— C'est lui qui t'enfonce ces idées dans le crâne !

— Mère.

— Qui te harcèle à propos de ton pauvre père !

Elle se détourne de moi autant qu'il est possible sans quitter la pièce.

— Tu me fais honte, dit-elle.

— Honte, répété-je à voix basse. Pourquoi honte ? Si père a mené une existence aussi tranquille, aussi irréprochable que cela, pourquoi serait-il honteux de vouloir en savoir plus à son sujet ?

Un autre long silence avant qu'elle se décide à me faire face.

— Ton père était un brave et honnête homme. C'est tout ce que tu as besoin de savoir.

Elle soutient mon regard pour mieux orienter le boulet de canon qu'elle me prépare. Lequel, odieux, mortel, ne tarde pas à jaillir :

— Assurément, il n'a pas dilapidé le patrimoine familial pour les beaux yeux d'une grue.

Un boulet fort étrange car, loin de me meurtrir, il me libère. Quelque endroit dans ma tête luit comme un feu calme, tandis que je tire une chaise et m'assieds en regardant ma mère. Et ce feu consumant ses reproches, je ne la quitte plus des yeux, en sorte qu'elle perd bientôt toute contenance.

Quand je parle à nouveau, ma voix ondule comme l'eau.

— Ce que tu dis est vrai. J'ai vécu toute ma vie ici. Pourtant je n'ai jamais vraiment rien su de lui. Ni de toi. Bien sûr, je ne trouvais pas cela inquiétant du fait que personne ne semblait le connaître, toi encore moins que les autres. J'ai dû en conclure qu'il ne voulait pas qu'on s'intéresse à lui.

Elle retire fort posément les gaines de mousseline qui emmaillotent ses bras.

— Alors qu'aujourd'hui, expliqué-je, je crois m'être trompé. Je suppose qu'il essayait de masquer une chose qu'il portait au fond de lui. Une chose qui lui était arrivée, qu'il ne pouvait oublier, dont il ne parvenait pas à s'accommoder. Je n'en ai aucune preuve, naturellement. Mais peut-être toi si, mère. Je pense que tu sais exactement ce qui s'est passé.

Certaines femmes ont recours aux larmes pour vous repousser quand vous allez trop loin. Eulalie était de celles-là. Pas mère, et c'est tout à son honneur. Elle n'a pour les intrus qu'une réponse : la colère.

Dont voici la plus sincère expression : un cri rauque et plongeant, semblable à une corneille arrachée à son arbre.

— Je n'ai plus rien à dire à ce sujet !

Mais si, car un second cri me parvient quand je quitte le salon ! Il trahit, semble-t-il, une âpre note d'espoir, celui peut-être d'effacer toute cette conversation.

— Ton père était un honnête homme !

Dix minutes plus tard, coiffé de mon chapeau, vêtu de mon manteau, je me tiens dans l'entrée, la main sur la poignée de la porte, prêt pour ma promenade du soir. Mais non, je ne suis pas prêt, car la poignée oscille sous le poids de mes contradictions.

Et je perçois une toux. Quoique le terme de toux paraisse insuffisant à décrire la chose. Il s'agirait plutôt d'une poitrine qui se soulève, se déchire et aboie.

C'est le père Letemps, adossé à l'horloge de parquet.

Cette toux me donne l'occasion de l'étudier plus attentivement que je ne l'ai jamais fait. Cette barbe de patriarche… n'est-ce pas celle que Moïse portait en descendant la montagne ? Cette grande et chancelante carcasse, n'est-ce pas une colonne dorique sur le point de basculer ? Tout ce qui en lui fut droit est aujourd'hui courbé. Cet homme, comme un grenier, est une somme d'angles.

— Vous ne vous sentez pas bien, monsieur ?

Il tend une main destinée à apaiser mes inquiétudes, puis se frappe la poitrine avec l'autre pour faciliter le passage de l'air.

— N'aie… n'aie aucune crainte, dit-il, ravalant une nouvelle quinte. Rien de grave, c'est juste ma salive qui a… fait… fausse route.

— Puis-je vous être utile en quelque sorte ?

— À moi ? Non, non, non. Vois-tu, je n'ai pu, bien malgré moi, que vous entendre, ta maman et toi…

Il me fait alors sursauter. Car il me touche. D'une main calleuse, je dirais presque saure, qu'il pose sur mon épaule.

— Dis-moi, mon garçon, il faudrait la traiter avec plus de gentillesse. Elle est passée par de dures épreuves, n'est-ce pas ? En revanche, si c'est de ton père que tu veux parler, bien des personnes pourront te renseigner.

Cette manière qu'il a de me regarder… comme l'autre soir au souper. Cet air d'impuissante connivence qui m'avait fait l'effet d'un baume. Oui, le père Letemps était là. Le vieil ami de papa.

Qui était venu à ses obsèques.

— Bien sûr, bien sûr, dis-je malgré moi, tout en scrutant la crypte ouverte de son visage. Donc vous… souffririez que je vous interroge à son sujet ? Ce sont de vieilles histoires…

— Pas tant que ça, répond-il en souriant. Et, à l'âge que j'ai, c'est tout ce que l'on sait faire, regarder en arrière. Plus ça remonte loin, mieux c'est. Si tu me demandes de quoi nous avons soupe tout à l'heure, je crains d'avoir déjà oublié. Du merlan, non ?

— Du poulet.

— Ah, vois-tu ? Aussitôt effacé. Maintenant demande-moi ce que j'ai mangé le soir de la mort de Mirabeau, et je te réciterai le menu. Jusqu'à la dernière goutte de cassis.

Ses yeux s'humectent au souvenir et il serre et desserre ses poings.

— Il est fort tard, observé-je, mais cela vous dérangerait-il beaucoup que nous…

— Nous ? relève-t-il, foisonnant d'incertitude. Ah, tu aimerais que… tu veux dire tout de suite, c'est cela ? Eh bien, nous devrions y arriver. Oui, nous pouvons nous… retirer à l'étage, dans ma chambre, si tu… Mais c'est que… j'aimerais d'abord un bol de cacao. Cela délie la langue, n'est-ce pas, le chocolat ?

— Monsieur, dis-je en levant la main, avant de prononcer un autre mot, je vous supplie de m'éclairer. Mon père a-t-il jamais été mis en présence d'un prince ?

— Certainement. Tout le monde était prince en son temps.

14

Les trésors d'un reliquaire

— Il faut me pardonner… Il est si rare que je reçoive des visiteurs et… je n'ai pas grand-chose pour t'asseoir…

Bafouillant ses excuses, mon nouvel ami, le père Letemps, s'arc-boute sur sa porte, qui lui résiste un instant.

Et c'est vrai, lorsqu'un homme cesse de payer son loyer, on ne vient plus balayer chez lui. En quelques mois, la poussière s'est accumulée au point de former un givre humide et brun sur ses objets personnels. Elle laisse des traînées diaphanes sur les lattes du plancher, et sur les carrés de plâtre apparaissant là où le papier peint a décollé ses fleurs.

Les rideaux ont été retirés. Il y a une commode en bois de rose, aux tiroirs munis de poignées en cuivre torsadé, et une vieille table de toilette au pourtour de chêne. Le feu n'a pas crépité depuis longtemps dans la cheminée (comme il doit grelotter, notre hôte) et cette pièce ne ressemble plus guère à ce qu'elle fut. Car, quand j'étais enfant, c'était l'atelier de mon père, un endroit aussi farouchement impénétrable que lui.

Un souvenir me pique : je le revois soudain voûté sur son tour, en train de polir des verres de lunettes, des lentilles de télescope ou de microscope. Je me rappelle l'odeur de la térébenthine, de la poix fondue, du nitrate de cuivre. Je me souviens des cartouches usagées dont il se servait pour découper le verre, et qui jonchaient le couloir : malheur à qui arrivait en courant !

Mère lui reprochait son constant désordre, les montures, les tubes, les broches et les pivots, éparpillés autour de lui par quelque force centrifuge. Ses remontrances suggéraient surtout qu'un médecin aurait pu mieux choisir son second métier. À quoi il répondait toujours : « C'était aussi celui de Spinoza. »

Tout cela s'est envolé avec les odeurs. Tout sauf le bureau, encore enfoncé dans le même et sombre recoin. Un des pieds a disparu, que l'actuel locataire, peu orthodoxe, a pris la liberté de remplacer par une vieille barrique de mélasse. Celle-ci est dotée d'un panneau, adroitement découpé, en sorte qu'il se fond dans la fibre du bois.

— Nous y sommes, murmure le père Letemps.

Ouvrant le panneau d'une simple pression du doigt, il enfonce ses mains dans le tonneau, dont il extrait…

… appelons ça les guirlandes de l'histoire…

… un éventail à la manière chinoise, premier article de l'inventaire, qui, une fois déployé, révèle les joues rouges de la Liberté. Quelle idée ! Puis une tabatière tricolore. Des encriers taillés dans les décombres des barrières. Des billets intacts pour une farce de Beaumarchais. Une chope en étain représentant la Bastille, coiffée d'un grand coq…

Le père Letemps est riche de ces trésors dont précisément la France n'a plus l'utilité. Des carreaux de céramique dépeignant le serment du Jeu de paume… Des soucoupes figurant de jeunes enfants jurant fidélité à la Convention… Une notation musicale de…

— « Ah, ça ira, ça ira ! » s'écrie l'ami de mon père. Un sacré refrain, n'est-ce pas ? « Les aristocrates à la lanterne… »

Ses précieux emballages sont eux-mêmes des reliques : de vieux exemplaires des *Annales patriotiques*, de *La Feuille villageoise*, de *L'Orateur du peuple*…

— *Le Courrier universel* ! dit-il. Sais-tu qu'il a eu l'honneur de ma plume ? Des essais pleins de fièvre sous le faux nom de Junius. Et voilà, mon Dieu, le serment civique, que tout le monde avait à la bouche, en ce temps. Enfin, quand je dis tout le monde… (Il pêche un petit tas de maille bleu pâle.) J'ai le plaisir de t'annoncer que ce gant a appartenu à Jean-Jacques Rousseau. Perdu lors d'une promenade. Les rêveries du grand homme, évidemment. Une main gercée, sûrement, à la fin de la journée…

— S'il vous plaît, monsieur, le prié-je avec un sourire propitiatoire. Vous deviez me parler de mon père.

— Oui… dit-il en étudiant encore l'intérieur du tonneau, comme si le visage de son vieux compagnon allait apparaître dans l'obscurité. C'est en effet…

— Peut-être pourriez-vous me rapporter comment vous l'avez rencontré ?

— Ah ! (Son visage s'éclaire.) C'était au collège d'Harcourt, où j'étais bien sûr professeur, et lui élève. Pas un des miens, toutefois. Très féru de botanique, à l'époque, je m'employais à réfuter les théories de Louis Reynier sur l'amputation des organes sexuels des roses trémières. Jussieu avait fait mention de mes recherches, en termes favorables, je le confesse, dans son *Genera Plantarum*…

— Comment était-il ? Je veux dire : mon père.

— Eh bien, il était très… réservé. Et cela n'allait pas s'arranger… Il avait… une sorte de gravité naturelle… une fixité. Toujours d'une politesse exquise. Il travaillait obstinément, comme s'il doutait de ses talents naturels. Je lui ai parfois prodigué mes conseils en matière de… oh… des cours qu'il valait mieux choisir, des professeurs à éviter, cette sorte de chose. Des conseils qu'il ne demandait pas, cela va sans… Non qu'il en eût souvent tenu compte, mais je pense qu'il m'en était reconnaissant. On ne s'était jamais trop occupé de lui.

« Puis, de fil en aiguille, nous nous sommes retrouvés pour le café, le jeudi matin au Sage Athénien. C'est moi qui payais, bien sûr, au début, il n'était pas très fortuné. Mais vois-tu, les années passant, nous n'avons jamais manqué un seul de nos rendez-vous. Même quand son école exigeait beaucoup de lui, même quand le monde s'effondrait autour de nous.

— De quoi parliez-vous ?

— De femmes, évidemment ! dit Letemps en lissant sa barbe. Ton père avait en tête de se marier… plus que moi, je l'avoue. Je me rappelle la première fois qu'il a évoqué ta mère. Il s'empourprait comme toi à l'instant !

Dans son regard brille une soudaine malice qui me vaut, si ce n'était déjà le cas, de rougir comme une pivoine.

— Bien sûr, nous parlions aussi de politique, dit-il. Tout le monde parlait de politique.

— Était-il partisan de la République ? Y croyait-il ?

— Tout dépend de ce que tu impliques par ces mots. En tout cas, il se poudrait les cheveux, il n'avait rien du sans-culotte en sabots, avec le bonnet et la pique. Mais il y croyait certainement, à sa façon. À mon sens, il y avait toujours… comment dire ?… un fond de scepticisme derrière ses affirmations. Si, moi, je révérais Rousseau, lui admirait Voltaire. Naturellement, il n'a jamais tout à fait embrassé, ni les positions des Girondins, ni celles des Montagnards. Quel besoin ? Il était trop affairé à les recoudre et à les remettre sur pied. Les médecins avaient plus de travail qu'ils n'en pouvaient accomplir, en ces jours.

— Alors mon père… a pratiqué la médecine ?

— Il était chirurgien, mon garçon. À l'Hôtel-Dieu. Cependant ses dons, son habileté, en faisaient un homme très recherché parmi… une certaine classe. Selon les rumeurs, Marat, qui était médecin lui-même, avait demandé à le consulter. Peut-être aurait-il réussi à guérir ce vieux brigand. Deux avis valant mieux qu'un, n'est-ce pas ? « Ah, cette maudite baignoire vous portera du tort ! Cela n'est pas un remède d'ainsi se ramollir ! »

— A-t-il jamais…

Je ne vais pas plus loin car… mon père vient de m'arrêter.

Son souvenir, plutôt.

Comme à son habitude, il est seul. À l'évidence, sans personne pour rechercher ses faveurs. Il prend le thé à cinq heures (une coutume britannique : par qui est-elle arrivée jusqu'à lui ?). Un thé qu'il buvait toujours vite, jusqu'aux dernières feuilles. Puis il beurrait son pain noir avec la même attention grave qu'il prêtait à ses lentilles. Il lui fallait le plus souvent une bonne minute pour recouvrir la surface de la tranche (il étalait son beurre jusqu'à ce qu'il n'en reste plus rien de solide). Minutieux, certes, et furtif en même temps, tel un anachorète croyant découvrir une miette de chocolat dans une fissure de sa grotte.

Alors l'idée que cet homme… oui, cet homme-là, puisse être le très estimé Dr Carpentier…

— N'y pensons plus, dis-je.
— Tu voulais me demander une chose ?
— Non, rien. Si, je… je voulais savoir si mon père avait jamais rencontré Louis XVII.
Le mot est à peine lâché que je tente de le retirer :
— Évidemment, je n'ai aucune raison de…
— Bien sûr qu'il a rencontré ce garçon. C'était son médecin !

15

La tour du Temple

Plus tard seulement, en recouvrant mes esprits, j'aurai lieu de me rappeler les pupilles du père Letemps. La placidité qui enrobe son regard, clair et sec à la fois, dénué de cruauté non plus que de douceur.

— Mais… il ne te l'a jamais dit ? Comme c'est drôle.

Il n'a pourtant pas l'air de rire franchement.

M'affaissant sur son lit sans m'en rendre compte, je lisse l'épais chiffon qui lui sert de courtepointe. Un nuage de poussière s'élève en ronronnant au contact de ma main.

— Quand ? demandé-je. Quand fut-il amené à connaître ce garçon ?

— Eh bien, c'était pendant l'été 1794, quelques semaines après les pires moments de la Terreur. J'étais là, vois-tu, le jour où ils ont emmené Robespierre. Une bien pénible affaire. Il beuglait tant et plus sur sa charrette. Avec la mâchoire arrachée, tu aurais eu des raisons de geindre, toi aussi…

— Je vous en prie, monsieur, ce n'est pas cela dont…

— Oh, mais une fois Robespierre parti, comprends-tu, le peuple est à sa manière revenu sur terre. La fièvre est retombée, les grandes théories sont apparues pour ce qu'elles étaient, et chacun, s'asseyant dans son lit, a rouvert les yeux. S'est inquiété de ses amis et connaissances. Il était naturel que quelqu'un se souciât enfin de ce garçon. Car on ne l'avait pas revu depuis… une éternité, semblait-il.

Seulement deux années.

En vérifiant les dates par la suite, je m'apercevrai que la foule avait pour la dernière fois aperçu Louis-Charles, le dauphin, le 13 août 1792. La famille royale quittait ce jour-là les Tuileries pour la prison du Temple, où elle logerait désormais. Elle avait pour escorte des Parisiens de tous faubourgs, qui, brandissant piques et poings, la couvraient d'injures et lui promettaient un funeste destin.

La distance était courte et pourtant le cortège avait mis deux bonnes heures pour arriver à destination. Le peuple avait vomi une rumeur de rage quand, l'attelage étant entré dans la cour, les épaisses portes de fer s'étaient refermées sur lui.

Le répit fut de courte durée. Cinq mois plus tard, on emmenait le père place de la Révolution (le couperet avait semblé ferrailler dans sa nuque épaisse). Quatorze mois plus tard, c'était le tour de la mère, et l'on en avait compté vingt et un quand la douce Madame Élisabeth, bien-aimée tante du petit, leur avait succédé sur l'échafaud.

Sur place était resté ce garçon aux yeux bleu de ruisseau, aux blondes bouclettes qui lui tombaient sur les épaules. Enfermé dans cette grande tour, derrière des murs de trois mètres d'épaisseur.

J'étais moi-même un enfant quand j'aperçus sa prison, par une fin d'été, alors que mère et moi avions marché plusieurs heures, comme il nous arrivait par beau temps. Nous nous étions arrêtés à une officine de la rue Meslay (mon père ayant besoin de nitrate de cuivre) quand, par caprice je suppose, j'ai couru au coin vers le boulevard du Temple.

Mère hésitait, je la revois aujourd'hui. Mais c'était une journée splendide, nous n'étions pas pressés de rentrer, et donc elle me suivit (incertaine, cependant, en retrait derrière moi).

On dit parfois qu'un édifice se dresse devant nous, comme s'il sortait de terre, pierre après pierre. La tour qui s'élevait devant mes yeux avait jailli des siècles auparavant. Elle imposait le passé dans le présent. Bêtise que de penser la découvrir, c'est elle qui vous découvrait.

Les vieilles murailles de l'enclos des Templiers avaient été abattues (il ne restait de leur religion que des geôles), mais le donjon tenait bon, flanqué d'une tour plus petite. Noir comme l'intérieur d'une cheminée, seigneur de ses propres secrets, il s'élevait à quelque cinquante mètres de hauteur. Il m'avait fallu l'étudier un moment pour discerner les défauts de la maçonnerie, les étroites meurtrières qui servaient de fenêtres, certainement trop petites pour admettre la lumière. Ou l'air. Ce qu'on enfermait là-dedans y restait.

Je ne savais rien alors de l'histoire de cette tour, cependant je me rappelle m'être représenté quelqu'un à l'intérieur, sans couleur ou caractère particuliers. Quelqu'un qui me regardait, ou qui m'appelait même, cela ne faisant pas de différence (et j'en étais troublé) car je n'étais en mesure ni de le voir ni de l'entendre. Ce quelqu'un, quel qu'il fût, était comme effacé de la face du monde.

L'idée qu'un être humain puisse être ainsi oblitéré, si aisément, si totalement, me semblait pire que la tour en soi. Ou bien était-ce équivalent ?

Un frisson me secouait les épaules et je vis mère, les bras croisés contre sa poitrine.

— Allons, Hector.

Elle m'attira vers elle et nous revînmes rue Meslay. Ni elle ni moi ne nous retournâmes.

Puis les lieux furent abandonnés et, avant que j'atteigne l'âge de vingt ans, Napoléon ordonna leur destruction. Pourtant la simple mention du nom l'érige encore à mes yeux.

Le Temple.

*

* *

— Il y allait tous les matins sans exception, me dit Letemps. En fiacre, ce qui lui coûtait cher et l'ennuyait. Il en louait un différent à chaque fois et ne prenait jamais le même itinéraire, au cas où on le suivrait ! Les commissaires du Temple lui avaient fourni un laissez-passer, qu'il m'a montré à l'occasion, et, pour rendre visite à un prisonnier, il fallait détenir en outre un sauf-conduit, sur lequel était inscrit « Pour la tour », ou quelque chose comme cela.

« Et c'est vrai, il n'avait pas le droit d'y rester plus d'une heure, et c'était toujours le même horaire. Ou alors il devait adresser une requête aux commissaires, voire… pouah !… à cet infâme Comité de sûreté générale. Tout cela étant entouré du plus grand secret. Rien ne filtrait. Motus et bouche cousue !

— Pourquoi avaient-ils choisi mon père ? demandé-je.

— Hm, fait-il, glissant plusieurs doigts dans sa barbe, comme s'il cardait de la laine. C'est le fruit du hasard. Il avait jadis soigné la sœur du général Barras, qui avait un goitre. Ton père l'avait beaucoup impressionnée, et je suppose que, fringant jeune homme comme il l'était, cela avait joué en sa faveur. Barras avait un faible pour certaines choses, si tu... vois où je veux en venir. Or donc, lorsqu'on lui confia ce qui restait de la famille royale, il s'est rendu compte que le gosse avait besoin d'un docteur. Et de toute urgence !

Letemps hausse les épaules. Cela ne dure qu'une seconde, pourtant l'étoffe de sa vieille blouse reste suspendue quand elles retombent.

— Naturellement, dit-il, on lui a fait savoir qu'il s'agissait d'une mission de la plus haute importance, nécessitant un praticien non seulement qualifié, mais aussi d'excellente moralité républicaine. Je doute qu'il ait jamais été courtisé avec autant d'ardeur.

Fermant les yeux, je tente de m'imaginer moi-même environné de citoyens épris de leur honneur, de leur devoir et leur patrie.

— Combien de temps a-t-il soigné le dauphin ?

— Pratiquement jusqu'à la fin.

— Pourquoi... ne m'en a-t-il jamais parlé ?

— Mon petit, tu n'étais qu'un drôle, à l'époque ! Tout juste trois ans ! Pour toi, les dauphins étaient des mammifères, s'ils étaient quelque chose.

— Mais mère...

— ... ne savait rien non plus. Il partait, hm, une heure plus tôt chaque matin, voilà tout. Il prétendait qu'on le réclamait à l'hôpital. Mais il rentrait toujours déjeuner. Un homme ponctuel, ton papa. Personne... (le vieil homme brosse soudain un grain de poussière accroché à ma veste.)... ne se doutait de rien.

— Il le cachait même à sa femme ?

— Oh, il n'osait pas lui dire. Et s'il signait ainsi son propre arrêt de mort ? Il prenait un risque énorme, vois-tu. En ces temps, secourir la famille royale, assister la progéniture de Louis XVI de n'importe quelle façon pouvaient te conduire à l'échafaud. Des centaines de personnes avaient payé de leur vie. Des milliers !

— Barras lui a tout de même proposé de le faire. Le Comité…

— Ah ! ce sacré Comité ! Aujourd'hui, le Comité statue ; demain, il change d'avis ; après-demain, on en élit un autre dont tous les membres ont changé ! Et le commissaire qui, la veille, avait la main haute tombera à l'aube dans les bras de la veuve[1] !

Sans y penser, Letemps trace une ligne sur sa gorge, d'un geste sûr et décidé. Il aurait fait un très bon chirurgien.

— Monsieur, lui dis-je, pardonnez-moi, mais je ne comprends toujours pas. Pourquoi lui aurait-on reproché de vouloir sauver la vie d'un jeune garçon ?

Ses yeux louchent dans le vague…

— Oh, ce n'est pas du tout ce qu'ils recherchaient… !

— Alors quoi ?

Les paupières plissées, il s'accroupit en balayant la pièce du regard, comme si le fil de ses pensées se déroulait sur le parquet.

— Je lui ai posé un jour cette question, admet-il en ourlant la lèvre. Nous étions à notre table au Sage Athénien… Je t'ai parlé du Sage Athénien, non ? Nous prenions notre café hebdomadaire, et c'était son tour de payer… C'est qu'il insistait pour payer, depuis un moment… Où en étais-je ? Oui, il pestait contre leurs

1. Sera guillotiné. (Toutes les notes sont du traducteur.)

comités et commissaires ! Les bureaucrates de la mort, les appelait-il. Joliment tourné, hein ? Il devait commencer à m'agacer un peu, car je lui ai demandé : « Pourquoi sont-ils allés chercher un brillant médecin comme toi, s'ils n'ont pas l'intention de t'écouter ? »

— Qu'a-t-il répondu ?

— Rien tout d'abord. Bien sûr, il était ainsi, songeur et avare de ses mots. Finalement, comme nous nous levions, brossant les miettes des macarons sur nos manches… Ah, je n'oublierai jamais cette phrase : « Ils ne veulent pas tant que je le guérisse, mais que je m'assure de sa mort. »

16

Où le policier rend un diagnostic et propose un remède

Telle une chandelle de suif, la mémoire de Letemps coule, crépite et m'éclaire, toutefois sa flamme est brève et sa fin péremptoire. Le débit tarit, il sombre bientôt dans l'inconscience et s'allonge de biais sur sa paillasse, comme une poutre soudain détachée du plafond. Il ne me reste plus qu'à lui ôter ses souliers et lui souhaiter bonne nuit.

Deux jours passent pendant lesquels je m'efforce de ranimer la conversation. Le vieil homme y paraît disposé, mais en son for intérieur, quelque chose se maintient clos, qu'aucune de mes discrètes allusions (le Temple ou le Sage Athénien) ne parvient à ouvrir. Je n'obtiens qu'une promesse incertaine de « m'emmener à l'occasion aux archives ».

Que sont ces « archives » et que contiennent-elles au juste… ? J'ai beau presser notre hôte de mes questions, il reste dans le vague. Samedi et dimanche, j'attends que le ciel s'éclaircisse. Lundi ne récompense pas davantage mon entreprise. Seule la routine me tend vraiment les bras. Je quitte la maison à neuf heures et quart, comme d'habitude, toujours en direction de l'école de médecine. Avec une différence : j'ai à peine fait cinq pas qu'un fiacre s'arrête à ma hauteur. Un gendarme se penche à la fenêtre :

— Dr Carpentier ?

— Oui ?

— Vous êtes attendu.

L'homme n'est pas autorisé à me dire où, mais cela n'est pas nécessaire. Je monte et il lance au cocher :

— 6 rue Sainte-Anne !

Je suis admis à la Sûreté (ou au « Numéro six », comme disent ses intimes) par la cour du fond. Le gendarme m'escorte dans l'entrée marbrée, où il pousse nonchalamment une porte capitonnée qui donne sur un escalier en colimaçon. Au premier étage, une autre porte débouche sur un long couloir, presque entièrement éclairé par des lucarnes.

Nous longeons le couloir, et une peur moite s'empare de moi tandis que j'aperçois une série de bureaux ouverts. Qui sont ces hommes aux mains calleuses, aux pantalons d'épaisse toile bleue, recousus de pièces avec un fil grossier. Mais où est la police ?

Une bonne demi-minute s'écoule avant que je me rende compte... (vous imaginez ma stupéfaction.) qu'ils sont la police !

Malgré moi les mots de Nankin me reviennent en mémoire. « Allez donc distinguer les représentants de la loi de ceux qui la violent. »

En cette deuxième Restauration, il est en effet ardu pour les Parisiens de s'habituer à l'idée (une idée de Vidocq) qu'il faille, pour attraper les criminels, recourir à des hommes qui leur ressemblent, pensent et agissent comme eux. Si les agents de la brigade de la

Sûreté ne portent pas l'uniforme, ils ne manquent pas de références…

Prenez Aubé, le monsieur à la casquette jaune. Faussaire renommé en son temps, expert en lettres du roi et encycliques. Aucune signature n'a jamais été trop complexe pour lui. Et ce taureau vêtu d'une blouse de femme ? Fouché. A tâté de la prison dès l'âge de seize ans, pour vol à main armée. Le seul qui n'ait pas l'air d'un repris de justice est Ronquetti (il semble avoir dormi tout habillé), un mystificateur qui se fit jadis passer pour le duc de Modène, avec maîtresse italienne et valet nègre.

Enfin, derrière les deux portes anonymes au bout du couloir : Coco-Lacour, qui grandit dans un bordel et, pour l'essentiel de celle-ci, reçut son instruction au bagne. Cajole les prostituées avec toutes sortes de colifichets qu'il pêche dans la Seine. Est aujourd'hui le secrétaire personnel de Vidocq.

— Dr Carpentier, n'est-ce pas ?

Il doit lui manquer une dent sur trois, mais il me sourit comme s'il avait les gencives incrustées de diamants.

— Le chef vous recevra dans un instant, me dit-il. Puis-je vous servir un café ?

— Faites-le entrer ! résonne, ou plutôt rugit la voix, dans la pièce adjacente.

Coco-Lacour, impassible, s'exécute.

— Voulez-vous me suivre, docteur ?

L'élégance de ladite pièce me laisse interdit : étagères, eaux-fortes encadrées, cheminée de marbre noir sur le manteau de laquelle trône une horloge en similor. Je remarque des gants de coton blanc sur un guéridon en acajou. Derrière un bureau massif en cerisier, Vidocq, tout aussi massif, est assis dans un fauteuil de cuir sombre, et sa propre élégance est à l'image des lieux. Il porte un costume anthracite au revers paré de tulipes jaunes. *L'Indépendant* du jour est déplié devant lui, à la page des théâtres.

— Installez-vous, Hector.

Si, au fond de moi, j'avais imaginé cacher les renseignements nouveaux que je détiens… eh bien, le fond, sans attendre, remonte à la surface. Car en m'ouvrant la porte de son cercle officiel, Vidocq m'inclut dans la même franc-maçonnerie qui réunit Ronquetti, Aubé, Fouché et Coco-Lacour. Je suis maintenant un des « siens ».

C'est donc la chose la plus naturelle du monde que de lui rapporter ce que m'a appris Letemps… et pour lui de m'entendre tel un confesseur, grognant ici ou là à cause d'un détail. Quand j'ai terminé mon récit, il renverse la tête, comme pour bien tasser l'histoire dans son crâne.

— Voilà qui est fort intéressant, dit-il. Vous n'auriez sans doute pas rêvé d'un père aussi illustre. Le mien était boulanger… de son vrai métier un salaud, si vous voulez mon avis. Il me rossait à la première occasion. En toute justice, je me servais dans sa cassette à chaque fois que je pouvais. Nous pourrions nous estimer quittes, finalement.

Un gloussement de sorcière s'échappe de sa cage thoracique, tandis que ses yeux gris prennent la couleur du ciel à midi.

— Dois-je vous mettre au courant de mes propres découvertes, Hector ?

— Si vous le souhaitez, lui réponds-je faiblement.

— Eh, vous êtes bien aimable !

Redressant les épaules, il se tourne vers la fenêtre, qui joliment encadre la Sainte-Chapelle, aux pierres immaculées poncées par le soleil.

— Vous vous rappelez, je l'espère, les derniers mots de M. Leblanc ? demande-t-il.

— « Il est ici. »

— Exactement. « Il est ici. » Pour ce qui est du « il », nous avons déjà épluché la question, seulement il reste le « ici »… Un petit mot tout simple, mais regardez comme il se tortille quand on essaie de l'empoigner. Faut-il l'interpréter comme la rue elle-même où ce pauvre Leblanc rendit l'âme ? Peu probable. Alors Paris ? J'avoue que cela m'a traversé l'esprit. Lorsqu'on est un idiot avec des prétentions à la couronne, mais qu'on recherche l'anonymat, ce n'est pas un mauvais choix. Je ne suis pas le plus mal placé pour savoir qu'à Paris on peut se raréfier tout le temps qu'on veut…

« Puis j'ai tenté de me mettre à la place du fidèle et dévoué Chrétien Leblanc. Et ce satané mot recommence à gigoter comme une truite ! Car pour un individu comme Leblanc qui, sa vie durant, attendit le retour de Louis XVII, le mot "ici" est susceptible de signifier… (Vidocq ouvre les bras)… tout simplement la France. Le pays natal qui se languit de son sauveur. Me suivez-vous jusque-là ?

— Oui, oui.

— Eh bien, si « ici » désigne les frontières du pays, j'augure que nous n'avons pas fini de fouiller. Mais nous devons être de fameux chrétiens, Hector, car Dieu nous a envoyé un os à ronger. Comprenez-vous : la mystérieuse relation de notre ami Leblanc (clin d'œil égrillard) ne sait pas que celui-ci est mort.

— Les journaux l'auront annoncé ?

— J'ai sollicité quelques faveurs… quelques échanges de bons services, si vous préférez. C'est pourquoi rien n'a été publié dans les comptes rendus locaux, ni dans les avis de messe. Le corps se trouve toujours là où nous l'avons vu. Excepté vous et moi et Mme la baronne, les seules personnes informées du décès sont les créanciers de Leblanc. Lesquels entendent garder le silence à son sujet, par souci de leur réputation.

Souriant, le policier croise ses bras de bûcheron sur son ventre de plomb.

— Je n'ai donc plus besoin de vous expliquer pourquoi j'ai refusé qu'on enterre le cadavre ?

— Au cas où des tiers tenteraient encore de communiquer avec lui ?

— Un point pour vous ! beugle-t-il. Mais… vous avez triste mine, mon ami…

— Je me… je crois…

— Non, ne dites pas le contraire. Je ne sais qu'un remède contre le mal qui vous étreint. Cela s'appelle un changement d'air.

— Un change…

— … ment de climat ! Absolument ! Vous avez raison ! Rien qu'un jour ou deux, et vous en reviendrez gaillard.

— Pardonnez-moi, je… je ne comprends rien à ce que…

Hilare, il lève les bras tel un chef d'orchestre.

— Nous partons en voyage, Hector !

17

L'affaire de la femme sans tête

J'ai résolu de ne jamais interroger Vidocq au sujet de nos destinations. Étant un homme de parole (plus ou moins), je tente seulement à l'occasion :

— Comment savez-vous où nous nous dirigeons ?

C'est ainsi qu'il me renvoie à un point antérieur de l'enquête. Chrétien Leblanc n'est mort que depuis quelques jours. Le logement du défunt est minutieusement fouillé, et l'on cherche surtout la correspondance qu'il entretenait avec des tiers. L'on ne trouve qu'une soucoupe (sans tasse), un volant de « badminton » (un jeu anglais, à ce que l'on dit, qui se joue avec un « volant »), un unique gant jaune (sans son jumeau, donc), et un programme des nouveautés du Jardin des Plantes. Jour après jour, les agents de la Sûreté guettent son courrier dans l'espoir de quelque enveloppe révélatrice, mais n'y trouvent que des états de commerçants en souffrance de règlement.

Leblanc avait-il d'autres manières de correspondance ? Le vieil homme était, après tout, un citoyen prudent. Peut-être avait-il un fidèle complice, qui recevait ses messages et les lui remettait aux moments opportuns ? Mais qui ?

Cela ne serait pas la baronne, si l'on se base sur les témoignages. Consultés, les voisins du défunt ne lui connaissent que peu de relations, encore moins d'amis proches. Par nature et culture, Leblanc est un solitaire, peu porté sur la boisson, avare de ses paroles. Volontairement sans doute, il laisse fort peu de traces de son existence à Paris.

Nullement découragé, Vidocq fait le tour des cafés, marchands de vin, coiffeurs et tailleurs du quartier, leur demandant s'ils conservent des lettres pour un certain monsieur dont il donne la description, et la réponse est chaque fois « non ».

Puis, un après-midi, alors qu'à une table en devanture des Trois Frères il se rafraîchit d'une pinte de vin avec quelques côtelettes, ses yeux s'arrêtent sur la forme qui se dresse de l'autre côté de la rue.

Un mannequin, ni plus ni moins. Voluptueux, sans tête, occupant royalement le vide damassé d'une vitrine.

À cet instant, l'esprit de Chrétien Leblanc s'ouvre devant Vidocq tel un recueil de formules magiques. Voici le seul endroit où l'on ne verrait pas un vieux célibataire venir faire ses emplettes :

MADAME SOPHIE
Les Manteaux et les Robes
des Plus Belles Femmes de Paris

Et Vidocq de pousser hardiment la porte entrebâillée. Mme Sophie est en courses, mais une jeune modiste du nom d'Émilie, brune, avenante et dotée d'une ronde silhouette, se dresse derrière le comptoir.

Ses longs cils suggèrent un cœur très sensible. Quand le policier lui annonce qu'il vient chercher un paquet pour son oncle Chrétien, lesdits cils battent comme des stores au vent.

Oh, mais elle ne se croit pas en mesure de l'aider, explique-t-elle en retroussant les lèvres. Elle n'est pas censée en parler.

— C'est qu'il m'envoie, mademoiselle, comprenez-vous ? Comment, sans lui, aurais-je eu l'idée d'entrer ici ?

Bon… s'il présente les choses ainsi… Mais elle n'a rien reçu pour lui depuis… ah, justement, cela fait deux semaines…

— Eh bien, tant pis. Mon oncle fait une cure à Bad Ems, c'est pourquoi il m'a prié de vérifier. Vous êtes une de ses amies, peut-être ?

— Oh non, monsieur…

Elle ne le connaissait pas il y a trois mois. Se présentant un matin, il lui a demandé s'il pouvait compter sur elle pour prendre ses colis, car il voyageait constamment. Il suffirait qu'elle les cache derrière le comptoir, où ils ne gêneraient personne, et Mme Sophie ne remarquerait rien. Il lui donnerait en outre deux cents sous à chaque livraison.

— Ah oui. C'est bien le genre d'oncle Chrétien, tiens. Cette vieille tortue et ses petits secrets. Ah ! On se doutait, avec ma sœur, qu'il échangeait des billets doux avec une jeune madame. Il était bien guilleret, ces derniers temps…

— Que me chantez-vous là ? l'interrompt Émilie. Ce ne sont pas des lettres !

Consciente de sa bévue, elle se presse, empourprée, d'assurer monsieur que jamais elle ne trahirait la confiance de son oncle, que jamais elle ne s'était permis d'inspecter ce qu'on lui adressait. Cela n'était arrivé qu'une fois, car l'emballage de toile était déchiré dans un coin et elle allait le recoller quand le contenu est tombé. Dans ce cas, elle ne pouvait éviter de le voir…

— Bien sûr, mon enfant. Était-ce le tout dernier colis ?

— Oui, répond-elle.

— Aha ! Alors je sais de quoi il s'agit. Un anneau en or, n'est-ce pas ? Grand comme ça ?

— En effet, monsieur ! (La jeune femme n'oppose à présent plus aucune résistance.) Un curieux anneau, d'ailleurs, abîmé par toutes sortes de marques et d'éraflures. On n'en tirerait pas trois francs aux halles. S'il appartient à l'amie de votre oncle, elle doit avoir des doigts gros comme des boudins !

— Celui-ci ?

Fort commodément, l'objet se trouvait dans le gousset du policier.

— Mais oui ! s'écrie Émilie. Ah, c'est répugnant, n'est-ce pas ?

— Certainement, admet-il. Justement, mon oncle Chrétien, qui n'en veut plus, m'a prié avant son départ de le retourner à son ancien propriétaire. Je ne demande pas mieux, mais idiot que je suis, j'ai perdu son adresse. Quel âne je fais, vraiment !

— Eh bien, risque la jeune femme, si tous ces paquets proviennent de la même personne, alors elle réside…

Et de lâcher le nom d'une ville, à moins d'une heure de fiacre de Paris.

— Mais oui ! s'exclame Vidocq en se frappant le front. Je savais bien que c'était un « saint-quelque-chose »… Maintenant, si je pouvais me rappeler le nom de cette bonne dame, la rue et le numéro me reviendraient en mémoire.

Et la toujours charmante Émilie de s'exécuter encore…

Des heures et des heures d'enquête et de recherches, pensera-t-il par la suite. Alors que les réponses l'attendaient simplement dans la bouche pulpeuse d'une modiste.

Une ardeur soudaine (à moins qu'il ne s'agisse d'un froid calcul) le pousse à presser ses lèvres sur ladite bouche. Les convenances voudraient que mademoiselle le gifle, mais elle ne le fait pas, ce qui l'élève plus haut encore dans l'estime du policier. Lequel s'enquiert du retour de Mme Sophie. Pas avant une heure, lui dit-on. Il souhaite alors retourner le panneau FERMÉ contre la vitrine. Oui, répond-on. Il souhaite ensuite baisser le store…

— Non, répond Émilie, avec une fermeté qui ne manque pas de le surprendre. Je m'en occupe…

L'après-midi même, un homme de la Sûreté se rend dans la juridiction révélée par la jeune femme, d'où il revient avec une adresse à accoler au nom. L'on peut donc commencer à jouer. Après avoir étudié quelques échantillons de la calligraphie personnelle de Leblanc, Aubé griffonne le message suivant…

En attente de nouvelles consignes.

… qu'une estafette part délivrer à l'adresse en question. Deux jours plus tard, Émilie se réjouit de nous apprendre qu'une réponse est arrivée pour l'oncle Chrétien. Une simple missive, composée de quatre mots :

Votre ballot est prêt.

— Délivrée hier par porteur spécial, conclut Vidocq, qui fait les cent pas dans son bureau. L'étau se resserre, Hector.

— Quand devons-nous aller là-bas ?

— Quand ? Mais tout de suite, bien sûr.

— J'aurai besoin de rassembler quelques…

— Jamais de la vie. J'ai des vêtements pour vous.

— Et il faut…

Que j'avertisse ma mère.

— Je l'ai fait avertir, me devance-t-il avec un sourire ironique.

— Que lui avez-vous dit ?

— Oh, fait-il avec un geste d'ennui. Demandez à Coco, c'est sa branche. Un colloque sur le feu de Saint-Antoine, sans doute. Une épidémie de lèpre dans la vallée de la Loire. Rien que personne ne vous demanderait de confirmer. (Rieur, il m'attrape par le col.) Écoutez, mon ami, si tout se passe bien, vous serez de retour chez maman Carpentier demain soir. Avec l'allure… que dis-je ?… l'inspiration de celui qui a vu quelque chose ! Ce qu'ils vous envieront, mon brave, avec leurs yeux de petits cochons au-dessus de leur… Mais dites-moi, vous ne portez pas de pistolet, si ? Bah, qu'importe. Ce qui m'inquiète plutôt, c'est que vous êtes tout pâle, Hector ! Dois-je vous servir un soupçon d'arak avant de partir ?

8 brumaire, an III

Une bénédiction, ce Leblanc. Affable, consciencieux, plein de bonne volonté. Conversation brillante, étonnante. Moments très agréables en sa compagnie.

Comme moi inquiet pour ce garçon, les causes de son état mental et affectif étant chaque jour plus claires. A subi pendant détention d'inacceptables traitements dans les mains de Simon, un cordonnier, à qui furent confiées, pour d'étranges raisons, sa garde et son « éducation ». Leblanc m'a éclairé sur ce point : Simon chargé de lui faire oublier sa « condition ». A obligé l'enfant à porter bonnet rouge, à boire, à entonner des refrains obscènes et des chants républicains en présence famille royale. Esclave de cet homme, Charles le servait à table, cirait chaussures de Mme Simon. Constamment brimé, battu pour peccadilles, réveillé en pleine nuit à coups de pied. Sévices d'un autre ordre fort possibles.

Garçon forcé de confirmer mensonges extravagants à propos de sa famille, particulièrement sa mère. Privé depuis le début de tout soutien, conçoit terreur panique à l'égard des adultes, et spécialement des hommes.

Leblanc se ferait un plaisir de « dédommager » citoyen Simon pour sa « tutelle », me dit-il. La France y a veillé, lui ai-je répondu. Simon décapité avec son ami Robespierre le 10 thermidor. « Peine trop douce », a commenté Leblanc.

10 brumaire

Emmené Charles ce matin sur le chemin de ronde. Sa vision s'améliore. Même au soleil, capable de garder les yeux ouverts une à deux minutes. Distingue objets à cent mètres. Très encourageant.

Inattendu : régiment artillerie défilant dans la rue. Indisposé par tambours, garçon cramponné à mon bras, tête baissée. Roulements s'arrêtent vers Sainte-Élisabeth, Charles écoute fanfare avec intérêt. N'a pas entendu musique depuis longtemps, dit-il (deux ans selon mes estimations). Calcul ou fait exprès, fanfare joue « Marseillaise ». Très joli, dit Charles.

Autre chose : avec permission escorte, l'enfant a pu cueillir quelques brins d'herbe et une dent-de-lion poussant dans lézarde tour de garde. Tenté d'en faire un bouquet, mais tiges trop fines et friables. Conséquence : très affligé de retour dans sa cellule.

18 brumaire

Garçon toujours très renfermé. Patient, persévérant, Leblanc s'efforce de gagner sa confiance. Fait preuve grande politesse et amabilité. Est parvenu à améliorer conditions de captivité. Charles peut allumer lampe le soir : apaiser peur du noir. Connaissant son aversion pour le bruit, Leblanc étudie dispositions pour assourdir claquements, verrous, serrures, etc.

État continue de s'améliorer. Légère prise de poids, perceptible au visage. Un peu de rose aux joues. Regard toujours morne, indifférent. S'exprime encore difficilement.

Nourriture simple, mais plus abondante. Légumes au déjeuner. Potage, viande bouillie au dîner. Deux rations complètes au souper.

À plusieurs occasions, a souhaité voir sa sœur qui loge à l'étage inférieur. Refus des commissaires. Les « enfants du tyran » doivent être séparés. Ai répondu qu'ils n'ont pas à expier les crimes de leurs parents (moi, citer la Bible !). Les chiens ne font pas des chats, m'a-t-on dit.

6 frimaire

Convoqué au Comité de sûreté générale par citoyen Mathieu, qui veut savoir si j'ai lu Le Courrier universel *de la veille. Un article fait valoir que « pour être fils d'un roi, on ne doit pas être dégradé au-dessous de l'humanité », et les commissaires doivent veiller à ce que leur captif « ne manque pas du nécessaire comme par le passé ».*

Mathieu me demande à brûle-pourpoint si je suis derrière « ce ramassis de calomnies et d'ordures royalistes ». Ai attesté de ma qualité de médecin, pas de journaliste. Il mentionne les amis que j'aurais dans la presse, « un en particulier, n'est-ce pas ? » J'ai invoqué le secret médical.

Mathieu, pas convaincu, veut « empêcher qu'on ne provoque une perfide pitié sur les restes de nos tyrans » (comme s'il parlait devant la Convention !). Tient à ce que le fils Capet ne soit pas mieux traité que n'importe quel enfant.

N'ai pu me retenir d'objecter que, selon moi, il est bien plus maltraité que beaucoup d'autres.

Mathieu : « Nombre d'enfants valant mieux que lui ont une santé moins bonne. Et nombre d'entre eux meurent alors que le monde aurait besoin d'eux. »

Entretien pour le moins déplaisant. Suivi rapidement par un second avec le commissaire Ducaze, qui s'est senti obligé de me rappeler que les complots royalistes fomentent de tous côtés... les ennemis de la France sont prêts à remettre l'enfant-roi sur le trône... les bons citoyens de la République doivent prendre toutes mesures pour s'opposer aux « missions charitables », d'où qu'elles viennent.

Lui ai fait remarquer que le Temple est surveillé par 194 hommes de la garde nationale, 14 artilleurs, et 4 à 5 gendarmes, soit plus de 200 soldats pour consigner deux enfants. D'autres précautions sont-elles vraiment nécessaires ?

On m'a sèchement avisé de tenir ma langue.

10 frimaire

Leblanc et moi avons fait la surprise à Charles de quatre chrysanthèmes en pots.

Je crois que vous aviez un jardin à vous, a dit Leblanc en souriant.

Réaction obligeante de l'enfant. Doute d'abord de ses sens, puis contemple les pots, sans oser les toucher. Hume longuement les fleurs et, avec une grande prudence, s'approche pour les étudier. Est resté sous le charme une quinzaine de minutes.

Merci, a-t-il dit.

18

Dans lequel un grand homme est le jouet d'indicibles phénomènes

Évidemment, il y aurait plus mauvais choix que Saint-Cloud pour bâtir un château. La ville est sise en hauteur de la Seine et, à deux lieues et demie des frasques parisiennes, ses splendides façades trouent les nuages. S'il fut à l'origine propriété de riches Florentins, les bons rois de France jugèrent bien vite le panorama digne de leur rang, de même qu'un certain empereur qui, plus récemment, fit transformer le salon de Vénus en salle du trône (à son usage unique, bien sûr). Empressé de fuir Paris comme ses prédécesseurs, notre actuel monarque s'y réfugie avec sa cour, suivis de près par des touristes aussi empressés qu'eux.

Je n'avais sans doute guère plus de sept ans quand je vins là la première fois. Il ne m'est resté en mémoire que l'eau. De grandes gerbes émeraude, grouillant par les gueules affligées des gargouilles. Je me souviens aussi d'un terrier, galopant hors de la forêt, qui se dressa sur ses pattes de derrière et me défia comme un pugiliste. J'en ai gardé une peur constante des chiens.

Nous avions dû voyager dans un coche semblable à celui d'aujourd'hui, avec son toit couronné de malles et de valises. Ses roues bordées de fer répandaient la fange autour d'elles, et une longue cape de poussière lui servait de traîne. Mère serait sans doute indisposée de me voir dans mon nouveau costume. Mes chevilles sont gainées d'épais bas d'une laine grise et rêche, je porte d'amples pantalons en velours de coton, un vieux gilet aux coutures qui bâillent… mais pas de chemise ! Vidocq a insisté (peu lui importe que je gèle !) pour que mon cou et mes bras restent nus. En outre, avant notre départ, il s'est attaché à m'appliquer un faux tatouage, qui représente un dromadaire en procession sur mon biceps droit.

— Pourquoi ? lui demandai-je.

— Car les tatouages donnent de la stature aux petits salauds. Et si quelqu'un a besoin de stature… Hector, comment vous êtes-vous fait ça ?

— Quoi ?

— Ces éraflures que vous avez aux bras. Vous rampez dans les orties, maintenant ?

— Non, cela n'est qu'un léger incident au laboratoire.

— Hm, cela vous donne une allure menaçante. Mais, bon Dieu, vous êtes aussi pâle qu'une impératrice !

Il sortit d'un tiroir un poudrier en écaille de tortue.

— Qu'est-ce ?

— Du fard, répondit-il, jovial. Une touche ici, une touche là, et vous aurez l'air d'avoir rencontré le soleil une fois dans votre vie. Ah, mais vos mains sont bien trop douces. Voilà, nous allons les frotter à la toile d'émeri. Vous ne voulez tout de même pas ressembler à un Parisien, si ?

À cause de cette toilette de dernière minute, ainsi que d'une ultime fusillade de consignes à l'intention des « garçons », il est treize heures trente lorsque nous partons, et quinze heures ont passé quand notre coche franchit le pont de pierre de Saint-Cloud. De l'autre côté de la Seine, charmes et châtaigners épanchent leurs branches comme des tonnelles et, à intervalles irréguliers, le gâble d'une folie transperce le feuillage.

— Nous sommes des journaliers, m'apprend Vidocq, nous espérons que les touristes ne nous prêteront pas attention. Ah, ne prenez aucun accent, Hector, votre silence suffira. Vous êtes un peu simple, si vous comprenez ce que je veux dire. Vous saurez faire le simple d'esprit, n'est-ce pas ?

L'auberge, dont l'enseigne est au nom de La Toison d'or, s'appelait il y a cinq ans L'Aigle doré, mais toute référence audit rapace (comme au souverain qui les inspira) a partout disparu depuis longtemps (à l'exception d'un « N » mal effacé sur la porte d'entrée). Mme Prunaud, la patronne, est veuve et jure comme un charretier. Des carrés de peau chagrinée apparaissent sous ses mèches dont on ne sait si elles sont beiges ou simplement sales.

— Pour le gîte, vous irez voir ailleurs, gronde-t-elle.

Une unique dent noire branle sur sa lèvre inférieure comme une tuile mal ajustée.

— Nous ne sommes pas difficiles, madame. Les combles ou l'écurie iront fort bien.

Mon compagnon ne s'est pas démené pour rien, puisqu'elle étudie d'un œil dédaigneux les hardes que nous portons.

— C'est quarante sous d'avance, sinon dehors, conclut-elle.

Le dîner se compose d'une tranche de mouton et d'une pinte de romanée. Prétextant le froid, Vidocq se rapproche d'une troupe de rouliers et cochers, attablés près d'un feu qui, comme tous les feux de taverne, ne s'embrase ni ne s'éteint jamais. Ces gens sont certainement des habitués de la maison, car ils n'ont avec eux aucune sorte de bagage. Pour rentrer dans leurs grâces, le policier dégage deux bouteilles de genièvre du cellier de la Prunaud et remplit quelques chopes en étain, tandis qu'un autre apporte des cigares. Les voix se joignent pour une évocation chantée à la gloire du mont de Vénus, qui dure bien dix refrains ; la lampe en ferblanc moucheté oscille au rythme des sabots ; et l'atmosphère est vite assez plaisante pour que Vidocq puisse demander, recrachant par les deux narines une belle fourche de fumée :

— Vous connaissez un bougre du nom de Tepac ?

— Et pourquoi le connaîtrait-on ?

— C'est que, mon camarade et moi, on a entendu dire qu'il ne serait pas avare de ses salaires…

— Tepac ? s'exclame une sorte de quincaillier ambulant, qui, au reste, n'en est peut-être pas un. Jamais réussi à lui soutirer un sou, à celui-là.

— De quoi te plains-tu ? renchérit un roulier. Moi, il ne m'a jamais dit un mot. Quand tu le salues dans le bourg, il regarde droit devant lui. Se mouche pas du coude, ce crapaud.

— Je vois le genre, fait Vidocq. Ça sent la rose quand il pète, je suppose ?

— S'il n'y avait que ça… Il se mire dans ses plumes, il se pousse du col !

— Merde, lâche le policier en baissant la tête. Pas chez lui qu'on trouvera de la besogne. Il doit avoir toute une foule de valetaille.

Ah, mais non, nous éclaire-t-on, il n'a que deux serviteurs : un cuisinier et un homme de peine. Il est arrivé à Saint-Cloud il y a trois mois, au milieu de l'hiver. Certains le crurent apparenté à la famille royale, tant il est plein de morgue et d'arrogance, mais l'on doute qu'il fût jamais reçu à la cour. Il dîne rarement dehors, on ne lui connaît pas de revenu, on ne l'a jamais vu travailler, on le croise dans les rues où il sort deux fois le jour, avec une canne à pommeau, en chêne massif, propre à décourager les plus hardis voleurs.

— Eh bien, tant pis, dit Vidocq en levant les bras, on cherchera un autre patron.

— Holà !

Le doyen des rouliers, qui vient de baptiser le feu d'un violent jet d'urine, grogne en remettant son appareil en place :

— Que venez-vous fouiner à Saint-Cloud ? Il y en a bien à Paris, de la besogne !

Mon compagnon agite son genièvre du bout de l'index et grommelle :

— Nous avons été chassés.

— Ah oui ? Par qui donc ?

— Vidocq.

Les réactions dépassent ses espérances, car du coup l'assistance veut en apprendre davantage. Est-il vrai qu'il a des yeux à l'arrière du crâne ? Il paraît qu'il renifle un mensonge à dix lieues… Et, à moi, on m'a dit qu'il a scellé un pacte avec le diable, que ça l'oblige, une fois par mois, à brûler vif quelque vaillant brigand… Mais non, ce sont ses yeux qui répandent le feu… Morbleu, je l'ai vu consumer le chapeau d'un passant rien qu'en le regardant !

Refusant de joindre sa voix à la mythographie du policier, le vieux roulier annonce d'une voix assez forte pour résonner dans tout Saint-Cloud :

— Il me fait pas peur, moi, votre Vidocq. S'il était là, votre gars, je lui réglerais son compte ! Je lui arracherais la cervelle pour lui chier dans le crâne, voilà c'que j'ferais ! Eh, dit-il en me toisant du haut de son courroux, qu'est-ce qui te fait rire, toi ?

— Je vous ai déjà expliqué, répond le policier en me flanquant une taloche. Il est un peu simple, ce jeune homme, c'est tout.

— Faudrait pas venir chez nous se payer notre tête, admoneste le roulier, qui renoue sa ceinture d'un air martial. C'est pas très poli, ça !

Avant que la situation s'envenime, la patronne le coupe de ses piaillements aigus :

— Je vais te l'apprendre, moi, la politesse !

La vengeresse en chemise de nuit va saisir une longe de cuir sur un angle de la cheminée.

— Je suis encore trop bonne de faire du feu pour vous ! Allez, dehors tout le monde !

Ce par quoi elle désigne aussi Vidocq et moi. Il lui faut donc dix sous et quelques louanges pour l'empêcher de nous congédier.

— Ah ! Au grenier, vous autres !

Où il n'y a pas de lit, bien sûr, mais un matelas qui lentement se dégarnit de sa paille.

— Prenez-le, offre mon compagnon, je ne suis pas fatigué, moi.

Pour la vingtième fois aujourd'hui, je déplore l'abandon de ma chemise tandis qu'un air glacé se resserre autour de nous. Une succession de toiles d'araignées plaquent leurs filaments gelés sur mes bras. Frissonnant dans le noir, je devine la silhouette massive du policier qui arpente la poussière. Et de virer et tourner jusqu'à ce qu'enfin il me dise, d'un ton non discourtois :

— Bonne nuit, Hector.

Je me réveille quelques heures plus tard, la bouche grand ouverte à la recherche d'un air raréfié : j'ai l'intime conviction de me noyer.

Mes mains happent le vide, mais la sensation de couler reflue comme une marée. Pourtant, même après avoir vérifié que le matelas, le plancher et le mur sont secs et solides, je garde l'impression d'un océan qui rugit de toutes parts.

Les minutes passant, l'impression disparaît, remplacée par un son bien réel, lui, qui me tire de la fragile chaleur de ma couche. Me voilà maintenant qui rampe dans les combles.

L'obscure lueur des étoiles dessine la masse affalée de Vidocq, qu'une simple couverture de crin isole du sol. Rien d'autre ne le protège, il ne bouge pas… mais c'est un cataclysme qui ébranle ses mâchoires…

Qui aurait imaginé qu'un grincement de dents puisse produire de tels bruits ? L'on croirait entendre une masse d'eau, prisonnière d'une roche et qui, faute d'en pouvoir sortir, bouillonnerait de rage.

Chez les policiers et les criminels, le chef de la Sûreté fait figure de légende pour l'insolence d'un sommeil que le plomb ne suffit pas à qualifier. Dans les semaines à venir, quand je repenserai à cet instant, je me demanderai si ses rêves ne le renvoient pas aux galères (l'anneau de fer au cou, les chevilles enchaînées). Car elles hurlent, ses dents, vers la liberté.

Il est debout avant l'aube.

19

Le triste destin d'une mouette

Le déjeuner se compose de châtaignes bouillies. Ce serait assez pour nous punir, cependant Mme Prunaud, sans doute experte en matière de supplices, a mis une marmotte, une oie et une perdrix à rôtir sur ses feux. Malgré moi, ma tête ne cesse de se tourner vers la broche, mais Vidocq grignote son mets avec une grâce tranquille, flattant même madame pour son assaisonnement. Lorsqu'elle nous précipite dehors, il s'incline légèrement, ramasse sa besace et m'invite à le suivre.

L'auberge est déjà loin derrière lorsque, poussant un grognement content, il ressort de son sac trois tranches de lard fumé, un quignon de pain et un bon bout de fromage.

— Que j'ai pris dans son assiette, me dit-il.

Nous mangeons en cheminant, nous essuyant la bouche avec la main et, pour la première fois, j'éprouve la liberté qu'un déguisement vous donne. Ne plus être moi-même ! Le soleil dégouline dans mon cou ; un vent remonte du fleuve, nous apportant des odeurs de trèfle, d'achillée et de folle avoine ; et les premières abeilles somnolent dans le jasmin.

Aidé d'un chat dans sa gorge, Vidocq entonne un refrain ampoulé. Cela pourrait être l'étude de Mozart que nous entendîmes à la morgue.

— Tepac, me dis-je tout seul. En voilà un drôle de nom.

— Oh, pour l'amour de... Dites-le à l'envers, Hector ! C-a-p...

— ... e-t.

Oui, Capet.

Le nom d'un très lointain propriétaire terrien qui fonda une dynastie. Le nom que les « gardiens » du Temple jetèrent à la face du dauphin comme la plus exécrable des épithètes.

— Voyez-vous, cela m'insulterait presque ! Tepac ! Quelle vulgarité ! s'exclame-t-il en frappant une basse branche d'un orme. Voilà ce que c'est de frayer avec des blancs-becs. Moi, il me faut des hommes de l'art. Avec eux, au moins, on sait où on en est.

Après cinq minutes de marche, nous arrivons devant un tas de bûches, réunies en pyramide, qui font office de sentinelles au sommet d'un tertre abrupt. Vidocq ralentit le pas, pour mieux s'orienter, je suppose, puis je le vois scruter rapidement l'horizon par-dessus les stères.

En face se trouve un individu dégingandé, aux favoris fournis et aux yeux de taupe, gris et fatigués.

— Ah, Goury ! dit le policier. Quel plaisir !

Goury me dévisage, les paupières grand ouvertes.

— Qui est-ce ?

— Mon bon ami le Dr Carpentier. Il fait si peu de bruit qu'on ne le remarque pas. Dis-moi, y a-t-il eu des visites depuis hier ?

— Personne.

Contournant le tas de chêne, j'étudie la colline et remarque… nous dirons deux maisons. L'une est un cottage trapu, à quatre pièces, au toit en pente, couvert d'ardoise. Une sorte de bâtisse à l'huisserie folle, toujours ouverte vers l'extérieur, avec une chevelure de vigne vierge, un crépi qui savoure le moindre rayon de soleil, et un âtre où, éternellement, crépitent de belles flambées.

Puis, lentement, la brume matinale superpose une seconde maison par-dessus la première. Je distingue en réalité des bribes de murs noircis, parcourus de fissures, puis deux fenêtres voilées, remplies de balles de chaume, et, clouée à la porte, une mouette empaillée aux ailes déployées. On pense découvrir la cachette d'un contrebandier d'Ostende.

— Cela mis à part, dit Goury, votre gars a des manières rustiques. Franchement, patron, je me demande ce que vous allez en faire. Jamais il ne s'arrête à l'auberge pour un gorgeon. Il ne regarde pas les filles. La vertu incarnée, votre gaillard.

— Il paraît qu'il aime se promener ?

— Deux fois par jour. Neuf heures et demie le matin, quatre heures et demie l'après-midi.

— Eh bien, il a ses habitudes !

— Avec lui, on sait la position du soleil et des étoiles…

— Bon, voyons, cela nous laisse… douze minutes avant le début de sa prochaine expédition… le temps d'un petit ravitaillement ?

Du fond de la besace apparaît soudain une flasque, que Vidocq nous tend après avoir avalé une rasade. Goury engloutit sa ration en moins d'une seconde ; et je recrache la mienne avec une moue inquiète.

— Une recette à moi, explique le policier. Cognac, bière anglaise et un soupçon d'absinthe. Ça dégourdit, n'est-ce pas ? Prenez garde de ne pas en abuser, vous risquez de cuver un siècle. Attention, messieurs, dit-il en revissant le bouchon. Je crois que notre garçon se manifeste.

Nous entendons en premier lieu des gonds qui grincent, et la porte qu'il pousse. Puis un pied dépasse de l'encadrement, semblable à celui d'une danseuse préparant son entrée à l'Opéra-Comique. Encore une seconde, et notre personnage est entier : M. Tepac de Saint-Cloud embrasse la scène, sinon le globe terrestre dans sa totalité.

Pour l'instant, il ne présente rien de spécialement monarchique, mais, dans l'allure, une sorte d'apanage bourgeois. Il est ossu et corpulent, ses cheveux ont la couleur des blés à la fin de l'été, ses bottes, jointes aux talons, ont les pointes écartées.

— Au moins, dit Vidocq, portant une jumelle à ses pupilles, ils n'ont pas fait d'impair sur l'âge. Entre trente et trente-deux ans. Et il est en effet blond aux yeux bleus. Non qu'il soit difficile de rencontrer des Français aux yeux bleus… Cela étant, le personnage vaut le spectacle. Regardez vous-même, Hector.

Je vois d'abord un chapeau en pain de sucre. Puis un col distingué bien qu'interminable, et une cravate qui n'a rien à lui envier. Et trois gilets ! portés l'un par-dessus l'autre, chacun d'un vert olive distinct. Enfin, une queue-de-morue au devant court, garnie d'une double rangée de boutons en argent, lesquels trottent sur un ventre pour le moins prospère.

— Bien nourri, commente le policier avec aigreur. Mais dites… qui y a-t-il derrière lui, Hector ?

Un tablier gonflé, au liseré rose poussière, apparaît à la porte, suivi par une main visiblement gercée.

— Cela doit être le cuisinier.

Se retournant, Tepac salue d'un geste du bras tandis que surgit une troisième silhouette. C'est l'homme de peine qui, muni d'un poêlon rempli de copeaux, lève le menton vers son maître qu'il dépasse d'un pas vif. Il disparaît ensuite d'un côté de la maison.

Le tout forme un tableau fort bref, quoique suffisant pour donner l'idée d'un… commerce agréable… d'un commandement souple entre le… seigneur et… ses valets. Sans doute ce Tepac traite-t-il ses… concitoyens avec arrogance, mais, dans son propre fief, son autorité semble empreinte d'une grande bonhomie.

Imprimant à sa canne en chêne une rapide secousse, il s'engage sur le chemin en direction du fleuve.

— Je vous en prie, Majesté, murmure Vidocq à mon oreille. Après vous.

20

Dans lequel toute pérégrination, comme on le voit, comporte des périls

Vidocq n'est pas long à dicter ses consignes. Deux d'entre nous suivront Tepac ; le troisième nous rejoindra par un détour ; puis le premier se détachera du groupe pour procéder comme le troisième ; et la rotation se poursuivra.

Nous nous renseignons constamment les uns les autres ; sous aucun prétexte, nous ne devons regarder le gibier de face ; nous nous dissimulons régulièrement pour changer quelque chose à notre mise (ajouter un foulard, retirer une cravate, retourner une blouse). Lors d'un de ces intermèdes, Vidocq est affublé d'une paire de guêtres en cuir et, un instant plus tard, Goury revient coiffé d'un bonnet phrygien rouge, tel qu'on en vit sur les remparts de la Bastille.

Je me demande ce que penserait M. Tepac s'il avait conscience des nombreux efforts que nous déployons autour de lui. Mais jamais il ne se méfie, il garde la tête droite en parcourant les rues à moitié vides de Saint-Cloud. Pas une fois il n'accorde son attention aux passants qu'il croise (un ferblantier, un vendeur de parapluies, une vieille femme qui demande l'aumône).

— Pardi, même Bonaparte les aurait salués ! maugrée le policier.

Nous suivons notre proie qui franchit un ruisseau, fend un bosquet de platanes, traverse plusieurs tapis de mousse et de ces grandes herbes gaufrées qu'on appelle des « collerettes de Henri IV ». Il s'éclipse pendant de longues minutes, puis sa robuste silhouette reparaît aux endroits les plus inattendus.

Une demi-heure plus tard, derrière la fourche d'un tilleul, il se porte vers le sud. Tel un homme brusquement certain de sa destination, il marche d'un pas décidé. Et alors qu'un nouveau méandre se révèle à nos yeux, qu'un pont de pierre s'élance sur la Seine, je devine avec une pointe d'hilarité où se dirige notre fugitif.

— Ah, le salaud ! dit Vidocq.

En cette seconde Restauration, le parc du roi de France reste une merveille que l'on se plaît à visiter. Cependant, la plupart préfère s'y rendre l'été quand, chaque dimanche, la Grande Cascade resplendit de tous ses éclats. Il s'y trouve toujours quelque aquarelliste, au chevalet posé contre un vieux châtaignier, tandis que des inconnus s'accordent une danse au son de l'orchestre.

Mais lorsqu'on est un mardi d'avril… eh bien, le château est fermé et seulement une vingtaine de personnes déambulent sur l'herbe entre les liserons… les plus remarquables étant d'anglaises sœurs missionnaires à la guimpe flottante de crêpe noir.

Le réseau hydraulique est au repos. Les parterres de broderie de M. Le Nôtre ne sont que des squelettes de buis. En revanche, les oiseaux sont là, qui picorent sur les pelouses, et le bon air est également au rendez-vous. M. Tepac s'en rend bien compte, qui s'en régale les poumons près du bassin des carpes.

*
* *

Cela me revient-il maintenant ? Est-ce bien cet air-là qu'aimait tant Marie-Antoinette ?

Car, l'ayant goûté, elle résolut qu'il serait salutaire à ses enfants. Donc, à son insistance, le roi avait acheté le château de son cousin, qui servit de refuge aux Bourbons, désireux d'échapper aux Parisiens qui, nuit et jour, les pourchassaient.

C'est Saint-Cloud qu'ils tentèrent d'atteindre quand tout s'écroula. Le 18 avril 1791, la berline du monarque fracassait les pavés de la cour des Tuileries, en direction de leur havre de paix… cependant la route était bloquée par une foule de sans-culottes si furieux que même La Fayette ne réussit pas à les débander. Plus d'une heure durant, ils assiégèrent la voiture, la couvrant de crachats et de toutes les insultes des rues de la capitale, réclamant les têtes de la « pute autrichienne » et de son cocu. Cernés par leurs sujets, le roi et la reine comprenaient dans leur cœur que jamais ils ne reverraient Saint-Cloud.

Peut-être conçurent-ils, en ce moment trop long, l'espoir qu'un beau jour leur fils reviendrait respirer cet air particulier.

Alors, une fois encore, j'observe le bourgeois potelé aux demi-bottes ferrées et aux trois gilets, qui, plein d'une morne raideur, parcourt la terrasse des orangers, telle une jeune mariée à la traîne de soie.

« Est-ce la raison de votre présence en ces lieux ? Venez-vous achever leur impossible voyage ? »

La voix de Vidocq tranche comme un couteau :

— Bon Dieu, mais regardez ailleurs, Hector !

*

* *

Le parc du roi de France se flatte d'un arbuste, récemment importé des Indes, et dont les branches entremêlées, fines comme des cheveux, sont poudrées de millions de très petites fleurs blanches. Sa place de choix auprès de la fontaine du Gros Bouillon lui confère un tel statut qu'arrivé devant, vous vous sentez obligé de lui présenter vos respects. Les sœurs missionnaires ne s'y dérobent pas, ainsi qu'un Tsigane, enturbanné de bleu. Et dans le même cortège : deux marins qui, payant visiblement leurs excès de la veille, se soutiennent par le bras pour s'empêcher de tomber ; ainsi qu'une troupe de soldats russes, à la coiffe inclinée avec une arrogance semblable à celle qu'ils affichèrent quand, trois ans plus tôt, la coalition occupait Paris.

M. Tepac se joint à l'affluence. Je le vois, grâce à la jumelle de Vidocq, glisser les mains dans ses gilets et, battant les sourcils, se pencher légèrement, les narines épatées.

Il n'accorde à la plante qu'une minute de son temps. Puis, empoignant sa canne comme un sceptre, il poursuit son majestueux chemin vers la Grande Cascade, où les gargouilles crachent l'eau émeraude de mon enfance.

Il n'a soufflé mot à personne, mais son départ dissout le groupe. Les missionnaires se dispersent, les soldats russes s'enquièrent d'un restaurant proche, et, se disjoignant, les deux marins décrivent une vaste parabole qui les fait converger au nord.

— Ces matelots…

Voici la phrase entière que j'allais prononcer : « Ces matelots finiront par tuer quelqu'un, s'ils n'y prennent garde. »

Regardant Vidocq, je vois la même idée s'afficher dans ses yeux, quoique privée de mes conjectures.

— Goury, dit-il, il faut neutraliser ces gredins.

Comment savait-il ? Curieusement, c'est cette chose-là qu'il tenait tant à transformer chez moi.

La peau.

Les deux marins n'ont pas celle, hâlée, des vieux loups qu'il rencontra lors de ses brèves excursions en mer. Au contraire, la leur a cette blancheur lymphatique particulière aux Parisiens.

Cette discordance étant avérée, la présence des intéressés n'a donc plus rien de fortuit, et, appelant Goury à la rescousse, Vidocq s'élance vivement, tel un chariot à bagages détaché de son attelage. Il charge en direction de la Grande Cascade…

Mais il est déjà trop tard.

Délivrés de leurs restes d'ébriété, les deux marins mettent la main à la poche et fondent sur M. Tepac, aussi droit que possible et presque sans effort.

Oh, c'est atroce !

Sa canne lui est arrachée, puis une première lame se plante dans son flanc gauche, assez profondément pour l'immobiliser, pendant qu'un autre coup le balafre en travers de la gorge.

Cela ne prend qu'un instant, puis les deux marins jettent leurs armes et fuient en sens opposés, tandis que Vidocq, le visage empourpré, hurle des ordres à Goury.

Celui-ci se dirige vers les bois, et son chef court vers la terrasse du château.

Contre toute attente, M. Tepac tient encore sur ses jambes, quoiqu'une seconde seulement, car il s'effondre comme du vieux mortier, dans le premier bassin de la Grande Cascade, d'où jaillit une courte gerbe.

J'entends un cri de femme, j'entrevois une masse indistincte de laine et d'acier, d'où se détachent les religieuses qui se hâtent vers le fleuve, tandis que les Russes, pleins d'une impuissante inquiétude, tournent en rond. De manière imprévisible, le réseau hydraulique se met en mouvement, et son brusque hurlement est d'autant plus extravagant qu'il devance son calendrier de plusieurs semaines. De grands panaches d'eau éblouis de soleil montent en spirale autour de nous, et les vagues tissent un cocon sur la forme agitée de M. Tepac.

Je ne me rappellerai pas avoir sauté dans le bassin. Ma mémoire s'est figée sur le moment où mes mains saisirent les épaules du jeune homme. Et quel poids dans mes mains ! Certes le sien, mais celui de l'eau surtout, qui pénétrait ses couches de gilets, enfin la lourdeur de ce visage qui, pâle et tremblant, en recrachait des trombes.

— Y a-t-il un…

« Médecin. » Le mot plane au-dessus de ma bouche.

Ébahi, je constate que je m'appelle moi-même !

D'un geste formidable, j'arrache le corps au bassin, le glisse peu à peu par-dessus le rebord, et le tire sur l'herbe. Inspectant rapidement les alentours, je m'aperçois que le parc est désert. M. Tepac respire encore, par longs souffles désordonnés, cependant les seuls symptômes que je relève à cet instant sont les miens. Le crépitement électrique des poils le long de mes bras, mon cœur qui frappe contre mon sternum…

Dans les secondes qui suivent, trois années entières s'effacent brusquement, et me revoilà devant la table d'auscultation, à l'école de médecine, auprès du Dr Duméril qui me prie de bien vouloir…

« Doucement, monsieur. Une chose après l'autre, s'il vous plaît.

— Une contusion sur le front…

— C'est cela.

— … conséquence, sans doute, d'une chute. Elle paraît suffisamment bénigne…

— Poursuivez.

— La blessure à la gorge est assez superficielle. L'artère carotide…

— Oui ?

— … et les veines jugulaires n'ont rien. Bien que difficilement, le patient est toujours en état de respirer.

— Continuez.

— La plaie sur le flanc… »

Ici cesse mon énumération, car il est nécessaire de toucher, de palper cette boutonnière… cette déchirure…

« La rate est peut-être… perforée. »

Ce n'est pas la rate qui me préoccupe, non, mais les yeux. Tepac semble considérer que l'événement concerne quelqu'un d'autre.

Je fais aussitôt pression sur la plaie.

Sauf que je n'ai pour cela que mes mains, et cela n'est pas l'instrument idoine. Le sang coule dans les échancrures de mes doigts et, sur le tour des lèvres, la peau du malheureux continue de pâlir…

— Vous survivrez, murmuré-je.

Un froid profond (s'ajoutant à ses vêtements trempés) s'empare de lui alors que le sang, se réfugiant dans son cœur, laisse grelotter d'orphelines extrémités.

— Non, dis-je ensuite. Regardez.

Je dresse mon index et l'abaisse devant ses paupières sourdes. Puis je le retire et le replace au même endroit.

— Regardez mon doigt et ne faites rien d'autre.

Quelque chose luit dans ses pupilles, qui rétrécissent pour ne plus former qu'un point noir.

— Voilà, ne pensez à rien, suivez seulement mon index.

Peu à peu, tandis qu'il s'accommode de cette vision, son tremblement s'apaise, un trait de couleur s'immisce dans ses joues, et même l'hémorragie (ou est-ce mon imagination ?) paraît contenue.

Redressant la tête, j'étouffe un cri en découvrant Vidocq, dont l'ombre est si massive au soleil qu'il semble porter un grand sac sur son dos. Un sac qui, vite, prend la forme d'un homme… en costume de marin…

L'homme paraît conscient, quoique soumis à une volonté plus forte que la sienne. Vidocq le jette dans l'herbe comme une balle de foin, plante un genou dans son dos, produit une paire de menottes et, d'un geste exercé, lui attache les poignets.

— Ose bouger un seul poil, gronde-t-il à son endroit.

Haletant, il s'accroupit à mon côté et nos regards s'arriment réciproquement.

— Dans quel état est-il ?

— Je ne… Il est très…

Obscur et incertain, je lève la main à la lumière et je vois celle d'un autre : maculée de sang, crispée par l'effort. Vidocq me contourne déjà, se penche sur le mourant, glisse quelques mots râpeux à son oreille :

— Les secours vont arriver. Vous serez tiré d'affaire, Votre… Votre Grâce.

Je ne saurai jamais exactement ce qu'il entend par ces mots. Je ne peux que témoigner de leur effet sur le moribond : de violentes secousses se propagent depuis ses bottes jusqu'à ses omoplates, pour se concentrer sur la tête, qui pivote de gauche et de droite, tel le balancier d'une horloge. Voilà : à toutes forces, Tepac récuse le titre qu'on lui confère.

Un refus qui lui coûte son dernier flux de vie. Ayant soulevé leur objection, ses yeux roulent dans leurs orbites, la lèvre inférieure s'affaisse, le visage retombe.

— Fin de la partie, dit le policier.

21

Le petit jardin de Saint-Cloud

Goury revient sans rien à présenter que des excuses.

— Navré, patron, cette grande asperge avait des jambes pour courir… il a filé dans les bois. Ce n'est pas faute de l'avoir pourchassé…

Mais Vidocq est cloîtré dans un muet soliloque avec le défunt.

— Eh bien, dit-il soudain (à personne en réalité). Ces scélérats ont appris leur leçon. Contrairement à ce pauvre Leblanc, ils n'avaient rien à lui faire cracher. Lui ont directement tranché la gorge. Ah oui… fait-il en hochant la tête, mais il a quand même eu son mot, n'est-ce pas, Hector ?

— Il voulait dire…

— Il voulait dire que non. Il n'était pas celui qu'ils pensaient, camarade.

Fronçant les sourcils, il s'agenouille une fois encore près du corps et glisse un doigt autour d'une tache sépia coulant d'une tempe à l'autre.

— De l'iode ? crois-je deviner.

Vidocq agite le chef et, d'un geste brusque, enfouit une main dans la chevelure de M. Tepac. Elle en ressort nappée d'une couche d'or fantomatique, qui luit au soleil du matin.

— De la teinture, murmure Goury.

— Mm, marmotte son chef avant d'essuyer ladite main sur son pantalon. Un peu jeune pour se teindre les racines, non ? Quelqu'un s'est donc fait prendre au piège… Et j'aimerais bien savoir qui.

Voici qu'enfin le spectacle et les sonorités des jets d'eau s'imposent à ses sens. Ses paupières tremblotent, et ses narines frémissent comme celles d'une salamandre.

— Goury ?

— Oui, patron.

— Surveille bien notre prisonnier, veux-tu ? Hector ?

— Monsieur.

— Puis-je vous prier de vous joindre à moi pour un peu d'exercice ?

Quand Chateaubriand fut présenté en 1787 à la cour, il fut gratifié par Marie-Antoinette d'un sourire qui dut le fasciner car, dix-huit ans plus tard, il croyait retrouver le même devant une fosse ouverte au cimetière de la Madeleine. « Au milieu des ossements, je reconnus la tête de la reine par le sourire que cette tête m'avait adressé à Versailles », nous confie-t-il, sans rire, depuis sa tombe.

Eh bien, en ce qui me concerne… jamais aucune reine ne me sourit. Comment, dans ce cas, saurais-je reconnaître un Habsbourg quand j'en aperçois un ? Peut-être en ai-je rencontré dans mes livres d'études (pathologie : prognathie mandibulaire) ? Peut-être en ai-je contemplé au Louvre ? Toujours est-il qu'en voyant Vidocq prendre ses jambes à son cou, je n'ai nul besoin de lui demander où il se dirige. J'y accours déjà par l'esprit.

Oui, il s'agit de l'étrange cottage que nous quittâmes il y a moins d'une heure, et où un jeune homme – « de peine », du moins le pensions-nous – surgit à la porte, les bras chargés de copeaux de bois. Celui qui levait le menton devant M. Tepac.

Un menton naturellement proéminent.

Et qui le fut, plus ou moins, durant des générations de Habsbourg. L'impératrice Marie-Thérèse le transmit à sa fille Maria-Antonia qui, épousant le roi de France, donna naissance à un garçon, lequel se présenta au monde de même manière que ses ancêtres : le maxillaire supérieur rentré, et le second saillant comme une corniche. Selon l'environnement, la lèvre par-dessus peut sembler pugnace, imprécise ou timide, mais elle ne ressemble à aucune autre lèvre en ce monde.

Lorsque nous l'atteignons, le cottage apparaît brillant et serein, sous la fumée dissipée par la cheminée. À peu de distance, une vache et un cheval se font la cour.

Nous le découvrons à l'arrière de la maison, agenouillé dans la terre moite du printemps, sa blouse imprégnée de sueur.

Lui ne nous a pas aperçus. Vidocq doit intercaler son imposante charpente entre le soleil et le sol, noyer le sujet de son ombre, tel Alexandre devant Diogène. Alors seulement le jeune homme interrompt-il son œuvre pour lever la tête.

— Bonjour, dit-il.

Sa blonde tignasse sale, ébouriffée, danse dans sa nuque, et sa peau ridée par de longues heures au soleil est toute tachée de son.

Enfin, les mains, éraflées et calleuses, sont couvertes de terre. Ce sont les mains d'un ouvrier.

Mais qu'ont-elles façonné ! Mes yeux ne voient pas assez grand ! Nous retrouvons les squelettes de buis inventés par M. Le Nôtre, quoique ceux-ci, ici, grouillent de vie et de fécondité. Partout courbes, volutes et arabesques. Pensées et tulipes, crocus et pulmonaires, roses et tubéreuses, jasmins et mignardises. Dans un carré, seulement, de quatre mètres sur cinq.

— Comment vous appelez-vous ? demandé-je.

L'esquisse d'un sourire se dessine sur le remarquable maxillaire… mais s'évanouit très vite. Le garçon me tend une main barbouillée de terreau et, tel un enfant ânonnant ses premières lectures, déclare :

— Mon nom est Charles.

DEUXIÈME PARTIE

Saint-Denis

7 pluviôse, an III

Terrible tempête nuit dernière. Le vent s'engouffre dans les cheminées, cellule Charles remplie de fumée. Leblanc demandé permission d'y éteindre le feu, car risque de suffocation. Commissaire Leroux si conciliant que Leblanc proposé d'emmener l'enfant dîner dans salle du conseil. Pas d'objection de Leroux (aviné).

Pour la première fois depuis réclusion, Charles mangé <u>*ailleurs*</u> *que dans cellule. S'est comporté, selon Leblanc, avec calme et grande courtoisie. D'où étonnement de Leroux, « persuadé » par Dr C. qu'enfant très mal en point. Me paraît en bonne santé, a-t-il dit.*

Leblanc : « Ce petit est malade, citoyen. Genoux et poignets tuméfiés. Poids insuffisant, marche difficilement. »

Leroux : « Il va très bien. Veuillez informer Dr C. qu'il cesse ses exagérations. »

Charles aussitôt affligé. A délaissé part de gâteau, seulement picoré croûte.

« Voilà qu'il boude, maintenant, a dit Leroux. Aurions dû le laisser suffoquer ! »

5 ventôse

Charles réussi à conserver chrysanthèmes tout l'hiver. Un exploit, compte tenu cellule privée d'air et lumière. Lui ai demandé son secret. A appris il y a très longtemps aux Tuileries qu'il faut <u>parler</u> aux fleurs.

« Vous me croyez fou ? »

« Bien au contraire, je vous trouve ingénieux. Mais les fleurs aiment-elles jouer au piquet ? »

Lui ai alors montré jeu de cartes (réservé pour cette occasion). Ouvrant de grands yeux, il les a frottées avec ses poings. L'ai cru en colère. Me suis rappelé qu'il paraît courroucé chaque fois qu'il se retient de pleurer. Ne l'ai jamais vu verser une larme.

« Tu sais jouer ? » A dit « oui », mais incapable de manipuler cartes. Comme avec fleurs auparavant, semblait douter de ses sens,

« S'il vous plaît, je voudrais seulement les tenir un instant. »

7 ventôse

Hier après-midi, Leblanc et Charles arrêtés pendant partie de piquet par commissaire Leroux, arguant qu'ils s'adonnaient à « pratiques illicites ».

« Illicites ? a dit Leblanc. Cela n'est qu'un jeu, citoyen. »

« Un jeu ! a crié Leroux, leur tombant dessus. Reine de cœur ! Roi de trèfle ! Ignores-tu, citoyen, que la monarchie héréditaire est abolie en France ! »

Leblanc répète que tout cela n'est qu'une simple récréation, mais commissaire véhément : le garçon n'est autorisé à jouer que s'il appelle la reine « citoyenne » et le roi un « tyran ». Charles abat ses cartes, ne veut plus y toucher. Le jeu est « confisqué par l'État ». Confisqué par l'État !

Leblanc terminant son récit, lui réponds que j'apporterai demain à Charles deux nouveaux jeux de cartes. Si le citoyen Leroux veut les confisquer également, il faudra qu'il commence par m'écarter, moi, ce qu'il ne peut faire sans la permission expresse du général Barras.

8 ventôse

En route vers la cellule, suis pris à part par commissaire Leroux. Me demande si je me rends « coupable » de redonner au captif « le privilège de jouer aux cartes » ! Comme j'affirme que « oui », réplique qu'il n'aime pas mes « présomptions » et se hâte de les qualifier d'aristocratiques. Je lui dis, moi, que je n'apprécie guère ses manières, et que son goût pour la boisson n'arrange pas les choses. Je crois qu'il était prêt à me frapper, et je me félicite qu'il y ait renoncé, car alors je n'aurais répondu de rien.

12 ventôse

Charles souhaitait remonter sur le chemin de ronde. Très soucieux de connaître l'état de ses choux d'ornement, et soulagé de les voir s'épanouir. Tandis qu'il « parlait » à ses plantes, m'a demandé si, par sa faute, je n'encourais pas les pires tourments.

L'ai rassuré : il n'y est pour rien. Ne me suis jamais soucié des butors et des malappris, quelque charge qu'on leur ait conférée.

Après avoir longuement soigné ses plantes, et fredonné pour elles, a souhaité que je lui montre ma maison.

« D'ici ? Mais on ne peut pas la voir, elle est derrière Notre-Dame. Nous habitons sur l'autre rive, dans le Quartier latin. »

« Nous ? a-t-il fait timidement. Vous êtes marié ? »

« Oui. »

« Vous avez un enfant, peut-être ? »

« Un garçon qui s'appelle Hector. »

« A-t-il mon âge ? »

« Non, il n'a que trois ans. Mais (je n'ai pu m'empêcher d'ajouter) il connaît au moins deux cents mots déjà. »

« J'aimerais... »

Il s'est interrompu.

« Le rencontrer, ai-je supposé. Un jour, sans doute. »

« Non, a-t-il dit. J'aimerais prendre soin de lui. Comme vous de moi. Si vous m'emmenez chez vous, nous pourrions être frères, lui et moi, et je serais très heureux de veiller sur votre fils, vous n'auriez jamais à vous inquiéter. »

« Plût au ciel que vous fussiez mieux logé que cela. Ma demeure est fort modeste. »

« Non, a-t-il dit. J'y serais très bien. »

22

Le renard et le lapin

L'interrogatoire de l'assassin a lieu dans la souillarde du défunt Tepac. Je n'y suis pas convié, et donc, tel l'enfant décidé à écouter ce que s'avouent ses parents, je presse l'oreille contre la porte. Voici ce que j'entends.

Rien.

Non, cela n'est pas tout à fait vrai. J'entends de très petites et molles crépitations, de la sorte qu'une bouilloire produirait sur un fourneau mouillé. La porte s'ouvre et je découvre le faux matelot attaché par les pieds à une vieille chaise à barreaux droits. Sa cravate desserrée, Vidocq se tient derrière lui ; Goury, un peu à l'écart, a les mains mystérieusement enrobées de farine. Pas de trace de violence sur le meurtrier, sinon peut-être l'inclinaison de sa tête, légèrement désaxée, et un lointain frémissement, comme si l'air lui-même avait été mis à roussir.

J'apprendrai par la suite comment Vidocq s'y prend.

Se rappeler le nom de cet individu lui est facile : un instant à fouiller dans son répertoire intime, et le voici :

— Monsieur Noël, n'est-ce pas ?

Il n'a besoin, pour confirmation, que d'une contraction fugace de l'intéressé. Après quoi le policier recompose tout son dossier, ligne après ligne.

— Vol de vingt-trois réverbères, rue de la Fontaine-au-Roi… Cinquante-huit pièces de calicot aux Galeries Trouflat… Ah oui, j'allais oublier votre maman. Une brillante artiste… Elle occupe un appartement charmant rue Saint-Claude et enseigne le piano, n'est-ce pas ? Ah, il serait bien triste qu'elle perde son gagne-pain.

Troublant. Ôtez une seule brique à ce mur, et il s'effondre entier : une seconde s'écoule à peine que Noël crache le nom de son complice.

— Tiens, Herbaux ! Je le croyais à la Force en train de compter les cancrelats.

Il se trouve que ledit Herbaux réussit, deux mois auparavant, à tranquillement s'en échapper, vêtu des jupons de sa sœur. (« Cette vieille astuce », marmonne Vidocq.) Puis, passé quelques semaines, il proposa à Noël un forfait à Saint-Cloud.

— Qui est à la tête de l'affaire ?

Ne sait pas.

— Qui pourvoit les fonds ?

Noël jure ses grands dieux qu'il ne sait pas non plus. Herbaux était le seul qui parlait à Monsieur.

— « Monsieur » ?

Le titre qu'ils devaient lui donner. Pas de prénom, pas de nom.

— Et à quoi il ressemble, ce monsieur ?

Impossible à dire. Monsieur n'était qu'une voix.

— Herbaux ne l'a jamais vu ?

Non, il le rencontrait à l'église Saint-Sulpice. Chaque fois, Monsieur était caché dans un confessionnal au rideau tiré.

— Un prêtre ? !

Aucune idée.

— Sa voix ? Jeune ? Âgée ?

Herbaux n'en a rien dit.

— Et combien ce monsieur vous avait-il offert ?

Cent francs d'avance. Deux cents après.

— Ah, tel que je connais Herbaux, cela devait être le double ! Ce monsieur… n'a jamais dit pourquoi il en voulait à Tepac ?

Non. On apprend à ne pas s'enquérir de ces choses.

— Quand avez-vous eu votre ordre de mission ?

Hier.

— Hier ?

Herbaux rejoignit Noël chez lui dans l'après-midi. Le moment était venu, ils devaient se rendre à Saint-Cloud le jour même, attendre l'arrivée de Tepac dans le parc du roi de France et l'abattre dès qu'ils l'auraient en ligne de mire.

— Ce que vous avez fait. Vous étiez censé prendre la gorge ou le ventre, Noël ?

La gorge. Ça gargouille moins en haut.

L'on confie Noël à la gendarmerie locale. L'on porte son attention à la femme de chambre du défunt, une Alsacienne du nom de Frida, à la silhouette de jeune sapin, bien que desséchée jusqu'aux racines. Elle ne verse pas une larme en apprenant la mort de son maître… cependant elle n'a pas pleuré, nous apprend-elle, depuis l'âge de trois ans. C'était tout de même un brave homme, M. Tepac. Payait toujours à l'heure. Ne ramenait jamais vingt personnes à souper, ne chicanait pas sur les jours de repos. Ça ne se trouve pas sous le sabot d'un cheval, une place comme ça.

— Vous a-t-il dit d'où il était natif ?

À son accent, on aurait cru un Suisse.

— Et ce qu'il venait faire à Saint-Cloud ?

Non. Quand on est domestique, on pose pas de questions.

— Et le jeune homme ? Le dénommé Charles ?

Eh bien, il a toujours été là, lui.

— Un domestique, lui aussi ?

Non, certes pas. Le jour de son arrivée, Tepac a sommé la *Fraülein* de lui marquer tout le respect dû à un gentilhomme. Même s'il n'en avait pas la mise.

— Que vous a-t-il dit d'autre, au sujet de ce Charles ?

Elle le prenait pour un parent de Tepac, mais il n'a jamais fait état de… et quand on est…

— … domestique, on pose pas de questions, je sais.

Ah, mais ce garçon est un vrai plaisir. Franchement. Toujours là pour aider à faire la vaisselle, à étendre le linge sur la corde. Il mange tout ce qu'on met dans son écuelle. Vraiment, il n'y a qu'avec ses souliers…

— Ses souliers… ?

C'est qu'il n'est pas capable de nouer ses lacets ! C'est-y pas singulier ?

— Lui avez-vous demandé pourquoi ?

Il a pas dû apprendre ! Et, voyez-vous, il est assez simplet, alors faut pas trop en attendre non plus, hein ?

Sa chambre est en tout point celle d'un paysan. Une cruche ébréchée, un tabouret rongé par les vrillettes, une loupe grosse comme une pantoufle. Et un lit qui, de quelque façon qu'on le regarde, n'en demeure pas moins un cercueil, large à peine de trois pieds, posé sur deux demi-tonneaux.

Voilà où nous le trouvons, assis sur sa paillasse, les mains glissées entre les cuisses. Il se dégage de lui un nuage de senteurs musquées.

Je remarque aussitôt que Vidocq change de tactique : il marque sa distance, évite d'appuyer le regard. Son ton est entièrement nouveau : ni doux ni badin, je dirais bavard, nonchalant, comme s'ils avaient jadis mené quelques parties d'échecs.

— Charles, n'est-ce pas ?

— Oui.

— Je vous présente le Dr Carpentier. Moi, c'est Vidocq, l'inspecteur Vidocq.

S'il pensait à faire un effet... Non, je ne crois pas que cela fût son intention. Il s'avance lentement.

— Avez-vous un nom de famille, Charles ?

— Oui.

— Peut-être pourriez-vous nous le dire ?

— Rapskeller.

Le garçon baisse la tête (non qu'il soit chagriné, comme je le soupçonne d'abord, mais pour mieux suivre le volant qui papillonne entre ses pieds).

— Avez-vous une mère, Charles Rapskeller ? Un père ?

— Au ciel, répond simplement le jeune homme.

— D'autres parents ? Sur terre, ceux-là ?

— C'est que... (Rapskeller cale le volant sur un de ses souliers, puis le projette en l'air.) Je dois avoir de la famille, en quelque lieu. Mais je ne la connais pas.

Le policier prend place sur le matelas, tout en maintenant un léger éloignement, et avec tant de précaution que la paille chuinte à peine.

— Charles, dit-il. Savez-vous pourquoi M. Tepac vous a amené ici ?

— Oh, c'est que je n'étais jamais venu.

— Comprenez-vous que M. Tepac a disparu ?

Un sillon se creuse sur le front du jeune homme.

— Ah. Oui. Il va rejoindre papa et maman.

Cela dit, le sillon disparaît et le volant reprend sa course, d'un côté à l'autre.

— Charles…

Veut-il le rassurer, ou asseoir son autorité, cela reste incertain, toujours est-il que Vidocq choisit ce moment pour allonger le bras. Sa main approche de l'épaule de Rapskeller, mais n'y parvient pas. D'un mouvement aussi brusque qu'étonnant, le garçon se redresse, recule de deux pas et reprend trois fois son souffle. L'enchaînement apparaît comme une sorte de rituel, mystérieux ou sacré.

— Je n'aime pas beaucoup que l'on me touche, comme cela, sans prévenir.

— Pardonnez-moi.

— Cela n'est rien. Vous ne pouviez le savoir.

Vidocq range ses mains sous ses cuisses, puis laisse le silence se reconstituer.

— Bien, le rompt-il. Je voudrais vous demander une chose, si cela ne vous dérange pas. Êtes-vous le roi de France ?

Rapskeller l'étudie un instant avant de pouffer.

— Ne soyez pas bête ! Nous avons déjà un roi. Même si on le dit très gras, presque incapable de marcher. Pauvre roi…

Mon compagnon de voyage croise ses mains derrière sa nuque.

— Vous êtes-vous déjà rendu à Paris, Charles ?

— Parfois. Mais je suis assez sûr d'avoir rêvé.

— Comment cela ?

— C'est que j'y suis allé par la voie des airs, comprenez-vous ?

Un rire miniature s'échappe de la gorge du chef de la Sûreté.

— Ahh !… Eh bien, Charles, le Dr Carpentier et moi-même souhaiterions vous emmener à Paris. Nous vous invitons.

— Quand ?

— Maintenant.

Charles fait la moue.

— J'aurai besoin de mon manteau.

— Naturellement.

— Ainsi que de…

— Oui ?

— Croyez-vous que Frida voudra bien veiller sur les fleurs ?

— Il suffit de le lui demander.

— Il faut tailler les bulbes, savez-vous ? Dès la première fleur.

— Autre chose ?

Le jeune homme joue encore deux secondes avec son volant, puis relève la tête, le menton pointé dans notre direction.

— Pensez-vous que nous puissions visiter le Luxembourg ?

— Le palais ? Nous pouvons organiser cela, oui.

— Non, excusez-moi, je voulais dire les jardins du Luxembourg.

— Ah, eh bien, justement, le docteur et moi nous y promenions il y a quelques jours à peine. N'est-ce pas, Hector ?

— Mais bien sûr.

Je n'avais pas ouvert la bouche depuis mon entrée dans cette pièce, et Charles ne m'avait prêté aucune attention. Comme pour réparer cette négligence, il passe une demi-minute à me dévisager, en s'attardant sur toutes mes particularités.

— Les marronniers étaient-ils en fleur ?

— Les marronniers…

Comment lui dire que je n'en sais rien ? J'avais autour de moi les remparts du brouillard.

— Oui, lui dis-je. Ils l'étaient.

Il m'étudie un instant de plus.

— Docteur, vous ressemblez à un lapin que j'avais.

— Un lapin ?

— Un animal très fidèle. Mais il a été dévoré. Par un renard, peut-être.

23

Où l'on étripe sauvagement des poignées de pistaches

Nous repartons à Paris dans l'après-midi. Non en diligence, comme nous sommes venus, mais dans une calèche que Vidocq loue pour l'occasion. En guise de punition, il assied Goury à la place du postillon, et Goury ne proteste pas… c'est le véhicule qui, arthritique jusqu'aux jantes, s'en charge, recrachant pierres et poires pourries sur le chemin de la ville… et même une tortue qui, renversée sur le dos, nous fait au revoir tandis que nous tournons à un carrefour.

Charles Rapskeller sommeille près de moi dans les habits du mort. Le chapeau rond soigneusement brossé, le vieux gilet à poches, les pantalons et les bas de laine noirs sont empruntés à la garde-robe de Tepac. Les seules pièces qui, indubitablement, appartiennent au jeune homme sont ses souliers à boucles de cuivre, et sa redingote en gros drap qui, par un fait providentiel, est du même ocre que la boue. Tout engoncé dans son manteau, Charles s'assoupit à peine la calèche se met-elle en mouvement. Le seul signe de vie qui saillit de cette jaune chrysalide est sa figure proéminente, soyeuse et brunie par le hâle.

— Il dort vraiment ? bougonne Vidocq.

— Je le pense.

— Auriez-vous l'amabilité de vérifier ?

J'entrouvre délicatement une paupière du jeune homme.

— Oui, il dort.

— Alors peut-être pourrez-vous m'expliquer comment nous avons réussi à nous foutre dans une merde pareille ?

Nous ne sommes certes pas de vieilles connaissances, mais je ne lui ai encore jamais vu cette mine lugubre... Deux morts. Le meurtrier au large. Les assassins qui reçoivent leurs ordres dans un confessionnal...

— N'oubliez pas, dit-il comme pour parachever l'inventaire, ce prétendu roi qui ignore en être un. Que diable suis-je censé en faire ?

— Je ne sais...

— Aahhh... ! lâche le policier avec une déférence feinte. Le Dr Hector a une idée en tête.

— Non, c'est seulement que...

— Quoi ?

— Il correspond bien.

— Comment cela, il correspond bien ?

— Je veux dire que, même si Louis XVII a été secouru... détourné, enlevé, comme le voudrait cette vieille histoire, nous devons nous attendre à ce qu'il porte encore les traces des mauvais traitements qu'on lui infligea plus tôt.

Je prévois d'être interrompu mais, pour une fois, mon interlocuteur est tout ouïe.

— Considérez, lui dis-je, ce qu'il a souffert au Temple, ce garçon. Les dommages qu'il a subis, moraux et corporels. Il fut battu, confiné des mois entiers, victime d'un mal douloureux et débilitant. Séparé de sa sœur, il vit emmener son père, et on le força à témoigner contre sa mère. Aurait-il résisté à tant d'épreuves, il faut tout de même bien qu'elles aient engendré quelques arrangements.

— Arrangements ?

— Eh bien, référez-vous à la littérature médicale. Bidaut-Mauger conclut que des enfants, malmenés pendant de longues périodes, présentent l'évidence de lésions cérébrales, alors que le cervelet et l'écorce sont intacts. La lenteur, la distraction, tous les symptômes courants de l'idiotie sont autant de façons de se détacher d'un entourage hostile.

— Se détacher ? répète Vidocq en sortant de sa poche une poignée de pistaches. À tel point qu'ils oublient ce qui leur est arrivé ?

— En théorie.

— Vous avancez que Louis XVII serait devenu amnésique.

— Je dis seulement qu'il n'aurait pu survivre qu'en chassant de sa conscience certains moments de son existence, voire certains aspects de son identité.

Le policier hoche la tête et mâchonne avec un faible sourire.

— Dieu du ciel.

— Quoi ?

— Vous y croyez, Hector.

— Je…

— Je le lis dans vos yeux. Vous pensez que c'est lui, alors ?

Je note que la main de Charles tressaille légèrement, comme pour contester la tournure de cette conversation.

— Je ne sais qui il est.

Une fois encore, je ressens une curieuse nostalgie à l'égard de mon père. Oui, je voudrais qu'il soit là dans cette calèche, qu'il nous rapporte tout ce qu'ont caché les épais murs du Temple.

Vidocq ôte la coque d'une nouvelle pistache, qu'il recueille dans son bec.

— Il est une chose à laquelle vous n'avez pas pensé. Et si ce garçon affectait seulement les symptômes dont vous parlez ?

— Je crois qu'il lui faudrait plus de subtilité qu'il n'en montre.

— Ah ! N'ayant jamais été dupé, vous ne connaissez pas tous les artifices dont les ignorants sont capables. Ce Monsieur, par exemple. Est-ce un génie ou un crétin ? demande le policier qui, dubitatif, ouvre les bras. Un meurtre public… N'est-ce pas un excellent moyen d'attirer l'attention sur soi ?

— Eh bien, dis-je en réprimant un bâillement, peut-être avez-vous précipité les choses, en quelque sorte ?

— Sans blague ! Comment aurait-il deviné que le bon Vidocq se rendait à Saint-Cloud ? L'aviez-vous averti ?

— On ne m'avait pas prévenu que j'y allais moi-même.

En sus de celle des pistaches, l'air est chargé d'une odeur de boue et de moisi, sans compter celle, si caractéristique, de mon compagnon, qui semble hâter la décomposition de tout ce qui l'entoure.

— Bon, dit-il, nous avons cependant un avantage. Non seulement Monsieur s'est trompé de cible, mais surtout il l'ignore. Voilà qui nous donne du temps.

— Pour quoi faire ?

— Trouver Herbaux, le complice. Ce qui reste mon travail. Le vôtre consiste à découvrir ce que savait votre auguste père. Qui a la mauvaise idée d'être mort, ajoute Vidocq à voix basse.

— Et…

Je me tourne un instant vers la forme endormie.

— M. Charles ? Il lui faut en effet séjourner quelque part. Mais ce que j'ai lui conviendra.

— Avez-vous un logement pour lui ?

— Oui, fait Vidocq, convaincu. Une maison fort honorable du Quartier latin. Chez maman Carpentier.

24

M. le vicomte décède inopinément

Dix minutes avant que nous n'atteignions la barrière du Maine, Charles sort du cocon de sa redingote, s'étire et se frotte les yeux.

— Sommes-nous arrivés ?

— Bientôt.

Il n'y a cependant, de chaque côté de nous, que des champs abandonnés ou en jachère. Dans les étendues d'herbe fauchée poussent quelques coquelicots, et l'on devine au loin une carrière de gypse, ainsi qu'un moulin dont la roue tourne par saccades.

— Je n'en vois aucun, dit Charles.

— Aucun… ?

— Aucun édifice. Il en est de si grands à Paris.

— Oh, mais nous sommes encore hors des murs. Une fois passé la barrière, vous aurez tous les édifices du monde. Tenez : d'ici, l'on distingue déjà l'hôtel des Invalides.

— Je n'aime pas tant les églises. Elles me font éternuer et péter en même temps.

Il souffle un ovale de buée sur le carreau pour l'effacer ensuite avec son doigt.

— Ah ! s'écrie-t-il. Cela doit être Paris !

Devant nous se dresse un mur de moellons noirs, haut de trois mètres, et qui cerne la capitale comme une ceinture de chasteté de vingt-quatre kilomètres de long. Toute autre cité, je pense, aurait construit une muraille pour faire refluer les barbares. Paris a érigé la sienne pour faire entrer des sous.

— Que veulent-ils ? demande Charles. Ces hommes...

— Ce sont les gabelous. Ils vont nous inspecter.

— Pourquoi ?

— Pour être sûrs que nous payons l'octroi.

— Qu'est-ce que l'octroi ?

— Eh bien, c'est un impôt que l'on verse à la ville. Sur les marchandises que l'on y apporte.

— Comme c'est drôle, dit Charles en indiquant du pouce l'endroit d'où nous venons. Il faut déjà payer là-bas, et recommencer ici.

— Eh oui, toujours payer, confirme Vidocq, tandis que la vitre encadre un képi noir et galonné.

Lequel aboie :

— Des biens à déclarer ?

— Rien, assure notre compagnon de voyage. Pas même un brin d'éteule.

— Ah, fait l'homme en se tâtant le lobe de l'oreille. Auriez-vous l'obligeance de me montrer vos passeports ?

Le miroir de ses yeux me rappelle le spectacle que nous offrons, Vidocq et moi, en bras de chemise, avec nos vieux gilets et nos pantalons rapiécés.

— Monsieur, dit l'agent, en se baissant vers Charles. Je crois vous avoir demandé votre passeport.

Charles continue de regarder dehors.

— Monsieur, répète plus durement le préposé.

— Je crains qu'il n'en ait pas, intervient notre policier. Il se trouve en état d'arrestation.

— Ah bon ?

— Permettez-moi donc de vous montrer les miens. Je…

— Veuillez garder vos mains visibles à tout moment.

Le gabelou penche une tête grimaçante sur nos papiers, recule d'un pas, et son visage se fend d'un sourire stupéfait.

— Je le savais que c'était vous !

Il dévisse son képi et le colle sur son cœur.

— Monsieur Vidocq… Quel honneur ! dit-il.

— Vous êtes trop aimable, mon ami.

— Ça alors ! Ah, et… c'est que… voilà, monsieur, il se trouve que mon frère a de petits ennuis avec sa femme…

— Elle a disparu ?

— Disparu, non, elle fait la vie, plutôt ! Je me demandais si un de vos gars ne pourrait pas la suivre et la prendre sur le fait, si vous voyez où je veux en venir…

— Hm, fait Vidocq, pesant peut-être l'aspect juridique de l'affaire. Voyons… Allez, envoyez-le-moi la semaine prochaine, votre frelin. Mais dites-lui bien qu'il me demande en personne, hein ?

Le sourire jusqu'aux oreilles, le fonctionnaire plaque ses mains sur ses joues.

— Ah, monsieur, toute la famille vous en sera éternellement reconnaissante ! J'ai hâte de raconter cela à ma femme. Le grand Vidocq !

Son regard brillant nous poursuit tandis que nous franchissons la barrière. Quant à mon policier, moins triomphant qu'agacé, il ressemble au taureau qui repousse les mouches avec sa queue. Et s'obstine à ne pas nous voir pendant une bonne minute.

— Bon, dit-il enfin. Voilà qui m'aura épargné trente sous de pot-de-vin.

Frappant distraitement sur le toit, il lance à Goury :

— Au siège !

Puis il concède, d'une voix presque inaudible :

— S'il te plaît.

J'ai pour cela besoin d'une brosse à dents (fournie par Coco-Lacour) et d'une dose généreuse de savon de Windsor, toutefois le sang daigne quand même s'en aller. C'est que M. Tepac ne se détache pas si aisément. Je veux parler du souvenir de sa plaie, balbutiant comme une bouche, et du flux de son sang dans les fentes de mes doigts. La vie d'un autre homme, glissant à travers la mienne…

Voilà que Vidocq me gratifie (encore) d'une taloche à la mâchoire.

— Écoutez, Hector, nous allons vous mettre dans un fiacre et vous renvoyer chez vous, n'est-ce pas ? Mais d'abord je dois vous donner la nouvelle identité de M. Charles. Je ne le dirai qu'une fois, alors tâchez de bien vous l'enfoncer dans le crâne, hein ?

D'un instant à l'autre, l'actuel historique (Saint-Cloud, Tepac, Frida) s'efface au profit d'un nouveau. Charles Rapskeller est désormais le fils naturel du vicomte de Saint-Amand de Faral (par l'entremise d'une femme de chambre dont la jupe prit feu, un après-midi, à portée de bras de son maître). Le vieil hérisson a succombé à une inflammation du cœur et, en l'absence d'héritiers légitimes, ses biens (sinon son titre) seront légués à Charles, qui interrompt son éducation religieuse à Strasbourg et se hâte de rejoindre

Paris. C'est en chemin qu'il me rencontre alors qu'auréolé de gloire je m'en reviens…

— … d'une conférence sur les écrouelles. À Reims, m'apprend François Eugène.

Charles me confessant qu'il ne sait où séjourner, je le presse de prendre une chambre chez ma mère, où le loyer est bas mais le rang des occupants élevé.

— Cependant, s'il hérite d'une forte somme, observé-je, n'est-il pas en mesure de se loger dans un endroit…

— … plus agréable ? Si, mais cet argent n'est pas encore arrivé, n'est-ce pas ? Un petit accroc de dernière minute, un neveu perdu de vue que l'on retrouve dans le Massif central, rien de bien grave. Les notaires raccommoderont ça en quelques courtes semaines.

Claquant la langue, il compte dans ma paume cinq pièces de vingt francs.

— Pour sa subsistance, Hector. Avec les compliments de la préfecture. Faites-en bon usage et tenez votre registre à jour. Je ne veux pas que la trésorerie me cherche des histoires.

— Mais Charles…

— Oui, Charles…

— … n'échappera pas aux questions…

— Cela, coupe Vidocq avec un mince sourire, serait fâcheux si le bougre avait un cerveau. Pour l'instant, il n'a avoué que son nom. N'ayez crainte, il se conduira bien. Et si les gens se montrent trop curieux, dites-leur que la sage-femme l'a fait tomber par terre.

Il me suffit de rapporter à ma mère la dénomination fictive du vicomte de Saint-Amand de Faral. Elle tressaillit d'abord, mais mûrit vite son opinion. Charles n'a qu'à s'incliner pour qu'elle l'imite puis, en digne châtelaine, elle recueille dans sa paume les trois pièces d'or qu'il lui confie (gaiement, comme si c'était des billes).

— Monsieur Rapskeller, tous les amis d'Hector sont ici les bienvenus. Vous choisissez bien votre moment, car le souper va être servi. Charlotte, ma chère ! Un siège pour notre nouvel hôte, je te prie. Prépare-nous quelques glaces au lait pour le dessert…

Et personne ne se soucie de mes pérégrinations. Même Charlotte, qui d'habitude m'assaille de questions si je m'absente une heure, n'a plus que notre invité en tête lorsqu'elle me fait signe d'approcher avant le repas.

— Ah, monsieur Hector, mais comme il est charmant !

— Qui ?

— Votre ami ! Il vient de me demander, ce doux trésor, s'il pouvait m'aider à dresser la table. Pourtant il ne sait pas où placer couteaux et fourchettes ! Ah, il était désemparé, mais il a tout de même essayé, ce brave garçon ! (Pleine de sagacité, elle opine du chef.) On reconnaît toujours un gentleman, n'est-ce pas ? Bon sang ne saurait mentir !

25

Maman Carpentier fait preuve de caractère

C'est bien au sang que je pense en voyant nos trois étudiants successivement prendre place pour le souper. Le père Letemps n'est pas là pour les distraire, et ils offrent un spectacle glaçant, tout à chercher des faiblesses dans l'allure de notre nouvel hôte. Un autre homme y prendrait garde, cependant que Charles les observe, impuissant, derrière son assiette. Il est aussi différent d'eux que le soleil de la lune, du moins en ai-je le sentiment quand Lapin, essuyant sur ses lèvres une goutte de bordeaux, lance une première méchanceté.

— Monsieur Charles, la maîtresse de maison fait preuve d'une trop grande modestie, je crois, en ce qui vous concerne. Elle se borne à parler de votre legs, alors qu'en outre vous embrassez la carrière des armes !

Sa proie le scrutant (comme attendu) d'un regard perplexe, Lapin poursuit, aussi pince-sans-rire qu'il l'ose :

— Ce sont bien des éperons qui ornent vos bottes ?

Levant une jambe, Rapskeller étudie, sincèrement surpris (puisque ce ne sont pas les siennes), le talon de ses bottes.

— Des éperons ! Mais vous avez raison !

— Vous comptez certainement parmi les cuirassiers, dit Lapin. Sans doute aurons-nous l'honneur de savourer bientôt le récit d'un victorieux combat ?

Souriant comme en parfaite intelligence, Charles répond :

— J'ai eu un poney, autrefois.

Un court silence, puis Rosbif s'avance à son tour.

— Êtes-vous sûr qu'il s'agissait d'un poney, monsieur ? Votre manteau n'est-il pas fait de peau de bouc ?

— Mais en effet, dit le garçon, nouvellement étonné.

— Monsieur, je me demande si vous ne vous êtes pas habillé dans le noir ?

Loin d'être contrarié, Charles absorbe la question, telle une huître enveloppant un grain de sable.

— S'habiller dans le noir, dit-il, songeur. Comme c'est drôle ! Demain, nous nous habillerons tous dans le noir !

Tandis que Rosbif se renfrogne, je m'émerveille de saisir une chose. Le même caractère qui laisse Charles sans protection le rend insensible aux provocations. Nos étudiants sombrent dans un silence vexé, que Nankin, leur chef, rompt au bout de quelques minutes.

— Savez-vous, monsieur, que votre mâchoire est digne du plus haut intérêt ?

Quelqu'un réprime un hoquet. Moi. Heureusement, le destin voulut que je surestimasse le discernement de Nankin. Car, un souffle plus tard, il explique :

— J'en ai vu une semblable à l'asile de Bicêtre. Celle d'une jolie femme qui n'est plus capable de se laver ou de se vêtir. En revanche, quand elle bave, son menton l'empêche de se salir.

Le front de Charles se plisse un instant, puis, la lèvre pendante, il se souvient :

— J'avais jadis un chien qui reçut un projectile dans la mâchoire. Il s'appelait Troïlus.

Nankin pose sa fourchette, signe qu'il va repartir à l'attaque, et je suis sur le point d'intervenir quand une autre personne s'y emploie avant moi.

Mère.

Qui ne repose pas sa fourchette, mais sa serviette, et déclare :

— Tous les hôtes de cette maison ont droit à la gentillesse et au respect.

Elle est elle-même choquée de se l'entendre dire, au point que, ses joues se gonflant, elle ressemble à une divinité du vent. Sa tête plonge lentement vers son assiette et, parmi les questions qui sans bruit s'entrecroisent au-dessus de la nappe, il en est une que mon oreille interne recueille plus particulièrement : « Pourquoi n'a-t-elle jamais fait cela pour moi ? »

La chambre de Charles était précédemment occupée par la veuve d'un général, qui, tout à sa hâte de s'enfuir, y abandonna un charmant baldaquin de damas ancien, une trousse de toilette en argent ainsi que de nombreuses mouchetures de talc. Éparpillées dans la pièce, ces dernières sont blanches comme la poussière du plâtre, et leur odeur est si nettement féminine que je dois résister à l'impulsion de faire une révérence chaque fois que j'entre ici.

— Il y a un peu de… désordre… Pardonnez-moi… Charlotte rangera demain… au plus tard…

Je pose sur le lit le sac de canevas de notre nouvel hôte, qui ne fait aucun geste, et donc je le vide pour lui. Blouses, pantalons, caleçons de lin rayés et une grande casquette en cuir, qu'un enfant de six ans coifferait peut-être pour faire du traîneau. Pas plus de trois jours de tenues, en tout et pour tout, aucun objet personnel, rien qui nous lie au legs du vicomte…

— Voilà, dis-je à mon compagnon, après avoir rangé ses affaires dans l'armoire. Cela devrait suffire.

— Y a-t-il des scorpions ?

— Des… vous voulez dire : ici ? Je n'en ai jamais vu.

— Alors je serai certainement très bien.

S'asseyant sur le lit, il interroge le matelas de quelques bonds inquiets.

— Où dormez-vous, Hector ?

C'est la première fois qu'il m'appelle par mon prénom.

— En haut dans la mansarde.

— Ah, vous n'êtes pas loin. Dois-je me coucher maintenant ?

— Faites comme il vous plaira. Nous n'avons pas de règles en la matière.

— Bon, fait-il avec un timide sourire. Il faut cependant que vous sachiez, docteur : je ne me couche jamais sans quelqu'un près de moi. Croyez-moi, cela n'a rien de difficile : il n'est pas utile de me parler, même il ne vaut mieux pas. Et, s'il vous plaît, ne me faites pas la lecture, cela me rend nerveux. Vraiment, vous n'avez besoin que de vous asseoir là, et je m'endors tout de suite.

Il ne me vient pas à l'idée de lui faire des remontrances. D'ailleurs, ma main tire déjà une chaise à son chevet.

— Monsieur Tepac faisait ainsi ? demandé-je.

— Oui, oui. Frida aussi parfois, mais ses os craquaient, et on ne peut empêcher les os de craquer.

— Je ne pense pas, en effet.

— Mais vous êtes encore jeune, observe-t-il, plaisant. Les vôtres ne craquent sûrement pas.

— Non, reconnais-je en m'asseyant on ne peut plus prudemment. Je vais m'efforcer de les faire taire.

Nous restons un instant à nous étudier l'un l'autre.

— Peut-être souhaiterez-vous maintenant vous déshabiller ?

— Oh ! (Il baisse les yeux vers les vêtements qu'il porte.) Vous avez raison. Alors donc…

Il tire doucement sur une de ses bottes. Essaie encore, infructueusement, et replonge dans la perplexité. Quand je repense à ce moment, ce qui m'étonne le plus est que je n'ai pas hésité une seconde. C'est que, voyez-vous, je me suis déjà redressé, et je m'avance vers lui avec l'intention arrêtée de les lui ôter, ses bottes. La seule chose qui m'arrête étant une sorte de trémolo rauque à la porte.

— Ah, te voilà ! s'écrie le père Letemps.

Lequel ne monte pas se coucher, non : il paraît sur le point de sortir, et fort réjoui à cette idée. Sa cravate effiloquée et son vieux manteau droit semblent prêts à braver un monde d'aléas.

Il a toutefois adjoint à sa mise coutumière deux objets remarquables : une lanterne, éteinte, et une pelle.

— Me feras-tu le plaisir de te joindre à moi ? dit-il. Je pars au bois de Boulogne.

— Mais, professeur, il fait nuit et…

— Je sais, je sais. Seulement, je viens de me rappeler où se trouvent les archives.

— Les archives ?

— Oui, tu m'avais posé la question ! Enfin, des questions au sujet de ton père. Je veux dire à l'époque où il soignait qui tu penses à l'endroit où je sais… Oh, bonsoir ! s'exclame Letemps, qui s'aperçoit de la présence de Charles. Pardonnez mon impolitesse. Voudrez-vous nous accompagner, monsieur ?

26

Dans lequel on exhume un carnet vert

— Avez-vous l'intention d'enterrer quelqu'un ?

Comme nous arrivons au coin de la rue d'Ulm et de la rue des Postes, un cocher juché sur son siège se renfrogne au spectacle du père Letemps, lequel se cramponne au manche de sa pelle.

— Certes pas, répond le vieil homme. Nous nous portons bien, je crois. Quoique, avec moi, on ne sache jamais. Mais si vous acceptez de nous mener au bois de Boulogne, nous vous en serons pour toujours reconnaissants.

— Pas besoin de reconnaissance, dit le cocher. Je me contente de rémunérations.

Ébahi par tant d'exigence, Letemps se tourne lentement vers moi :

— Ah, mon garçon, aurais-tu…

Sans me permettre d'atermoyer, Charles claironne :

— Mais oui, cet homme qui sent très fort lui a donné des pièces d'or !

Et voici que l'une d'elles, arrachée à ma bourse, finit sa course dans une main que les rênes ont rendue calleuse. Le cocher l'étudie avec minutie avant de l'abandonner en quelque endroit de son pantalon (prêt à la recevoir) et d'où, tel un lointain tocsin, émerge un cliquetis.

— Messieurs, à ce prix-là, vous pourrez en enterrer dix, dit l'homme.

*

*   *

Le printemps a réussi son entrée au bois. Minuit n'est pas loin, pourtant la vie bourdonne de tout côté. Linottes, perroquets… un unique papillon, couleur de jeune fromage… et des amants qui ôtent en toute hâte sabots, canezou de mousseline, un bas de soie… Nous les entendons dans les buissons, bruissant et gémissant, tandis que, laissant derrière nous le mur d'enceinte, nous suivons le père Letemps vers le lac inférieur.

S'arrêtant à quelque trois cents mètres du parc de Bagatelle, il plisse le nez en inspectant les alentours.

— Savez-vous, messieurs, à quoi ressemble un tilleul ?

— *Tilia cordata*, réplique Charles avec une pointe d'outrage.

— Bonté divine ! s'écrie Letemps. Nous avons avec nous un disciple de Linné ! Fort bien, digne jeune homme, dépeignez à Hector l'arbre que nous cherchons.

— Eh bien, les tilleuls attendent juin pour se départir de leurs fleurs. Mais leur senteur pour moi prend naissance en avril. Pensez à un crapaud, Hector, qui s'enfouit dans le foin plusieurs jours à la file, sans se soucier de rien, et vous avez l'odeur ! Vous découvrirez également de petits trous dans l'écorce, pratiqués par la *Chrysoclista linneella.* Je vous en montrerai quelques-unes, si vous…

— Je vous en prie ! l'arrêté-je avec un signe de la main. Je sais ce qu'est un tilleul. Mais il en est des centaines, rien qu'ici, et donc lequel sommes-nous supposés chercher ?

— Ah. (La bouche de Letemps bée un instant, avant de se refermer brusquement.) Enfin, celui qui est marqué d'une croix, bien sûr !

Nous progressons alors en cercles resserrés, tracés par sa lanterne, qui paraît effrayer les bourgeons sur les troncs. J'ai soudain froid, alors que des vagues de vent, nous arrivant de l'est, finissent par envelopper le bras de notre guide et lui arrachent son fanal. La mèche s'éteint, les ombres se dissolvent… et d'autres clartés tombent en pluie.

Pas celles des étoiles, mais d'une lune pleine que j'aurais dû remarquer bien plus tôt.

Letemps sort de sa poche une allumette soufrée, qu'il gratte contre l'arbre le plus proche. Instinctivement, je me retourne vers Charles… que j'aperçois à dix mètres, devant un tilleul, glissant un doigt lent sur… une longue croix.

La blessure qu'elle fut jadis fut si souvent pansée que j'aurais cent fois pu passer devant sans rien remarquer d'insolite. Elle est bien là cependant.

Un sourire jaune fleurit sur la bouche flasque du vieil homme.

— Bravo ! remercie-t-il Charles. Il suffit maintenant de lever la tête pour trouver Jupiter. Ah, la voilà ! Et donc ensuite, quelques pas vers le nord…

Et d'un… et de deux… et de trois… il inscrit un rond à terre de la pointe de son soulier.

— Commençons-nous ? demande-t-il.

— Commençons-nous quoi, monsieur ?

— À creuser !

Je me défais de mon manteau, empoigne la pelle et l'oppose à un sol, qui, écrasé par l'hiver rigoureux, répond d'un claquement sourd.

— À quelle profondeur ?

— Oh, pas plus d'un mètre vingt ou d'un mètre cinquante, affirme sereinement notre ami. Mais presse donc, mon garçon, il fait un rien frisquet.

Au départ, la pelle n'extrait guère que quelques dés de croûte. Il me faut plusieurs minutes pour dégager la surface, après quoi la terre se montre plus clémente. Pas longtemps cependant, car j'arrive à une couche d'argile dure.

À présent, la sueur ruisselle sur ma peau. Je hoquette plus que je ne respire… et j'entends :

— Puis-je essayer, Hector ?

Quelqu'un d'autre le suggérerait-il qu'aussitôt je répondrais oui. Alors pourquoi hésité-je ?

— S'il vous plaît, insiste Charles. Je suis habitué à ces choses.

Il n'est pas habitué, simplement merveilleux, car trois fois plus rapide pour deux fois moins d'effort. Il s'arrête de temps à autre pour repousser la mèche qui s'abat sur ses yeux mais, cela étant, il creuse avec une admirable détermination qui vient à bout des réticences du sol.

Je regarde, éberlué, les mottes de terre voler autour de moi. La seule chose qui arrête ce garçon est finalement (l'entendez-vous ?) une secousse étouffée qui fait…

« Floc. »

— A-ha, dit Charles.

— Qu'est-ce ? demande Letemps. Que se passe-t-il ?

Je réponds :

— Nous touchons quelque chose. Une pierre, peut-être. Ou une racine.

— Cela n'est pas une racine, réfute notre terrassier.

« Floc », s'entête la pelle, et Charles se penche pour exhumer sa récompense.

Un simple plumier d'écolier en bois. Dans lequel, enfant, j'aurais pu ranger mes crayons et porte-plumes.

— Qu'y a-t-il dedans ? demande Rapskeller.

— Mais ce sont les archives ! répond Letemps.

Mon regard se pose sur l'étrange coffret, au couvercle sculpté d'un cygne sous un feuillage d'or et de vert, enluminé de tulipes dressées dans un champ rouge émaillé d'ocre brune. « Les archives… »

— Pourquoi aviez-vous enterré ceci ? dis-je.

— Eh ! Vous auriez laissé cela chez vous, hein ? Pour que le Comité mette ses grosses mains dessus ! Bon Dieu, j'avais oublié le fermoir. Hector, voudrais-tu…

Je m'empare de la pelle et adieu le fermoir. Trois petits coups et le couvercle s'ouvre, telle une bouche manquant d'air. À l'intérieur se trouve un carnet à croquis, relié de cuir vert et sanglé d'un fil.

Dégageant une des pages calcifiées, je lis :

13 thermidor, an II

Première rencontre, peu après treize heures. Prisonnier seul dans sa geôle. Touché ni son déjeuner ni son dîner.

— Mais d'où cela sort-il ?

— Allons, me rabroue Letemps (penchant vers moi sa frêle armature de mante religieuse), vous devez reconnaître l'écriture de votre père !

27

Un petit garçon nommé Hector

À contrecœur, Vidocq saisit le carnet à dessin posé sur son bureau, glisse un index sur la reliure de cuir vert, puis examine le résidu crasseux collé à son doigt. Il étudie ensuite le père Letemps, aussi crasseux voire plus… en tout cas pas cette sorte de visiteur qu'il a l'habitude de recevoir.

— Professeur Corneille, n'est-ce pas ?

Plongé dans la contemplation d'un portrait de François Villon, le vieil homme sursaute en entendant son nom.

— Hein ! Ah ! Oui, pardon, c'est bien moi.

— J'aimerais être sûr d'avoir compris. Il y a vingt ans de cela, vous avez décidé, avec le père d'Hector, d'enterrer ce journal au milieu des bois.

— En effet.

— Peut-être pourriez-vous m'expliquer pourquoi ?

— Pourquoi ? ! Parce que nous ne voulions pas qu'il tombe dans les mains des autorités ! Si les Jacobins avaient eu vent de la compassion qu'éprouvait le Dr Carpentier pour la famille royale, il risquait d'être arrêté. Pour dire le moins ! Sans parler de M. Leblanc, qu'on aurait déclaré complice !

— Pourquoi n'avez-vous pas tout simplement brûlé ce cahier ?

Les yeux de mon locataire effleurent un instant l'objet, qui semble perdu dans l'immense bureau.

— Je pense que le Dr Carpentier voulait qu'on sache ce qui s'est passé au Temple. Je veux dire… le jour où les gens seraient prêts à l'entendre.

Le policier se place devant la fenêtre et nous tourne le dos. Sa corpulence est telle qu'il remplit tout le cadre et occulte la lumière.

— Il n'en a jamais parlé à personne ? Ni à sa femme, ni à son fils ? Je trouve étrange qu'il ait confié un témoignage historique d'une telle valeur à…

« … un vieux débris ». C'est moi qui le pense, non Vidocq. Cependant, lorsqu'il poursuit, une once de remords teinte sa voix comme si l'idée était la sienne.

— Vous reconnaîtrez, dit-il, que c'est un peu extravagant.

— L'époque l'était aussi, monsieur.

— Terrible, terrible époque, dis-je en écho aux propres mots du policier, qui lève le menton vers moi, puis vers le père Letemps.

— Je suppose, professeur, que le contenu de ce journal ne vous est pas inconnu ?

— Bien sûr que non.

— Avez-vous quelque chose à y ajouter ?

— Je ne pense pas, dit Corneille, les mains jointes et inclinées à la manière d'un saint gothique. Bien sûr, tout cela est lointain… Mais si quelque chose me revient, je… certainement, je vous en aviserai, monsieur… Ah, pardonnez-moi, votre nom m'échappe…

— Qu'importe mon nom. Parlez-en à Hector, dans ce cas, vous serez bien aimable. En attendant, soyez remercié pour votre aide. Dois-je demander à un de mes hommes de vous raccompagner en voiture ?

— Non, non, je peux très bien marcher, merci. (Une lueur d'espoir laiteuse brille dans les yeux du professeur.) À moins que vous n'ayez une personne exceptionnellement jolie à disposition ? Non ? Bon, alors je vous quitte. Hector, nous nous retrouverons au domicile familial.

Vidocq referme sans hâte la porte derrière lui, puis siffle doucement.

— Tiens donc, dit-il en s'affaissant sur son siège. Des notes de votre père… qui ressortent de terre au moment précis où nous en avons besoin. Quelle coïncidence…

— Ce n'en est pas une, lui rappelé-je. J'avais déjà… abordé le sujet avec ce monsieur, n'est-ce pas ? Je vous en ai fait part avant notre voyage à Saint-Cloud. Il lui aura fallu un peu de temps pour… recoller les morceaux.

— Et simplement parce qu'un vieux décrépit ressuscite un manuscrit poussiéreux au bois de Boulogne, vous croyez que le roi va remettre sa couronne à un jardinier suisse ?

Fort étrangement, sa tirade résonne au plus profond de mon corps, au point que, me repliant sur moi-même, je rétorque en contemplant le plancher :

— Charles ne revendique rien pour l'instant.

— Pas encore.

Une fois de plus, Vidocq caresse la reliure du carnet.

— Êtes-vous sûr que c'est l'écriture de votre père ?

— Je la connais aussi bien que la mienne.

Fort lentement, il compulse ces pages épaissies par les ans.

— Pendant combien de temps a-t-il écrit ?

— Cela couvre plus d'une douzaine de mois. Je suis encore en train de convertir les dates du calendrier républicain mais, pour autant que je puisse dire, ses dernières notes remontent au 1er juin 1795.

Le policier lève un sourcil, ou plutôt celui-ci bondit au milieu de son front.

— Une semaine avant le décès du prince ?

— Oui.

Sa voix est calme, pourtant ses mains s'agitent au-dessus du carnet, qu'il feuillette jusqu'au bout.

— « Cela sera tout pour l'instant », lit-il à haute voix. C'est censé signifier quoi ?

— Je n'en sais rien. Je n'ai détenu ce journal que quelques heures. À peine le temps de…

*

* *

À la vérité, j'ai commencé à lire dès que je l'ai eu entre les mains. Je n'ai tout d'abord prêté aucune attention au contenu, tant j'étais absorbé par la calligraphie de mon père. Enfant, elle ne laissait de me fasciner. Je copiais et recopiais ses voyelles et consonnes jusqu'à ce qu'elles se fondent dans ma propre écriture, au point que mère, s'attardant un jour sur mon livre d'exercices, fut médusée d'y reconnaître la signature de son époux.

Et tandis qu'hier soir, à la lumière de la bougie à mon chevet, j'admirais ses pleins et ses déliés, il a d'une certaine manière repris vie. Alors j'ai goulûment fouillé dans ses notes à la recherche de quelque mention, non d'un roi, mais de moi. La trouver m'a comblé au-delà de toute espérance.

« Un garçon qui s'appelle Hector. »

Les termes de mon propre père, comme s'il me contemplait.

« A-t-il mon âge ? »
« Non, il n'a que trois ans. Mais (je n'ai pu m'empêcher d'ajouter) il connaît au moins deux cents mots déjà. »

Le carnet s'est refermé en tombant et, pendant une autre heure, peut-être, je suis resté émerveillé, brûlant à l'idée qu'au-delà de mon souvenir, il eût une fois été fier de son fils.

Je tais bien sûr cela dans les murs du Numéro six (à moins que mes réflexions ne transparaissent à mon insu).

— Évidemment, conclut Vidocq, dont les doigts dansent sur le carnet vert, la semaine qui m'intéresse est celle qui manque ! Malheureusement, les deux seules personnes qui pourraient en rendre compte ne semblent plus de ce monde. (Il repousse le journal vers moi.) Eh bien, Hector, vous allez consacrer à cet ouvrage toute votre conscience et toutes vos facultés. Me comprenez-vous bien ? Vous allez essorer chacune de ses lignes en quête du plus petit indice.

— Du plus petit indice de quoi ?

— De quoi que ce soit ! D'une conspiration, d'un complot ! À qui votre père parlait-il ? Que découvrait-il ? Examinez soigneusement le libellé. Certains mots réapparaissent-ils bizarrement ? Donnent-ils l'impression d'un message chiffré ?

— Un message chiffré ?

— Mais oui, bon Dieu ! Si quelqu'un essayait de faire échapper le dauphin, il faut que nous sachions qui !

Je recueille le cahier dans mes bras et, alors que je vais ramasser mes gants, le policier ajoute :

— Autre chose. Je veux que vous promeniez votre nouvel ami Charles. C'est une sorte de touriste, n'est-ce pas ? De grâce, montrez-lui les monuments et les curiosités ! Peut-être verrez-vous sa langue se délier.

— Vous croyez qu'il se rappellera qui il est ?

Vidocq se place si près de moi que je sens le hareng fumé de son déjeuner.

— Hector, pour vous et moi et le reste de l'humanité, il n'y a rien à se rappeler. Louis XVII est mort. Notre Charles est forcément quelqu'un d'autre, mais qui ? Voilà la question. Faites-lui les honneurs de la ville jusqu'à ce qu'il se démasque… ou bien qu'on le confonde.

Je regarde le policier, puis je baisse les yeux.

— Vous voulez l'arrêter pour imposture, lui dis-je. N'est-ce pas ? Le jeter à la Force avec vos protégés, vos meurtriers et vos voleurs !

— Ce n'est pas moi qui en prendrai la décision, Hector. Ni vous.

La voix de Vidocq n'était qu'un lointain nuage, mais son registre est maintenant plus grave.

— Bien sûr, si vous n'avez pas l'estomac de faire ce que je vous demande…

— Je ne manque pas d'estomac, lui dis-je, il se trouve que j'ai également un cœur.

— Oh oui, me répond-il, jovial. Moi aussi, j'en ai un. J'ai dû le ranger quelque part dans une boîte.

28

Une disparition de courte durée

Vidocq me dit enfin :

— Sous aucun prétexte ne quittez Charles des yeux, entendu ? Même si vous devez lui rentrer dans le cul et n'en ressortir qu'à Pâques.

Alors vous comprendrez la sensation qui m'étreint lorsque, de retour chez moi, je ne vois Charles nulle part.

Je cours du grenier à la cave, je regarde sous les lits, j'inspecte les placards et les garde-manger. Je secoue les croisées des fenêtres. Je me débats contre cette maison vide, tel l'oiseau prisonnier du conduit de la cheminée.

Il a disparu.

Je ne le dirai pas, je ne le peux pas et peu importe, au reste, car je perçois un bruit dans le jardin.

Pourquoi ne m'est-il pas venu à l'esprit d'y jeter un coup d'œil ? J'admets ne pas y être allé pendant de longs mois (mère en réserve l'accès à nos hôtes fortunés), aussi l'endroit s'est-il effacé de mon anatomie des lieux. Cependant Charles est bien là, à quatre pattes, les mains dans la terre, dans la position qui était la sienne quand nous fîmes sa connaissance.

En revanche, ma mère, elle, est debout. Elle a troqué sa coiffe de tulle noir contre un bonnet de calicot bleu, et quelqu'un (Charles ?) a orné son oreille d'une vrille de chèvrefeuille. Munie d'une ombrelle au manche d'ivoire chinois (j'ignorais qu'elle possédait une telle chose), elle s'est débarrassée de ses pantoufles, laissant ses pieds se promener tout nus, tels de blancs nuages tombés du ciel.

Cela aussi : son visage arbore un sourire… que mon apparition ne diminue en rien…

— Bonjour, Hector ! Reviens-tu du laboratoire ?

— C'est cela, dis-je, hésitant.

— Quel dommage, tu aurais été si bien avec nous ! Quelle charmante matinée, n'est-ce pas, monsieur Rapskeller ? Oh là là ! ton ami est féru de jardinage, Hector. Tu te souviens de mes lys plantain, bien sûr ?

— Mmm…

— … que je retrouve calcinés tous les ans à la fin de l'été… Alors qu'ils poussent à l'ombre ! M. Rapskeller a compris. C'est à cause de la réflexion. Oui, les rayons du soleil ricochent sur la fenêtre de la cuisine ! Et mes crocus… qui font toujours le bonheur des écureuils… eh bien, M. Rapskeller préconise une bouillie dont on se sert… Où cela, déjà, monsieur ?

— En Martinique.

— C'est à base de piment et d'ail, et je ne sais plus quoi d'autre. Il faut en imbiber les bulbes avant de les planter, et les sales petites bêtes n'en voudront plus.

Je suis déjà ébranlé de voir mère dans cet état, mais bientôt l'éblouissement est général. Le soleil, l'air… le jardin lui-même : les aubépines ont des baies ; des œillets s'étendent par-dessus la mousse sur le mur de brique ; et le platane a détaché un escadron de feuilles en reconnaissance…

— J'ai appris tant de choses ! s'exclame mère. Les azalées raffolent du café ! Qui l'eût cru ? Cependant, monsieur, je ne peux m'empêcher de penser que, lorsque vous aurez hérité de la fortune du vicomte, vous aurez toute une troupe pour jardiner à votre place.

Charles, qui ne sait rien dudit vicomte, répond sans une once d'hésitation.

— Oh non, madame ! Je ne laisserais personne soigner mes plantes ! Elles vous reconnaissent, comprenez-vous, elles reconnaissent vos mains et votre voix aussi, je n'en doute pas. Quelqu'un d'autre leur parlerait-il qu'elles se porteraient moins bien.

— Les plantes ont des oreilles ! piaille ma mère. Ha, ha, ha !

Si, si, c'est vrai : elle rit.

En d'autres termes, ses dents, jaunies par une constante réclusion, surgissent soudain à la lumière, grâce au tressaillement d'une bouche qui croyait pouvoir les enfermer. Nul n'en est plus étonné qu'elle. Au point que, posant son ombrelle, elle applique ses deux mains sur ses joues, comme pour s'assurer qu'elle ne s'est pas décomposée.

Mais son humeur change aussi vite que son rire a fusé. Contemplant ses pieds nus, elle sent le chèvrefeuille chatouiller son oreille, son regard s'assombrit, et la voilà qui, trottant plus qu'elle ne court, se réfugie à l'intérieur.

— Vous voudrez… m'excuser… Des commissions à…

J'ai moi aussi de quoi m'occuper. Je passe le restc de l'après-midi à l'étage, allongé sur la banquette de la fenêtre, celle qui donne sur le jardin, à lire le journal de mon père. Je m'en distrais parfois en observant Charles qui, en bas, étend du paillis, sème des graines de grenade, plante un laurier-rose dans un pot de faïence bleue. Il désherbe, creuse, taille et arrose.

Son cou rosit au fil des heures, de grandes ellipses de sueur moirent sa blouse tandis qu'il travaille et travaille encore, apportant ses couleurs à ma lecture.

Leblanc et moi avons fait la surprise à Charles de quatre chrysanthèmes en pots...

A appris il y a très longtemps aux Tuileries qu'il faut parler aux fleurs.

Cette aversion qu'il a contre ceux qui le touchent... Cette peur de s'endormir dans le noir... Ligne après ligne, les concordances se révèlent.

Le soir venu, Charles, trop fatigué pour souper, part tout droit dans sa chambre et, dès que je lui ai ôté ses bottes, s'affale dans son lit.

— Je ne vais peut-être pas me dévêtir...

— Aucune importance, lui dis-je. Vous avez eu une longue journée.

— Oui...

— Demain, je vous fais visiter la ville. Cela vous plaira-t-il ?

— Mm, fait-il en étudiant le plafond. Je vais dormir maintenant.

Je tire ma chaise vers la porte (en humant les senteurs de talc de la veuve du général), et je perçois le tic-tac de l'horloge de parquet à l'étage, quand :

— Vous devriez attendre dix minutes, dit Charles d'une petite voix. Pour être vraiment sûr que je dors.

— Cela vous ennuie-t-il que je lise un peu ? Silencieusement ?

— Aucunement.

Il relève la tête en bâillant et cligne des yeux vers moi.

— Est-ce encore ce livre-là ? demande-t-il. Il paraît si vieux.

— Il l'est.

Son menton se dresse deux secondes, puis il s'enfonce dans l'oreiller.

— Bonne nuit, Hector.

— Bonne nuit.

La page qui s'ouvre est celle qui m'a consumé la nuit dernière. Il s'y trouve la scène (je les appelle ainsi : des scènes) où un jeune roi apprend que son médecin a un fils.

Si vous m'emmenez chez vous, nous pourrions être frères, lui et moi, et je serais très heureux de veiller sur votre fils, vous n'auriez jamais à vous inquiéter.

Je la lis une fois encore, et mes pensées volent droit vers la forme ensommeillée. Mon nouvel ami, qui aime que je le veille un instant chaque soir et qui, par la même occasion, veille peut-être sur moi.

Lorsque, une heure plus tard, ayant regagné ma mansarde, je suis voûté sur ma lampe à huile, une chose attire mon attention dans la rue en bas.

Pendant quelques minutes, j'observe le pavé, en tentant de me rappeler ce que j'ai vu… un éclair écarlate, semblable à une crête de coq… sans visage et sans corps… et pourtant la partie semblait plus grande que le tout.

« Non seulement Monsieur s'est trompé de cible, mais surtout il l'ignore. Voilà qui nous donne du temps », disait Vidocq.

Si cela est bien vrai, qui nous surveille dehors ? Et cette surveillance, quand cessera-t-elle ?

29

Le roi de France otage des cochons

La Sûreté possède une garde-robe qui ferait envie à l'Opéra-Comique, cependant Vidocq a décidé que Charles et moi devions arpenter Paris *incognito*, en sorte qu'il nous faudrait des vêtements un rien « chiffonnés ». Il se trouve, rue Beautreillis, un juif ingénieux dénommé le Changeur, qui a pour profession de transformer les gredins en honnêtes hommes, au prix avantageux de trente sous la journée.

— Monsieur Jules ! psalmodie-t-il, usant d'un des vieux cryptonymes du policier.

— Bien le bonjour, répond celui-ci. Voici les deux filous dont je vous ai parlé.

— Mm, dit le Changeur. On ne s'en rendrait pas compte à les regarder. Ils m'ont l'air bons comme du pain blanc.

— Un peu rassis, tout de même.

— Voyons voir cela, dit le juif, glissant un bras dans son vestiaire. Nous avons un magistrat, tout juste lessivé… Un curé… Un militaire russe, très couru en ce moment… les Anglais beaucoup moins… Et ici, un poète… les taches d'encre sur le jabot… qui convient aussi aux mendiants… Par là, un lépreux très plausible, vous en conviendrez. Je demande un supplément pour les plaies…

— Je pencherais plutôt pour un homme d'État, dit Vidocq.

— Ah, si telle est votre préférence, vous avez de la chance, mon ami. J'ai deux costumes assortis, que l'on m'a rapportés hier soir. Deux habits de drap noir… Pantalons de cachemire… du bon foulage, très moelleux… Gilets de soie… Et comme vous êtes une haute figure du quartier, je ne vous fais pas payer les bottes.

Avec la mine renfrognée de qui ne s'en laisse pas conter, Vidocq lève une des redingotes noires à hauteur de mes épaules.

— Ça appartenait à qui ? Un ambassadeur ?

— Honoraire.

— Des accessoires, peut-être ?

— Des perruques, récemment épouillées. Des lunettes vertes, avec feuilles de soie en option. Des chaînettes pour la montre, et des breloques pour le gousset aussi.

Les lèvres du Changeur s'ouvrent lentement sur ses gencives :

— Les breloques, je vous les offre, monsieur.

— Eh bien, qu'attendez-vous, les enfants ? dit notre compagnon. Enfilez-moi ça, bon Dieu !

— Une semaine au tarif habituel ?

— Non, ce sera deux. Mais pas une de plus.

— Fort bien. N'oubliez pas qu'à chaque jour de retard le total est multiplié par deux. Et on ne mange pas d'ail, l'odeur s'incruste dans les fibres.

L'après-midi même, nous apprécions nos nouvelles identités dans les vastes allées sableuses du Luxembourg. Mes souliers me serrent plus que dans le magasin et ma perruque semble héberger une petite chose, mobile et sournoisement hostile. Quant aux coutures usées et aux fils rebelles, ils dénoncent tous l'imposteur !

Mais nous croisons une jolie jeune fille dont le sourire nous rafraîchit comme une averse. Un terrier se réveille entre deux ronflements, un cygne se frotte le croupion sur une pierre. Vidocq avait vu juste. Aussi ridicules soyons-nous, Charles et moi nous sommes fondus, sans résistance de celles-ci, dans la chaîne et la trame de Paris (où tout un chacun usurpe quelqu'un).

— Hector !

Charles a la voix tremblante et me prend par le bras.

— Qu'y a-t-il ?

— Les marronniers, murmure-t-il en m'indiquant une longue branche, dotée d'inflorescences cotonneuses d'un blanc cru. Vous aviez raison, ils sont en fleur.

Voilà ce qu'il attendait depuis la promesse qu'on lui fit à Saint-Cloud.

Il semble alors très naturel de demander une chose en échange, de regarder ses pacifiques yeux bleus et de leur dire :

— Parlez-moi de vos parents.

Sans s'opposer à mes questions, il les détourne et se blottit contre elles. Ou si cela ne suffit pas, il me les renvoie, en sorte que nous évoquons plus longuement mes ascendants que les siens… Quand j'essaie de le remettre sur le bon chemin, ses pupilles parcourent ses orbites comme à la recherche d'un poème oublié. Il ne peut finalement m'assurer qu'une chose : ses parents ont disparu.

— J'étais très petit, ajoute-t-il.

— Avez-vous quelque souvenir d'eux ?

— Ils m'aimaient.

— Ont-ils laissé de quoi pourvoir à vos besoins ?

— Je suppose que c'est le cas. Il y a toujours eu des gens pour veiller sur moi.

— Comme M. Tepac ?

— Oui.

— Et quelqu'un avant lui ?

— Ohhh…

Sa mâchoire tremble sous l'effet d'un bâillement, vite imitée par sa perruque.

— Qu'est-ce ? fait-il, le doigt tendu.

— Le palais du Luxembourg.

— Le roi y réside-t-il ?

— Non, mais les pairs y siègent.

— Qui sont-ils ?

Les mots de Chateaubriand me reviennent à l'esprit : « Des vieillards, restes desséchés de la vieille Monarchie, de la Révolution et de l'Empire. »

— De beaux messieurs, l'avisé-je, prudent. Bardés de titres. Des marquis, des barons, tout cela. Ils se retrouvent là, tiennent séance, conversent…

— C'est inouï, dit Charles. Ne rien faire de ses jours que converser…

Comme exposés au même reproche, nos propres propos s'amenuisent. Nous quittons le jardin et, remontant la rue de Seine, accélérons le pas quand, à l'approche du pont des Arts, le reflux d'une foule nous bloque le chemin. Les Parisiens se moquent bien, d'habitude, de ce qui parcourt leurs rues, mais ils font exception pour un coche doré, aux proportions ridicules, entouré de gardes à cheval, bardés de cuir et sabre au clair.

— Regardez ! dit Charles. Il y a des fleurs de lys sur la voiture. Allons, venez, Hector !

Il me faut confesser que je doute parfois d'avoir vécu cette scène. Un tel concours de circonstances était-il naturel ? Le jour où nous faisions ensemble notre première promenade ?

Cependant le carrosse du roi se montre fréquemment en cette seconde Restauration. Obèse et perclus de goutte, Louis XVIII compense ses infirmités en lançant son attelage à des vitesses folles dans les avenues de Paris. Nombreux sont ses sujets qui, au dernier instant, ont évité de tomber sous la cavalcade, sans autre rétribution que le regard froid et indifférent de Sa Majesté, laquelle déjà s'éloigne à vive allure.

En revanche, le convoi est aujourd'hui ralenti par un détachement de cochons qui, traversant la rue à gué, forcent la troupe à s'immobiliser.

— Est-ce le roi ? me souffle Charles.

« Qui veux-tu que cela soit d'autre ? » ai-je envie de lui répondre. Qui d'autre que le roi se promène affublé de cette arrogante mollesse, dans un rempart de coussins de satin blanc, destinés à lui adoucir les secousses d'un possible carambolage ?

Face à lui sont assis le capitaine de la garde ainsi que, à son côté, penché contre la glace, la bouche tordue entre le dépit et l'amusement…

Vidocq.

*

* *

Non. Le personnage reprend lentement forme réelle et cela n'est pas lui. Ou c'est le Vidocq qui peut-être apparaîtra dans vingt ans, quand le muscle aura fondu sous un respectable vernis, quand il ne restera de l'animal que de grands yeux sagaces.

— Cet homme doit être un bon ami du roi pour être aussi près de lui, dit Charles.

— Ce n'est pas son ami, non. Ils sont parents, c'est tout.

— Parents ?

— Oui, c'est le comte d'Artois, son jeune frère.

— Comme c'est drôle. (Passant une main sous sa perruque, Charles se gratte vivement le cuir chevelu.) Je n'aurais jamais pensé que les rois avaient des frères et sœurs, mais il faut bien, sans doute. Sa Majesté en a-t-elle d'autres ?

— D'autres ? Oh oui, il avait un aîné…

Un malheureux honnête homme, d'épaisse stature et entouré de murs qui ne l'étaient pas moins. Il rendit les clefs de son fief au moment où les serfs en enfonçaient la porte. Époux d'une princesse autrichienne, il eut d'elle un garçon qu'on enferma dans une grande prison sombre, et dont il ne ressortit que mort.

Nous le savons tous. Nous jugeons du possible et, sachant ce qui ne l'est pas, déclarons impossible que ce même garçon pût encore être vivant et, pressé dans la foule des Parisiens, assister sans les reconnaître au passage de ses oncles. Ces choses-là ne se produisent pas.

Mais lorsque, relevant les yeux, je sens sur moi ceux du comte d'Artois, j'ai la sensation qu'il me touche presque. Dans mon dos, quelqu'un s'exclame :

— Marie, il nous regarde !

J'entends ensuite :

— C'est qu'il a fière et grande allure ! Et bon cavalier avec ça. Monsieur a les meilleures manières du monde.

« Monsieur ».

*

* *

Il convient de souligner que ce titre n'est en rien étrange. « Monsieur » est simplement le nom qu'on donne aux frères du roi. Toutefois le « monsieur » auquel je pense à l'instant est le mystérieux commanditaire de Saint-Sulpice. Une voix, une forme cachée dans un confessionnal, qui envoya Herbaux à Saint-Cloud tuer un prince.

Pourquoi ai-je mis si longtemps à me figurer que, dans tout Paris, il est un « monsieur » en particulier qui déteste l'idée qu'un autre... un monarque oublié... vienne prendre le trône auquel il se destine à plus ou moins brève échéance ?

— Charles, murmuré-je. Retourne-toi.

— Comment ?

— Retourne-toi.

Et tandis que, lui empoignant le bras, je l'entraîne au loin, une réalité simple et austère me saute au visage : « Nous venons de nous présenter à lui. »

30

De l'intérêt nouveau du chef de la Sûreté pour les choses de l'art

— J'aimerais être certain de bien comprendre, Hector.

Me revoici dans le bureau d'un Vidocq une fois de plus incliné dans son fauteuil de cuir noir, les talons de ses souliers posés sur sa table d'acajou.

— Le frère du roi, dit-il, alias le comte d'Artois, serait convaincu que Charles Rapskeller n'est autre qu'un certain Louis XVII, oublié de tous depuis longtemps. Et donc, plutôt que de laisser ce jeune homme revendiquer un trône bien légitime, il engagerait deux gibiers de potence. Deux dignes représentants de la cour des miracles, mais qui, incapables d'en faire un, se trompent de victime. Ce qu'Artois ignore cependant. Jusqu'à ce que, hier après-midi, il croise votre chemin et aperçoive ledit Rapskeller qui maintenant le regarde sous une perruque d'ambassadeur…

Une chose a changé entre nous : ses objections ne m'émeuvent plus.

— Charles n'est peut-être pas le roi, dis-je, cela n'empêche pas quelqu'un de le croire et d'avoir voulu la mort de Leblanc et de Tepac. Quelqu'un qui serait sans doute très contrarié que Louis XVII vienne à ressusciter.

— Commencez par Louis XVIII.

— Non, contredis-je en hochant vigoureusement la tête. Le roi est vieux, malade, sans enfants, et il attend sa dernière retraite. C'est le comte qui a le plus à perdre, ici. Qu'un autre prétendant se déclare, lui, capable d'avoir une descendance, alors la branche d'Artois sera aussitôt écartée. Si le comte ne l'entend pas de cette oreille, la France sera obligée de choisir entre deux monarques. Nous aurions les ferments d'une guerre civile. Laquelle, et c'est presque sûr, réussirait ce que la Révolution a raté : mettre fin à la royauté une bonne fois pour toutes. Je pose la question (et le regarde droit dans les yeux) : Artois est-il homme à se réjouir de telles perspectives ?

Sans répondre, Vidocq entoure son bol de café vide de ses deux mains, et lui imprime une lente rotation.

— C'est une accusation sérieuse, Hector.

— Je sais.

Le voilà qui repousse le bol et abat violemment ses mains sur le bureau.

— Ça me plaît, Hector !

— Vous êtes de mon avis ?

— Non, vous divaguez complètement, mais qu'importe ! Ce qui compte, c'est que vous réfléchissiez comme un policier. Quand je pense au petit crétin timide que j'ai rencontré il y a deux semaines, effrayé par le son de sa propre voix… Écoutez-le maintenant exposer de grandes théories ! Je ne serais pas plus fier si… Mais trêve de louanges ! Dites-moi où vous avez laissé M. Charles.

— Au lit.

— A-ha, c'est qu'il a bon sommeil ! Eh bien, dites-lui de ma part que, demain, on se lève tôt. Nous allons faire une première évaluation.

Je prends soin de ne pas utiliser ce mot devant Charles. (J'ai depuis lors oublié de quoi j'ai parlé au juste… D'une sortie, peut-être. D'une escapade… d'une aventure…)

C'est cependant à cela qu'il s'apprête. Il m'est donc aisé de le mener au Numéro six, où je le confie à Coco-Lacour avec un jeu de cartes et une balle rouge. Puis je me faufile dans le bureau contigu de Vidocq, où sous le portrait de Villon (que l'on a décroché) apparaît un judas qui a la forme d'un œil.

L'ouverture étant pratiquée à une hauteur qui convient à Vidocq, la baronne de Préval requiert un tabouret pour l'atteindre, et encore doit-elle se hisser sur la pointe de deux pieds joliment chaussés.

— Eh bien, madame ? dit le policier en la reposant par terre.

Elle s'avance lentement vers la fenêtre, d'où elle admire la Sainte-Chapelle, qui resplendit à cette heure comme ivoire au soleil.

— Que voulez-vous que je vous dise, monsieur ? demande-t-elle finalement.

— Ce qu'il vous sied de dire, répond-il.

Elle hausse ses délicates épaules.

— Je suis au regret de vous décevoir, mais vous devez comprendre qu'un quart de siècle s'est écoulé depuis que l'on m'a présenté le dauphin, et ce n'était alors qu'un enfant. Avec votre persévérance, vous trouverez sûrement quelqu'un mieux à même de vous renseigner que moi.

— Ah, madame, vous vous desservez toute seule. N'étiez-vous pas l'amie intime de la princesse de Lamballe ?

La baronne se retourne vers Vidocq en jouant de son éventail.

— Je ne vous savais pas si versé dans l'Ancien Régime.

Il se frappe les côtes avec un grand sourire.

— Nous autres brutes ne pouvons nous passer des bienfaits de la civilisation. C'est pourquoi j'ai décidé de faire collection de peintures.

— Le métier de policier est plus lucratif que je ne l'aurais conçu.

— Le dévouement se paie, en effet. Il se trouve que ma plus récente acquisition provient de la galerie Barrault. Voulez-vous l'admirer ?

Il s'accroupit sous son bureau, soulève un tableau grossièrement enveloppé de toile et le pose sur le plateau en acajou.

Trois jeunes femmes sont représentées dans la pleine maturité de leur beauté, vêtues (ou dévêtues) telles des bohémiennes. Le torse enveloppé de linon, le cou et les épaules d'un blanc de papillon, elles portent des chapeaux de paille parsemés de violettes.

— La signature du peintre est ici, indique Vidocq. Mme Vigée-Lebrun. Ce n'est pas une huile originale, évidemment… Barrault m'en aurait demandé beaucoup plus… Mais elle ne manque pas d'intérêt pour autant. On a bien sûr au premier plan la princesse de Lamballe. N'était-elle pas charmante ? Sans doute êtes-vous comme moi davantage intriguée par cette autre personne, derrière son épaule gauche. Comme vous pouvez le remarquer, le peintre lui fait la faveur de bien reproduire chacun de ses iris dans sa couleur propre, un bleu et l'autre brun.

La main tremblante de Mme Verteuil se stabilise en approchant de la toile, où son doigt effleure, non pas son image d'antan, mais la princesse assise au-devant d'elle.

— Les portraits ne l'ont jamais flattée, déclare-t-elle en retirant lentement sa main. Vous dites vrai, monsieur, Marie-Louise était mon amie chère. Elle était revenue à Paris que nous avions tous désertée, pour la seule et unique raison que la reine avait besoin d'elle. Vous vous rappelez sans doute de quelle façon sa loyauté fut récompensée.

Baissant la tête, le policier marmotte à l'intention du tapis :

— Une terrible, terrible affaire…

— Oui, la foule ne lui a rien épargné. Après l'avoir tirée de sa cellule, elle l'a découpée en morceaux. Sa tête, sa belle tête, fut promenée au bout d'une pique jusqu'à la tour du Temple, pour qu'on l'exposât à la reine.

— Une véritable tragédie, fait Vidocq, laissant installer un court silence avant de reprendre le fil. Il semble… Ai-je tort de penser qu'elle fut surintendante de la maison royale ?

— Elle l'était en effet.

— En qualité de quoi elle était familière des enfants de la reine…

— Certes.

— Et vous, en tant qu'amie intime de la princesse…

— … je ne les voyais pas plus que les membres de la cour.

Mécontente, la baronne déploie son châle sur ses épaules.

— Monsieur, reprend-elle, si votre intention était de me faire dire que Louis XVII est là dans l'antichambre, je crains de ne pouvoir vous obliger.

— Vous tiendrez peut-être à honorer la mémoire de M. Leblanc, quand même ? réplique Vidocq.

Plissant légèrement les paupières, elle plie un doigt autour de sa bouche, puis l'en dégage lentement.

— Il y a cependant une chose. Ce jeune homme... je viens de voir qu'il aime à faire rebondir une balle entre ses pieds...

— Oui. Et donc ?

— Et donc je le mentionne, car c'était une manie du dauphin. Sa mère l'admonestait : « Si tu n'arrêtes pas, Charles, tu finiras par loucher ! » La reine le croyait certainement elle-même, tant elle était candide. (Se surprenant à sourire, Mme Verteuil s'interrompt.) Enfin, c'est une sorte de jeu très commun chez les enfants. Il n'était sûrement pas le seul à y prendre du plaisir.

C'est avec une note de regret qu'elle conclut :

— Désolée, je n'ai rien à ajouter.

Elle ajuste son châle, ses gants, lisse le pli de sa robe, nous salue brièvement et se dirige vers la porte.

Du moins le voudrait-elle car, raide comme un peuplier, elle tombe à la renverse dans un frisson de jupons.

De concert, Vidocq et moi la rattrapons par les bras et la menons doucement au fauteuil le plus proche.

— Dois-je vous faire chercher du vinaigre, madame ? demande-t-il.

— Non, je vous remercie.

Baissant les yeux, elle retrouve son éventail, miraculeusement accroché à ses doigts.

— Pardonnez-moi. Ce sont les souvenirs qui resurgissent. À parler ainsi de la reine, de la princesse... J'aurais cru tout cela enterré. (Une goutte de sueur gonfle sur son front poudré.) Les femmes en blanc, les hommes dans leurs... florentines... les merveilleuses fontaines de marbre, à l'eau parfumée… les concerts spirituels du soir, Gluck, Puccini…

Comme dans son misérable appartement de la rue Férou, Anne Verteuil tend les bras et dépose quelques notes sur un invisible clavier.

— J'aimerais savoir vous dire à quel point c'était beau.

— Pas pour tout le monde, note Vidocq d'une voix suave.

— J'aurais aimé me montrer plus utile, mais cela est impossible et j'en suis bien navrée.

— Je vous suis reconnaissant de votre concours, madame. Le préfet en sera dûment informé.

La baronne émet un petit rire (« Ha ! ») et, prenant appui sur les bras du fauteuil, se relève dans un bref froufrou.

— Monsieur, souhaitez-vous réellement savoir qui est ce garçon ?

— Naturellement.

— Alors il n'est plus qu'une personne au monde qui puisse vous renseigner.

— Juste, confirme le policier, avec un salut sec. La duchesse d'Angoulême, sœur du dauphin. Dois-je lui transmettre vos respects, madame ?

Le visage de la baronne révèle un lointain écho du sourire imprimé sur la toile posée sur le bureau. Combien d'hommes s'effondrèrent-ils jadis devant lui ?

— Non, je vous en supplie, monsieur, laissez-moi à mes ténèbres.

Elle hésite avant d'atteindre la porte.

— Pardonnez-moi encore. Voudriez-vous faire d'abord sortir le jeune homme ? J'ai peur qu'une nouvelle confrontation avec le passé me soit insupportable, sinon fatale.

31

Des os morts

L'on attire Charles dans une autre pièce, l'on pousse la baronne par une porte dérobée où ses froufrous s'échappent au vent, l'on me charge de raccrocher le portrait de Villon par-dessus le judas… et reposant ses pieds sur le bord du bureau, Vidocq baisse les épaules et dit :

— L'ennui, Hector, le véritable ennui, c'est qu'il n'y a pas de corps.

— Comment cela ?

— On a retrouvé les restes de Marie-Antoinette. Ceux du roi également. Mais jamais ceux de Louis-Charles. Et sans cadavre… (Plissant les paupières, il regarde ses souliers.) On ne peut affirmer que le dauphin ait disparu au siècle dernier. On ne peut rien affirmer du tout.

Se tournant dans son fauteuil, il contemple la rose pénombre qui teint la Sainte-Chapelle.

— Verteuil a raison, dit-il enfin. La duchesse est la seule personne capable de révéler si notre jardinier est le bon héritier. Mais elle est aussi la dernière que j'oserais affronter.

Il ne bouge pas d'une minute, considérant tous les aspects, puis grogne en haussant le ton :

— Dites à Charles qu'on l'emmène promener demain. Direction le nord, cette fois.

— Puis-je lui dire où ?

— À l'abbaye de Saint-Denis. On verra si ça lui remet les couilles en place.

Je ne saurais parler à la place de Charles mais, en ce qui me concerne, cette idée touche un point sensible. Cela ne devrait pas m'étonner. C'est à Saint-Denis que reposent les souverains de notre pays. Charles Martel, Henri II, Louis XIV… L'une après l'autre, les cosses momifiées de nos rois furent inhumées dans la crypte humide de la basilique.

Certes, pendant un temps, les révolutionnaires transformèrent celle-ci en temple de la Raison, puis en mairie, et elle servit également d'hôpital. L'on battit le blé sur ses sols. Mais une abbaye gothique ne peut jamais entièrement renoncer à ses origines, et les Bourbons eurent assez de bon sens pour la rétablir dans ses fonctions de pieux mausolée.

Si la ville n'est qu'à dix kilomètres de Paris, de nombreuses collines l'en séparent. Trop pour le cheval de Vidocq qui, passé la porte Saint-Denis, s'ébroue sous son harnais, vire et glisse, avale des océans d'eau. À l'approche des buttes de Montmartre, il nous faut descendre de voiture et marcher. Enfin la route s'aplanit, les constructions s'espacent, et Charles parvient à s'assoupir, avec le même abandon absolu qu'au retour de Saint-Cloud.

— Bon Dieu ! s'exclame le policier. Sait-il faire autre chose que dormir ?

Derrière un méandre de la Seine, nous trouvons, peu après dix heures, la plaine qui étend ses volutes autour d'une cité fortifiée. De l'enceinte vaporeuse des murs nous parviennent les cris des marchands, l'acerbe claquement d'un fouet, les mugissements inquiets des vaches. Alors les cloches de l'abbaye qui, de manière imprévisible, se mettent à sonner semblent réduire les alentours à l'état de frisson.

— Au travail, dit Vidocq.

Il sort de dessous le siège un tube en carton, dont il dégage un plan annoté au fusain.

— La crypte est là, explique-t-il en étalant son papier entre nous. Il y a un accès de chaque côté du chœur. Une travée ici, et l'autre là. Vu ? En général, les grilles sont fermées, mais le bedeau a reçu l'ordre de les laisser ouvertes aujourd'hui de onze heures à midi.

— Pourquoi ne pas les ouvrir lorsqu'elle arrivera ?

— Elle déteste attirer l'attention. Cette dame s'habille toujours de gris, pour se fondre dans le décor. Écoutez-moi bien, Hector. Vous ne la suivez sous aucun prétexte. Votre mission consiste à rester là-dessous jusqu'à ce qu'elle en ressorte.

— Et avant qu'elle ressorte ?

— Vous prenez Charles par le bras et vous faites quelques pas devant elle, rapidement. Dites-lui « bonjour, madame » si cela vous chante, mais ne mentionnez ni son nom ni son titre. Saluez, souriez, passez… Suis-je clair ?

Sous la brume matinale, les remparts prennent l'aspect d'une gravure qu'on découpe dans quelque manuscrit ancien.

— En cas d'incident ?

— Je serai dans la nef avec vous. S'il advient quelque chose que vous ne sauriez contenir, faites-moi un signal.

— Le signal de quoi ?

— Est-ce que je sais, moi, pardi ! Grattez-vous la tête, pincez-vous le cul, comme vous voudrez, M. Donnez-Moi-Un-Signal.

— Il devrait y avoir plus simple, murmuré-je.

Les sourcils froncés, Vidocq enroule son plan et le renferme dans le tube.

— Si elle le reconnaît, Hector, notre tâche sera grandement facilitée. Dans le cas contraire… Eh bien, nous verrons cela en temps utile.

Première à nous souhaiter la bienvenue, une brebis Île-de-France se hisse sur le flanc du carrosse avec un bêlement si retentissant que Charles se réveille en sursaut.

— Où sommes-nous ? s'écrie-t-il.

— Au cimetière des rois, répond Vidocq. Ça va te plaire, mon gars.

Dix minutes plus tard, notre jardinier me tire la manche.

— Pouvons-nous repartir ?

C'est qu'il n'y a vraiment rien à voir. Suite aux saccages révolutionnaires, les niches sont vides et les sols balafrés. Il manque des dalles dans le chœur, il ne reste plus ni autel, ni orgue, ni jubé. La raison, sans doute, pour laquelle l'endroit me plaît : il a quelque chose d'inachevé.

— Pas tout de suite, dis-je. Je voudrais que tu voies une certaine personne.

— Celle qui récite des *Agnus Dei*, là-bas ?

— Une autre. Qui n'est pas encore là.

— Comment savez-vous qu'elle vient ?

Dans d'autres circonstances, je m'en remettrais à la police, mais la police s'est écartée de nous. À cette distance, François Eugène a tout du banquier prussien qu'il feint d'être : cheveux blond vénitien, moustache en buisson… Il va même jusqu'à affecter une nouvelle démarche. On ne devine que c'est lui, sous la chemise de batiste et le gilet de piqué, qu'en observant le pied droit, toujours légèrement à la traîne…

— Elle a promis d'arriver à onze heures sonnantes. Dans dix minutes.

Pour faire passer le temps, je parle à Charles des grands hommes qui furent enterrés ici. Charles Martel et Hugues Capet… Henri II et Louis XIV… Mais ils lui font l'effet d'une foule anonyme.

— Est-il maintenant onze heures ? demande-t-il.

— Bientôt.

— Quand est-ce, « bientôt » ?

Ma voix trahit mon agacement.

— Te conduisais-tu ainsi avec M. Tepac ? Il t'a sûrement fait visiter quelques monuments, non ?

— Pas de cathédrales, dit-il, boudeur. Nous sommes allés à la pêche, un jour. C'était presque aussi assommant. Je crois que les poissons s'ennuyaient autant que moi. Qu'ils ne mordaient à l'hameçon que pour… Attendez ! C'est elle ?

Je me demanderai par la suite comment il la reconnut parmi les autres. Si Vidocq avait raison sur un point (le gris est sa couleur), les cinq silhouettes en procession le long de l'allée latérale n'ont de remarquable que leur uniformité.

— Oui, dis-je, c'est sûrement elle.

— Eh bien, qu'attendons-nous ?

Charles étant prêt à s'élancer, je le retiens par le bras.

— Non. Elle veut d'abord se recueillir devant ses parents.

— Où sont-ils ?

— En bas.

Il me dévisage, plein d'incompréhension.

— Leurs sépultures sont dans la crypte, expliqué-je.

— Pendant combien de temps va-t-elle se recueillir ?

— Tout dépend du respect qu'elle leur voue.

Les formes endeuillées s'engagent dans le déambulatoire, la queue du cortège jette un coup d'œil à sa suite, et j'admire les immenses vitraux qui dominent le transept. Du moins est-ce la posture que je me donne, puisqu'en réalité je compte les secondes : une... deux... trois...

J'arrête avant dix en me rendant compte de ce que j'ai oublié.

Charles.

Je m'avance vers le portail. Il n'y est pas. J'étudie le contour de la nef. Il n'y est pas non plus.

Je scrute les allées, les rangées, l'abside... puis je me retourne et c'est par là que j'aurais dû commencer, car il court vers les chapelles qui rayonnent au-dessus de la crypte.

Non, je ne dois pas l'imiter (je me permets seulement de marcher à grands pas). À l'approche du déambulatoire, j'agite les bras à l'intention de Vidocq, mais il est absorbé dans la contemplation du clair-étage. En apercevant Charles qui ouvre la grille et s'engouffre dans le noir, je manque de crier et poursuis sans rien dire.

La grille est entrouverte quand je l'atteins, et il monte du dessous une forte odeur d'humidité et de moisi, presque semblable à celle du policier le premier jour dans le fiacre. Je mets un pied devant l'autre et l'obscurité bientôt m'engloutit.

— Charles, chuchoté-je.

Comme je regrette de n'avoir pas un cierge ! Il n'y a pas une seule torche dans cette travée ! Avançant lentement, je manque de buter contre un mur quand l'escalier soudain plonge devant moi. Je prends appui sur la paroi. Une volée d'air froid et piquant me gifle le visage, me cloue sur la première marche, m'ensevelit presque dans le marbre.

— Charles…

Des spectres émergent des ténèbres… et un frisson me parcourt l'échine quand je comprends ce qu'ils sont. Les tombeaux des plus illustres morts de France.

Quinze ans plus tôt, les septembriseurs vinrent ici éventrer les cercueils, pilonner les cadavres de leurs pics, exhumer les cœurs et les entrailles des rois, pour les jeter os après os dans la fosse commune, rayant en moins de deux semaines deux millénaires d'histoire.

Pourquoi ai-je l'impression d'être rayé moi-même ? Je pourrais à toutes forces marteler cette obscurité qu'elle m'absorberait quand même jusqu'à ma dernière cellule.

— Hector ?

Il ne dit que mon nom, mais je m'ancre à ce son et, pierre après pierre, me coule vers lui. Mes souliers grattent le sol qui prend une résonance liquide, si bien qu'en descendant j'ai l'impression d'être une eau en mouvement, attirée dans des profondeurs qui sans cesse se dérobent.

Une main tremblante me reçoit, accompagnée d'une voix qui ne l'est pas moins :

— Ce qu'il fait sombre, ici. Je déteste cela !

— Oui. Voyons si je n'ai pas…

Mes doigts fouillent mes poches et se referment sur une allumette soufrée. Je la frotte (par deux fois) contre la paroi, la lueur entame les ténèbres, et l'inscription suivante me dévisage : « Ici repose la dépouille mortelle de… »

Je tends mon mince flambeau à bout de bras, et ce n'est pas Charles qui se dévoile, mais un inconnu. Plus précisément un ovale crayeux, autour d'une bouche ouverte comme un abîme.

Je vois le hurlement avant que de l'entendre : la luette vibre et le voile du palais recule.

Dans notre dos retentissent confusément de nouveaux cris. Deux mains calleuses me précipitent à terre ; deux autres aplatissent Charles. Je sens la pierre froide, puis une lame sur mon cou et, par-dessus, une voix qui paraît étrangement cultivée :

— Bougez d'un pouce et vous êtes mort.

32

La Prusse à la rescousse

Ainsi commence ma première entrevue avec la duchesse d'Angoulême.

Bien que, pour être plus exact, ma toute première entrevue eut lieu quatre ans auparavant, le 3 mai 1814.

Moyennant une jolie somme, mère et moi avions réservé une table près de la fenêtre, à l'étage d'un cabaret de la rue Saint-Denis, d'où nous comptions imiter quelques millions de nos compatriotes, désireux d'accueillir dignement Louis XVIII notre roi.

Que d'heureuses journées ! Le Corse étant en exil à l'île d'Elbe, c'était pour les Bourbons la fin du leur. Et que vienne l'oubli ! Les rues de Paris étaient ornées de drapeaux aux fleurs blanches… de rideaux blancs, de tapis blancs, de draps de lit exhibés aux façades comme de joyeux boyaux… bref, tout était blanc !

À dix heures précisément, le royal carrosse, attelé de huit chevaux blancs, franchissait l'arc de triomphe de la porte Saint-Denis. « Vive le roi ! criait la foule. Vivent les Bourbons ! »

Nos yeux se posèrent alors de concert sur la fine silhouette assise au côté du monarque. Elle n'avait pas rencontré autant de Parisiens depuis le jour où ils l'avaient menée au Temple. Aujourd'hui, ils ouvraient les bras à celle qui avait survécu au Directoire, au Consulat et à l'Empire. Elle était notre Antigone, notre Clio, la nouvelle Marianne.

Pourtant, accrochée à son ombrelle blanche, évitant les regards de la rue Saint-Denis, elle ne laissait dans son sillage que des marmottements agacés. Ma mère, quant à elle, ne conçut qu'un unique commentaire au sujet de la duchesse :

— Quel bonnet !

C'est qu'au terme de huit ans passés dans le Buckinghamshire, Marie-Thérèse Charlotte de France avait adopté cette petite coiffe très prisée des Anglais. Personne ne lui avait rapporté qu'on les préférait à Paris grands comme des urnes funéraires.

Ce bonnet n'aurait eu que peu d'importance s'il avait couronné le visage que nous espérions. Mais voici ce que nous vîmes : un austère personnage, parcheminé par le chagrin, et qui, seulement âgé de trente-six ans, était déjà fui par la lumière. Madame Royale avait quitté le Temple, le Temple ne l'avait pas quittée.

Son mariage avec son cousin, le fils du comte d'Artois, se révélait stérile à tous points de vue, et, depuis son retour en France, elle se dérobait à toute manière de représentation, préférant se dévouer aux œuvres de charité. Elle visitait les hospices, les hôpitaux, priait pour le salut des âmes et, deux fois le mois, partait en pèlerinage (des Tuileries jusqu'à Saint-Denis), escortée fort simplement, pour se recueillir sur la tombe de ses parents.

Ce jour-ci, cependant, ses dévotions sont interrompues par l'arrivée de deux inconnus dont on punit l'audace en les plaquant au sol.

— S'il vous plaît, dis-je, implorant. Nous ne pensons pas à mal.

Mes excuses se diluent dans un nuage de bruits, bientôt fendu par l'homme qui, debout devant moi, m'a menacé de mort :

— Qui êtes-vous ? exige-t-il de savoir.

On ne s'oppose pas à une autorité si grande. « La voix de la civilisation française », remarqué-je.

— Comment êtes-vous entré ? demande-t-il encore.

Une réponse résonne dans l'obscurité :

— Je suis Charles Rapskeller.

Il paraît si proche ! Écarquillant les yeux, je parviens à distinguer sa tête, maintenue contre la pierre humide.

— Et cet homme est Hector, poursuit-il. Ne lui en veuillez pas, son concours m'est précieux. J'ai coutume de me perdre parfois et, à part lui, rien n'y fait.

— Se perdre, pourquoi pas ? dit la voix de la civilisation. Mais on ne descend pas une volée de marches, dans le noir absolu, sans un dessein quelconque.

Finalement une autre voix résonne qui nous tire d'affaire.

— Ah, vous voilà !

Le ton est haut, un rien chevrotant, imbibé d'eau du Rhin. Un si bon simulacre de banquier prussien qu'il me faut attendre de l'avoir au-dessus de moi pour reconnaître Vidocq.

— Eh bien ! Je n'ai pas le temps de tourner le dos que vous vous enfuyez comme des bandits. Qu'en dira votre mère lorsqu'elle l'apprendra !

— Vous êtes ? s'enquiert la civilisation.

— Alois Herrhausen. De la banque Schaaffenhausen.

— Sont-ce là vos fils ?

— Mon Dieu, non ! Seulement mes neveux, monsieur. Comme je lui faisais part de mon voyage à Paris, ma sœur bien-aimée m'a supplié de les emmener à Saint-Denis, où nous prierions ensemble pour leur guérison.

— Et de quel mal sont-ils atteints, monsieur ?

— Oh, c'est… (Feindre un voile d'embarras… continuer comme en aparté…) C'est qu'ils sont tombés sur la tête, l'un et l'autre. La même sage-femme les a mis bas, si l'on peut dire, et pour le même résultat.

— Ils me semblent tout à fait sains d'esprit.

— C'est le plus dramatique, monsieur. Tout va très bien si l'on se fie aux apparences. Mais en dessous de la surface (Siffler doucement, la mine affligée…)… cela n'est que toiles d'araignées.

Voici que soudain une autre voix émerge. Féminine, hésitante et revêche à la fois. Celle d'une corneille appelant ses petits.

— À l'évidence, il n'y a ni tort ni délit.

La lecture a de ces périls que souvent le lecteur ignore. À trop croiser les gens dans les journaux, on finit par penser les connaître. Voilà ce qui m'arrive avec Madame Royale. J'ai le sentiment de m'être immiscé dans sa vie… comme on trébuche dans un cabinet d'aisances… en croyant pénétrer dans un boudoir.

Donc, lorsque son gendarme, relâchant son emprise, me permet de me relever, lorsque le pâle visage de la duchesse, emmitouflée dans son châle, s'approche à nouveau du mien, je ne peux que baisser les yeux, de peur de ce qu'elle y trouvera.

— Vraiment, dit-elle, je n'avais pas besoin de crier ainsi. J'étais seulement décontenancée.

— Madame, personne ne vous le reprochera, la rassure Vidocq qui, ostensiblement, claque des talons. On n'attend dans un tel endroit que des fantômes et des esprits, pas un couple de *Taugenichts*. Veuillez accepter nos excuses. Ils ne voyaient pas à mal.

Alors enfin la voix de la civilisation française devient un être de chair et de sang. En d'autres termes, un homme de peut-être cinquante ans, lippu et au teint mat, apparaît sous la torche qu'on approche. En même temps qu'il projette sa jambe droite, il recule le torse, comme pour neutraliser un désir de violence. Son corps est ferme, tendu, contraire à l'image reçue de l'aristocratie, et seul son port de tête évoque encore les sauciers et les maîtres tailleurs d'antan.

— Je vous recommande, à l'avenir, de mieux surveiller vos neveux, dit-il.

— N'ayez crainte. Je les mets demain dans la première malle-poste en direction de Strasbourg, et jamais plus vous n'aurez de leurs nouvelles. M'entendez-vous, vauriens ? Allons, venez, nous allons rater le coche…

*

* *

De coche, il n'est point, mais la voiture de Vidocq étant à l'endroit où nous l'avons laissée, nous prenons le plus court chemin vers les portes de la ville. Nous n'en sommes pas sortis depuis cinq minutes que le policier frappe sur le toit et ordonne au conducteur de s'arrêter. Puis :

— Charles, va jouer.

Lequel, s'exécutant, s'enfonce dans le pré avec la mine réjouie d'un carabin dispensé d'examen.

— Eh bien, dit François Eugène, qui l'observe d'un air sévère, ce garçon est un peu moins simple qu'il ne le paraît.

— Comment cela ?

— Contrairement à vous, je ne l'ai pas quitté des yeux. Je peux vous affirmer qu'il était à l'affût. Vous aviez à peine tourné la tête qu'il a fondu sur la duchesse.

— Il était impatient de repartir, voilà tout. Je lui ai dit qu'il fallait attendre de la voir… Il voulait en finir.

— Croyez-vous ?

Nous regardons Charles qui fend les rangs de seigle et examine les fleurs sauvages.

— Il n'a pas semblé la reconnaître, avancé-je.

— En effet.

— Elle non plus.

— Certes. La seule physionomie qui l'ait intriguée est la vôtre, Hector.

Vidocq se penche pour cueillir une fleur de trèfle qu'il fait danser entre l'index et le médius.

— Votre père connaissait la duchesse, n'est-ce pas ? dit-il.

J'acquiesce.

— Lui ressemblez-vous, Hector ?

— Eh bien… Il paraît que… oui, beaucoup.

— Mm. Dans ce cas, peut-être m'expliquerez-vous pourquoi Madame Royale a brusquement les larmes aux yeux en voyant le père en vous ?

3 germinal, an III

Charles s'inquiète sans arrêt de sa sœur. Lui ai expliqué que le bien-être de Mme Royale n'est pas dans ma charge. Cependant il insiste. De bonnes nouvelles de Marie-Thérèse seraient sans doute du meilleur effet pour sa santé et son humeur.

Suggéré à Leblanc ce matin de solliciter audience avec princesse. Impossible sans permission Comité de sûreté générale, a-t-il dit. Peut-être puis-je faire la requête moi-même ? Relations avec commissaires étant fort déplaisantes (notamment citoyen Mathieu), ai décidé de m'adresser directement au général Barras, qui a souvent accédé à mes demandes.

Lui ai rendu visite aujourd'hui au siège du Comité. À ma grande surprise, fus reçu immédiatement, et l'ai trouvé très bien disposé. M'a offert de souper avec lui demain soir à son domicile pour évoquer la situation. Ai accepté aussitôt.

5 germinal

Amené à regretter l'invitation du général. Inutile de rapporter ici conversation aussi odieuse. Personnage en somme dégoûtant. En échange de mon silence, détiens lettre revêtue de sa signature, me permettant de rendre à Mme Royale des visites régulières.

Oublions nos scrupules ! Comme le dit mon ami Junius : « La souplesse est un signe des temps. »

6 germinal

Première entrevue avec la princesse aussitôt après Charles. Réside au troisième étage, dans l'appartement autrefois partagé avec mère et tante. Leblanc et moi l'avons trouvée occupée à broder, assise sur canapé devant la fenêtre. Seule distraction qu'on lui concède, m'a-t-on dit.

Selon nos calculs, Mme Royale a maintenant seize ans. Encore très jeune fille. Foulard simplement noué sur cheveux poudrés. Ne dispose que d'une robe, en soie puce. Chapeaux proscrits.

Paraît en bonne santé. Expression cependant d'une extrême gravité. Ni mot ni geste pour nous accueillir. N'a répondu à aucune de nos nombreuses questions.

Leblanc m'a rappelé que Marie-Thérèse vit enfermée depuis plus de deux ans, sans lampes ni feu... subit quotidiennement des volées d'injures de la part des gardiens... trois fouilles par jour, une parfois au milieu de la nuit... ni secours ni soutien... Les cartes, même les livres lui sont refusés... l'on craint des messages chiffrés, de la propagande royaliste, etc.

N'ai pu m'empêcher d'éprouver de la pitié. Ai pris soin de m'incliner respectueusement avant départ. Leblanc n'a pas hésité à faire de même. Princesse visiblement surprise. Tant de mois écoulés sans aucune sorte d'hommage.

7 germinal

Deuxième entretien pareillement muet avec Madame. Ses yeux toujours mobiles en disent assez long. Ai conclu qu'elle craint d'être entendue par gardiens (tenus d'écouter toutes conversations). Ai murmuré à son oreille avant de partir : « Avez-vous besoin de quelque chose ? »

Ai sorti crayon et papier de mes poches. Les a considérés un certain temps. Puis, me les ôtant des mains, a griffonné rapidement : « Chemises, livres. »

9 germinal

Commissaires ne débourseront pas un sou pour la toilette. Ai emprunté deux chemises à mon épouse. Princesse a semblé s'en réjouir. Embarrassée par livre, Micromégas *de Voltaire, un de mes préférés, assorti à vie politique actuelle. Me l'a rendu (poliment) en hochant tristement la tête.*

Me suis excusé pour bévue, ai promis d'apporter demain œuvre plus convenable. (Demanderai suggestions à Junius.)

11 germinal

En fin de visite, Marie-Thérèse a prononcé premiers mots : « Comment va mon frère ? »

19 germinal

Insigne découverte de l'excellent Leblanc ! Dans coin N-E chambre princesse, disposition murs et meubles retient les sons. À savoir que nous pouvons parler à voix basse, sans être entendus par les gardes, même nourrir une conversation décente. Marie-Thérèse, enfin disposée à s'ouvrir, nous sait gré de nos visites.

Leblanc et moi cependant fort contraints dans nos propos. Sommes tenus de ne rien dire de Charles, de ne pas évoquer le monde extérieur. Impossible révéler morts Louis XVI et Marie-Antoinette !

Cet après-midi, Madame exprimé souhait de soigner son frère. Je ne demanderais pas mieux, ai-je expliqué, mais l'on m'a formellement interdit de les réunir. Commissaires les empêchent de se croiser aux heures de promenade.

Princesse réitéré sa demande. Mère et tante Élisabeth l'ont suppliée de veiller sur Charles, insiste-t-elle.

« Elles ne vous imposaient pas d'abattre les murs, quand même ? »

Est restée silencieuse. Ne semble nullement découragée.

28 germinal

Cet après-midi, Madame m'a tiré dans le coin silencieux. Sans préambule, a chuchoté : « Il faut sortir Charles d'ici. »

M'efforçant de garder mon calme, ai expliqué en quoi c'est impossible. Soldats par centaines, peine capitale pour toute personne coupable d'assister famille royale, etc. Exprimé espoir que négociations avec gouvernements étrangers permettent libération, si certaines conditions…

M'a interrompu non sans rudesse. Négocier prend trop de temps. « Charles gravement malade. Ne niez pas, je le lis dans vos yeux. Si nous ne le sortons pas de cet enfer, il mourra. Alors dites-moi, qu'allons-nous faire ? »

C'est hélas la question : que faire ?

L'administration se refusant à agir, il nous incombe d'établir un plan d'action. J'en ai pris la décision et Leblanc me soutient. Que Dieu nous aide tous.

33

Un lilas au jardin des Tuileries

Le lendemain, Charles et moi entamons ce qui deviendra une sorte de routine. Réveillés à huit heures, nous prenons un petit déjeuner succinct, nous revêtons nos costumes dans la cour, et partons en promenade.

Arrivés quai des Augustins, nous sommes poursuivis par une mouette. Surgissant au-dessus du fleuve et poussant des cris obscènes, elle plante ses griffes dans les boucles poudrées de Charles et les lui arrache. Observant, stupéfait, le volatile emporter sa perruque vers le Pont-Neuf, il pose ses mains sur ses vrais cheveux.

— Savez-vous que je me sens mieux ainsi ?

— Moi de même.

Je retire alors la mienne. Il retire ses lunettes. Chez le premier bottier, nous engloutissons toute notre solde du ministère de la Justice dans de nouveaux souliers. Enfin notre entreprise prend une tournurc plaisante, sinon comique. Nous avançons plus vite, rions plus aisément. Saluons les dames, complimentons les vieux messieurs coiffés de leurs tricornes, et nous soucions peu d'arriver ici ou là dans quelque ordre que ce soit.

Les Tuileries, le Louvre, la Conciergerie laissant mon compagnon indifférent, je renonce à mon itinéraire. De l'Hôtel de Ville au faubourg Saint-Honoré, de la barrière du Maine au quartier Saint-Antoine, de la place Louis-XV à la place Vendôme, nous marchons simplement... jour après jour, des lieues dans chaque direction. Nos pardessus de cachemire se fardent de poussier, nos bottes s'encroûtent de boue et de vidange... et nos déplacements auraient de quoi éreinter une boussole tant nous changeons incessamment de rive, du pont Notre-Dame au pont au Change, puis au pont d'Iéna.

Sous nos pas rétrécit Paris, que Charles embrasse comme un homme en reconnaissance dans les plaines inconnues de la lune. Il regarde le vicomte aux bas de soie de même manière que l'ouvrier d'un atelier de chimie au visage noirci. Étudie l'arc inachevé de Napoléon au bout des Champs-Élysées et conclut qu'on fera bien de le laisser « tel quel ». Déclare n'avoir jamais rien approché d'aussi charmant que l'éléphant de plâtre qui, pourrissant place de la Bastille, sert avant tout d'abri aux rats.

— Qui a imaginé cela ? me demande-t-il.

— Une sorte d'individu qui a pris le large.

— Vous voulez dire M. Bonaparte ? dit-il, à ma surprise.

— Lui-même.

— Je l'ai vu une fois.

— Vraiment ?

— Oui, de profil. Sur un écu de cinq francs.

Me tournant alors, j'aperçois un éclat écarlate, qui se perd rapidement dans la rue de Charenton. Aussi vide de substance que l'autre soir, quand je le remarquai depuis la fenêtre de ma mansarde, mais d'autant plus vif qu'il est fugace.

— Viens, dis-je.

— Où allons-nous ?

— Sur les boulevards.

*
* *

C'est l'endroit le plus sûr auquel je puis penser. Ici s'échappe la distinction entre poursuivi et poursuivant, car rien jamais ne reste en place. Il suffit d'un pas pour que la fille enturbannée qui joue de l'orgue de Barbarie se transforme en avaleur de sabres, pour que le pantomime devienne un chanteur de romance… ou qu'il déclame Racine… qu'il se confonde avec cette femme qui, sans dire un mot, tourne sur elle-même dans une cuve pleine d'eau et se contemple dans un miroir… ou peut-être n'était-ce qu'une modiste, finalement, passant avec un carton à chapeau.

De la Madeleine à la Bastille, Charles et moi cheminons devant un million de cafés, devant les bains, les auberges et les pâtisseries, devant les théâtres et les salles de billard, nageant dans une foule qui partout se presse, et nous ne faisons halte que pour nous rafraîchir ou nous protéger d'une averse.

Et quand, de temps en temps, mes yeux croient reconnaître un éclat d'une couleur maintenant familière, je prends Charles par le bras et nous disparaissons dans quelque marché…

« Mes pommes, monsieur ! »

« Décrochez-moi ça ! »

« Peaux de lapin, peaux de lapin ! »

« Par ici, les belles pommes de terre ! »

« Ils sont chauds, ces petits pains au lait ! »

Un après-midi, boulevard de la Madeleine, nous sommes arrêtés par un cortège d'une grande sévérité. Les badauds transis se taisent devant le spectacle. Je compte sept chariots de vingt-quatre hommes chacun, les pieds dans des sabots, le cou dans un carcan, les bras étranglés par des fers.

Nous entendons sur leur passage un bruit de calebasse, des lanières qui claquent, et de ces hommes eux-mêmes, frissonnant au soleil, s'élève un fredonnement qui ressemble au plain-chant, entrecoupé d'obscènes refrains de taverne.

— Qu'est-ce ? chuchote Charles.

— Des forçats.

— Où vont-ils ?

— Aux galères.

Je pourrais ajouter : « Ceux qui ont de la chance. » Car les autres…

Il suffit d'observer ceux du dernier chariot : en balles comme le foin, perlés de fièvres et de sueurs, ils ne tiendront pas jusqu'au lendemain. La moitié du convoi mourra avant que d'arriver à destination, et l'autre regrettera de lui avoir survécu. Contraints à la besogne par des chaleurs pestilentielles, les miraculés auront les chevilles enchaînées de l'aube au crépuscule, ils seront flagellés, fustigés, sodomisés sous les crachats. Pour quelle récompense à la fin de la journée ? Un tolas de bois pour reposer leur tête rasée, et la liberté qui s'enfuit à jamais…

— Hector !

Charles a les narines épatées, comme si une main lui tassait le nez.

— Cette odeur, dit-il, est celle de votre ami.

Il a raison.

Comme il est difficile de croire que de tels remugles, quinzc ans après l'élargissement, puissent coller à la peau d'un homme ! Sans entraves, mes yeux vont d'un chariot à l'autre, avant de se poser sur un des malheureux, hagard et édenté, et maigre comme un clou, qui semble lutter contre le sommeil. L'instant suivant, il s'effondre impuissant dans la rue, entraînant par ses fers ses compagnons d'infortune qui frappent le pavé, pareils à des hirondelles tombant d'une cheminée.

Aussitôt les gardes-chiourme se précipitent sur eux avec leurs gourdins, leurs fouets et le plat de l'épée. À grand effort, les galériens se relèvent et titubent vers leur chariot, à pas fort lents, car si leurs chevilles sont nues le temps du voyage, le souvenir des chaînes est suffisant pour que le pied droit traîne encore derrière eux.

« Comme celui de Vidocq ! » observé-je, médusé.

Alors, tacitement, Charles et moi nous enfuyons, abandonnant les condamnés, le boulevard... Et de courir, et de courir, sans direction précise, sinon celle des pentes et des déclivités. L'air crépite et fermente autour de nous, mais nous maintenons l'allure, et c'est finalement la Seine qui nous freine.

Hébétés, nous observons les alentours et distinguons, sous une masse épaisse de marronniers, ce qui paraît être une longue esplanade.

Les jardins des Tuileries.

Un âpre vent de nord-ouest courbe les orangers, fouette les sphères de buis, écope l'eau des fontaines. Au sud, l'écume bouillonne sur le fleuve et, à l'est, des chandelles clignotent à toutes les fenêtres, signe que le palais s'emmitoufle en prévision de l'orage.

Les promeneurs sont partis depuis longtemps, les fauteuils à louer sont renversés, et les journaux abandonnés se gonflent comme des voiles. Cependant

Charles refuse de se mouvoir. Et alors que de grosses gouttes mouillent ses vrais cheveux, il cligne des yeux deux fois et demande :

— Attendez.

Très lentement, il se porte vers un buisson de lilas.

Il s'agenouille, fouille dans les basses branches, tâtonne jusqu'aux racines. Passé quelques secondes d'efforts laborieux, il dégage son trophée, qu'il me tend dans la paume de sa main.

C'est un ruban. D'un blanc royal.

Sale, déchiré, effiloqué, et pourtant lumineux, comme si la pluie en expurgeait la salissure des ans, délivrant aussi Charles qui se transforme… en quelqu'un d'autre. Quelqu'un que je n'ai jamais vu.

M'agenouillant près de lui, je lui parle à l'oreille.

— Savais-tu que ce ruban était là ?

Il prend son temps, mais hoche la tête.

— C'est toi-même qui l'y a mis ?

Même réaction.

— Il est là depuis longtemps, alors ?

Un pied seulement nous sépare, mais je dois élever la voix pour qu'il m'entende sous le vent et la pluie.

— Étais-tu un jeune garçon à ce moment-là ?

Sans répondre, il se contente d'essorer le ruban entre ses mains, comme s'il pouvait en extraire un souvenir.

— Pourquoi l'as-tu caché là ?

— Pour qu'ils ne le trouvent pas, dit-il, élevant la voix à son tour.

— Qui ?

— De méchants hommes.

Son visage ruisselle.

— Ils… (Il s'essuie la bouche avec le poignet.) Ils ont emporté mon jardin, m'ont empêché de conserver mes fleurs. Alors j'ai sauvé mon lilas, que j'ai planté ici, et j'ai enterré ce ruban que… qu'ils… (Il se couvre brusquement les yeux.) Non, c'était un rêve…

Très doucement, je pose une main sous son menton. Il ne recule pas. Posant la seconde sur sa tempe, je tourne peu à peu sa tête vers la façade du palais des Tuileries (cette partie du bâtiment, surtout, que je craignais de lui soumettre ; celle que Louis XVII voyait, enfant, à chaque retour de promenade).

Et celle dont il se souviendrait le mieux, à condition qu'il fût vivant.

Pendant ce qui semble une éternité, Charles étudie ces toits disparates, et je l'étudie lui. Et donc j'assiste au moment où il s'ouvre.

Oui, je pense que le mot convient. Un monde de lumière s'engouffre en lui. Le lilas… le ruban… les corniches et colonnes de cet affreux palais… tout cela crée du sens… avec tant de violence qu'il tombe à la renverse.

— Je fais ce rêve, parfois, gémit-il. Je rêve que j'étais…

— Oui, tu étais… lui dis-je, surpris par ma propre assurance. Et tu es…

Le blanc éclatant de ses yeux perce l'ondée et la brume. Ses lèvres s'écartent…

— Quoi ? demande-t-il. Je ne vous entends pas.

— Est-il trop tard ?

— Trop tard pour quoi ?

— Pour revenir ?

*

*   *

Peut-être, lassé de cette pluie, veut-il simplement s'abriter ? Quand je repense à cet instant particulier, je ne puis m'empêcher de voir le destin se resserrer sur nous, comme la vigne entrelace le treillage. Pourquoi, sinon, répondrais-je comme je le fais, sans prendre garde d'y réfléchir avant :

— Il est trop tard.

34

Pas depuis Waterloo

L'orage est vite passé mais, trempés comme nous le sommes, il ne nous reste plus qu'à regagner le foyer. Déjà nous y attendent une belle flambée, une baguette et deux tasses d'un café amer et brûlant, et même une joviale réprimande de ma mère.

— Juste ciel ! Des messieurs bien élevés jamais ne sortent sans parapluie !

Cependant notre Charles, d'ordinaire si bonhomme, s'est réfugié dans quelque sourde humeur tout au fond de lui-même. Nos questions ne recueillent que le silence, et Charlotte, qui lui sert une platée de chou, vient à l'interroger sur sa santé.

— C'est que vous me paraissez taciturne, voilà.

— Peut-être la succession du vicomte s'est-elle ouverte à d'autres héritiers ? persifle Nankin.

Ignorant des vicomtes et de leurs successions, l'aimable jardinier ne mord pas à l'hameçon. Son expression et ses gestes s'amollissent peu à peu, et il repose finalement couteau et fourchette.

— En voilà des mystères, dit Rosbif. Dieu merci, nous avons parmi nous un estimé médecin. Votre diagnostic, monsieur Hector ?

J'étudie mon assiette pendant de longues secondes, puis déclare, plein d'une fraîche autorité :

— M. Charles a tout bonnement besoin de se changer les idées. Je me propose de lui venir en aide.

— Comment cela ?

— Je vais l'emmener au Palais-Royal. Nous irons dans deux heures.

La nuit, l'ancien palais du duc d'Orléans luit comme un bûcher. Des torrents de lumière, échappant des fondations, attirent une armée de Parisiens, tout affairés à choisir entre vices et débauches. Descendront-ils dans les caveaux s'étonner devant les chiens savants, iront-ils écouter les romances du chanteur aveugle ? Flâneront-ils simplement sous les arcades, où leur sont exposées tabatières, horloges et pendules en albâtre (et des gravures obscènes et prohibées) ?

Iront-ils plutôt dans les restaurants, ou les maisons de jeu où se pratiquent le biribi, le passe-dix, le trente-et-quarante… Trente ans plus tôt, dit-on, Camille Desmoulins harangua la foule, debout sur la table d'un café. Aujourd'hui, rares sont ceux qui quittent leur chaise. Des épouses s'asseyent à quelques pouces des prostituées ; les négociants offrent des verres aux aventuriers ; coquins et fripons s'enlacent comme des amants.

Et le vin coule à flots, quoique l'ivresse ici soit un sentiment général. Celui sans doute de jouir de la vie.

Au café des Mille Colonnes, le champagne déborde.

— Mm, fait Charles, humant ses bulles, cela chatouille et brûle en même temps.

Rappelant le garçon, je commande une seconde bouteille et, pour faire bonne mesure, un pâté de foie aux pruneaux, des boulettes froides, deux tartes aux pommes et… j'oublie le reste. Nous mangeons, buvons sous les miroitements des colonnes habillées de verre… voyant les idylles se nouer et se dénouer… quand bientôt nous accostent deux femmes en robe de bal, au décolleté soyeux, qui nous regardent comme si nous étions aussi intéressants qu'elles.

— Nous pensions que ces messieurs apprécieraient un peu de compagnie.

— Mais certainement, marmotte Charles qui, se levant à moitié, ne fait que retomber sur sa chaise.

Ma compagne attitrée a peut-être vingt-deux ans, de grosses mains couvertes de taches de rousseur, des yeux bruns et brillants au-dessus d'une bouche salée.

— Virginie, me dit-elle.

— Je m'en serais douté, lui réponds-je.

Celle qui s'attribue Charles s'appelle Berthe. Elle a une tête carrée et semble avoir laissé quelque travail en plan (une pile de linge sale derrière le comptoir).

— Non merci, dit-elle en repoussant son verre. Le champagne me fait roter.

Un être humain a-t-il jamais prononcé chose plus drôle… sans doute que oui, mais Charles doit l'ignorer.

— Roter, hoquette-t-il de rire. Roter…

Les doigts de Virginie courent le long de mon bras.

— Est-il charmant, ce mignon ! dit-elle.

— Mesdames, déclaré-je en me levant sur des jambes incertaines, sommes-nous prêts ?

Je suis sûr de les suivre à l'étage d'une des maisons de joie, cependant Virginie nous emmène vers le passage Potier.

— C'est qu'on n'est pas en carte, mon ami. Mais cela n'est rien, nos chambres sont douillettes et à deux pas seulement.

Charles qui, à ma droite, donne de la gîte, ne tient qu'au bras de Berthe de rester vertical. Lorsque nous arrivons au bout de la rue Richelieu, il s'appuie de tout son poids sur elle, tandis qu'un chant rauque et aigu surgit de sa bouche :

« Ah ! Mes amis, versez à boire,
Versez à boire du bon vin,
Tin tin, tin tin, tin taine et tin tin,
Je m'en vais vous conter l'histoire… »

— Arrête, lui chuchoté-je à l'oreille.

« De Caroline, la putain,
Tin tin, tin taine et tin tin… »

— La ferme ! frémit Berthe, furieuse. Tu vas alerter les gendarmes !

— Tu me rappelles une chèvre que j'avais jadis, dit-il.

— Ah, ben, merci ! fait-elle. J'en suis fort aise.

— Y a-t-il un jeu de cartes chez vous ?

— Je crois, dit-elle, incertaine.

— Et des quilles ?

— Des quilles, c'est ça.

Après avoir tourné rue des Petits-Champs, nous arrivons devant une façade au plâtre fendillé, où serpente le lierre. Une unique lanterne brille à la fenêtre.

— Il n'y a que trois étages à monter, dit Virginie.

Comme Charles vacille et trébuche, cela paraît durer trois ans. À peine lui montre-t-on sa chambre qu'il s'affale sur le châlit et s'endort aussitôt.

— Il ne tient pas l'alcool, celui-là ? fait Berthe.

— Dites-moi, demandé-je. Il ne risque rien, là ?

— Ah, ça, je ne vais pas le réveiller. J'ai travaillé toute la journée, moi.

— Mais il ne veut pas qu'on le laisse seul. Il aime qu'on l'accompagne dans son sommeil.

— N'aie crainte, mon doux chéri, assure Virginie en me tirant par le bras.

Vidocq avait conjecturé un jour que je n'avais pas baisé depuis Waterloo. Au contraire, mes expériences récentes avec les catins sont assez nombreuses pour que j'apprécie les avantages de Virginie. Pour commencer, elle a des dents. De vilaines rides ne creusent pas ses joues lorsqu'on la touche. Et elle garde, d'un bout à l'autre, le même air d'encouragement affable qu'elle avait en se présentant.

J'avais cependant oublié à quel point est grisante la moiteur d'une femme. C'est un continent entier qui demande à être conquis, et je remercie mon petit explorateur d'interrompre l'engourdissement qui s'empare du reste de mon corps. L'épuisement qui suit paraît traversé d'un sillon, tel un taillis que j'aurais essarté.

— Combien te…

— Oh, rien ne hâte, dit Virginie.

Je me rends compte que ce n'est pas elle que j'enlace, mais le drap sur lequel elle s'était étendue. Mais il se révèle tout aussi docile, et, m'assoupissant bientôt, me voilà précipité à Saint-Cloud, où des panaches d'eau jaillissent de la Grande Cascade, et où M. Tepac est allongé devant moi, lourd, pâle et saignant à profusion.

Groupés autour de nous, les observateurs flottent dans un tableau mouvant : Vidocq, dans ses plus beaux atours ; Charles, qui porte sa couronne de guingois ; et

Herbaux, l'assassin de Tepac. Pris tous trois d'une sorte d'hésitation, ils semblent vouloir apporter leur aide mais ignorent la manière, cependant que la blessure de Tepac débite des litres de sang, relayée par la cascade qui les projette au ciel.

Me réveillant bordé de lambeaux de cette scène, je saisis la bougie près du lit, la pousse dans l'obscurité, et distingue une silhouette encadrée par la porte.

L'homme lève sa propre chandelle et, nos flambeaux n'en faisant plus qu'un, je peux le dévisager. Je n'ai pas tant rêvé que ça. C'est bien Herbaux, en chair et en os.

35

Où l'on démontre la vulnérabilité du tendon du jarret

M'auriez-vous demandé plus tôt de quoi il avait l'air, je n'aurais sans doute pas pu vous répondre. Il faut croire qu'à mon insu, ses traits s'imprimèrent dans ma mémoire. Une mâchoire de héros, terminée d'une fossette au menton. Un nez de boxeur (cassé au moins deux fois depuis son entrée en carrière) et des yeux de satyre, si distants l'un de l'autre qu'ils en créent de la gêne, car ils vous regardent où que vous vous trouviez.

Une chose, surtout, m'avait échappé à Saint-Cloud : sa taille. La porte semble se hausser pour le laisser passer.

— Debout, dit-il.

Ce qui est plus ardu que je n'aurais pensé, le champagne ayant altéré toutes mes facultés.

— Puis-je… m'habiller ?

— Le pantalon. Ça suffira.

Je me meus lentement, non par stratégie, simplement pour brider mon cœur. Mes yeux s'attardent quelques secondes sur la fenêtre, et j'entends la voix posée d'Herbaux.

— J'y renoncerais, à votre place. Une chute de trois étages pourrait être fatale. Maintenant allons réveiller votre ami, voulez-vous ?

— Mais je suis venu seul.

— Naturellement.

Il me happe par la peau du cou et, sans effort particulier, m'expédie dans le couloir, où je chois à quelques pieds de la porte de Charles.

— Sors-le de là !

Rien de ce qui suit n'est mûri. Je tourne la poignée d'une main, tandis que, de l'autre… je saisis la chandelle d'Herbaux et la lui presse sur le visage. Un grognement de douleur, la bougie rebondit par terre, et il recule en titubant. Puis, d'un coup de pied dans le ventre, je l'affale sur le dos, alors j'ouvre la porte et la claque derrière moi.

— Charles !

Je l'aperçois, dans la pénombre, qui respire à longs souffles lents à l'endroit où je l'ai laissé.

Mais Herbaux, qui s'est ressaisi, jette toute sa masse contre la porte, non pas une fois, mais plusieurs, et je dois me coller contre le battant, qui paraît s'amincir sous ses coups répétés.

— Charles ! Pour l'amour du ciel, réveille-toi !

En cherchant un appui, mes pieds rencontrent un broc de faïence blanche. D'un seul geste du bras, j'en envoie voler le contenu sur la forme alitée. La pièce aussitôt s'emplit d'une âcre puanteur, et Charles se dresse sur ses draps.

— Me suis-je pissé dessus ? s'écrie-t-il.

— Non, non, écoute… (Mon calme m'impressionne moi-même.) J'ai un service à te demander. Je voudrais que tu te lèves tout de suite, et que tu pousses cette commode vers moi. Penses-tu y parvenir ?

Ses idées sont encore plus embrumées que les miennes mais, après quelques grognements, il réussit à traîner le meuble sur le parquet, et nous l'approchons ensemble de la porte.

— Il faut la pousser plus près, dis-je.

— Ainsi ?

— Plus près encore… pousser très fort.

Il s'arc-boute contre cette porte qui, à sa grande surprise, lui résiste.

— Y a-t-il quelqu'un dehors ?

— Oui. C'est un jeu. Avec un homme de l'autre côté. Si nous arrivons à l'empêcher d'entrer, il… (une seconde ou deux de tâtonnements désespérés.) Il préparera le petit déjeuner.

Un nuage nauséeux traverse les yeux de Charles.

— C'est un peu tôt, quand même ?

— Allons, pousse !

Ce qu'il fait. La porte commence à se fragmenter sous les assauts répétés d'Herbaux, que Charles contient l'un après l'autre. Comme je l'entends qui ahane, je cours à la fenêtre et appelle dans la rue :

— À l'aide !

Mais rien ne me répond, sinon l'écho de ma voix qui ricoche le long des caniveaux, des pavés huileux, des amas de rebut…

Alors je remarque un curieux treillage collé sur la façade… tout un réseau de tuyaux de plomb destinés à la vidange et qui forment mille coudes, à la manière d'une vigne vierge…

— Je crois… que nous allons perdre, hoquette Charles.

— Une seconde, une seconde !

À toute vitesse, je détache le lit du mur et le coince contre la commode.

— Bien, dis-je. Je compte jusqu'à trois, et nous courons à la fenêtre. Un… deux…

La commode cède, mais le lit demeure. Un instant encore.

— Voilà le plus amusant, expliqué-je. Nous allons descendre par la fenêtre.

— Par la fenêtre ?

— Oui, cela fait partie du jeu. Le premier en bas sera doublement récompensé…

— Je crains que…

Derrière nous, vole un nouvel éclat de bois…

— Je passe d'abord, dis-je. Tu n'auras qu'à…

— Sûrement pas !

Sans hésiter maintenant, il pose un pied sur le tuyau le plus proche et, celui-ci résistant sous son poids, Charles progresse jusqu'au suivant. Trois secondes plus tard, je ne le vois plus.

Je ne m'attarde pas. Je n'ai qu'une écornure de lune pour m'éclairer, mes jambes sont lourdes, mes mains gourdes, et j'ai la sensation de deux doigts qui pressent mes yeux hors de leurs orbites. Levant la tête, je vois qu'Herbaux a rallumé sa chandelle, qui décrit des cercles dans le ciel.

En reprenant mon souffle, j'allonge une jambe que, miraculeusement, un nouveau coude de plomb vient recueillir.

Où est Charles, je n'en ai plus aucune idée. Je me croirais seul au monde… jusqu'à ce que mon pied (nu) s'insinue dans une étrange niche, œuvre du temps plutôt que de l'architecte… Un cri aigu retentit, mes orteils pressentent une agitation, et c'est brusquement un raz-de-marée.

Un océan de rats, aux yeux rouges outragés, qui détalent sur mon crâne, piaillent dans mes oreilles, s'accrochent à mes membres et mes cheveux. Réprimant des hurlements, je précipite ces choses en tous sens, mais il en jaillit davantage, au pelage soyeux et aux dents acérées. Et tandis que je glisse sur la façade de l'immeuble, me balançant d'un conduit à l'autre, d'autres encore me chevauchent comme mille réprimandes.

Peut-être ai-je fini par sauter à terre, toutefois ai-je eu la sensation de naviguer sur eux, comme on navigue sur les flots. J'en émerge enfin dans la rue, où je m'allonge un instant, assommé, à bout de forces.

Je perçois en me relevant comme un lointain vagissement.

— Ohhh, gémit Charles, le menton collé aux genoux. Ah, ces rats, ces rats…

— Allons, lui dis-je, ils sont partis.

Plus un bruit sur les pavés, pas même un soupir de vent. Je perçois vaguement un chien tavelé, un écheveau d'arêtes de poisson, un tas de déchets aux immondes exhalaisons… et, quelque part au loin, un pompon de lumière ambre.

Soudain surgit une silhouette.

— Pardon, monsieur, dit Charles. Pourriez-vous, s'il vous plaît…

— Te voilà, fait Herbaux.

Pas une once de civilité dans cette voix.

— Écoutez, nous pouvons vous payer, lui proposé-je. Lui et moi avons largement… assez d'argent pour…

— Je suis très bien payé comme je le suis.

— Alors laissez-le partir. Il n'a rien fait.

— Voilà le hic, docteur. Bien sûr que si.

Des profondeurs de son caban, Herbaux produit un pistolet.

— Cela fait partie du jeu ? demande Charles que je pousse derrière moi.

— Peu m'importe lequel des deux disparaît le premier, commente le criminel. La nuit, tous les chats sont gris.

Lent et minutieux, il pointe sur mon cœur la gueule de son engin. Il l'arme, ferme un œil…

Puis, fort étrangement, un de ses genoux plie…

… et c'est au tour de l'autre…

… et il s'écroule sur le flanc avec un glapissement.

Quelque chose s'agite dans la pénombre derrière lui. Une silhouette accroupie, informe, dont ne se détache que la lame luisante d'un rasoir. Mais voilà qu'elle se lève et occupe tout l'espace.

— Qui êtes-vous ? demandé-je.

Fort calme, la silhouette replie son coupe-choux, le range dans un étui et contourne l'homme à terre qui se tord de douleur.

— J'exige de savoir qui vous êtes !

— Eh bien ! me réplique-t-on sèchement. On ne dit pas merci ?

Une voix de femme… qui me désarçonne et me réduit au silence. Charles, en revanche, y voit un encouragement. Étudiant un instant notre assaillant neutralisé, il s'enquiert :

— Que lui avez-vous fait ?

— Le tendon du jarret, dit cette femme en haussant les épaules. Coupé. Je l'ai vu pratiquer sur un cheval de course.

— Sale grue ! grogne Herbaux, en tentant de se relever.

Elle le repousse d'un coup de pied.

— Silence ! Ou tes amis sauront qu'une fille a triomphé de toi.

— Il se plaint parce qu'il a perdu, explique Charles. Maintenant il doit nous préparer le petit déjeuner.

Le rire aux lèvres, notre protectrice retire sa cape d'un geste vif et continue de me surprendre car elle me l'offre. Je constate que, non seulement j'ai toujours le torse nu, mais qu'il est en outre constellé de coupures, bleus et morsures. Cela n'étant pas tout, une autre chose retient mon attention : la doublure de cette cape, écarlate, couleur de crête de coq.

— C'est vous… dis-je d'une voix éteinte, qui nous suiviez dans toute la ville… et depuis des jours, même…

— La belle affaire ! Vous croyiez qu'il vous laisserait courir les rues tout seuls ?

Inutile de poser la question. Comme Dieu, Vidocq se passe d'antécédent.

— Il est bien des choses, oui, mais tout de même pas stupide, poursuit cette dame. Vous ne semblez pas me reconnaître, docteur.

Hébété, je hoche la tête.

— Jeanne-Victoire, pour vous servir. La bonne amie d'Arnaud Poulain.

Des images s'ajoutent en cascade… Le voleur de Leblanc. Un affreux appartement du Marais, jonché de haillons et de souliers volés sur un parquet aux lattes brisées… ainsi que, juché dans un poêlon…

— Un poupon, bafouillé-je.

Je ne distingue pas les yeux de Jeanne-Victoire, mais je remarque, presque imperceptible, le recul de sa tête.

— C'est une fille. Je l'ai envoyée chez son frère, à Issy. Elle est très bien là-bas.

Jeanne sort de son gilet un sifflet en métal, qu'elle porte à sa bouche, et nous percevons bientôt un grondement de souliers qui se mettent en mouvement.

— Les gendarmes seront là vite, dit-elle. Suivez-les jusqu'au poste, docteur, et ils vous donneront peut-être de quoi vous changer. En ce qui me concerne, j'ai du sommeil à rattraper. À chaque jour suffit sa peine, messieurs.

Elle est au bout de la rue quand je pense à…

— Mademoiselle ! Attendez ! Qu'allons-nous dire à…

Volte-face :

— Dites au patron que Jeanne-Victoire a fait son devoir. À lui de faire le sien, maintenant.

36

Le confessionnal de Vidocq

— Elle a dit ça !

Je confirme.

— Ah, la petite fripouille, murmure le policier. Mais attendez un peu… Herbaux vous a appelé « docteur » ?

— Je vous répète qu'il savait qui je suis. Il savait aussi qui est Charles.

— Hm.

Son front se plisse et s'assombrit, Vidocq se tait un long moment, puis, comme plein d'une joie maladive, s'exclame :

— Allons lui tirer les vers du nez ! Je devrais vous faire payer l'entrée, Hector ! Ce n'est pas tous les jours qu'un civil assiste à un interrogatoire.

J'apprends alors ce qu'être prévenu veut dire. Vidocq me conduit à travers les caves du Numéro six dans une première salle où je découvre, éparpillés sur une table, les outils de l'inquisiteur, des fers, des fouets, des menottes et, accrochés au mur, une représentation des fourches patibulaires, ainsi que le dessin d'une guillotine tranchant le cou d'un condamné. Lorsque nous arrivons au lieu de la question, je suis prêt à avouer tous mes péchés, même ceux que je n'ai pas commis.

Herbaux, lui, semble résigné à mourir. Tête baissée, il ne répond à rien de ce qu'on lui demande, jusqu'à ce que, relevant le menton, il nous montre les dents :

— Je vais être pendu. Cela me rapporterait quoi de parler ?

Vidocq pose doucement ses mains sur les épaules massives du criminel.

— Mais cet ami que tu as…

La mâchoire du captif tressaille brièvement.

— … tu l'as rencontré à la Force, non ? Comment s'appelle-t-il déjà ? Oui, Wettu, voilà. Fort mignon. À ce qu'il paraît, s'il en est ressorti vivant, c'est parce qu'une bonne grosse tapette veillait sur lui, là-bas. Maintenant, s'il se trouvait qu'il faille l'y renvoyer, sans que tu sois là pour le défendre… Oh, j'en frémis, Herbaux, ce serait affreux…

Le policier glisse un doigt sur la nuque du scélérat et poursuit d'une voix légère comme un pétale :

— C'est qu'il a la peau douce, ce Wettu. Un cou d'une blancheur…

Les chaînes aux pieds d'Herbaux ferraillent telle une caisse pleine de louis. Il voudrait se redresser, mais Vidocq le rabaisse.

— … oh ! je suppose qu'on pourrait lui adjoindre une autre tapette…

Alors Herbaux s'affaisse sur sa chaise, comme après cent coups de gourdin.

— Que voulez-vous savoir ?

Vidocq s'assied sur la sienne.

— Parle-moi de ce « monsieur »…

Il s'était à peine évadé depuis deux jours, explique-t-il, quand tout a commencé. Il se terrait dans l'appartement de Wettu, rue Jacquelet, lorsqu'un porteur arriva avec une lettre qui lui était adressée.

— Un porteur ? Tu le connaissais ?

Non.

— Tu ne t'es pas méfié ?

Bien sûr que si. Mais Wettu pouvait tout de même lire la lettre.

— Et alors ?

« Je vous attends à Saint-Sulpice à trois heures trente, dans le confessionnal le plus proche du baptistère. Vous aurez deux louis, et beaucoup plus par la suite. Signé : Monsieur. »

— Cette lettre, tu ne l'as pas gardée, naturellement ?

Brûlée.

— Et donc tu as fait ce qu'on te demandait ?

Évidemment. Comme si les fugitifs trouvaient du travail à tous les coins de rue.

— Et les deux louis ?

Rubis sur l'ongle, nous dit-on. Et pas de la fausse monnaie (Herbaux leur ayant donné un coup de dent).

— Décris-moi ce « monsieur ».

À l'exception des mains, qui étaient gantées, ne l'a jamais vu. L'a retrouvé chaque jour, même heure et même endroit, et le rideau était tiré.

— Sa voix, alors.

Un curieux chuchotement, volontaire, pour qu'on ne la reconnaisse pas.

— Jeune ? Vieux ?

Sans doute entre les deux.

— Et l'accent… roturier ?

Tout le contraire. La haute société.

— Que demandait-il, ce monsieur ?

D'abord, qu'on s'occupe de Leblanc. Herbaux et son comparse Desfosseux devaient le prendre en chasse devant chez lui et le capturer.

— Le capturer ? C'est tout ?

Ils étaient censés poser une question : « Où est-il ? »

— Où est qui ?

Monsieur n'a pas précisé. Leblanc comprendrait, disait-il.

— Et Leblanc, qu'a-t-il dit ?

Rien, ce cochon. Pas faute de l'avoir taquiné, pourtant. Au moins ils trouvèrent une lettre dans sa poche. Portant une adresse à Saint-Cloud.

— Je croyais que tu ne savais pas lire ?

Monsieur a lu.

— Et il vous a confié un autre travail ?

Oui. Sauf que Desfosseux s'est fait arrêter pour contrefaçon, et Herbaux a dû appeler Noël à la rescousse.

— Monsieur a été plus précis, cette fois ?

N'avait rien oublié : ni le signalement de Tepac, ni son lieu de séjour, ses promenades, ses habitudes… Tout était soigneusement préparé.

— Ta mission remplie, tu es rentré à Paris… Seul… Ensuite de nouveaux rendez-vous, chaque jour à Saint-Sulpice ? Alors que tu avais la maréchaussée aux fesses ?

Ne pensait pas risquer grand-chose. On n'irait quand même pas le chercher dans une église. Et Monsieur tenait parole. Il ne manquait jamais un sou.

— Puis quelques semaines ont passé, et alors… Quoi ? Une nouvelle mission ?

Oui.

— Le Dr Carpentier et son jeune ami, cette fois ?

Cela même. Monsieur avait donné l'adresse du docteur, afin que les deux hommes sachent à quoi ressemblaient leurs proies. Herbaux devait les suivre où qu'ils aillent, jusqu'au moment propice où ils seraient seuls. Le soir même, il les avait filés jusqu'au Palais-Royal, d'où ils étaient repartis avec deux gaupes, et il ne les avait pas lâchés. Il avait attendu un instant dans la rue, puis il était monté. Il avait conseillé aux filles, si elles avaient un peu de jugeote, d'aller voir ailleurs s'il y était.

— Rien de plus ? Deux petits meurtres et puis s'en va ?

Oh non. Monsieur était d'humeur clémente. Si Charles acceptait de déguerpir par la première diligence, il avait la vie sauve. Herbaux était seulement chargé d'effrayer les deux bougres.

— Ah, on est censés gober ça ? Alors que tu pointais ton pistolet sur le bon docteur, ici présent. Tu l'avais même armé.

Ils l'avaient mis en colère, voilà. On ne résiste pas de cette manière, c'est inconvenant.

— Tu n'avais pour ordre que de les intimider ?

De les mettre dans la prochaine voiture, et on n'en parlait plus. C'est alors que cette grue a surgi, et elle a tout gâché. Herbaux avait prévu de quitter la ville deux jours plus tard, avec Wettu et cinquante francs devant lui. C'est qu'on pouvait en faire, des choses, avec cinquante francs.

— Certainement.

Vidocq se lève enfin, range sa chaise sous la table et m'invite à le suivre. La main sur la poignée de la porte, il se retourne.

— Oh, j'ai failli oublier. Pourquoi les ongles, Herbaux ?

Les quoi ?

— M. Leblanc fut privé de ses ongles, non ? Je me demandais d'où était venue l'idée.

Le scélérat hausse les épaules. Il avait vu faire ça à un mouchard, autrefois à Toulon. Jamais on n'avait ouï pareils braillements.

Quinze minutes plus tard, dans la cour intérieure du Numéro six, Vidocq et moi regardons la voiture de service s'approcher en cahotant.

— Vous rentrez directement chez vous, me dit-il, et vous n'en bougez plus. Ni vous ni Charles ne mettez un pied dehors sans mon consentement exprès, est-ce bien clair ?

Prenant le cocher de vitesse, il m'ouvre lui-même la portière.

— Nous allons tâcher entre-temps d'en apprendre un peu plus sur ce « monsieur », poursuit-il. S'il savait où trouver Herbaux, il n'est pas impossible qu'il ait exploré son quartier. Je ne serais pas étonné que… Mais, pour l'amour du ciel, Hector ! Si vous avez quelque idée en tête, délivrez-vous-en !

Le plus amusant est que je m'apprêtais à la lui dire. Les mots sont tassés depuis si longtemps au fond de ma gorge que, d'une simple dépression de la langue, ils pourraient former une cascade…

« Charles sait à présent. Il sait qui il est. »

Mais je pressens que, pour en persuader Vidocq, il me faudrait bien plus qu'un buisson de lilas aux jardins des Tuileries.

— Je viens de me rappeler que j'ai toujours la cape de Jeanne-Victoire. Il serait bon de la lui rendre.

37

Les vers ont une maison

Assis près de la porte dans la chambre de Charles, je le regarde qui dispose ses oreillers et… m'assoupis sans même m'en rendre compte, me retrouve dans la rue devant Herbaux qui braque son arme sur moi… Mon cœur cesse de battre par anticipation, et j'entends brusquement…

— Hector ?

Charles se redresse dans son lit.

— Puis-je vous demander quelque chose ?

— Bien sûr, marmonné-je en me frottant les yeux.

— Hier soir, quand cet homme nous poursuivait… Ce n'était pas réellement un jeu, n'est-ce pas ?

— Ce n'en était pas un, non.

— Vous cherchiez donc à me protéger.

— Eh bien… oui.

— Vous ne vouliez pas que je prenne peur ?

— En quelque sorte.

Fronçant les sourcils, il trace une demi-lune sur son drap.

— C'est fort aimable à vous, Hector, mais vous ne devriez plus procéder ainsi. Il ne faut plus me considérer comme un enfant. Je veux dire, si je dois devenir…

Il ne poursuit pas, afin de ne pas nommer cette chose qui plane sur nos têtes. Et Dieu merci, j'en suis moi aussi incapable.

— Eh bien, dis-je, si tu dois… Dans ce cas, tu seras traité comme tu le voudras. Ce sera aux autres de s'en accommoder.

Il ne paraît pas convaincu. Pour tout dire, je ne le suis pas non plus. Nous ne pouvons rien affirmer quant à son avenir, moins encore la place qu'il y occupera. Une fois de plus, la question vient se poser : cet homme est-il prêt à régner sur la France ? Et ce n'est sans doute pas la dernière que je réponds « non ».

— Hector ?

— Oui.

— Je me demandais… Quand tout cela sera terminé… Pensez-vous que je puisse rester auprès de vous ?

— Aussi longtemps que tu le souhaiteras. Et si tu es appelé à t'éloigner, nous serons toujours bons amis.

À quoi il réfléchit un instant.

— J'aurai besoin d'un médecin, sûrement ?

— Naturellement.

— Ah, c'est magnifique. Vous serez donc le mien, et vous continuerez à me coucher le soir. À moins que je ne me marie, bien sûr. Croyez-vous qu'une femme m'aimerait assez pour m'épouser ?

— Mais oui.

Il réfléchit.

— Alors vous nous coucheriez tous les deux, conclut-il. Cela ne serait-il pas amusant ? J'espère qu'elle ne ronflera pas !

Vingt minutes s'écoulent avant qu'il s'endorme, et je suis alors si bien réveillé que mon propre lit manque singulièrement d'attrait. Je descends l'escalier avec l'intention inavouée de puiser dans le cognac, quand m'arrête le spectacle de ma mère, penchée sur la table de la salle à manger.

L'une des conséquences de mes promenades avec Charles est qu'elles ont altéré ma perception du temps. À quelque heure que ce soit, je ne sais jamais quel jour on est. Il faut donc que je voie mère, ses manches de tulle noir recouvertes de mousseline, fourbir énergiquement son argenterie, pour me rappeler…

… que nous sommes vendredi.

La suite cependant ne ressemble à aucun vendredi (puisque, tout à frotter, elle ignore généralement ma présence). Mais…

— Hector !

— Oui, mère ?

— Est-ce que tout va bien ?

« Est-ce que tout va… Est-ce que tout va… »

Je recule de deux bons pas jusqu'à la porte.

— Tout va bien, oui.

Elle hoche la tête avant d'entreprendre une cuiller à dessert.

— Est-ce que… Aimerais-tu t'asseoir ?

Je tire une chaise. Mère se tait une minute et reprend :

— Hector, dit-elle, comme en tête à tête avec la cuiller. J'aurais souhaité te demander une chose, si cela ne t'ennuie pas. Et je comprendrais très bien que tu ne répondes pas.

— Je t'écoute.

— Te manque-t-elle toujours ?

— Mmm. (J'approche ma chaise de la table.) Qui cela, exactement ?

— Cette femme. Cette danseuse que tu fréquentais.

— Ah. Tu veux dire…

Eulalie, l'architecte de ma chute. Et la compagne de toutes mes pensées.

— Non, elle ne me manque pas, dis-je, surpris d'entendre la vérité. Pas tant que ça. Je regrette plutôt les erreurs que j'ai commises. Tant d'erreurs à cause d'elle. La peine que je t'ai infligée…

Chaque mot est un nuage d'encens… Levant une main, mère me coupe d'une voix grave et épaisse :

— Non, Hector, ne t'excuse pas. Ce serait à moi de le…

Je ne l'ai encore jamais vue faire ce qu'elle fait maintenant : elle balaie toute sa quincaillerie.

— Je sais que tu auras peine à me croire, dit-elle en essuyant les restes d'écume nacrée qui parsèment ses manches. Mais il est une chose que j'avais espérée, c'est que, parmi nos hôtes, se présente un jour une jeune femme qui soit un bon parti pour toi, et que tous deux vous accordiez, et que… eh bien… (Elle détourne la tête.) Qu'il en résulte du bonheur…

Trêve d'attendrissements, voilà qu'elle éclate de rire, et d'un rire si retentissant que mon cœur s'arrête presque.

— Suis-je bête, poursuit-elle. Les femmes qui viennent loger ici ne sont plus en âge de se marier. Nous n'avons que de vieilles filles et de jeunes hommes.

En s'aidant du chiffon qu'elle saisit sur la table, elle efface de ses yeux tout reste de gaieté.

— Te rappelles-tu ce matin où Charles était dans le jardin ? dit-elle plus doucement.

— Oui, tu es partie précipitamment.

— Saurai-je comment expliquer que… L'observant, je me disais : « Mais quel enfant il est, vraiment ! » Et puis je… (Elle inspire une longue bouffée d'air qui se brise par à-coups.) Il me revoyais moi-même à cet endroit, devant toi qui avais son âge et qui faisais comme lui. Sauf que tu déterrais les vers. Te souviens-tu ?

— Bien sûr.

— Je te regardais, et chaque fois que tu en trouvais un, tu t'exclamais : « Oh, qu'il est juteux ! » Tu riais, tu riais, et tu les rendais à la terre. Moi, je te demandais : « Mais tu ne veux pas les mettre dans un bocal, ou les emporter à la pêche ? » Mais non, il fallait qu'ils rentrent chez eux, « dans leur maison », disais-tu.

À l'évidence, les larmes qui coulent de ses paupières lui coûtent la prunelle de ses yeux.

— Comme je m'étonne, admet-elle, de voir tout cela revenir. C'était à la fois doux et terrible… le rire dans ta bouche… le regard que tu avais, si plein de confiance envers nous… (Coup de chiffon aux paupières.) Nous ne t'avons pas mené vers une vie très heureuse, Hector, n'est-ce pas ?

— Vous avez fait votre possible.

— Notre possible.

Une couleur nouvelle dans sa voix : amère et brûlante. Dont la cause se révèle bientôt :

— Il n'y a pas longtemps, tu m'as interrogée à propos de ton père et de son métier. Je ne sais pourquoi je t'ai traité si méchamment. Tu voulais simplement savoir, et pourquoi t'en vouloir ? Je crois que… Oh, Hector, quand je me remémore ces temps… je ne vois que des choses qui s'achèvent, et rien d'autre. Ton père n'était plus le même, après cela.

— Après quoi ?

— Après la mort de ce garçon. À la prison du Temple.

38

Un espion dans le ménage

— Comment ne l'aurais-je pas su ? dit mère avec un sourire noir. Me crois-tu dépourvue de cervelle ?

— Je pensais que père avait reçu l'ordre formel de…

— Tu comprendras quand tu seras marié, Hector. Un homme a beau obéir aux ordres, sa femme devinera toujours ses pensées. Elle perçoit la moindre hésitation, le moindre embarras. Évidemment, elle imagine le pire. Mais lorsqu'elle découvre de quoi il s'agit, elle se rend compte qu'elle en était bien loin, du pire. Hector, murmure-t-elle, il y a tant à dire…

22 mai 1795. Le lendemain de mon anniversaire commence un jour ordinaire. Clotilde (notre ancienne bonne) gratte la graisse brûlée sur le fourneau ; moi, je bâtis une tour de coquilles d'œufs ; mère taille les tiges mortes des géraniums.

— Le devoir m'appelle, dit père qui, son bol de café fini, tend le bras vers son pardessus et sa sacoche en cuir.

Il embrasse sa femme comme tous les matins : trois courts claquements des lèvres.

— Je pars à l'hôpital, Béatrice.

Une précision dont le caractère superflu le trahit. À quoi bon le redire, puisqu'il s'y rend chaque jour ? À moins que, justement, cela ne soit pas sa destination.

— Au revoir, s'entend dire mère en se retournant.

Il n'a pas complètement refermé la porte et elle le remarque. Posant la main sur la poignée, elle découvre, étonnée, que cette main reste immobile (elle l'interroge pendant de longues secondes). Alors elle prévient Clotilde :

— J'ai failli oublier ma broche qui m'attend chez M. Beaucaire. La vieille broche de ma mère, que j'ai portée à refondre. C'est à cinq minutes, je devrais être rentrée dans une demi-heure, une heure tout au plus…

Elle constate, attristée, qu'elle ment aussi maladroitement que son époux. Mère m'embrasse sur le front, répète qu'elle sera de retour dans une heure, et se munit d'un châle avant de sortir. Non qu'il fasse frais dehors, mais elle comprend déjà qu'il est plus sage de ne pas s'exposer inutilement aux yeux de tous.

Tandis que, le long de la rue Neuve-Sainte-Geneviève, elle épie cette silhouette au manteau familier, elle applique (sans qu'un quelconque Vidocq l'en ait avisée) les principes de la surveillance : maintenir une distance raisonnable avec le sujet, éviter bien sûr de croiser son regard, changer d'apparence autant de fois que possible. Beaucoup de précautions, dont aucune ne sera nécessaire. Depuis le temps, le Dr Carpentier ne se soucie plus d'être suivi.

Elle prend après lui la rue de la Vieille-Estrapade, puis la rue d'Ulm, à droite ensuite rue des Ursulines, le voit, consternée, monter dans un fiacre au coin de la rue Saint-Jacques, refermer la portière, se blottir à l'intérieur… Indécise, elle fait volte-face et aperçoit un autre fiacre apparaître par enchantement, quoique plus petit, plus sale… Voûté sur son siège, le cocher se cure les ongles avec un canif. Elle pioche dans son tablier les trois pièces d'argent qu'elle réservait au marchand de vin.

— Où souhaitez-vous aller, madame ?

« Madame. » Longuement, elle observe son alliance.

— Je voulais…

Elle ne sait que montrer l'autre voiture, qui file déjà à vive allure dans la rue Saint Jacques. Le cocher ne demande rien de plus. Le fouet claque et le cheval part au trot.

— Je les tiens ! dit l'homme, deux croisements plus tard.

Connaissant son affaire, il fait en sorte que son confrère ne s'aperçoive de rien, et ralentit parfois au point que Béatrice se sent obligée de l'interroger :

— Le voyez-vous ? N'a-t-il pas disparu ?

Il répond, calme comme l'eau qui dort :

— Non, il est toujours là, madame.

Elle se réjouit, finalement, de n'avoir pas besoin de regarder. Un petit effort lui suffirait pour se croire simplement en excursion, sans destination ou fin d'aucune sorte, sinon le plaisir de se laisser conduire. Quand le véhicule franchit le pont Notre-Dame, tourne à droite rue Saint-Antoine, elle s'attache à ne penser qu'aux boutiques, aux cafés, tous les loisirs auxquels elle a dû renoncer.

Cinq minutes plus tard, son fiacre brusquement s'immobilise.

— Que se passe-t-il ?

— Ils se sont arrêtés, madame.

Elle n'aperçoit d'abord qu'une épaisse muraille, et les portes qu'on ouvre pour laisser entrer son mari. Une fois celles-ci refermées, elle lève les yeux et découvre l'énorme construction carrée, aussi laide que noire, édifiée jadis par les Templiers… les croix juchées sur les tourelles, semblables à des mâts de navire… tout cela respire d'antiques querelles…

Le Temple.

Elle s'empourpre en pensant aux conséquences de sa conduite. En espionnant son mari, qui, selon toute apparence, est au service du Directoire, elle se rend coupable de trahison. Ce pour quoi, en ces temps autrement troublés, il n'existe qu'un châtiment et un seul.

— J'ai commis une erreur, dit-elle au cocher. Cela devait être un autre fiacre.

Elle le prie de la reconduire chez elle sans tarder. Pas à sa porte, non, au coin de rue où elle l'avait trouvé. Une fois arrivée, elle lui donne toutes ses pièces et continue à pied, tourmentée par l'image de la tour. Qui ressort jamais vivant d'un tel lieu ? songe-t-elle.

Mais Hector est ressorti, car peu avant midi, comme à l'accoutumée, le voilà qui, d'un pas sûr, franchit la porte de son domicile. C'est le même homme que tout à l'heure. Béatrice n'en croit pas ses yeux.

— Tu grelottes, dit-il, prenant dans ses mains rassurantes celles de son épouse. As-tu attrapé froid ?

Les tremblements s'estompent peu à peu… pour reparaître quatre ans plus tard, un jour à la fin de l'été, lorsque le jeune et capricieux Hector s'engage subitement boulevard du Temple. Courant après lui, Béatrice est à nouveau saisie par le lugubre spectacle de cette tour, et sent derechef un frisson parcourir ses vertèbres.

— Allons, Hector.

Elle le tire vers elle et l'entraîne au loin, sans plus jeter un regard sur cette maudite prison.

Dix-huit années se sont écoulées depuis. Hector a grandi, sa mère a, comme on le dit, atteint un certain âge, et le frisson revient, s'emparant, semble-t-il, de la chandelle, dont la flamme vacille, et du papillon de nuit, qui s'agite sous l'abat-jour.

— Tu l'as seulement vu entrer, remarqué-je. Cela en fait-il une certitude ?

— Cela ne pouvait être que cela. Tout le monde savait que le dauphin était enfermé là. Et tout le monde savait qu'il était souffrant. Il fallait bien que quelqu'un veille sur lui, et qui était mieux placé que ton père ?

— Mais tu ne lui as jamais rien dit.

Elle dodeline de la tête.

— J'ai craint que cela fût une trahison. Du moins en avais-je le sentiment. Je pense aujourd'hui que… Peut-être les choses auraient-elles pris un cours différent, si j'en avais parlé.

L'horloge sonne dix heures dans l'entrée. Autour de nous, la bougie répand des teintes cognac. Le reste de la maisonnée dort aux étages : Charlotte, le père Letemps, nos élèves juristes… et Charles, certainement comme une bûche (toujours sur le côté gauche).

— Le 22 mai, dis-je.

— Oui, acquiesce-t-elle, levant soudain la tête vers moi. Dix jours avant la mort de ce garçon. Nous avons à boire, Hector, sur le buffet…

Une bouteille de beaune, ouverte, qui s'aère. La poser devant mère me rappelle l'irruption de Vidocq en ces lieux, le siège qu'il choisit, le vin et la patate crue qu'il répandit en pluie… Il était dégoûtant et sa présence rendait la pièce plus sale encore que lui.

— La veille de son décès, poursuit mère, ton père m'a parlé juste après le souper. Très simple, très bref, il m'a expliqué qu'il serait occupé dans la soirée. Une affaire importante dont il ne pouvait révéler la teneur sans… Ah, comment l'a-t-il exposé ?… Oui, « cela n'était pas sans danger ». Il était fort possible qu'il ne revienne pas, et s'il n'était de retour au matin, je devais t'emmener aussitôt chez mon oncle à Grenoble. « Sans délai, a-t-il insisté. Ne perds pas de temps en bagages. »

Elle porte son verre à sa lèvre, où elle le laisse un instant.

— Il m'a même donné l'argent du voyage : une pleine bourse d'argent ! Il m'a embrassée et il est parti. Je suppose qu'il ne voulait pas faire durer les choses plus que nécessaire. Pour ne pas entamer sa détermination, sans doute.

« Eh bien, je te le demande : où trouver le sommeil, après une telle sortie ? Pour ne rien arranger, tu as eu une poussée de fièvre, ce soir-là. Tu étais brûlant, sans même la force de pleurer. Je t'ai donc gardé dans mes bras et… (elle ouvre grand les yeux en se souvenant.) Et je t'ai bercé longuement. Puis je t'ai mis dans ton berceau et, comme je ne voulais pas m'éloigner, je… me suis allongée par terre près de toi… et j'ai dû m'endormir aussi car je ne l'ai pas entendu revenir.

« Il devait être trois heures du matin et il se tenait devant la porte. Le voyant, je n'ai su que faire… tout geste m'était impossible. Il n'a prononcé que trois mots : "Tout va bien." Il t'a regardé, immobile dans ton berceau, il t'a caressé le front et il est allé se coucher.

« Quant à moi, je suis restée clouée à la même place jusqu'au lendemain.

Elle glisse un doigt sur le tour de son verre.

— Eh bien, dit-elle, pendant deux jours, les journaux n'ont parlé que de la mort du dauphin. Je les lisais à ton père au petit déjeuner, en guettant bien sûr une réaction, un commentaire de sa part. Mais il n'y en eut pas. Cependant, même si je ne peux l'expliquer clairement je sentais bien que quelque chose changeait en lui. Que tout changeait, même.

« Cela représentait tant pour Hector de garder cet enfant en vie. Et du fait que… ah, ensuite plus rien ne paraissait compter. Il s'est défait, un à un, de ses patients, à commencer par les plus prospères. Avant la fin de l'année, il s'était démis de ses fonctions à l'hôpital. Il m'a annoncé alors qu'il souhaitait s'établir comme polisseur de verre.

Elle hoche le chef, comme si cela datait d'une minute à peine.

— Un métier bien peu ordinaire, dit-elle. J'entrevis à ce moment quelle serait ma destinée. Je deviendrais une de ces tristes femmes, impuissantes, désarmées. J'en avais vu certaines, dans mon jeune âge, elles donnaient l'impression, sans qu'elles y prennent garde, que la vie avait glissé entre leurs mains. Et il ne leur restait plus qu'à… (elle contemple son argenterie, étalée sur la table)… polir.

Saisissant une cuiller de service ajourée qu'elle balance lentement dans sa main, ma mère observe en ce miroir son image fragmentée qui va et vient… entre et ressort…

— Je dois t'apprendre une chose. Quand ton père m'a parlé, juste avant le décès de cet enfant, il m'a confié une lettre.

Oui, c'est ainsi. Ce que l'on vous révèle est parfois aussi fragile qu'essentiel, et d'une manière directement proportionnelle. C'est le cas ici. Étant enfin informé de cette lettre, je n'ose plus dire un mot, car seul le silence est exempt de tout risque.

Se taisant également pendant une minute, mère agite le beaune au fond de son verre.

— Je ne devais l'ouvrir que s'il ne revenait pas, déclare-t-elle. Et, sinon, la brûler.

— L'as-tu fait ?

— Bien sûr. Dans le fourneau dans la cuisine. J'ai suivi ses indications.

Il faut se pencher vers la chandelle pour remarquer ses iris brillants.

— Mais c'est l'enveloppe que j'ai brûlée, ajoute-t-elle. La lettre…

Et quelle source d'étonnement ! Cet objet vers quoi tout converge est depuis le début sur la table, à deux pouces à peine d'une pile de petites cuillers. Un rectangle de parchemin, taché de graisse, semblable à un programme de spectacle froissé ou à un vieux menu de restaurant.

— Prends-la, Hector, que veux-tu que j'en fasse ?

Je ne parviens pas à la toucher. Ni à en détacher mes yeux.

— Il avait renoncé à tout, dit mère, tout ce vers quoi nous tendions.

Sa main vole vers sa bouche, où elle se maintient trente secondes avant qu'elle n'ose à nouveau parler.

— J'ai donc renoncé moi aussi, poursuit-elle. Renoncé à lui plaire. Renoncé à le connaître.

Un dernier regard sur cette feuille, qu'elle cueille sur la table et pose dans ma paume.

— J'espère que tu auras plus de chance que moi, dit-elle.

Près de son coude, la chandelle est une souche larmoyante. Aucun de nous ne se lève pour la remplacer. Peu à peu, la lueur se contracte pour ne plus former qu'une auréole, autour de laquelle l'air bat comme un cœur.

— Je n'aurais jamais pensé finir ainsi, avoue ma mère. Oui, j'avais tout autre chose en tête. Bien que je n'en aie aucun souvenir.

Je quitte lentement ma chaise et reste un instant debout, en hésitant à l'embrasser et lui souhaiter bonne nuit. Voici ce que je choisis : j'effleure un instant son épaule.

Sa voix me suit hors de la pièce. Sa voix d'antan, qu'elle recouvre brièvement.

— Hector, il y a des semaines que je te demande de réparer la première colonne de la rampe. Elle ne va pas s'arranger toute seule. Qu'attends-tu pour…

En montant l'escalier, j'entends :

— Et après tout, zut.

39

Le sort peu enviable des poules de Charlotte

Avant de commencer ma lecture, je pose ma bougie sur la table de nuit et me glisse dans mon lit, où, pendant de longues minutes, je garde la feuille serrée entre le pouce et l'index. Enfin, à l'approche de minuit, je me décide à la déplier et…

Ma chère Béatrice,

Si tu lis ces mots, c'est que j'ai échoué.
De crainte de t'impliquer davantage, je ne révélerai pas la nature précise de ma tâche. Je dirai simplement ceci : il s'agit d'un être qui avait besoin de mon aide.
Notre fils bien-aimé courrait-il lui-même un grand danger, j'espère que le père d'un autre, pareillement à moi, lui viendrait en secours. Et quand Hector sera un homme, je ne doute pas un instant qu'il serait prêt à m'imiter.
On me fera mille reproches, Béatrice… On me maudira, m'accusera d'être un agent royaliste, un ennemi du peuple, etc. Toutes choses que je ne suis pas. Je suis

en revanche un médecin, dont la vocation première (du moins l'ai-je toujours cru) est de guérir et de soulager. Non pas d'assister au lent effondrement d'un de ses congénères, tel que voulu par des tiers.
De vous avoir mis en péril, Hector et toi, m'afflige au-delà de tout. Comme j'aurais souhaité pouvoir vous épargner ! Sache et, je t'en supplie, crois-le : si j'avais été capable d'une autre solution, je l'aurais adoptée.
Sache également, ma chère épouse, que je t'aime au-delà de la raison. Tu seras une bonne mère pour notre enfant et, devrait-il un jour s'inquiéter de moi, alors dis-lui que j'ai pensé à lui jusqu'à la dernière seconde de ma vie.
Adieu,

Hector

J'ai recommencé, du début jusqu'à la fin, une douzaine de fois, sinon plus. Il fallait accorder mon souvenir de cet homme avec la générosité de sa missive et l'imprudence de sa conduite. De quel assemblage d'éthique, de courage et de pure folie faut-il se réclamer pour arracher un garçonnet à une forteresse et deux cents hommes !

Y est-il arrivé ?

« Tout va bien », a-t-il dit à ma mère. Cela implique-t-il qu'il ait conclu son impossible entreprise ? Qu'au moment où il l'affirmait, le dauphin passait secrètement la frontière de la Suisse ? Mais alors, les nécrologies ? Les commissaires du Temple essayaient-ils en vérité de masquer la disparition de l'enfant ? Quelqu'un a-t-il vraiment été enterré cette nuit-là au cimetière de la Madeleine ?

Une avalanche, un brouillard de questions. Et ma propre mission qui pointe par-dessous. Je comprends maintenant pourquoi Charles a surgi dans mon univers. Le feu avait une raison d'épargner ces mots : pour la première fois de ma vie, mon père s'adresse directement à moi.

Et quand Hector sera un homme, je ne doute pas un instant qu'il serait prêt à m'imiter...

Lisant et relisant cette phrase, j'entends au fond de mon cœur : « Oui, je suis prêt. » Prêt à poursuivre l'œuvre que tu as commencée.

*
* *

Hormis qu'il parle avec la voix d'un certain Rapskeller, c'est sans surprise que je rêve de lui, cette nuit-là. Il joue au palet avec Chrétien Leblanc ; tous deux se disputent le nom à donner au roi ; et leurs contours se perdent dans le flou quand un cri surgit du monde des vivants :

— Docteur !

J'écarquille les yeux.

— Il faut vous réveiller !

L'image de Jeanne-Victoire, haletante et déterminée, qui me secoue par le col.

— Mais que…

— Non, je n'ai pas disparu, je vous surveille encore ! lâche-t-elle. Pressons, il n'y a pas un moment à perdre !

Me prenant par le bras, elle me conduit dans l'escalier, telle une infirmière un convalescent.

— Charles, marmotté-je.

— Le vieux l'a emmené. Allons, vite !

« Mais pourquoi ? aimerais-je demander. Pourquoi me dépêcher ? »

C'est arrivé au rez-de-chaussée que je saisis pourquoi.

Le feu.

Solide et liquide à la fois, un grondement brûlant rugit dans le jardin. Les poutres craquent et crient au-dessus de nos têtes. Le plafond consumé de la cuisine abat sur nous une pluie de cendres. Et l'air étouffe dans une étrange et savoureuse odeur.

« Les poules ! » me vient-il à l'esprit, tandis que Jeanne-Victoire me tire par la porte. Les poules que Charlotte engraisse dans le jardin. Rôties vives.

Charlotte est d'ailleurs la première à m'accueillir dehors, plus rouge encore que d'habitude, quoique avec un insondable regard noir.

— Monsieur Hector ! s'exclame-t-elle, la voix brisée.

En quelques secondes, je recense mentalement notre petit groupe. Le père Letemps est là, emmitouflé dans sa courte pointe. Je reconnais nos trois étudiants, flanqués d'une jeune femme aux superbes cheveux brun-roux, les épaules nues par-dessus sa couverture. La conquête de ce soir, bien que je ne puisse déterminer lequel de ces garçons en a eu l'avantage.

Une petite silhouette émerge de cette troupe effiloquée : mère, tout ébouriffée sans sa coiffe de tulle.

— Oh, fait-elle.

Elle frémit, tel l'oiseau, en m'entourant de ses bras.

— Tu es vivant.

— Naturellement.

— Bien. (Hochant la tête, elle me relâche.) Fort bien.

Je distingue brièvement Charles derrière elle, jeté dans un tel ravissement qu'il ne me voit pas approcher. Je dois agiter une main devant lui.

— Tu n'as rien ?

— Rien du tout. Que ce feu est splendide !

Les flammes ne se contentent plus de l'arrière de la maison. Des langues entrelacent nos rideaux de jaune et d'orange. Les solives halètent et crépitent, la fumée pousse des tourbillons par les portes et les murs fissurés, comme si notre vieille bâtisse libérait une rage contenue de longue date. Oui, le feu est splendide.

— Ah ! s'écrie Charles. Vous avez oublié votre livre.

Le carnet de mon père revenant dans ma main, je contemple un instant la reliure de cuir vert.

— L'as-tu…

« L'as-tu lu ? » Voici ce que je veux demander, mais je ne parviens qu'à balbutier :

— Merci.

Soir après soir, attablés pour souper, les occupants de la maison Carpentier se sont livré des guerres, et voilà qu'*in extremis* un élan de fraternité les unit. Grouillant autour de nous, les voisins (M. Sénard, le prêteur sur gages, Mme Fleuriais, sa tante âgée et leur loulou de Poméranie) fourmillent de questions et commisérations. Nous leur tournons le dos (c'est notre calamité, pas la leur !).

Mais quand d'une fenêtre brisée jaillit une flamme blanche qui fend l'air entre nous, nous crions à l'unisson. Une seconde fenêtre vole en éclats. Le bourdonnement grave de la pierre se mue en baryton, et j'entends Charlotte s'exclamer :

— Où est Madame ?

J'entrevois soudain dans l'embrasement une silhouette emmaillotée qui, tel un voleur, se faufile vers la maison.

— Mère !

Tant Charlotte que le père Letemps tentent de me maîtriser, mais je suis le plus rapide. Plus rapide que tout Paris, que le peuple de France, j'atteins la porte le premier, où le feu ne demande que moi, car la chaleur qui me recueille derrière le seuil semble exactement taillée pour mon corps. Je m'y coule et tout devient noir. L'instant d'après, je rampe dans les décombres du salon. Je sens les crissements du verre, les odeurs qui émanent du garde-manger, la farine brûlée, le sucre devenu caramel. Ma gorge s'engourdit, mes poumons se tordent, mon cerveau se voile, c'est pourquoi il me faut de longues secondes pour comprendre que l'obstacle dressé devant moi est bien ma mère.

Je l'enveloppe de mes bras, cependant elle reste plantée comme un roc. La tournant sur le côté, je découvre le coffret d'argenterie qu'elle serre sur sa poitrine.

En vain tenté-je de le lui arracher. Je dois les soulever, elle et cette maudite boîte, puis les transporter au-dehors, poursuivi par les rugissements du feu. En un clin d'œil, la table rectangulaire en merisier, la faïence des forçats et l'abat-jour ivoire sont noyés dans les flammes. Courant vers la porte, je les sens qui fouettent mes talons et s'accrochent à mes cheveux.

Je m'aperçois dans la rue seulement que ma chemise de nuit se consume sur moi. C'est Jeanne-Victoire qui me l'arrache et étouffe le feu. Je rirais presque de me trouver encore à moitié nu en sa présence, mais il manque d'air pour rire. Aussitôt à genoux, je me penche sur ma mère à demi consciente.

Sa peau est bleu pâle, sa bouche tachée de noir, et ses cordes vocales, raidies par les spasmes, produisent une étrange musique, aiguë et maigre, semblable à celle d'une flûte à bec.

— N'aie crainte, chuchoté-je. Tu es sauve.

Tout bruit cesse. Les doigts rôtis de sa main droite cherchent les miens, et la fournaise paraît nous souder. Peu à peu, cependant, la touffeur s'estompe, et ses doigts se glacent, de phalange en phalange. C'est ensuite la paume, et enfin le bras.

J'empoigne l'autre, resté serré sur le coffret. Mais il est aussi froid. Et aussi immobile.

Personne ne me dit mot, puis Charles s'avance lentement. Ses membres tracent un carré mouvant devant moi (je comprendrai plus tard qu'il essayait de me toucher).

— Je sais, Hector, je sais. J'ai moi aussi perdu ma maman.

TROISIÈME PARTIE

Place de Grève

17 floréal, an III

Ma mère est-elle vivante ?

Charles m'a posé la question aujourd'hui. Lui ai rappelé que je ne suis pas habilité à... Que l'on m'interdit d'évoquer tout événement extérieur, sous peine de, etc.

Fort bien, a-t-il dit. Ne parlez pas. Si ma mère est vivante, hochez seulement la tête, voulez-vous ?

Il a déclaré un instant plus tard : vous n'avez pas bougé.

19 floréal

Cet après-midi sur le chemin de ronde, il m'a bien fait comprendre qu'il rassemblait des fleurs pour les poser devant la chambre de sa mère.

26 floréal

Ses symptômes s'aggravent au point d'être alarmants. Les tumeurs se multiplient autour du genou droit et du poignet gauche. Évanouissements de plus en plus fréquents. Pieds trop sensibles pour marcher normalement. Ai été obligé de le porter tout à l'heure sur les dernières marches de l'escalier.

Sombre en outre dans la mélancolie. Voir ses « moineaux » ne fait rien pour le dérider. L'ai imploré de reprendre courage. Tout n'est pas perdu. Sa sœur est en bonne santé et demande chaque jour de ses nouvelles. Bien des gens, à commencer par moi, ne souhaitent rien tant que le voir se remettre.

Vous ne comprenez pas, m'a-t-il coupé. Ma mère est morte à cause de moi.

Le citoyen Simon, m'a-t-il confié, l'a forcé à tenir un discours odieux à propos de mère et tante. Comme quoi auraient pratiqué des attouchements coupables, lui auraient imposé l'innommable. Des mensonges, il le savait bien, mais Simon a tellement insisté… le réveillait sans cesse en pleine nuit… qu'il a fini par le croire, pour finalement signer une déclaration. Il ne savait plus ce qu'il faisait. Ils se sont servis de ces calomnies pour incriminer Marie-Antoinette, et voilà pourquoi elle est morte, comment pourrait-il jamais se le pardonner ?

Rien à faire pour le détourner de ces idées. S'accable de reproches. Craint la mort plus que tout, et le jugement de Dieu, qui ne l'épargnera pas.

Au contraire, l'ai-je assuré, Dieu blâme les misérables qui imposent ces vilenies aux enfants sans défense.

Ne l'avais pas habitué à tant de franchise. Vous êtes en colère ! m'a-t-il dit.

1er prairial

Charles souffre d'angines très douloureuses, accompagnées de fièvre, avec des accès de délire. Il prétend, selon Leblanc, entendre la voix de sa mère, qui « serait dans l'autre tour ».

6 prairial

Madame Royale s'est inquiétée, cet après-midi encore, de son frère. Lui ai répondu que son état ne s'améliore pas aussi vite que je le souhaitais.

A dénoncé mes faux-fuyants. Il se meurt ! a-t-elle asséné.

Je suis impardonnable : j'ai perdu mon sang-froid. Prétextant une mauvaise toux, je me suis détourné.

Vous avez fait de votre mieux, docteur, a-t-elle dit.

7 prairial

Barras ne veut plus me voir : tels sont les ordres. Son adjoint m'informe que, pour toute question rela-

tive à ma charge, je dois m'adresser au Comité de sûreté générale.

Ravalant mon orgueil, j'ai consulté le citoyen Mathieu, m'excusant pour mes remarques déplacées lors de précédente entrevue. Lui ai expliqué que j'en référais à lui pour des mesures de la plus extrême urgence.

Oui ? a-t-il dit, d'un air las.

Louis-Charles, ai-je expliqué, ne doit pas rester au Temple. Cette cellule exhale des miasmes qui lui ravagent la santé. Il lui faut un climat sain, dans les montagnes suisses, par exemple, pour recouvrer ses forces, et juguler le mal. Le laisser ici est une condamnation. Cette attitude est-elle digne d'une nation civilisée ? Charles ne leur est-il pas plus utile vivant que mort ?

Me suis déclaré prêt à accompagner l'enfant (sous bonne escorte si besoin), à me plier à toute exigence, même à renoncer à ma rétribution, si seulement le Comité acceptait de retirer Charles de sa cellule.

Les sourcils froncés, Mathieu s'est tu un long moment.

« Je ne comprends pas, a-t-il dit finalement. Pourquoi vous souciez-vous tant de ce garçon ? »

« Parce qu'il pourrait être mon fils, ai-je répondu. Et s'il l'était, je souhaiterais que quelqu'un lui vienne en aide, comme je le fais. »

L'ai cru sur le point de s'esclaffer. Mais il a dit d'une voix affable : « Docteur, cet enfant ne partira pas, vous le savez comme moi. Si, grâce à vous, ses derniers jours sont moins pénibles, tant mieux. Sinon, vous aurez fait votre possible. La République ne vous demande pas plus. »

Il semblait vouloir me réconforter.

10 prairial

Charles n'a avalé qu'un peu de soupe et quelques cerises. Le temps presse.

11 prairial

<u>*Junius saura quoi faire.*</u>

13 prairial

Cela sera tout pour l'instant.

40

La renaissance de Junius

Nous enterrons mère auprès de mon père sous un vieil if. Le cimetière de Vaugirard est moussu, désuet, et nous ne sommes pas nombreux : Charlotte, Charles, moi-même, ainsi que Vidocq, coiffé d'un chapeau avec un bandeau noir. Il donne un pourboire aux porteurs, au fossoyeur, une commission au prêtre. Puis il paie le cocher du fiacre de Charlotte, envoie Charles à la Sûreté et m'offre une bouteille d'argenteuil au Bon Coin.

— Allez-vous supporter l'épreuve ? s'enquiert-il.

Je me tâte comme si j'étais mon propre médecin. Le pouls est régulier, la respiration aussi, les mains ne tremblent pas.

— Je semble me porter bien.

— Je ne le pense pas. Vous devriez vous reposer quelques jours, Hector.

Il m'a prêté un de ses vieux costumes noirs, trop large de jambes et de carrure, que j'ai dû sangler à ma taille. Le vin produit dans mon cerveau de mornes pétarades, cette taverne pue la chiure de rat et, derrière l'épaule massive du policier, le dôme des Invalides rosit sous un soleil malingre.

— Cela nous fait trois morts, et j'aurais pu être l'un d'eux. Il y a de quoi rester à l'affût, ne croyez-vous pas ?

Mes yeux s'attardent sur mon verre où le relief de mon pouce est resté imprimé. J'essaie de me rappeler ce que m'a dit un jour Vidocq : la pulpe des doigts forme un dessin particulier… différent d'un individu à l'autre…

Une image me revient à l'esprit. Le dernier verre de vin partagé avec mère. La lumière qui se refermait autour de nous.

— Avez-vous découvert quelque chose ? demandé-je.

— Pour autant que nous puissions juger, le feu a pris dans la rigole entre le bûcher et la fenêtre de la cuisine, pour ensuite gagner le poulailler. Nous avons trouvé une bouteille phosphorique dans les décombres.

Une révélation qui m'entre lentement dans le crâne.

— Incendie criminel, dis-je.

— Probable. Nous ne savons pas encore s'il y a un lien avec Charles, bien sûr.

Pour la première fois, s'appliquant à brosser la couronne de son chapeau, François Eugène ne soutient pas mon regard.

— Vous souvenez-vous de ce que Monsieur ordonna à Herbaux ? lui dis-je, en écartant ma chaise de la table. Il ne fallait pas tuer, mais « effrayer ces deux bougres ».

— Je me souviens.

— Dans ce cas, pourquoi faire rôtir toute une maisonnée, alors qu'un seul homme est en cause ?

Il hausse les épaules.

— Qui sait fouetter un cheval ne sait pas toujours l'arrêter.

— Ce qui signifie ?

— Que Monsieur n'est peut-être plus maître de lui-même. Ou de ses méthodes, dit Vidocq.

Vidant le fond de la bouteille dans mon verre, il observe avec regret la dernière goutte franchir le goulot.

— Où avez-vous l'intention de loger, Charles et vous ? me dit-il.

C'est une bonne question. Le père Letemps a trouvé asile rue Gracieuse, chez des amis. Charlotte niche parmi l'abondante progéniture de sa sœur, au marché Lenoir. Et il ne m'a pas encore effleuré l'esprit que j'aurai moi-même besoin d'un refuge.

— Il doit bien y avoir un endroit.

— Il y a, m'assure-t-on.

À un vol de moineau de Notre-Dame, ou de poisson volant, cachée derrière une jolie placette… vous ne remarqueriez pas la rue de l'Hirondelle, et c'est exactement la raison pour laquelle Vidocq y est attaché. Rares sont les passants qui empruntent son étroite venelle pavée, pas même ses agents, et c'est donc plein d'humilité que je contemple la façade du numéro 22.

Charles, qui n'a pas ces modérations, s'élance déjà vers la cage d'escalier.

— Voyez ces salamandres sculptées au-dessus de la porte !

— Doucement ! grogne Vidocq. Et enlevez vos souliers avant d'entrer ! On ne salit pas un tapis d'Aubusson, vous m'entendez ?

Oui, c'en est un. Les plafonds sont hauts, la console Empire, les parquets bien cirés, et nous comptons deux femmes de chambre. Il a fait du chemin, le jeune homme d'Arras.

Sans toutefois renoncer entièrement à sa province, toujours présente en la ronde personne de sa mère, bonne terrienne aux manchettes enrubannées de dentelle et au teint rafraîchi de poudre de lilas.

— Mes garçons ! s'écrie-t-elle, nous recueillant dans ses bras. Comme vous avez dû souffrir ! Mais oublions cela, vous serez à l'abri sous mon toit, je m'en porte garante. Et vous restez nos invités tant que vous le voudrez, n'est-ce pas, François ?

— Tes désirs sont des ordres, obtempère Vidocq, levant deux bras résignés.

— Vous porterez les vêtements de François, le temps que vous vous en procuriez. Oui, vous flottez un peu, je le vois bien, docteur, mais Catherine vous ajustera ça, c'est notre reine de l'aiguille. Vous devrez partager une chambre, me dit-on. N'ayez crainte, cependant, le lit est immense, on y mettrait une armée. C'est un Louis XVI, vous comprenez. Dormez tout votre saoul, personne ne viendra vous déranger…

Portant une main à mon oreille, elle chuchote subitement :

— Comme mon cher mari, votre mère repose, voyez-vous, dans la paix du Seigneur.

Le soir venu, pour des raisons auxquelles je laisse leur mystère, je préfère me coucher par terre roulé dans une couverture. Mystérieux également, Charles me laisse faire. Au bout d'une heure que je suis allongé, le feu de la veille fait de nouveau rage. Je sens la fumée sur mes mains, les phlyctènes dans mon dos… je vois ma mère comme une masse noire sur les lattes du salon.

Roulant tel un long fleuve, le souffle de Charles me réveille à l'aube. J'enfile le costume de Vidocq, descends l'escalier sur la pointe des pieds, j'ouvre la grande porte et me dresse sur le seuil.

— Dr Carpentier ?

Devant moi, dans la rue, m'étudie un gendarme.

— Je fais une promenade, lui expliqué-je.

— Alors j'ai ordre de vous accompagner.

La rue Neuve-Sainte-Geneviève est somme toute à une distance raisonnable. On sent la fumée cent mètres avant d'arriver et, au point du jour, la maison Carpentier ressemble aux rescapés des bagarres des tavernes. Les fenêtres ont des yeux au beurre noir, la porte une bouche édentée, les entrailles sont cautérisées, et les rideaux pendent en lambeaux telles des mèches arrachées. Une demi-douzaine de freux plongent dans les trous du toit et tournoient sous la charpente carbonisée : voilà l'unique domicile de mon existence colonisé par des corbeaux.

— Hector !

Vêtu des mêmes guenilles que la nuit de l'incendie, le père Letemps descend la rue vers moi. Dans les lueurs de l'aurore, il paraît ressuscité des morts.

— Ah, je me réjouis de… Mais dites donc ! s'exclame-t-il quand le gendarme lui barre la route.

— N'ayez crainte, rassuré-je ce dernier. M. Corneille est toujours animé des meilleures intentions.

Le militaire s'écarte à contrecœur. Serrant fort son manteau, Letemps me rejoint à petits pas. Un sourire chatouille ses lèvres grises, qui s'entrouvrent.

— Me pardonneras-tu de n'être pas venu aux obsèques, mon garçon ? Quelle… quelle épouvantable affaire. Je pensais sincèrement qu'ils m'enterreraient, tes parents, et non l'inverse.

Le spectacle de la maison, creuse et brutalisée, le laisse interloqué.

— Mais quel… quel…

Quelques instants durant, nous ne disons plus rien. Nous observons les freux, nous humons les émanations. Puis, d'une voix basse et élégiaque, il déclare :

— Comme je regrette que tu n'aies pas connu ta mère. Lorsqu'elle était jeune, j'entends. Quelle ardeur avait-elle ! C'était une très remarquable oratrice.

— Une oratrice ?

— Oui-da ! Elle était l'un des phares de… la Société fraternelle des patriotes des deux sexes. Je me rappelle la première fois que je l'ai écoutée. Elle avait pour sujet le renouveau des Lumières. Des hommes et des femmes, tous citoyens, unis par les mêmes droits… C'était gai, bruyant, exubérant. J'étais prêt à répudier la civilisation, et tout recommencer depuis le début.

— Mais pourquoi n'a-t-elle…

— Eh bien, tu es arrivé, n'est-ce pas ? On n'apporte pas un poupon aux réunions nocturnes, comme une vulgaire harengère. Non, elle s'est rangée, en définitive, du côté des bourgeoises. Elle est restée chez elle et avec toi.

Pour devenir… Comment avait-elle dit ? « Une de ces tristes femmes, impuissantes, désarmées. » Qui, au dernier moment, a couru dans les flammes récupérer sa dot. Le coffret plein d'argenterie qui est enterré avec elle.

— Ça ne va pas, mon garçon ?

Sans répondre, je me frotte les pommettes jusqu'à ne plus sentir que ma peau irritée.

— Si, lui dis-je finalement. Mais vous, monsieur ? Qu'allez-vous devenir ?

— Oh, moi… (Un rougeoiement effleure ses joues flasques.) Tu connais le proverbe : aux grands maux les grands… Eh bien, voilà, j'ai repris langue avec une très ancienne amie à moi, propriétaire d'un charmant cottage à Vernon et, pour ne rien te cacher, je l'ai demandée en mariage.

— Y consent-elle ?

— Pardieu, oui ! Il y a si longtemps qu'elle me poursuit de ses assiduités ! Mais je garderai mon fond de célibataire !

Il rit si fort que sa mâchoire semble se décrocher.

— Qu'y puis-je ? admet-il. Je ne vendrai plus un tome de ma nomenclature des orchidées.

Il baisse les yeux sur ses misérables souliers, cirés au jaune d'œuf, et j'ai un pincement au cœur en estimant ce que le feu lui a pris. Toute cette bimbeloterie de la Révolution… ses tabatières tricolores… le gant de Jean-Jacques Rousseau… son tonneau plein de vieux…

De vieux journaux !

— Junius, c'est vous.

Je le dis au moment où je le pense. Lorsqu'il entend ce nom, sa mâchoire se referme et sa main, en saccades, rebondit sur sa poitrine.

— Mais oui. En d'autres temps, ce fut…

— … votre pseudonyme. Quand vous écriviez dans *Le Courrier universel*. C'est vous qui les entreteniez de l'état du dauphin. (Je m'interromps pour retrouver la phrase.) « Junius saura quoi faire. » Comme mon père le confiait à son journal, quelques jours seulement après le décès de Louis XVII. Il avait l'intention de vous parler.

— En effet, il m'a parlé.

— De quoi ?

— Oh, de cette évasion, je suppose.

Je le regarde longuement, fixement, et il lui faut cela pour bien se rendre compte de ce qu'il me révèle. La confusion agite les lacs gris de ses yeux.

— C’est que… vois-tu… il n’était plus possible de le laisser là, ce garçon, dans cette atroce prison ! Il fallait le faire sortir, il n’y avait plus le choix.

— Pourquoi ne m’avez-vous jamais dit que vous en étiez ?

Je sais ce qu’il va répondre avant que sa langue ne se meuve.

— Mais c’est ton père, bien sûr ! Il m’a fait jurer le secret. Personne ne devait être informé, personne… Et je suis un homme de parole, Hector, à défaut d’autre chose…

Une fois encore, il scrute les décombres de la maison. Mais les freux qui virevoltent lui fatiguent les yeux.

— Et maintenant ? risqué-je.

— Maintenant ? À quoi bon garder ces secrets, aujourd’hui ? (Il soupire si discrètement que je m’en aperçois à peine.) Si cela fut jamais bon…

41

Un cheval de bois

Leur idée avait un auteur, et celui-ci était Virgile.

Comme bien des révolutionnaires, le professeur Corneille admirait les poètes latins. Lorsque mon père le consulta, il était en train de lire *L'Énéide*... Le grand cheval de bois... son chargement de Grecs qui allaient piller Troie... la ville à feu et à sang... les hurlements d'Hécube...

La même ruse ferait-elle effet à plus petite échelle ?

Le professeur se procura un cheval de cèdre, haut de quatre pieds, long de cinq, qu'il creusa suffisamment pour y loger un enfant. Il lui adjoignit des roulettes, pratiqua de petites ouvertures au moyen d'un poinçon (afin que l'air y entre), le pourvut d'une trappe, d'un invisible taquet... et, travaillant deux jours, le déclara prêt.

— Comment cela, prêt ? demandé-je.

— Pour l'apporter au Temple, me dit Letemps. Le soir même, le 7 juin, ton père y est allé.

Le 7 juin... alors qu'il confiait cette lettre à ma mère... Évoquant « quelque chose de très important »… « pas sans danger »… la possibilité « qu'il ne revienne pas »…

Sa mission était donc de se rendre au Temple dans un chariot, avec le professeur Corneille et un cheval en bois creux.

— Ah, ils s'étonnèrent de le voir, pour sûr ! Et je ne parle pas du cheval, lorsqu'ils l'aperçurent ! Mais il expliqua très calmement la situation, exposant que le Comité l'avait chargé de remettre l'objet… comment avait-il tourné cela ? Oui, c'était un gage de réconciliation de la part des autorités prussiennes.

— Ils l'ont cru ?

— Naturellement, nous nous étions munis de faux documents.

Car le professeur s'était découvert des talents insoupçonnés. Prenant pour modèle le laissez-passer de mon père, et muni seulement d'un rouleau de parchemin, d'une bougie et de deux encriers, il avait contrefait la signature de Mathieu, le sceau du Comité de sûreté générale, même le cachet de cire et sa teinte de beurre rance.

Le tout semblait irréfutable, et il était trop tard dans la soirée pour procéder à des vérifications. L'on admit donc de faire entrer le cheval.

— Et ensuite ?

— Ton père l'a monté personnellement à la cellule de Louis-Charles.

— Pour quoi faire ?

— N'est-ce pas évident ? Pour le mettre dedans, ton Charles !

— Comment alliez-vous le faire sortir, dans ce cheval, sans éveiller la méfiance ?

Ils comptaient pour cela sur un autre document, qui arriva trois heures plus tard. Émanant lui aussi du

Comité, et tout aussi faux, il donnait l'ordre de confisquer sans délai l'offrande des Prussiens.

— Au bout de trois heures seulement ?

— Mon garçon, il faut que tu comprennes une chose. Les commissaires étaient d'une inconstance notoire, ce qui jouait en notre faveur. Tout le monde savait que ce qu'ils glorifiaient le soir pouvait le lendemain être illégal. Ce fut le cas du cheval de bois. « Réflexion faite, le Comité statue qu'il n'est pas acceptable d'accorder de vains amusements au fils d'un tyran, alors que tant d'enfants en France doivent mendier leur pain… » Oh, j'ai oublié l'énoncé précis, mais c'était vraisemblable.

« Et l'effet désiré fut obtenu. Ton père est entré à nouveau, ils lui ont même adjoint deux gardes pour l'aider à redescendre la bête.

— Ils n'ont pas inspecté la cellule après son départ ? Il rapporte sur son carnet qu'ils la fouillaient plusieurs fois par nuit. Et le matin à l'aurore.

— Bien sûr qu'ils l'ont inspectée, répond Letemps, impassible. Mais il y avait alors l'autre garçon, celui que nous avions emmené.

C'est ici que nous retrouvons Leblanc.

Au terme d'une enquête discrète, il avait établi un contact avec une ancienne prostituée devenue blanchisseuse, Mme Félicité Neveu. Détenue à la Conciergerie durant les derniers jours de Marie-Antoinette, elle était devenue, au péril de sa vie, un des plus ardents défenseurs de la reine. Félicité idolâtrait celle-ci et ne s'en cachait pas. Personne n'avait jamais été aussi généreux pour elle, affirmait-elle, si bienveillant, si… (faute d'un mot meilleur)… chrétien.

Mme Neveu aimait beaucoup à narrer le jour où son fils était venu lui rendre visite. Couvrant cet enfant de louanges, Marie-Antoinette n'avait pas manqué de remarquer (« Je la revois chassant une larme de sa noble joue… ») à quel point il ressemblait à Louis-Charles. Accablée par le chagrin de la reine, Félicité avait décidé de rentrer dans le droit chemin et de dédier le reste de sa vie à la mémoire de la souveraine.

Leblanc l'avait amadouée devant une cruche de vin chez Tricoteaux, puis, bravant le danger, lui avait révélé ses intentions. Félicité n'avait pas mis longtemps à se déclarer des leurs.

— Des leurs ?

— Tout à fait, m'assure Letemps, qui cille légèrement. Son garçon prendrait au Temple la place de Louis-Charles.

— Mais quelle mère faut-il être pour convenir d'une telle chose ?

— Une mère désespérée. Son enfant était mourant, vois-tu. Dans une misère noire et sans espoir de guérison. Elle a dû penser… que, sans doute, là-bas, il aurait le matin les soins du Dr Carpentier, puis Leblanc le reste de la journée. Qu'on lui ferait faire un peu d'exercice, qu'on le distrairait. Qu'il prendrait l'air sur le chemin de ronde. Oh, et surtout qu'il aurait des obsèques décentes. Elle n'avait pas elle-même les moyens de l'enterrer, et elle voulait qu'il eût une dalle funéraire, même sous le nom d'un autre.

Devenue royaliste, elle ne concevait pas que Louis-Charles en serait privé. Qu'on le jetterait à la fosse, parmi les anonymes, qu'on le laisserait pourrir sous une couche de chaux…

— Donc cet autre garçon était dans le cheval que mon père apportait.

— Évidemment. Très affaibli, ce pauvre enfant, et pourtant, avant que nous refermions la trappe, il a cru bon de nous dire que l'intérieur était spacieux. Il avait d'excellentes manières !

Trois heures plus tard, le Dr Carpentier s'en revenait au Temple, avec d'autres papiers, afin de reprendre son cheval. Corneille patientait deux rues plus loin dans leur chariot. La nuit était calme et humide, les grillons chantaient, les pavés sommeillaient dans la tiédeur printanière…

Pas une fois le professeur ne s'assoupit. Comment aurait-il pu ! Chaque minute était une agonie. Une heure… deux heures… et mon père ne reparaissait pas.

— J'avoue avoir craint le pire. Fatalement quelque chose s'était passé, et je ne savais que faire. Je me voyais sans cesse annoncer la nouvelle à ta pauvre mère.

« Et soudain, bien après une heure du matin, il est arrivé ! En poussant ce cheval idiot devant lui.

« Alors nous l'avons hissé à l'arrière du chariot, nous sommes montés tous deux, et en route… Cela n'en finissait pas… Ton père me guidait : “À droite ici… À gauche maintenant… La première rue ici…” Je ne doutais pas qu'ils s'étaient ménagé une sorte d'abri sûr, lui et Leblanc. Je n'aurais pourtant jamais deviné où il me menait.

— Eh bien, où ?

— Au domicile de Félicité Neveu.

— La blanchisseuse ?

— Oui, elle ! Allons, elle habitait… voilà, rue des Coutures-Saint-Gervais. Crois-moi, je ne m'y serais pas aventuré seul.

— Et ensuite ?

— Ton père a détaché le taquet sous le ventre du cheval. Il a pris soigneusement le gamin dans ses bras, et il l'a monté chez Mme Neveu.

Je ne parviens plus à me contenir :

— Mais lequel était-ce, ce gamin ? Le dauphin ou l'autre ?

— Comment le saurais-je ? s'écrie le vieil homme, haussant les épaules jusqu'au ciel. J'étais dans le chariot, je n'ai jamais vu la tête qu'il avait. D'ailleurs, ils se ressemblaient vraiment, tous les deux. Il aurait fallu les dévisager longuement pour les distinguer.

« Tu te figures que j'ai assailli ton père de questions, quand il est redescendu. Mais il ne voulait rien entendre. “Tout va bien”, m'a-t-il coupé, non sans brusquerie. “Tout va bien”, disait-il.

Les mots mêmes qu'il avait employés devant ma mère.

— Naturellement, je lui ai demandé ce que cela signifiait. Il est resté coi un bon moment et il n'a fait que répéter : « Tout va bien », sans plus rien ajouter.

— Plus jamais il n'a reparlé de cette nuit ?

— Plus jamais. Je l'ai pourtant souvent relancé.

J'étudie une fois encore les traits du vieil homme. Son œil est trouble autant que sa mémoire. Comment l'imaginer complice d'une si grande et dangereuse folie ? Qu'il m'aurait cachée jusqu'à cet instant ?

Et que m'a-t-il finalement révélé ? Loin d'être éclairci, le mystère s'épaissit dans les deux heures qui séparent l'instant où mon père est revenu au Temple et celui où il en est ressorti. C'est dans cet intervalle que réside la réponse (ainsi que son destin, et celui de Charles). La réponse à tout.

Je ne suis pas plus près de la vérité que je ne l'étais avant… tandis que Letemps se retire dans son nuage. Ses lèvres s'ourlent, son regard se voile… et je n'en tirerai bientôt plus rien.

— Qu'avez-vous pensé, lui demandé-je, en apprenant que Louis-Charles était mort le lendemain ?

— Je… je ne savais que penser. Le gamin de la tour… celui-là peut-être était mort. Mais lequel était-ce ? (S'interrompant, il contemple l'alternative.) Tout de même, je ne serais pas surpris si l'on m'annonçait que le dauphin est aujourd'hui parmi nous. Mais je suppose… que l'on serait au courant, non ?

« Je me rappelle toutefois une chose que ton père m'a dite, quoique bien des mois plus tard. Il n'était plus médecin, et nous… oui, c'est cela… nous prenions un café, comme nous aimions bien, au Sage Athénien. Il était comme impénétrable, et terriblement sombre… C'est qu'il était devenu très triste.

« "Vois-tu, m'a-t-il dit, et son regard se noyait dans sa tasse, il y a une chose que je n'arrive pas à me pardonner." J'ai voulu savoir quoi, et il m'a répondu : "Je croyais au fond de moi que la vie de ce garçon valait plus que celle d'un autre." Puis, avant que nous nous quittions, il a ajouté : "C'est vrai ce que tu me disais, Junius, je ne suis pas républicain." »

L'éclat du réverbère au coin de la rue se dissout lentement dans les lueurs du matin. Deux pigeons ont remplacé Bardou sur le vieux puits et picorent les cloportes. On entend au loin les cris des premiers ramoneurs, tandis qu'une charrette de carrier cahote sur les pavés.

Ce sera ma dernière conversation avec le père Letemps, et la dernière fois que je regarde cette maison. C'est cependant un tout autre sujet qui absorbe mes pensées.

— Qu'est-il advenu de Félicité Neveu ?

— Je n'en sais rien du tout, me dit le vieil homme. Je me suis efforcé de la retrouver quelques années plus tard, mais il n'y avait plus trace d'elle, ni de son enfant. Ses voisins présumaient que, à sa sortie de prison, elle avait quitté Paris, pour éviter d'être à nouveau arrêtée. Ce n'était pas payant d'être royaliste en ces temps.

— Et son fils, comment s'appelait-il ?

— Son fils… s'appelait…

Les yeux du père Letemps s'éteignent, ses joues s'affaissent… mais brusquement ses iris s'illuminent et le vieil homme coasse, le nez dans les nuages :

— Ah ! Virgile ! Voilà ! Comme quoi c'était un cadeau des cieux ! Dis-moi, Hector, avant que je m'en aille, aurais-tu une piécette ou deux, de quoi payer la diligence de Vernon ? Oh, comme tu es gentil. Maintenant, pour le mariage, je suis navré de ne pouvoir t'inviter. Tu ne m'en voudras pas, mais… ma fiancée tient à la plus stricte intimité. C'est une fille simple, vois-tu.

42

Le grain de beauté

— Non, fait Vidocq, c'est invraisemblable.

Je rentre alors qu'il prend son petit déjeuner. Un tableau fort seyant… les senteurs de citron et d'orange qui flottent dans la pièce… le service en porcelaine de Sèvres… le café fumant… Vidocq lui-même, les traits reposés, apaisé par la nuit, la robe de chambre ouverte sur une chemise de laine et un pantalon rouge.

Mais voilà Hector, brutal et empressé, tout chargé de nouvelles… qui brisent sa rêverie.

— Un sosie ? s'écrie le policier. À la barbe et au nez de deux centaines de gardes ? Dans un cheval de bois ?

— Je répète ce que m'a dit le professeur.

— Pourquoi diable devrions-nous le croire ?

— Eh bien, vous… vous le connaissez. Il n'a aucune raison de mentir. C'est en outre le seul témoin oculaire qu'il nous reste.

— Ah ! Et de quoi fut-il témoin, Hector ? A-t-il seulement vu Louis-Charles ? Évidemment non. Pour exposer l'affaire au ministre de la Justice, il me faut autre chose que la parole d'un vieux coq faisandé.

Vidocq plante son couteau à beurre dans une brioche qu'il avale en trois bouchées. Presque aussitôt, les cloches de Saint-Séverin se mettent en branle, suivies par des volées de consœurs, qui se répondent de part et d'autre du fleuve.

Dimanche.

Peut-être la raison pour laquelle mon logeur invoque le Tout-Puissant.

— Dieu du ciel ! Est-ce trop demander qu'un semblant de preuve ? Que je ne sois pas la risée de tout le monde !

— Que pouvez-vous me demander de plus ? Je vous rends compte d'un témoignage direct.

— Ça n'est que ouï-dire !

— Je vous ai fourni les écrits de mon père…

— Pour ce que ça nous avance, je vous remercie.

Mon expression semble le radoucir. Il se tait un instant, puis grommelle :

— Fort bien, Hector. Redonnez-moi ce journal.

Sans une once de soin, ses doigts fouettent les pages desséchées.

— Voilà ce qui m'ennuie, dit-il, cette dernière phrase : « Cela sera tout pour l'instant. » Ne vous donne-t-elle pas l'impression d'un complément à venir ?

— Il n'y en a pas, j'ai cherché.

— Mais ce n'est pas logique. Nous savons qu'il ne s'est pas arrêté là, votre papa. Rien ne le pressait d'enterrer un carnet dont personne ne connaissait l'existence. Pourquoi n'a-t-il pas rédigé la suite ?

Telle une prairie, les pages ondulent sous la brise qui franchit les fenêtres. Vidocq est sur le point d'aller les fermer, lorsqu'une chose retient son regard.

— Une seconde, grommelle-t-il.

Et de lever le carnet à hauteur de son nez. À la lumière du jour, une étroite fente se révèle entre le rabat de la reliure et le carton de la couverture.

— Foutre ! marmonne-t-il. C'est incroyable que…

Il glisse un doigt dans l'ouverture… dont il extrait une petite liasse serrée… qu'il déplie et étale devant les confitures et le pot de miel :

À toutes fins utiles.

Vous voudrez bien vérifier que la marchandise comporte cette singularité : un grain de beauté marron foncé, d'un demi-pouce de diamètre, entre le 4e et le 5e orteil du pied droit.

Votre dévoué,

Dr Hector Carpentier

Les yeux du policier se durcissent, sa bouche est une ligne noire.

— Est-ce bien l'écriture de votre père ? demande-t-il.

— Oui.

— Pouvez-vous en attester ?

— Oui.

Il frappe du poing sur la table, si fort que le carnet s'élance vers le plafond, tandis que piaillent les cuillers à café et qu'accourt une des femmes de chambre, muette de terreur.

— Où est M. Charles ? beugle-t-il à son intention.

— Il dort encore.

— Tant mieux.

Charles est tel que je l'ai laissé. Sa tête oscille sur l'oreiller, son souffle roule doucement. Lorsque nous ouvrons les rideaux, la lumière scintille brusquement sur les pointes de salive qui baignent ses commissures.

— Il roupille toujours comme une souche, celui-là ! s'écrie Vidocq en faisant voler les couvertures.

Comme alertés par le jour, deux pieds nus se contractent et retombent.

Le policier plante un genou par terre, puis, aussi caressant qu'il l'était à la morgue avec Leblanc, sépare les quatrième et cinquième orteils.

— Hector, murmure-t-il. Apportez une lampe.

Mais on distingue assez clairement un grain de beauté marron sombre, au contour irrégulier, d'environ un demi-pouce de diamètre.

Les draps bruissent, le matelas grince. Depuis les hauteurs de ses oreillers, Charles nous observe, les paupières entrouvertes, tout à fait consentant, comme si chaque journée commençait ainsi.

Un moment s'écoule pendant lequel Vidocq oscille entre deux choix. Décidant à la fin de rester à genoux, il incline la tête vers le parquet.

L'image même de la sujétion.

— Je ne vous appellerai pas Majesté, dit-il. Pas encore. Mais si tout se passe bien, j'espère que vous vous rappellerez mon humble contribution.

Lorsqu'il redresse la tête, toute soumission est oubliée.

— Nous avons plus en commun que vous ne l'imaginez, monsieur Charles ; comme vous, l'on m'a retenu prisonnier ; comme vous, l'on a tenté de m'anéantir. Mais ils ont échoué, et échoueront encore.

Comment décrire ce qui s'ensuit ? Avec soin et lenteur, François Eugène recouvre Charles de son drap, de sa courtepointe, et le borde en sorte qu'on ne voit plus qu'une tête ébouriffée par la sueur.

Jamais en ma présence il n'a été si tendre (ou aussi fin stratège).

— Demain matin, annonce-t-il, nous nous rendrons au ministère de la Justice. Que le ciel soit avec nous !

43

Un papillon mort

Tenant parole, notre policier obtient, le lendemain, la promesse d'une audience avec la duchesse d'Angoulême. Le rendez-vous est confirmé le surlendemain.

— Mardi à une heure de l'après-midi, annonce-t-il, à l'hôtel du marquis de Montfort.

— Qui cela ?

— Nous l'avons déjà rencontré, Hector, dans la crypte à Saint-Denis. Cet homme vous menaçait, me semble-t-il.

Ah, mais bien sûr... La voix de la civilisation... « Bougez d'un pouce et vous êtes mort. »

— Le marquis est un proche du ministre de la Justice, ajoute Vidocq, ainsi qu'un ardent défenseur de la duchesse. Si cela peut vous rassurer, c'est aussi l'ennemi juré du comte d'Artois... Je n'ai pas oublié vos craintes d'une conspiration, voyez-vous ? Bien. Maintenant, tâchez de vêtir correctement notre jeune Charles. Rien de somptueux, mais qu'il n'ait pas l'air d'un paysan, tout de même. Il serait bon, sans doute, de lui couper les ongles. Et tant que vous y êtes, Hector, faites-lui prendre un bain, voulez-vous ?

Des fonds sont alloués par la préfecture afin d'acheter à Charles un costume neuf, des souliers cirés, des gants en peau de daim. Quant à moi, eh bien, en toute hâte, l'on ajuste à ma taille d'autres vieux habits de Vidocq. Comme je n'ai pas la corpulence de leur propriétaire, l'étoffe se retrousse en renflements et renfoncements indociles, qui me gênent et m'agacent tandis que notre voiture s'engouffre sous la porte cochère de l'hôtel de Montfort. Je suis encore plus embarrassé lorsqu'un domestique en livrée gris perle nous escorte à l'intérieur… tapisseries de Beauvais et des Gobelins, fauteuils de brocart, causeuse en velours, voluptueux rideaux, aux plis plus élégants que des robes de femme… Devant la cheminée, un écran composé de neuf panneaux représente des scènes de guerre en Attique.

— Est-ce un musée ? demande Charles.

— Cela se pourrait dire, répond Vidocq, qui, se tournant sur le côté, découvre justement le conservateur, vêtu d'un gilet de piqué blanc et d'une chemise sur le jabot de laquelle deux épingles sont montées d'un diamant.

Peut-être le marquis reconnaît-il le banquier prussien de Saint-Denis, mais il ne le montre pas. Ce qu'il montre, c'est qu'il fait là son devoir, malgré tout le dégoût que la circonstance lui inspire.

— Avant de commencer, je dois vous demander un mot en tête à tête, dit-il.

— N'ayez crainte de parler librement devant ces messieurs, répond le policier. Cette affaire les concerne autant que moi.

Le marquis ne semble pas non plus se souvenir de nous. Et encore moins le regretter.

— Cela n'aurait tenu qu'à moi, explique-t-il, aucun de vous trois ne serait ici aujourd'hui. Remarquez bien que, si je vous ouvre ma porte, c'est par amitié pour M. le ministre, et rien de plus.

— J'en prends bonne note, monsieur le marquis. Puis-je, à mon tour, vous faire remarquer que trois personnes ont été tuées pour que cette entrevue n'ait pas lieu. Leur sacrifice ne vaut-il pas un peu de votre temps ? Et l'attention de la duchesse ?

Comme dans la crypte, Montfort, tel un bretteur, avance la jambe droite cependant qu'il baisse légèrement le ton.

— Monsieur le chef de la Sûreté, vous devez comprendre que je connais la duchesse depuis sa tendre enfance. Elle a enduré plus que trois vies de souffrances et je désire simplement lui en éviter d'autres.

— Je n'espère lui apporter qu'un bienfait, dit Vidocq.

Une lueur dans les yeux du marquis révèle un bref calcul.

— Un quart d'heure, ordonne-t-il, pas plus. La duchesse et moi-même restant libres de mettre un terme à l'entretien au moment qu'il nous plaira.

— Certainement, fait le policier.

Cet homme a une telle assurance. Comme j'aimerais moi-même en posséder ne serait-ce qu'une fraction. J'observe Montfort, son teint d'or, son maintien d'inviolable forteresse. J'observe Charles et… la balle qui roule entre ses pieds (un éteuf ! mais où se l'est-il procuré ?). Puis voici que, telle une tempête en hiver, la duchesse d'Angoulême fait irruption.

Nièce de notre roi, belle-fille du comte d'Artois. Elle se présente sans voile et m'apparaît plus petite que dans la crypte, plus revêche également. Ni blanc cachemire ni velours rouge, elle porte corset, crêpe noir, et l'allure de ceux qui plus jamais ne se laisseront rabaisser ou flétrir.

— Mes respects, Votre Altesse, je suis François Eugène Vidocq, chef de la Sûreté.

— Je connais votre réputation, dit-elle d'une voix aussi glaciale que la main qu'elle lui tend.

— Vous m'en voyez flatté. J'aimerais vous présenter quelqu'un dont le savoir et l'assistance se sont révélés fort précieux au cours de mon enquête : le Dr Hector Carpentier.

— Carpentier, murmure-t-elle.

Je ne sais ce qu'on attend de moi, cependant je m'avance d'un pas chancelant.

— C'est un grand honneur de vous rencontrer, madame. Je crois tenir que vous avez croisé mon père en des temps difficiles.

Le passé, le présent l'assaillent, et voilent son visage.

— Oui, dit-elle. Je me rappelle en effet votre père, pour qui j'avais de l'affection. Il fut d'une gentillesse extrême envers moi et mon… (Sa main gantée tâte la croix d'or qui orne son cou). Moi et mon…

— Précisément, madame, intervient le policier, vous touchez au sujet de notre entrevue. Comme j'en ai informé M. le ministre, des événements récents font entrevoir la possibilité que le jeune homme ici présent ne vous soit pas – j'insiste bien, ce n'est qu'une possibilité – que ce jeune homme, donc, ne vous soit pas totalement étranger.

— Est-ce là ce qu'il vous demande de croire, ce garçon ?

— Non, madame. De son enfance il se souvient fort peu. À tous, il dit se nommer Charles Rapskeller et ne prétend à rien.

— Qui prétend à sa place, dans ce cas ?

— Malheureusement, ceux-là ne sont plus là pour le faire. Ils ont eu la… mauvaise idée de disparaître… au mauvais moment, dirons-nous. L'un d'eux était Chrétien Leblanc, que vous n'avez peut-être pas oublié.

Un autre nom qui ressurgit des limbes. Marie-Thérèse baisse la tête, comme si elle tentait d'esquiver une gifle.

— Ce jeune homme étant en danger lui-même, poursuit Vidocq, il m'a paru judicieux de le mener jusqu'à vous, pour sa propre sécurité. À savoir que si vous niez absolument, catégoriquement, qu'il soit Louis-Charles, duc de Normandie, alors vous lui rendrez un service non négligeable en lui sauvant la vie.

En appeler aux sentiments charitables, et bien connus, de la duchesse ne manque pas d'astuce. À l'instant, cependant, son visage exprime tout sauf la charité.

— Il serait inutile, monsieur, de réfuter ce que tout le monde sait. Mon frère est mort, vous ne l'ignorez pas.

— C'est en effet l'opinion communément répandue. Toutefois, en l'absence de… d'un corps pour…

Le marquis se lève, la bouche pleine de remontrances. La duchesse les adressera avant lui.

— Votre insolence est intolérable, lâche-t-elle d'une voix qui peu à peu bouillonne. Vous avancez que mon frère vit, moi je vous dis que non. C'est un point sur lequel nous ne nous entendrons pas, c'est pourquoi je propose d'en finir sur-le-champ avec cette entrevue.

Alors s'interpose la seule personne dans cette pièce à qui l'on n'a, jusque-là, guère prêté attention.

— Vous avez de beaux cheveux, dit Charles, selon ce que j'en peux voir.

Stupéfiée, Marie-Thérèse Charlotte hisse une main vers son bonnet anglais, et ses joues se colorent de tachetures violettes.

— Veuillez l'excuser, intervient Vidocq. Ce garçon n'est pas… il n'a pas toute sa tête…

— Infâme, siffle-t-elle, infâme créature ! (Mue par le dédain, elle s'approche de Charles.) J'en ai déjà chassé plusieurs de votre espèce. Tous réclamant le rang de mon frère bien-aimé. Je n'aurai que plaisir à vous chasser aussi.

— J'espère que non, dit Charles. C'est que nous venons juste d'arriver.

Il ne s'agit plus désormais de savoir s'il gagnera sa confiance, mais s'il ressortira d'ici entier.

— Dites-moi, l'interroge-t-elle, en croassant telle une corneille. Dites-moi, monsieur le prétendant au trône, quel jour précisément mon père est décédé ?

La question ne semble pas tant dérouter Charles que le survoler. Il se tourne vers moi avec un sourire tordu, puis vers Vidocq, avant de revenir à son point de départ.

— Ah, cela vous échappe, n'est-ce pas ? pérore la duchesse. C'était un 21 janvier. Tant de jeunes historiens auraient pu vous le dire. Peut-être vous rappelez-vous alors la canonnade qui suivit son exécution ? Oui ? Et votre réaction ? Vous rappelez-vous ce qu'a dit notre tante ?

Le marquis pose une main sur son épaule.

— Mon enfant, murmure-t-il, je t'en prie…

— Vous rappelez-vous aussi ce qu'elle et ma mère ont fait ce soir-là à votre intention ? De très particulier ? (Sa figure est un carrefour de lignes droites et dures.) Et ma correspondance, que vous aviez rassemblée ? Dans quelle pièce l'aviez-vous mise ? Et de quelle manière ?

On lit pour la première fois une lueur craintive dans les yeux de Charles, qui tend les deux mains comme pour parer une estocade.

— Et s'il vous plaît, continue-t-elle, dites-moi quel tour vous m'avez joué le 1er janvier 1793. Comment vous y êtes-vous pris ? Où cela s'est-il passé ?

Les dernières braises d'espoir s'éteignent dans un long silence. Madame Royale n'est plus qu'une sorte d'extase grimaçante.

— Le mutisme de ce Rapskeller légitime mes présomptions, conclut-elle. À l'évidence, mon frère aurait la réponse à chacune de mes questions.

Vidocq commence à se gratter la tête.

— Je ne sais si je l'ai évoqué, madame, mais ce garçon souffre d'amnésie. Le Dr Carpentier confirmera volontiers que…

— Je suis au regret de vous souhaiter le bonsoir.

Tel un rideau, son éventail noir s'abaisse devant nous, tandis qu'elle tend un bras vers la clochette pour sonner un domestique. Un geste d'une lente solennité : elle sait que personne ne l'arrêtera.

À l'exception de Charles.

— C'était un papillon.

— Je vous demande pardon ? dit-elle en plissant les paupières.

— J'avais trouvé un papillon. Un sphinx tête-de-mort. Cela semblait si étrange au mois de janvier. Je l'avais recueilli dans un bocal.

Je le vois renaître comme aux jardins des Tuileries. S'ouvrant, se déchirant presque, son visage et son corps recueillant la lumière.

— Alors que tu faisais un somme, poursuit-il, je me suis glissé dans ta chambre. Tu dormais sur le lit de maman, qui avait un couvre-pied en broderie de Marseille, et j'ai glissé le papillon sous ta chemise. Tu t'es réveillée en hurlant, car il voletait dans tes robes. La pauvre chose était morte quand nous l'en avons ressortie. Ses ailes avaient perdu leurs écailles sur ta peau. Et tu m'as dit : « Tant pis, nous allons l'enterrer et il ira droit au ciel. » Nous l'avons descendu dans la réserve à bois.

Les lèvres parcourues de tremblements, la duchesse s'affaisse sur une causeuse.

— Tes lettres ? dit ensuite Charles. J'ai noué autour un ruban blanc, inséré une rose entre deux enveloppes, et écrit par-dessus : « Propriété de Madame la Sérieuse », car c'est ainsi que mère t'appelait. Et encore : « N'ouvrir qu'au péril de sa vie. » Puis j'ai déposé le tout sur le petit escalier en colimaçon qui menait au grenier. Je ne pensais pas à la mort, bien sûr, je voulais seulement être drôle.

« Et quand les canons ont tonné par ce jour funeste, je… (Il agite une main devant Marie-Thérèse.)… je me suis mis à rire. Sans se fâcher, tante Élisabeth m'a dit : “Oui, mon enfant, ton père rit lui aussi, il est au ciel avec les anges, là où la joie est éternelle.” Mais à cette idée, j'ai commencé à pleurer, et je ne pouvais plus m'arrêter. Mère et Élisabeth m'ont laissé veiller plus tard qu'à l'accoutumée, m'ont même permis de jouer au trictrac, bien que le cœur y manquât. Puis elles m'ont préparé un soporifique avec du vin et de l'eau de Seltz, et mère m'a gardé dans ses bras jusqu'à ce que je m'endorme.

« Quand je me suis réveillé le lendemain matin, tu étais là, tu te dressais devant moi, avec un séné dans les bras. “Il faut que nous le plantions, m'as-tu dit. Pour papa. Pour penser à lui chaque fois que nous le regarderons.” »

La tête enveloppée de ses mains, Marie-Thérèse incline le torse vers ses genoux.

Lentement, tendrement, sans rencontrer d'opposition, Charles s'agenouille devant elle, pose son front sur son bonnet.

— Marie, dit-il, je suis revenu comme je l'avais promis. Te souviens-tu de notre dernière soirée ensemble ?

Elle le frappe au visage avec son éventail.

Puis une deuxième fois, à l'épaule. Et encore et encore, de son poing ganté maintenant.

Eu égard à son rang, personne n'ose la contrarier, Charles moins encore que les autres. Surmontant peut-être sa répugnance à être touché, il essuie coup après coup : un soufflet pour chaque année passée au loin.

Enfin, il saisit la main de sa sœur qu'il presse sur ses lèvres.

— Dieu est miséricordieux, murmure-t-elle, Dieu est miséricordieux. Louons le Seigneur des cieux.

44

Où l'on manque à toutes les convenances

Je ne pourrai oublier cela. Quand ils se désenlacent, le visage de la duchesse rayonne de terreur et non de joie. Ses doigts tremblent avant de recueillir le menton de son frère.

— C'est donc toi, dit-elle.

Cela étant établi avec certitude, elle perd contenance et éclate en sanglots. Sans doute Madame la Sérieuse n'a-t-elle pas l'habitude d'offrir en spectacle une telle avalanche de bonheur et de chagrin mêlés.

— Veuillez m'excuser, bredouille-t-elle.

Le marquis pose une main sur sa tête inclinée.

— Nul besoin, mon enfant. J'ai moi-même prié pour cet instant.

Un assentiment qui libère un flot de chaudes larmes, formant bientôt écran entre elle et le monde extérieur, et sous lequel ses traits rouges et tirés paraissent brièvement ceux de sa jeunesse. Enfin, étourdie, épuisée, elle se relève en titubant et prend le mouchoir que lui présente Vidocq.

— Eh bien, dit-elle, voilà qui augure de changements.

— Sans nul doute, convient-il.

— Je dois… commence-t-elle. (Ses yeux courent de tapisserie en tapisserie.) Ne dois-je pas en référer à mes oncles ?

— Au roi ! Et vous me laisserez, je vous prie, le plaisir d'informer le comte d'Artois ! répond le marquis avec un froid sourire.

Auquel elle est indifférente, comme à l'ironie qu'il suggère, tant ses pensées sont à présent accaparées par le jeune homme agenouillé devant elle.

— Viens, lui dit-elle. Ta place est ici maintenant.

Il accepte sa main et se lève.

— Si cela ne te fait rien, j'aimerais rester auprès d'Hector.

Aurait-il affirmé qu'il nageait sur la lune, sa sœur n'aurait pas été moins abasourdie. Pour commencer, elle ignore de qui il parle.

— S'agit-il de… (elle pose les yeux sur moi :) de ce monsieur ?

— Cette nuit seulement, lui explique Charles. Hector et moi avons enduré tant de choses, vois-tu. Il attend que je m'endorme, et ses os ne craquent pas, et je pense que, ce soir, ma place est avec lui. Demain, je serai à toi.

— Nous avons beaucoup à nous dire, proteste-t-elle. Après tant d'années de…

— Vous en aurez bien d'autres pour le faire, déclare le marquis, qui s'avance vers eux. Cependant, ma chérie, avant de faire donner un lit à cet homme au palais, il convient d'être sûr qu'il y soit accepté.

— Accepté ? Comment le légitime roi de France ne l'y serait-il pas ?

— Je crains que certains ne soient pas de ton avis, mon enfant. Non, ajoute-t-il avec un regard appuyé vers nous, tous ne le seront pas. Pour l'instant, nous devons faire preuve d'une grande prudence. Cependant, M. Vidocq et son excellent médecin ont su veiller sur Charles pendant de nombreuses semaines, et il sera en sécurité avec eux cette nuit encore.

Le policier s'empressant de confirmer, la duchesse n'a que sa volonté à opposer à ces messieurs. Une volonté moins formidable, à l'évidence, que sa disposition à obéir, même aux individus de rangs inférieurs. (Le Temple y est-il pour quelque chose ?) L'humilité dont elle fait preuve lorsqu'enfin elle s'adresse à moi est stupéfiante.

— Pourrai-je vous rendre visite demain matin ?

— Mais bien sûr ! dit Vidocq à ma place. Considérez mon foyer comme le vôtre.

Elle pose une condition à notre départ : il lui faut toucher son frère à nouveau… Recherchant son visage d'antan, ses mains errent autour de ses joues… À quoi Charles se soumet de bon gré…

— Nous devons remercier Dieu, à qui rien n'est impossible, dit-elle.

Puis, se forçant à desserrer son étreinte :

— À demain.

— À demain, répond Charles.

La duchesse d'Angoulême qui sort de cette pièce est une femme différente de celle qui y entra. Le marquis l'accompagne jusqu'à son fiacre, dont il referme la portière tandis que Vidocq lance son chapeau en l'air. Comme il ne retombe pas, nous levons la tête et le découvrons accroché aux prismes du lustre en cristal.

— Nous avons réussi, dit-il.

Si le choix du pronom personnel est appréciable (« nous »), pendant quelques minutes, il ne parle que de sa personne. Le somptueux avenir qui s'ouvre à lui. Primes et récompenses, réceptions aux Tuileries, les salons, le grand monde… promotions… et pourquoi pas, un jour, la charge de préfet ?

Sa destinée ondoie un instant devant ses luisantes pupilles… et soudain il se dirige vers la porte.

— Où allez-vous ? lui dis-je.

— Faire la noce, vieux requin ! C'est qu'une belle pouliche m'attend à la maison. Toute prête à être montée, si je puis m'exprimer ainsi. Ah, elle a un champ de mousse dont…

— Moi aussi, j'aime les chevaux, approuve Charles.

— Oui, fait Vidocq, passé quelques secondes. Charmants animaux. Veillez maintenant à ce que le marquis vous régale chez un restaurateur et que le vin coule à flots. Ce sera bien le moins. Surtout ne quittez pas les lieux sans escorte. Faites chercher des gendarmes, la brigade est à deux pas. Recommandez-vous de moi, si besoin. Nous nous retrouvons ce soir à la maison, n'est-ce pas ? Avant de nous coucher, nous porterons un toast à notre succès.

— Avez-vous du champagne ? demande notre jeune ami.

— Tu parles, Charles, qu'on en a ! répond Vidocq en poussant les portes.

Comme à l'accoutumée, il emporte avec lui une généreuse portion de l'oxygène ambiant. L'air de la pièce est comme raréfié, et les murs paraissent se rapprocher tandis que notre protégé énonce d'une petite voix :

— Je ne me sens pas prêt.

— Sans doute.

S'asseyant lourdement sur une ottomane, il prend sa tête dans ses mains.

— Et je ne pense pas l'être jamais.

— Cela doit être pareil pour tout nouveau roi, dis-je. Avant de monter sur le trône. Et puis ils fixent leurs repères, n'est-ce pas ?

Son costume neuf semble lentement s'effondrer autour de lui.

— Je regrette parfois…

— Que ?

— … vous ne m'ayez pas laissé à Saint-Cloud.

En aurais-je le temps, je saurais peut-être définir la douleur qui sourd dans mon ventre. Je me demanderais même s'il n'a pas raison. Mais le vacarme des grandes portes que l'on ouvre brusquement interrompt ma réflexion, et quatre gendarmes font irruption.

« Il doit y avoir erreur, pensé-je. Nous ne vous avons pas encore appelés… »

— Au nom de Sa Majesté Louis XVIII, nous avons l'ordre d'arrêter Charles Rapskeller…

Ébahi, ce dernier se redresse.

— … pour le crime de complot contre la personne et la vie de notre bien-aimé roi…

— Bien-aimé qui ? murmure Charles.

— … ainsi que vous-même, Hector Carpentier, pour votre participation à ladite conspiration.

Ils trébuchent sur les mots, ce qui est un premier signe. Leurs uniformes ne leur siéent pas plus qu'à moi le costume de Vidocq. Monsieur a certainement habillé ses laquais, mais ils gardent sur eux les effluves des barrières.

Derrière moi retentit la voix de la civilisation :

— Qui vous a permis d'entrer ici ? Dehors ! Dehors, tout de suite !

Il suffit d'un gourdin pour la réduire au silence. Telle une charretée de bois, le marquis s'effondre sur le tapis de soie.

Après quoi… eh bien, c'est le destin… J'ai beau me débattre comme un diable, on se saisit de mes bras et de mes jambes. Je vois une botte toucher Charles à la tempe… je le vois choir, plié en deux… Une main me serre la gorge…

Le plus étrange étant que, pas une fois, je n'appelle à l'aide. (Qui viendrait me secourir ?) Tandis qu'on recouvre mon chef d'un sac de toile, je parviens toutefois à dire :

— Il sera informé.

Sans préciser bien sûr de qui je parle. Pourquoi pas Dieu, s'ils y croient ? Mais nous n'en sommes pas là…

— Ton Vidocq sera mort avant le point du jour, me dit-on.

Puis, comme un oubli :

— Et toi aussi.

45

De ce qu'il advient des parricides

Quand j'y repense aujourd'hui, je suis surtout frappé par tant de célérité. À peine avions-nous dit au revoir à la duchesse que nous étions précipités à la Conciergerie.

Il n'y aura pas de transition : ni procès, ni appel. L'on fait sortir deux hommes du cachot en prononçant leur nom (« Cornevin ! Husson ! »), puis Charles et moi prenons leur place. La porte se referme, le verrou claque, les événements s'enchaînent en toute simplicité.

On n'aura graissé la patte, je suppose, qu'à une poignée de fonctionnaires, et, pour les subalternes, nous ne sommes que la routine. À trois heures de l'après-midi, un garde vient nous avertir :

— C'est l'heure !

— De quoi ? marmonne Charles, à demi conscient.

L'homme ne répondra pas. En revanche, son collègue indique :

— Par la !

Le couloir est long… plein de courants d'air… puis une volée de marches… on nous cloître dans une cave voûtée.

— Assis ! ordonne le garde.

L'explication vient par échelons. Il y a un grand bruit au-dehors, comme un frémissement qui ondule dans l'air. Je crois d'abord entendre la Seine, et aux rires qui éclatent, je reconnais la foule. Nous sommes dans l'île de la Cité, à la Souricière.

Deuxième indice : un prêtre à cheveux blancs se présente à la porte. Le père Montès, aumônier en chef des prisons de Paris.

Enfin, un gros individu, poisseux, mielleux, accoutré d'une redingote usée et d'un tricorne avachi. Je vous présente Henri Sanson, l'exécuteur de Paris, fils de Charles-Henri qui offrit à la populace en liesse les têtes de Louis XVI et de Marie-Antoinette. Et c'est le sort qui nous est maintenant réservé.

— Bonjour, dit-il avec un timide sourire.

Quelqu'un me retire mon veston, un autre ouvre ma chemise et m'attache les poignets dans le dos. Je sens un froid d'acier sur ma nuque, des ciseaux grincent à mes oreilles.

— Vous vous trompez de personnes, leur dis-je.

— C'est ça.

— Nous ne sommes pas Cornevin et Husson. Je suis le Dr Hector Carpentier…

— Mais oui.

— … et cet homme est Charles Rapskeller, le frère de la duchesse d'Angoulême.

— Ah.

— Le dauphin qu'on croyait perdu. Touchez un seul de ses cheveux et vous serez coupable de lèse-majesté. De régicide, m'entendez-vous ?

Le mot semble ouvrir une brèche dans le masque impassible du bourreau. Il écarquille les yeux et, s'excusant d'un haussement d'épaules, déclare :

— Franchement, je perds la tête ! J'ai failli oublier.

Il fait un geste à l'intention de ses deux comparses, lesquels s'emparent de Charles et l'allongent sur un banc de pierre.

— Attendez, dis-je. Mais attendez !

Ils retroussent la manche de sa chemise (« Belle étoffe », commente l'un d'eux), maintiennent son bras, forcent son poing fermé.

— Que faites-vous ? fulminé-je.

— Simple formalité, dit Sanson qui, tel l'enfant devant son abécédaire, se met à ânonner : Comme le stipulent les articles 13 et 86 du code pénal…

— Allons, dis-je. Vous faites erreur.

— … l'attentat ou le complot contre la vie ou la personne du roi est crime de lèse-majesté, puni comme parricide…

Il cherche à l'aveuglette le hachoir posé sur le banc, le saisit, le brandit.

— … et le coupable condamné à mort pour parricide aura le poing droit coupé !

La lame tremble un instant dans un miroitement… avant de fendre l'air…

— Non ! ! !

… et, tandis que je crie, elle s'abat précisément à la jointure de la main et du bras.

Un hurlement… un jaillissement… Charles s'écroule par terre dans une marée rougeâtre.

D'un geste indifférent, Sanson glisse la main tranchée dans un sac de toile qu'il referme calmement. M'apercevant alors, il glisse :

— N'ayez crainte, monsieur, vous garderez la vôtre.

— Bon Dieu, vous ne pouvez pas au moins panser la plaie ? (Les mots m'échappent avant que je saisisse leur absurdité.) Il va mourir ! Il va se vider de son sang !

— Mettez-lui une couverture par-dessus, au gamin, ordonne-t-il aux autres. Et ne vous souciez pas de le réveiller. Inutile qu'il reprenne ses esprits.

Tous trois tournent à présent leur attention vers moi. Les deux comparses me lient les pieds, jettent sur mes épaules une veste dont ils me nouent les manches sous le menton. Une nappe de sueur glaciale me baigne soudainement le front. Ma cervelle tambourine sur les parois de mon crâne.

— Allons, mon fils, me dit le père Montès.

Entre-temps, le soleil s'est caché derrière les nuages. Il pleut, même. Un cortège de gendarmes m'escortent jusqu'au guichet et tirent Charles derrière eux. Dans la rue nous accueillent des clameurs qui me font reculer. Une main me soutient, une autre me pousse vers la charrette.

Sanson prend place d'abord, puis l'on y hisse Charles, toujours évanoui, enveloppé de sa couverture maculée de sang. Je monte à mon tour.

Un gradé aboie l'ordre et la charrette se met en branle sur les pavés irréguliers… Quand nous passons le pont au Change, rien ne me semble plus étrange qu'une senteur de roses, qui flotte vers nous depuis le marché aux fleurs.

Au bout du quai de Gesvres, des clameurs plus intenses m'informent que, place de Grève, des milliers de spectateurs sont déjà attroupés. Un grand nombre d'entre eux sont arrivés tôt ce matin (avertis avant moi que je leur servirais d'amusement). Telles des lames de schiste, ils s'amassent les uns sur les autres, mus par quelque force géologique ; se bousculent sur les seuils, s'accrochent aux balcons des maisons ; et les ponts et les quais répondent à faire un tremblement de terre.

Et l'on scande et l'on scande, des millions de fois :

— Deux ! Deux ! Deux !

Les exécutions s'étant raréfiées depuis la Restauration, le spectacle de deux condamnés, offert le même après-midi, est une réjouissance inespérée. J'entends presque la foule se dire : « Comme au bon vieux temps. C'est qu'ils la laissent rouiller, notre mirabelle, notre chère abbaye de Monte-à-Regret ! »

Curieusement, à cet instant, c'est aux têtes des autres que je pense. Celles qui surgissent des portes et des fenêtres, qui pointent derrière les réverbères et les vitrines, qui nous observent avec une rage furieuse autant qu'obscène.

À mon côté, le père Montès brandit un crucifix en psalmodiant quelque affaire… en latin, peut-être, ou est-ce une langue des Carpates… Le charivari absorbe finalement tout autre bruit, et je ne sens qu'une chose : le corps de Charles, acculé contre le mien.

Je sonde sa blême figure. Ses paupières tressaillent, sa lèvre inférieure frémit, rien de plus. « Il va mourir. Avant même qu'ils ne l'exécutent. »

Une fois encore, je me prends à regretter que mon père soit absent. Vidocq également. Mais le premier est mort depuis longtemps, le second suivra bientôt, et ce sera mon tour dans cinq minutes.

— Charles !

Mes jambes et mes bras étant liés, je n'ai que ma voix pour le réveiller.

— Charles, m'entends-tu ?

Plus que je ne le perçois, je devine son souffle au travers de sa bouche.

— Il faut que tu me regardes, lui dis-je. Droit dans les yeux, il faut !

Les paupières s'entrouvrent, les pupilles dansent dans leurs orbites.

— Nous partons en promenade, continué-je, nous allons bien nous amuser.

— Non, murmure-t-il, la pluie…

La pluie, oui, lui referme les yeux, goutte au bas de son menton comme un filet de bave.

— Ne t'en occupe pas. Oublie tout, je te prie. Regarde seulement mes yeux, ils sont la seule chose qui t'importe. Fais-le pour moi, je t'en supplie.

Quelques secondes encore, et ses prunelles s'ajustent sur les miennes.

— Bien, très bien. Maintenant continue. Il n'est rien d'autre à faire.

La charrette poursuit son chemin le long d'un rempart de visages… de rires et de huées… des souliers battent la boue… des enfants s'accrochent aux enseignes… et nous n'en voyons rien. Nous sommes deux grognards dans un bastion assailli de toutes parts, avec notre solitude pour refuge.

Charles : de vagues couleurs enfin lui montent aux joues, sa respiration se fait régulière, une lueur émerge au fond de sa pupille.

La charrette s'arrête brutalement.

— Courage ! exhorte le père Montès, qui me fourre son crucifix sous le nez.

Dans l'espoir que je l'embrasse, sûrement, mais je ne vois que Charles, que l'on pousse sur le marchepied… puis l'échafaud, le fer, le bois, les cordes et, au-dessus, le triangle d'acier bien connu… la « veuve »… la « louison »…

— On l'a cirée ce matin, nous rassure Sanson.

Je consulte la grande horloge sur la façade de l'Hôtel de Ville. Il est quatre heures moins deux minutes, et tous les postes d'observation ont été pris d'assaut. On a loué des tables, des chaises, des échafaudages, des chariots. Tous pleins de spectateurs. Des gamins se retiennent aux cheminées, aux barreaux des fenêtres, d'où ils lancent des injures. Sous l'estrade, deux hommes attendent, munis de cuvettes pour recueillir le sang.

« Voilà pourquoi j'ai sauvé la vie de ce garçon. »

Il faut le tirer jusqu'en haut, mais, arrivé sur la plate-forme, il réussit à marcher quelques pas sans aucune aide (démontrant même un calme étonnant, compte tenu des circonstances). La cohue exprime bruyamment son admiration :

— Un sacré gaillard, celui-là ! Il bronche pas !

— Ah, il en a, on peut le dire !

Une jeune femme blonde au visage tordu par le chagrin lui souffle des baisers. « Ce sera le sujet de son roman, pensé-je. Et il sera mauvais. »

— Moi d'abord ! crié-je à Sanson. J'y serai le premier.

— Les règles sont les règles.

Deux gendarmes installent Charles à plat ventre sur la bascule. De l'assistance s'élève un murmure gourmand et réjoui, qui gagne en hauteur et en intensité à mesure qu'on accomplit le rituel... jambe droite sanglée... la gauche ensuite... « Mmmm... Mmmmmmmmmm... »

— J'ai une déclaration à faire ! m'écrié-je. Une confession ! S'il vous plaît ! Je vais tout avouer !

— Laissez-moi en finir avec lui, lâche Sanson avec un soupçon d'irritation. Je m'occuperai de vous ensuite, monsieur.

On serre les dernières cordes. Le bourreau cale la planche, puis la tête de Charles passe dans la lunette. Sanson n'a plus qu'à libérer le couperet.

— Eh, par pitié ! Une minute pour attendre notre grâce !

— V'là autre chose, grogne l'exécuteur.

— Le roi nous donne son pardon et le fera savoir tout de suite ! vous dis-je.

Cela n'a pour effet que de nouveaux braillements. À peine vingt secondes s'écoulent-elles que le mot résonne aux quatre angles de la place.

— Grâce ! Grâce ! Grâce ! crie la foule.

Alors qu'en fait elle n'y tient nullement. Rien ne la décevrait plus qu'une annulation de dernière minute.

Laquelle est au reste improbable. Charles est parfaitement immobile sur la bascule, Sanson tend un bras solennel vers la corde, tout est perdu.

Mais soudain, par-dessus les exclamations du peuple, retentit un glapissement... un hurlement strident... si différent de caractère et d'intention qu'un mur de silence s'élève autour de lui.

— Arrêtez !

Je scrute la mer de têtes sur la place, où un léger remous prend forme. S'aidant du plat de leur épée, deux soldats de la garde royale se fraient un chemin dans la masse... menant dans leur sillage, telle une Némésis, la duchesse d'Angoulême.

— Cessez ! ordonne-t-elle. Ces hommes sont innocents !

Je doute qu'à cet instant quiconque soit plus effrayé qu'elle, la plèbe ici rassemblée symbolisant ses plus intimes terreurs. Il n'en est d'ailleurs pas un pour lui marquer un semblant de respect. Bien au contraire :

— Qu'elle parte !

— On ne s'occupe pas de ses affaires, nous !

— Renvoyez-la au palais !

Nullement intimidée, elle se dirige droit vers la guillotine et répète en chemin :

— Ces hommes sont innocents !

Un murmure contrarié se répand dans la populace, tandis qu'au pied de l'échafaud, Sanson, soucieux, consulte ses deux acolytes.

— Il faudrait se hâter...

— On prend du retard sur l'horaire…

— La pluie, c'est mauvais pour l'acier, le couperet va rouiller…

Une voix plus imposante interrompt leur conciliabule.

— Vous avez entendu ma nièce, monsieur Sanson !

Sur le toit de l'Hôtel de Ville se dresse une silhouette d'une souveraine dignité, drapée de rubans et de médailles, revêtue des habits qui témoignent de son rang.

Le spectacle qu'elle offre se traduit dans la foule par de tout autres clameurs. Car si bon nombre de Parisiens n'ont jamais vu la duchesse, ils connaissent en revanche cet homme.

À la grande surprise de nos bourreaux, je me mets à rire… Naturellement, si j'avais dû moi-même choisir un sauveur, je n'aurais pas porté mon choix sur le comte d'Artois !

— Par ordre du roi, ces hommes sont libres ! rugit-il en déroulant un long parchemin.

Suit un moment d'incertitude, pendant lequel Sanson pèse manifestement les requêtes de ses deux maîtres : d'un côté l'horrible peuple et ses cris de hyène, de l'autre la monarchie. Il lui faut une bonne minute pour se ranger sous l'autorité de la seconde.

— Déliez-les ! lance-t-il, résigné, à ses valets.

Et, comme l'on détache la dernière ficelle de mes poignets, il me gratifie d'une révérence.

— J'espère que vous ne m'en voudrez pas, monsieur, dit-il.

Quand le comte nous rejoint sur la charrette, la pluie a eu le temps de dissoudre ses traits pour révéler ceux, plus familiers, de François Eugène Vidocq. Trempée, haletante, la duchesse empoigne le col découpé de ma chemise en hurlant :

— Pouvez-vous le sauver ?

À peine un murmure sort de la bouche de Charles :

— Non…

Cependant Vidocq s'est retourné vers la foule et, de sa voix impérieuse, commande :

— Trouvez-moi du goudron !

Si grand est son talent de comédien qu'une douzaine de personnes partent en courant dans plusieurs directions, en aboyant des « Oui, monsieur ! ». Le premier à revenir est un poissonnier, qui a déniché un couvreur, lequel tient à la main un pot d'une matière visqueuse, fumante et noire.

— Mille mercis, leur dit le faux comte d'Artois, qui saisit le récipient en l'enveloppant de son manteau. Hector, donnez-lui la main. Il aura besoin de serrer quelque chose.

Le dauphin garde un œil vitreux tandis que le policier, détachant de son bras le linge maculé de sang, contemple tout un effrangement de veines et d'artères.

— Navré, Votre Majesté, dit-il, esquissant une rapide génuflexion. C'est ainsi que nous faisions en mer.

Il plonge le bras de Charles dans le pot de goudron.

Sanson lui-même tressaille quand la chair atteint le produit brûlant. On entend le grésillement à vingt mètres, on sent l'odeur plus loin encore. Quant au cri, eh bien, la duchesse doit couvrir ses oreilles trois longues minutes avant qu'il ne s'éteigne.

La douleur est si déchirante que je ne penserai qu'au soir à regarder ma propre main, où je découvre deux doigts mauves et enflés. Brisés par la seule force de l'étreinte.

46

Où un duel détruit une vie d'espérances

Bien plus tard ce soir-là, quand, à force de bercements, Charles s'endormira enfin et que la duchesse promettra de revenir le lendemain, Vidocq et moi nous trouvons assez à l'aise pour nous narrer l'un l'autre nos histoires.

— Quatre hommes et vous étiez deux ! rit-il dans son verre. Moi, il en a fallu huit pour me maîtriser.

Il passait le portique de l'hôtel lorsqu'ils sont arrivés. Avec un curieux arsenal, dit-il. Une dague, certes, mais aussi une alène. Et un merlin. Ainsi qu'une herminette.

Comprenant aussitôt qu'ils avaient pour mission, non de le tuer, mais de le contenir, il leur rendit les choses aussi difficiles que possible. En désarma un d'un juste coup de pied. En assomma un autre de la pointe du coude. Brisa quelques rotules, obstrua une trachée. Il y serait encore s'ils ne l'avaient frappé avec un marteau de cantonnier.

— Je crois, du moins, que c'en était un. Mais je n'ai pu l'esquiver.

Profitant de sa stupeur, ils le ligotèrent tel un cheval avec une corde et une martingale, le transportèrent dans l'escalier et l'enfermèrent dans la cave du marquis.

— Ce fut, pour ainsi dire, le comble, Hector. J'étais à un pied de tous ces grands crus et n'en pouvais boire aucun !

Dans le vin cependant il trouva son salut. De ses deux pieds attachés, il réussit à arracher une vieille bouteille d'un if, qu'il brisa sur le sol de pierre, et avec les tessons de laquelle il trancha ses liens.

Seule une porte verrouillée le séparait de sa liberté. Peu de chose finalement, car il aperçut un tire-bouchon. Une fois requinqué par un des meilleurs bourgognes conservés en ces lieux, il entreprit de neutraliser l'homme qu'on lui avait désigné pour garde. Deux autres suivirent celui-là, après quoi, muni du marteau de cantonnier, Vidocq assomma sans retenue… Et les trois derniers prirent leurs jambes à leur cou.

— Alors je me retourne, et qui vois-je devant moi ? Monsieur en chair et en os, et flanqué d'une paire de canailles. Il a un pistolet dans chacune de ses mains, qu'il serre dans un mouchoir brodé de ses initiales ! Autant vous dire que j'étais fait comme un rat. D'un ton cependant pondéré, je l'ai interpellé : « Vous vous êtes donné bien du mal, Monsieur. »

« "Oh, j'aurais préféré éviter tant de contrariétés, m'a-t-il dit, mais le trône me revient et il ne sera pas usurpé à cause de vous. Cela ne serait pas raisonnable."

— Et alors ?

— Eh bien, j'ai pensé que ma seule chance était de piquer son orgueil. « Allons, lui ai-je dit, vous êtes indigne de ces armes à feu, vous ne me tuerez pas ainsi. Ne vous tient-on pas pour une des plus fines lames de

Paris ? Réglons cette affaire en hommes. Ôtez la mouche de votre fleuret et battons-nous. »

— Vous l'avez provoqué en duel ?

— Je vous ai sans doute caché que je suis un vieil ami de l'épée. J'ai appris tout gamin, à Arras, avec les recrues de l'armée. Ma première victime fut un maître d'armes…

Quoi qu'il en soit, Monsieur, relevant le défi, choisit aussitôt le lieu et l'heure. Ce fut tout de suite et dans la cour.

Un curieux duel. Point de pistolets à l'aube, mais des armes blanches au milieu de l'après-midi. Pas de témoins, sinon les deux filous au service de Monsieur, qui, par leurs acclamations, mettaient les chances de son côté.

Si Vidocq avait pour avantages sa jeunesse et sa robustesse, son adversaire, plus alerte et mieux entraîné, se flattait d'une technique éblouissante. (« Une merveille de jeu de jambes, Hector. ») Et les bretteurs, de force égale, de fouler les parterres… Battements, bottes, coulés, coups droits, écharpes, estocades, feintes… Le claquement des lames réfléchi par les murs blancs, les corbeaux croassant sur les toits, les encouragements des deux coquins…

— Ah, j'étais presque à bout de souffle, mon ami, quand il m'allonge une botte imparable. La botte de Nevers, peut-être. J'ai sous l'œil droit la pointe de son fleuret. Voyez, j'ai encore la marque.

— Et que s'est-il passé ?

— Mes mauvaises manières m'ont sauvé. Il y a bien des années, à la prison de Bicêtre, Goupil m'a initié à la savate. Soudain m'est revenu en tête son célèbre fouetté à l'italienne. Exécution ! L'os a craqué, la jambe de Monsieur s'est brisée.

« Le voilà donc par terre, le pauvre diable, qui gémit et hoquette. “Tuez-moi donc, implore-t-il, au point où vous en êtes.”

— L’avez-vous fait ?

— Nul besoin. Un de ses propres hommes lui a tranché la gorge d’un coup de couteau. La loyauté incarnée, tiens ! Le scélérat pensait qu’il en serait remercié. Tu auras pour récompense un long séjour dans la prison de mon choix, lui ai-je dit. À moins que tu ne m’avoues où vous avez emporté mes amis.

« Il a vidé son sac. Le chef de la bande répond au nom de Cornevin. Je connais bien cette canaille. Quand Monsieur s’est enquis de leurs services, Cornevin les lui a proposés gratuitement, à condition qu’il s’occupe de son frère, celui-ci devant épouser la veuve[1] la même semaine. Monsieur y a vu une belle occasion à saisir. Il lui suffisait de remplacer ledit frère par Charles… peut-être pas si difficile, avec son entregent… puis de vous mettre, vous, à la place de l’autre homme… et la question était tranchée.

Ne peut-il donc employer d’autres mots ? Je ferme les yeux au souvenir de… et me rends compte que je n’ai plus salivé depuis quatre heures cet après-midi.

— Un jeu de substitution, commenté-je avant d’avaler une nouvelle gorgée de vin.

— Je ne sais s’il y a vu quelque symétrie, dit Vidocq, mais c’est bien cela. Telle était donc la situation, Hector ! Il fallait agir vite ! J’ai à peine le temps d’enfermer à la cave Cornevin et consorts qu’on frappe à la porte ! Devinez qui est-ce ? La duchesse ! Revenant avec un médaillon dont elle voulait qu’on le glissât sous l’oreiller de son frère. « Votre frère n’aura

1. Être guillotiné.

bientôt plus besoin d'oreiller si vous ne vous rendez pas sur-le-champ place de Grève ! » lui ai-je dit.

— Vous n'êtes pas parti avec elle ?

— Non, j'avais déjà ébauché mon projet. Je n'ai pas les moyens de faire annuler une exécution et je doutais franchement qu'elle fût en mesure de le faire. Elle ne fait trembler personne, n'est-ce pas ? En revanche, on écouterait le jeune frère du roi, et il se trouve que je ressemble à ce gentleman.

— Je l'avais remarqué, dis-je, me rappelant le personnage que j'avais pris pour Vidocq dans le carrosse de Louis XVIII.

— Évidemment, je n'avais pas ma garde-robe à portée de main. J'ai donc dû composer avec celle du marquis. Contrefaire un ordre écrit. Et, m'étant plusieurs fois battu, commencer par me laver. Mais la surprise de mon cocher fut grande lorsque je l'ai rejoint !

— Vous prenez l'aspect d'Artois qui gît encore dans la cour ?

— Enfin, Hector, vous avez la tête dure ! Monsieur n'était pas Artois.

— Mais qui était-ce ?

J'ai droit à une mine de pure exaspération, comme si j'étais le jouet de la plus vaste mystification.

— Notre hôte ! Le cher ami de la duchesse, Montfort lui-même.

Il est d'une grande commodité d'être l'intime du ministre de la Justice. À supposer que vous mouriez dans d'indignes circonstances, votre dévoué s'assurera qu'on n'entache pas votre mémoire. Vidocq reçoit l'ordre formel d'alléger le compte rendu du décès du marquis. Tous les complices reconnus de celui-ci ne sortiront plus de leur cellule. Et, le lendemain, la presse parisienne rapporte le meurtre odieux et inexpliqué d'un pair du royaume.

Le palais fait part de sa grande tristesse ; Montfort est enterré en grande pompe ; ses panégyristes louent sa longue fidélité aux Bourbons ; et la Chambre décide d'apposer une plaque commémorative en son honneur.

— Jamais je n'en aurai une ! peste Vidocq, qui, de dépit, jette le journal à travers la pièce.

Nous prenons le petit déjeuner. La nuit fut longue pour Charles, et je découvre le matin à travers des yeux voilés. Mes trois bols de café n'aident en rien à dissiper le brouillard qui enveloppe mes idées.

— Le but de cette mise en scène m'échappe. Pourquoi a-t-il demandé à ses hommes de faire semblant de l'assommer ? Je croyais vraiment qu'il était sonné.

— C'était une ruse, Hector. Au cas où il ne parviendrait pas à ses fins… si, par exemple, vous vous échappiez… alors il se déclarait étranger à toute l'affaire. Sans doute la raison pour laquelle il m'a laissé la vie sauve, aussi… afin que je puisse rapporter l'irruption d'hommes en armes dans sa demeure.

— Pourquoi s'est-il donné tant de mal pour placer Artois sur le trône ? Artois était son ennemi juré, disiez-vous.

— Son ennemi en effet.

Vidocq a beau détourner le regard, je vois bien que son sourcil s'agite.

— Allons, lui dis-je. Il n'est plus temps de me tenir au secret.

— Eh bien, hier matin, mes gens ont fait d'intéressantes trouvailles en fouillant ses affaires.

Derrière un panneau amovible, caché par un secrétaire à cylindre dans la chambre du marquis, les hommes du Numéro six découvrirent une sorte de sanctuaire, plein de reliques tassées comme des lettres d'amour. L'objet du culte leur échappa jusqu'à ce qu'ils en retirassent un drapeau tricolore. Puis une pile de serviettes de table aux abeilles brodées. Et des pamphlets, et des placards, et les cartes d'Austerlitz et d'Iéna.

Un renfoncement recélait un monde d'effigies de toutes formes : des bustes, bien sûr, mais aussi des assiettes, tasses, pièces de monnaie, gravures, camées... Des toiles de peintres enroulées sur elles-mêmes. Autant de représentations d'un sauveur patiemment attendu.

L'enquête révéla ensuite que, par le passé, le marquis de Montfort avait exprimé de façon troublante les sentiments que lui inspirait la monarchie. Plus d'une fois, dans les salons, il avait affirmé qu'on devait à Napoléon la grandeur de la France, quand les Bourbons en étaient toujours à payer leurs inconséquences. Si l'on avait perdu à Waterloo, c'était à cause de cet imbécile de Lacoste, ce paysan qui ignorait la présence du chemin creux d'Ohain. Mieux informé, Napoléon n'aurait pas entraîné les cuirassiers de Milhaud vers l'infanterie britannique... le tiers de la brigade Dubois n'aurait pas croulé dans l'abîme... et la France serait encore le flambeau qui éclaire le monde.

Le rouge au front, une des maîtresses confessa qu'il avait jadis obtenu un tête-à-tête avec Bonaparte lui-même, et que l'Empereur, pour lui démontrer son affection, lui avait donné une chevalière en argent, que le marquis portait attachée à une chaînette autour du cou. Il l'avait sur lui le jour de sa mort et, conformément à ses dispositions testamentaires, on l'avait enterré avec.

Je crains maintenant que le café, même à forte dose, ne m'aide pas à retrouver ma lucidité.

— Il a entrepris tout cela, il a tué tous ces gens, pour que Napoléon puisse revenir sur le trône ?

— Considérez la chose de son point de vue. Si Louis XVII y accédait, au trône, il serait bien plus difficile de l'en écarter que l'actuel Louis XVIII. Personne ne se soucie de ce vieillard impotent… alors que l'orphelin du Temple, soudain ressuscité, serait accueilli dans une mer de fleurs ! On ne le lâcherait plus.

— Le marquis croyait-il sincèrement au retour de l'Empereur ? Pensait-il que les Français voudraient encore de lui ?

— Chacun son messie, Hector, dit Vidocq en haussant les épaules. On n'explique pas la confiance du peuple, on la constate, n'est-ce pas ?

47

Où l'on révèle l'objet des recherches d'Hector

S'il est une absence remarquable aux obsèques du marquis, c'est celle de la duchesse d'Angoulême. Certains dans le cortège murmurent qu'elle serait souffrante. En réalité elle se trouve, au moment précis de l'ensevelissement, dans une chambre de la rue de l'Hirondelle, où elle déchire les draps de lin de Mme Vidocq pour en faire des bandages.

L'homme qu'elle appelle son frère est allongé devant elle, pâle et immobile, sans oreillers sous la nuque.

— S'est-il réveillé depuis hier ? s'enquiert-elle.

— Non, lui dis-je. Cependant son pouls est régulier, et son souffle également. Pour le moment, nous ne pouvons que panser la plaie et apaiser ses souffrances de notre mieux.

Hochant la tête, elle continue de tailler les draps. Ces mains très blanches, parcourues de veines bleues, ont une force surprenante.

— Auriez-vous des obligations pressantes, madame, je vous ferais bien sûr parvenir de ses nouvelles.

— Je préfère rester ici, si cela ne vous dérange pas.

Elle ne sort plus de la journée. Ni la blessure de Charles, ni les soins qu'on lui apporte ne lui inspirent la moindre répulsion. Elle s'acquitte de sa tâche si posément, si méthodiquement qu'à plusieurs reprises je pense que là est sa vraie vocation.

Je me rappelle alors l'intention qui l'animait au Temple, où elle tenait tant à couver son frère.

Pas une fois elle n'a fait demander un médecin de la cour.

À quatre heures de l'après-midi, Mme Vidocq entre avec un plateau presque aussi grand qu'elle.

— Madame Marie-Thérèse, voici des biscuits et une bonne infusion de chrysanthème. Cela vous donnera des forces. De l'eau aussi, pour notre patient, dès qu'il pourra boire. Et pour le docteur un petit verre de cassis. Désaltérez-vous, mes enfants. Je vous apporte encore des draps. Faites-en des lambeaux, cela m'est égal, il nous en reste autant que de nuits à dormir…

Cinq minutes s'écoulent et c'est Jeanne-Victoire qui, se présentant ensuite, nous salue d'un froid balancement du chef.

— Vous devriez déboutonner sa chemise, dit-elle, il respirera plus aisément.

M'ayant ainsi conseillé, elle se retire. Attentive, cependant, à notre infirmière en soie noire, elle s'arrête brusquement à la porte pour une courte révérence.

Ce n'est pas sa gaucherie qui me fait sourire, mais notre éphémère assemblée, composée d'une duchesse, d'une femme de boulanger et de la maîtresse d'un voleur, réunies au même lieu pour soigner un roi que l'on croyait disparu. Ces choses-là ne se rencontrent pas si fréquemment à Paris.

Le lendemain matin, des signes manifestes de suppuration apparaissent sous la croûte de sang. Je fais tout ce qui vient à l'esprit. Solution chlorée, nitrate d'argent, ventouses, saignées. Mais l'infection progresse.

En dégageant, quelques jours plus tard, le pansement de son frère, Marie chancelle quand l'odeur qui se dégage de la blessure parvient à ses narines. S'emparant d'un mouchoir, elle observe la peau noircie, où suintent les humeurs.

— Gangrène, dit-elle.

Inutile de recourir au mensonge, car elle ajoute en plantant ses yeux dans les miens :

— Que proposez-vous de faire ?

Comment rendre le ton de sa voix ? Je n'y décèle ni hauteur, ni indignation. Elle veut sincèrement savoir, et elle ne doute pas que je vais l'éclairer. Sans prendre le temps de réfléchir à ce que mon père conseillerait, je réponds :

— À mon avis, il faut couper à nouveau.

— Couper…

Elle se retourne au cas où le patient aurait entendu.

— La nécrose est trop étendue, expliqué-je. En supprimant environ cinq centimètres d'os, je crois pouvoir éliminer les tissus purulents et j'espère sauver le reste du bras.

— Et lui ? dit-elle en me jaugeant. Pourrez-vous le sauver ?

— Je pense que… les chances sont à peu près égales.

Inspirant longuement, elle étudie le corps de son frère qui trépide sous les couvertures, puis elle lâche un profond soupir.

— Comme vous le déciderez.

Nous opérons l'après-midi même. Jeanne-Victoire agrippe les jambes du dauphin, Vidocq son torse, et sa mère s'occupe de la lampe. Malgré tous nos efforts pour l'en dissuader, la duchesse se porte volontaire pour tenir le manche du tenaculum.

J'ai administré à Charles une dose généreuse de laudanum, mais lorsque la scie, fendant la chair morte, vient entamer l'os vif, les effets de l'opium tendent à se dissiper. Le corps se cabre, la gorge s'emplit de sang et, la mâchoire ouverte laissant voir la voûte du palais, les hurlements se succèdent sans interruption.

— Hector, marmotte Vidocq, transpirant sous l'effort. Voulez-vous vous hâter !

Cette fois, au moins, nous nous passerons de goudron. Le garrot contient suffisamment l'hémorragie pour que nous puissions faire les ligatures et, grâce à une nouvelle dose de laudanum, Charles finit par sombrer dans un sommeil agité.

Pendant presque deux nuits, la fièvre monte et ne tombe que pour remonter. Saignées et ventouses encore. Marie-Thérèse taille d'autres compresses dans d'autres draps, change les pansements, tamponne le front de son frère avec un linge humide, apaise ses accès délirants par d'âpres roucoulements. Elle ne tressaille pas quand, deux jours plus tard, il entonne (par trois fois) le même refrain dont il gratifia les catins du Palais-Royal. Cependant son répertoire est avant tout un florilège de grognements et gémissements.

Mais voilà qu'un soir un cri spécialement vigoureux me réveille en sursaut et me précipite jusqu'à son lit, où, à ma grande surprise, je le trouve calmement endormi. Puis un cri plus violent déchire l'obscurité.

J'allume une lampe et me glisse dans le couloir. La porte de François Eugène étant entrebâillée d'un pied, j'aperçois la figure comblée de Jeanne-Victoire, allongée nue sur le lit, et, la besognant par-derrière : le grand Vidocq, omnivore divinité à forme humaine et à la poitrine moussue.

Je suis trop étonné pour détourner les yeux ou même me cacher. D'une voix exagérément affable, il nasille :

— Voulez-vous fermer la porte, vieux gredin ?

Me rencontrant le lendemain en train de pignocher dans une omelette aux fines herbes, il s'enquiert de notre patient. Je lui réponds deux mots sans lever la tête.

— Oh, dit-il, mais c'est que nous boudons ! Aurais-je besoin de votre approbation pour satisfaire une créature dans mon propre lit ?

— Cela n'est pas n'importe quelle créature.

— Bouffi, vous l'avez dit ! fait-il avec un large sourire.

J'avance vers lui le pot de lait pour son café, et lui jette une serviette de table.

— Promettez-moi seulement une chose, demandé-je.

— Je vous écoute.

— Vous élèverez son enfant.

— Son enfant ?

— Le bébé que nous avons vu dans un poêlon chez M. Poulain.

Il me dévisage.

— Cette petite fille est morte de la variole, Hector. Dix jours à peine après notre visite.

— Mais… Jeanne-Victoire disait l'avoir envoyée chez son frère, à Issy.

— En effet, c'est là qu'ils sont tous deux enterrés. J'en sais quelque chose, puisque j'ai payé les obsèques. Ah, ne me regardez pas comme ça ! Jeanne-Victoire est d'une espèce coriace, davantage que vous et moi. Elle tiendra lc coup.

Le souvenir me revient de son visage à l'aube, dans la ruelle, par-dessus les tendons tranchés du sinistre

Herbaux… ses petites dents blanches étincelant au clair de lune… sa fort sauvage joliesse… une femme qui mord dans la vie.

— La question est plutôt de savoir si je le tiendrai moi-même, conclut le policier.

Au lieu d'aller au lit, je m'endors ce soir-là dans mon fauteuil. Je m'immerge dans un sommeil complet, sans rêve et sans porte d'entrée. Au point du jour, maman Vidocq doit me secouer cinq fois pour m'en sortir.

— Docteur, dit-elle, la fièvre est tombée pour de bon.

Quand, une heure plus tard, la duchesse nous rejoint, Charles, enfin convalescent, est assis dans son lit, avec sur les genoux un géranium en pot. De la pulpe d'orange orne ses roses gencives, et ses yeux sont bleu persan.

— Bonjour, Marie, dit-il.

S'agenouillant devant son lit, elle prend la paume de sa main et la pose sur son front.

— J'ai peine à le croire, m'avoue-t-elle par la suite. Je le retrouve tel qu'il était…

Quelle étrange affirmation dans sa bouche. « Tel qu'il était… » Un homme qu'elle connaît depuis deux semaines. Un gamin qu'elle n'avait pas revu depuis vingt-quatre ans.

Assis dans le salon, au domicile de notre maître, nous prenons un café que, fort préoccupée, elle est incapable de boire. Elle lève sans cesse une tasse qu'elle ne porte jamais à ses lèvres (Marie est à sa manière le Tantale d'Homère).

— Il est frappant, dit-elle, que mon frère ne se souvienne presque pas de l'échafaud et de la guillotine. En revanche, il se rappelle les étapes du chemin et prétend que vous l'avez endormi… sans qu'il dorme vraiment. Ces choses le troublent vivement, cependant il est clair sur un point.

— Lequel ?

— Vous lui avez sauvé la vie.

D'humbles objections naissent au fond dans ma gorge… dont la duchesse prévient l'élocution…

— Dites-moi ce que vous avez fait, demande-t-elle.

Je me suis jusque-là abstenu d'exposer (à quiconque) le sujet de mes recherches. C'est donc avec une grande prudence que j'avance le nom de Mesmer, un médecin viennois qui, fuyant plusieurs scandales dans son pays d'origine, se réfugia à Paris il y a quarante ans, où il publia son *Mémoire sur la découverte du magnétisme animal*. Soignant les cas les plus désespérés, Mesmer appliquait des plaques aimantées sur le corps de ses patients et agitait devant eux une baguette en bois. Les résultats obtenus étaient, paraît-il, aussi remarquables qu'inattendus.

Ses confrères partisans des méthodes traditionnelles le détestaient et, qualifié de charlatan par la faculté, Mesmer rentra dans son pays. Toutefois ses expériences avaient fait grand bruit, et un petit groupe de médecins se constitua à Paris, qui, tout en rejetant ses théories, croyaient aux effets de sa thérapeutique.

J'étais l'un deux. Ayant observé les modifications de l'état de veille qu'elle entraînait chez différents sujets, je spéculai que sa méthode pouvait être utilisée pour réduire la circulation vasculaire. Si c'était le cas, les pratiques discréditées de l'Autrichien se révéleraient un jour d'un grand intérêt pour la chirurgie et le traitement des blessures graves.

Je dois dire, à son crédit, que la duchesse écoute l'intégralité de mon récit sans bâiller ni ciller. Et elle attend d'être bien sûre que j'aie terminé pour m'interroger :

— Comment vérifier le bien-fondé de cette théorie, docteur, sans éprouver sa valeur avec des mourants ?

— Eh bien, mes essais avec les souris n'ont pas été probants, dis-je en guise d'euphémisme. J'en ai conclu que le praticien, à savoir moi, avait besoin d'orienter son sujet, ce qui implique une manière de confiance entre lui et moi. Car il est difficile d'instruire une souris.

— Il vous faut donc un congénère.

— Pas nécessairement.

Comme un enfant surpris en train de voler des mûres, je retrousse ma manche et révèle un escalier d'entailles, maintenant cicatrisées, qu'à Saint-Cloud Vidocq avait prises pour des éraflures.

— Vous vous êtes éprouvé vous-même, dit-elle.

— Cinq matins par semaine, en me regardant dans la glace.

— En vous coupant jusqu'au sang ?

— Oui, avoué-je, empourpré, en déroulant ma manche. Quoique jamais trop longtemps.

Je lui tais que je voyais là un moyen approprié de me punir d'avoir gâché ma vie. Par la même occasion, je me rends compte que je ne veux plus m'infliger cela.

— Docteur, dit-elle, vous êtes un homme fort intéressant.

— Madame, puis-je, sans vous offenser, vous poser une question ?

— Je vous en prie.

— Pardonnez-moi, mais l'on doit se demander, au palais, où vous partez tous les matins ?

— Je leur dis que je vais prier.

— Et cela leur suffit ?

Ses lèvres esquissent un bien triste sourire.

— Il y a fort longtemps qu'ils ne s'inquiètent plus de moi. Mon mari en premier lieu.
— Il ne sait pas ce qu'il perd.
— Je me range à votre avis.

*
* *

La soirée commence lorsque je passe devant la chambre de Charles, qui, semble-t-il, se réveille. Je suis prêt à ouvrir la porte quand j'entends sa sœur qui lui parle.
— Est-ce toi, Marie ?
— Oui.
— Puis-je te dire une chose ?
— Bien sûr.
— Je ne veux pas être roi.
Elle répond au bout d'un long silence.
— Je sais.

48

Une confession

Charles étant en voie de guérison, je peux rester au lit aussi tard qu'il me sied. Pourtant je me réveille encore aux aurores, et chaque matin, me précédant de dix minutes, Vidocq est déjà là en bas, son journal déployé sur la moitié de la table, et le bord de son bol barbouillé de café.

— Bien dormi ? dit-il, sans attendre de réponse, en poussant la cafetière vers moi.

Jeanne-Victoire l'accompagne parfois, cependant le rituel est toujours le même, et, au plus fort de mon engourdissement, j'en viens à croire que nous nous retrouvons ainsi depuis des temps immémoriaux. Je suis d'autant plus étonné lorsque, par un de ces matins, il brise le silence pour m'annoncer :

— Nous avons une invitée.

J'entends le bruit de deux bottines qui raclent l'escalier, puis le froufrou d'une mise féminine.

— Qui est-ce ?

— Une vieille amie.

De fait, l'imposante porte s'ouvre sur la baronne de Préval.

Vêtue telle qu'elle l'était lors de ma visite rue Férou. Robe de damas noir, fichu raccommodé, gants de daim jaunissants, mais le tout rehaussé d'une note d'envie. Ses yeux s'attardent sur les tapis d'Aubusson, la console Empire, les parquets cirés… tant de belles choses au domicile d'un ancien forçat. Son visage interroge et s'exclame à la fois.

— Un de vos gendarmes m'a priée de venir, monsieur.

— En effet. Puis-je vous offrir une tasse de thé, madame ?

— Vous êtes bien aimable, mais vous le seriez plus en m'expliquant pourquoi vous m'avez demandée.

— Fort bien, dit-il. (D'un geste ample, il essuie ses lèvres et jette sa serviette.) J'ai l'intention de vous faire arrêter avant la fin de la matinée, comme complice d'un crime capital.

Mme Verteuil redresse le menton, tandis que ses pupilles pétillent d'amusement.

— Complice ? Mais de qui ?

— De feu le marquis de Montfort.

— Et de quel crime ?

— D'un meurtre pour commencer, fait Vidocq d'un air dégagé.

Elle resserre son châle sur ses épaules et l'observe avec insistance.

— Cela ne peut être qu'une plaisanterie, monsieur.

— Il n'y a pas matière à plaisanter. Votre excellent marquis a tenté d'assassiner le Dr Carpentier ici présent, ainsi que M. Charles, le jeune homme que vous avez aperçu à mon bureau. Tous deux sont passés à travers ses griffes, cependant nous pouvons lui imputer trois autres morts. (Il marque un temps.) Dont celle de votre vieil ami Leblanc.

L'émotion suffoque la baronne, comme il s'y attendait sans doute, car il la conduit déjà vers la méridienne.

— Leblanc ? murmure-t-elle, sombrant dans les coussins.

— Oui, madame. Nous avons à présent assez de témoignages. Pour empêcher M. Charles de monter sur le trône, votre marquis n'a reculé devant rien. Mais il est un point par quoi tout commença… ajoute-t-il plus doucement. J'en viens à l'existence de Charles lui-même, qu'il n'aurait pu deviner sans qu'on la lui révèle.

La baronne ne le quitte pas des yeux.

— Je la lui aurais apprise, pensez-vous ?

— Vous étiez seule, madame, à connaître toutes les parties. Et la seule à pouvoir les renseigner.

— Mais vous m'insultez !

— Alors vous niez ?

J'admets que Mme de Préval reste de marbre, cependant que sa voix légèrement chevrote.

— J'ai peut-être mentionné… certaines choses… en passant…

Elle ne peut toutefois se maintenir dans l'illusion. Ses pensées s'assemblent précipitamment, l'angoisse se lit dans son regard…

— Je ne voulais de mal à personne ! s'exclame-t-elle. Il faut me croire, messieurs !

— Il faudrait, dans ce cas, que vous soyez crédible, répond Vidocq. Commencez par nous dire en quels termes vous étiez avec M. le marquis.

Elle étudie un long moment ses gants avant de révéler, non sans humilité :

— Puisque vous tenez tant à le savoir, c'était un de mes vieux admirateurs. Peu après son retour à Paris, je lui ai rendu visite à son hôtel dans un moment de faiblesse.

— Dans quel but ?

— J'avoue que je me raccrochais à l'espoir... absurde, j'en conviens... de recouvrer mon rang... (elle hoche nerveusement la tête)... dans ce qu'il faut appeler le monde. Le marquis semblait fort bien placé pour m'y aider.

— Quel accueil vous a-t-il fait ?

— Un accueil très froid. Il m'était arrivé jadis, je pense, de blesser son orgueil. Pourtant il est venu me voir deux jours plus tard, et il a continué ainsi, à plusieurs reprises chaque semaine. Sans jamais rien me promettre, naturellement. Ni invitations, ni présentations, ni réceptions. Sans non plus anéantir mes espoirs, au reste.

— Bien sûr que non, dit Vidocq. Il avait trop besoin de vous. Quand, pour la première fois, lui avez-vous parlé du dauphin ?

— C'était... (les mains de la baronne semblent interroger l'air)... lors de ma visite initiale, sans doute. Nous évoquions la famille royale, et j'ai fait allusion à mon ami Leblanc à qui l'on avait transmis des informations à propos de Louis XVII. Je ne sais plus ce que j'ai dit exactement... C'était pour moi une sorte... de remarque amusée.

— Le marquis l'était-il, amusé ?

— Si je me souviens bien, il n'a manifesté que fort peu d'intérêt, même pour l'anneau de dentition que je lui ai montré. Cependant, lors de ses visites, il s'est toujours ingénié à me relancer sur le sujet. Sans, à la vérité, faire preuve d'une réelle curiosité. Je n'ai jamais eu de raison de le soupçonner.

Prenant enfin conscience des implications de ses actes, elle murmure, sur un ton mêlé de regret et de crainte :

— Je lui ai…

— … tout dit, termine Vidocq à sa place. Vous lui avez révélé mes agissements et la participation du Dr Carpentier. Vous lui avez appris, contrairement à ce qu'il croyait, que Charles était bien vivant et se trouvait à Paris. Et il faut ajouter à la liste de ses crimes l'incendie de la maison du docteur. Oui, madame, tout cela grâce aux renseignements que vous avez fournis à Montfort.

Mme Verteuil fléchit à chaque accusation, tant et si bien qu'à la manière d'une voûte elle contemple le sol.

— Moi qui ne pensais faire que la conversation !

— Comme tous les Parisiens.

Le souffle lourd, elle entreprend de se masser les tempes. Je m'attends presque à la voir s'évanouir de nouveau.

— Mon Dieu, murmure-t-elle, j'ai envoyé mon bien-aimé Leblanc dans les griffes de la mort.

— Et encore M. Tepac de Saint-Cloud ! assène Vidocq. Et la maman de notre bon docteur !

Le ton qu'il emploie s'opposant à la clémence, la baronne se tourne fort lucidement vers moi.

— Docteur, me dit-elle. Je vous supplie de me croire. Je ne me serais jamais doutée que… Le marquis était l'ami le plus cher de la duchesse… Comment aurais-je pu imaginer qu'il… s'en prenne à quiconque fût, par le sang, lié à elle. Si j'avais su, monsieur, je me serais coupé la langue plutôt que…

Je n'ai pas honte de l'admettre. Lorsqu'une personne de si haute naissance s'abaisse ainsi à plaider votre cause, eh bien, quels que soient les penchants démocratiques que vous vous attribuez, cela vous serre le cœur. J'ignore ce que je vais lui répondre avant de m'entendre dire :

— Je vous crois, madame.

Si je lui apporte un quelconque soulagement, la sinistre clarté de la voix de Vidocq y met fin aussitôt.

— Il reste à vérifier que la duchesse partage ce sentiment, tranche-t-il. Nous pouvons le lui demander, si tel est votre désir.

La baronne l'étudie d'un air désemparé.

— La duchesse est ici ? fait-elle.

— En effet. Elle a passé la nuit à veiller sur son frère.

Un dernier voile de mystère se lève dans les yeux d'Anne Verteuil.

— Son frère, répète-t-elle.

Perdant alors toute emprise sur elle-même, elle fond en pleurs, la tête dans ses mains.

— Oh, je suis maudite, gémit-elle dans son mouchoir trois fois rapiécé, je suis anéantie avant que d'être morte.

Dans l'état où elle est plongée, elle concevrait aisément que la silhouette en train de descendre l'escalier arrive droit du ciel, pourvue d'un jugement. En outre, si tôt le matin, Marie-Thérèse semble étrangement radieuse. D'entre nous celle qui a le moins dormi, elle est animée d'une ferveur dont je parierais que son mari fut rarement le témoin.

Elle se transporte au bas des marches avec aisance et précision, puis, d'une voix tranquille, présume :

— Madame la baronne de Préval ?

Cette dernière est dans une telle détresse, en sus de sa mise déplorable, qu'elle reste un instant muette. Pourtant, repoussant les convenances, elle se redresse en balbutiant :

— Nous nous sommes rencontrées, Madame, quand vous étiez enfant. J'étais fort proche de…

— … la princesse de Lamballe, confirme la duchesse. Je me souviens très bien de vous, et dans les meilleurs termes.

Le réconfort luit un instant dans les prunelles de la vieille femme, mais s'éteint aussi vite.

— Je crains bien que cela soit fini, dit-elle.

Immobile, Marie l'observe, puis, prenant dans les siennes les mains de Mme de Préval, elle l'attire vers la méridienne.

— Ne vous accablez pas, dit-elle. Nous sommes nombreux à pâtir des duperies du marquis de Montfort. Je fais partie de ce triste auditoire, et le pardon m'est aussi nécessaire qu'à vous, sinon plus.

Se penchant plus près, elle ajoute, plus bas quoique distinctement :

— Ce n'est pas moi qui vous accuserais, et la France non plus.

Retirant doucement ses mains, l'aristocrate déchue chasse ses larmes de ses paupières.

— Madame… (Elle peine à retrouver son souffle.) Tant de bienveillance me bouleverse. Vous m'offrez le plus tendre cadeau d'adieu qui se peut concevoir.

— D'adieu ? relevé-je.

— Oui, me répond-elle, la mine insistante. J'ai commis une erreur en revenant à Paris. Je l'ai fait surtout pour Leblanc, et il est à présent… (Une dernière larme, poisseuse et encombrante, est alors écartée.) Bref, tout bien considéré, il serait temps pour moi de faire la part du feu, comme on dit vulgairement. Avant d'aggraver mon cas.

— Mais où iriez-vous ? demande Marie.

Et la baronne de rire. Un curieux rire, qui, puisant dans de lointaines sources, vous donnerait le vertige.

— Je n'en sais rien du tout. Je suis de ces femmes qui savent surnager. Un jour peut-être, avec beaucoup de chance et l'aide du Seigneur, arriverai-je à me pardonner mes fautes, à condition que cela soit possible.

Rassemblant ses forces, elle se lève d'un geste continu et tend sa main à la duchesse.

— Soyez remerciée, madame, pour votre mansuétude. Du fond du cœur, merci.

Dans d'autres circonstances, une telle déclaration incommoderait Marie (sa timidité est notoire et elle oppose sa défiance aux propos chaleureux). Mais la sérénité dont elle fait preuve est signe qu'elle a considéré l'avenir.

— Non, dit-elle, c'est à moi de vous remercier, madame. Et cela par avance. Car je vais vous demander un insigne service. Personne mieux que vous ne saurait me le rendre.

49

Une bourse de mousseline

Et voici la duchesse qui nous parle d'Amérique !

Il y a bien des années, échappant aux bonnets phrygiens de la Terreur, une noble famille du nom de Lioncourt emprunta un navire de Bordeaux à Boston, pour s'établir dans la vallée de l'Hudson où elle loua une terre (vingt-cinq hectares d'un glorieux terrain vierge) à quelque seigneur d'origine hollandaise. Elle finit par en faire l'acquisition.

Malgré l'éloignement, les Lioncourt correspondirent régulièrement avec leur amie la duchesse, qu'ils convièrent souvent, d'une lettre à la suivante, à leur rendre visite outre-Atlantique. Une invitation qu'elle dut à chaque fois décliner. Aujourd'hui, cependant, elle leur propose un remplaçant.

— Enfin, docteur, vous n'imaginez pas à quel point il serait heureux dans un endroit pareil ! Cette nature sauvage ! Loin de nos révolutionnaires, à des milles de toute grande ville ! Les affaires de l'État ne seront plus pour lui qu'un vague souvenir…

— Mais qu'y fera-t-il ? Quels seront ses revenus ? opposé-je.

— Je fais mon affaire de ses revenus, m'affirme-t-elle. Quant à ce qu'il fera… (Léger tressaillement de sa commissure droite.)… ne croyez-vous pas que, même dans le Nouveau Monde, toute gentilhommière ait besoin d'un jardinier ?

Tant et si bien qu'un soir de clair de lune à la fin du mois de mai, un curieux petit groupe se rassemble quai Malaquais : trois hommes de tailles diverses, encapuchonnés de noir, et deux femmes en dentelle dans la même teinte. Rien dans leur aspect ne suggère qu'une telle assemblée comprenne deux membres de la famille royale, en sus du plus célèbre policier de France. Ni qu'un événement historique (la plus silencieuse des abdications) soit sur le point de se produire.

Et pourtant, dans quelques minutes, une baronne d'âge respectable, ainsi qu'un certain Charles Rapskeller prendront place dans une barge, aux bons soins d'un équipage choisi par la duchesse. Arrivés au Havre, ils embarqueront sur un trois-mâts à destination de New York, munis de lettres de recommandation pour les autorités concernées.

La baronne n'emporte apparemment que le strict nécessaire. Voyons plutôt : une botte de cheveux grisonnants là où se trouvait il y a peu une perruque. Un visage blanc et flasque, dépourvu de poudre et de rouge. Ce n'est pas pour autant qu'elle se départit de sa condition : remarquez le maintien de sa colonne vertébrale quand elle descend les quelques marches menant à l'appontement. Notez le sourire qui est resté éblouissant, et la dignité simple et naturelle avec laquelle elle accepte la main que lui tend la duchesse.

— Madame, lui dit-elle, soyez certaine que je veillerai sur votre frère comme s'il était mon fils.

— Je n'en doute pas, répond Marie-Thérèse.

L'on confie la baronne aux hommes d'équipage, qui la reçoivent avec soin… et dès lors, plus rien ne s'oppose à ce que Charles entame une nouvelle vie… sinon Charles lui-même.

— Je ferais peut-être mieux de rester, Marie.

Elle s'avance vers lui et, telle une mère prieure, s'exprime en cadences rythmées et solennelles.

— Mon cher frère, tu ne seras jamais ici hors de danger. Il s'en trouverait d'autres pour apprendre qui tu es, tu ne serais jamais ni heureux ni en paix. Pas plus que je ne le serais, moi.

Comme tiraillée par l'impatience, elle fouille dans les plis de sa cape, dont elle dégage une bourse en mousseline indienne, de la taille d'un chou grumeleux et protubérant.

— Tiens, dit-elle en la lui donnant, pleine d'une sombre satisfaction.

— Qu'est-ce ?

— Des pierres précieuses.

Serrant la bourse contre son ventre à l'aide de son bras droit, il en débrouille le cordon avec la main gauche. Malgré l'obscurité, il est aisé d'en distinguer le contenu.

— Mais Marie ! dit-il, baissant aussitôt la voix. Que vais-je en faire ?

— Les vendre, répond-elle sans façon. L'une après l'autre, à chaque fois que nécessaire. (D'un doigt précis et décidé, elle resserre le cordon de la bourse.) Il y a assez pour subvenir à tes besoins jusqu'à la fin de tes jours. De quoi acheter tous les jardins… (Ses yeux se posent sur la main absente au bout du bras bandé.)… que tu désireras.

Hormis le clapotis de l'eau sous l'appontement, tout est calme, tout est noir. Il n'est pas même un batelier sur les chalands autour. C'est pourquoi les tremblements de Charles nous font comme un frémissement sur la peau.

— Mais je ne peux pas, dit-il. Je n'ai pas le droit.

— Qui, plus que toi, a tous les droits ? rétorque la duchesse. Et que ferais-je de ces minéraux ? La France entière connaît mon dédain de la mode et mon peu de goût pour les parures. Ils te seront bien plus utiles qu'à moi.

— Tu pourrais nous accompagner ! s'écrie-t-il, en se dressant sur ses orteils. Traversons l'océan ensemble ! Et qu'Hector vienne aussi ! Ne serait-ce pas magnifique ?

Elle le dévisage longuement. Puis ce sera la première (et la dernière) fois que je pourrai conjuguer le verbe rire avec Marie-Thérèse. Bien qu'elle ait une certaine retenue, car c'est un rire où perce la tristesse.

— Pardonne-moi, dit-elle. J'étais en train d'imaginer quelle sorte de lettre il me faudrait laisser au duc. « Regrets. En route pour l'Amérique. Commencez votre whist sans moi. Ah, et dites au roi qu'il aura ses bas brodés l'année prochaine. » Non, conclut-elle en lui tapotant la joue. Cela n'ira jamais. Tu auras ton monde, et moi le mien.

— Seras-tu heureuse dans le tien ?

— Plus que je ne l'ai été depuis longtemps. Avec la joie de te savoir en bonne santé et en de bonnes mains.

Elle a, jusque-là, réussi à contenir une émotion qui, à sa grande surprise, prend le dessus.

— Marie, dit Charles, tendant vers elle deux bras incertains. Qu'as-tu ?

— Oh… c'est à moi qu'elles avaient demandé de m'occuper de toi… Mère et tante Éli. Avant qu'on les emmène, elles m'avaient dit que… j'avais… charge de ton âme…

N'y tenant plus, elle cache ses yeux des deux mains.

— Mais tu m'as sauvé, lui dit-il. Je te dois la vie.

Les paupières rougies, elle l'observe alors. Je ne dirais pas plus de vingt secondes, mais cela paraît une éternité.

— Voilà que je te perds une seconde fois…

— Jamais tu ne m'as perdu, lui oppose-t-il.

Marie hoche la tête silencieusement.

— Je t'écrirai dès que nous accosterons. Seras-tu rassurée ?

Elle poursuit son hochement, puis elle fait le signe de la croix sur le front de son frère, avant de l'embrasser et, dans un chuchotement rauque, lui souhaiter :

— Que Dieu soit toujours avec toi.

Se retourner lui demande un immense effort de volonté. Cela fait, elle n'y revient point et ne remarque pas Vidocq qui, d'un bond, rejoint Charles.

— Alors, jeune homme ! clame-t-il, gloussant comme un proviseur de lycée. Laissez-moi vous dire que je vous envie ! Depuis le temps que je rêve d'Amérique !

— Mais vous aussi pouvez vous joindre à nous. Vous seriez très bien, déguisé en mouette.

C'est une proposition sérieuse, et notre policier ne l'entend pas d'une autre oreille.

— Au printemps, annonce-t-il. Et je ressemblerai à l'hirondelle, plutôt.

La nuit avance… l'heure du départ va sonner… les adieux sont faits… à l'exception d'un…

— Hector…

Charles me cherche dans le noir, et pourtant je m'obstine, les bras croisés, à rester où je suis.

— Couvre-toi bien, lui dis-je de loin. Les nuits sont froides dans l'Atlantique. Il ne faudrait pas qu'une pneumonie t'emporte après tous nos efforts.

Mais il a l'habitude de passer de main en main. Le décès de M. Tepac n'était apparemment pour lui qu'un virage en chemin. Il serait excessif de croire que ce nouvel exode l'émeut. Cela n'est tout au plus qu'un désordre passager. Un remuement, peut-être, de sa géologie intime… dont il ne fera pas une montagne.

— Au revoir, dit-il.

Il rejoint la baronne dans la barge qui tangue. Lâche sa bourse de mousseline, qui tombe entre ses souliers, et la fait rouler de l'un à l'autre, une fois ou deux, avant de l'immobiliser. Le haleur plante sa gaule sur la grève, l'eau noire cerne la coque de l'embarcation, qui se glisse dans le courant. Et tandis qu'elle s'éloigne, Charles ne résiste pas au désir de se retourner… vers l'appontement où mes yeux attendent les siens.

Alors que disparaît la barge dans le premier méandre, je sens la présence de mon père se resserrer sur moi. À lui sont destinés les mots qui naissent dans mon esprit.

« Mission accomplie, père. Nous sommes allés jusqu'au bout. »

50

Façons et contrefaçons

Un jour ou l'autre, un médecin digne de ce nom a besoin d'élire domicile quelque part.

Certes, Mme Vidocq m'assure de son hospitalité, mais je ne voudrais pas abuser (son fils, au reste, ne me laisserait pas faire). Celui-ci, justement, a prié le ministère de la Justice d'avoir l'obligeance de me récompenser pour les services que j'ai rendus à la couronne. La réponse ne tarde pas à arriver, sous la forme de deux cents francs insérés dans une enveloppe d'un blanc immaculé. Avant la fin de la semaine suivante, je suis propriétaire d'un logement de trois pièces, de deux costumes, d'une chaînette en or et d'une paire neuve de souliers montants. Sans oublier (ce dont je suis le plus fier), mes gants de soirée jaunes.

La seule chose qui me manque est un avenir. Quoique, en définitive, le présent soit plaisant. Pendant plusieurs heures, je déambule dans mon appartement, dont j'étudie tous les détails. Riches lambris, moulures dorées. Un bureau incrusté de nacre. Dans la salle à manger se trouve un vieux et beau tapis de Perse, acheté rue du Figuier-Saint-Paul chez la mère Gaucher. Je consacre une matinée entière à admirer ses palmettes, ses arabesques, et le rose tyrien du médaillon.

Je crois d'abord être séduit par tant de nouveauté. Et je me rends compte, au contraire, que c'est elle qui me trouble. Ces belles choses ne sont-elles pas susceptibles de s'évanouir aussi vite qu'elles sont apparues ?

Par un après-midi au début du mois de juin, je suis en train de contempler mon nécessaire de vermeil et ma toilette en porcelaine du Japon lorsque Vidocq, à l'improviste, me rend visite. Il a fait bon usage de sa propre rétribution : un costume d'été dans un tissu anglais, gris et léger ; une canne à pommeau d'argent ; et une eau de Cologne qui fait échec à ses senteurs musquées. En outre, il émane de lui ce que j'appellerai une intime certitude. Oui, il se comporte tel un homme sûr de posséder ces choses.

Vaguement renfrogné, il parcourt mes pièces et manie mes bibelots avec tout le soin qu'y mettrait un boucher charcutier.

— Pas mal, admet-il. Les murs sont un peu nus. Bah, je vous traînerai chez les marchands de tableaux, j'en connais quelques-uns.

Souriant, je lui offre un cognac.

— Ne me vendriez-vous pas plutôt le portrait de la baronne ? lui demandé-je.

À ma grande surprise, il ne me retourne pas un sourire, mais une grimace.

— Plus tard, grogne-t-il. C'est pour l'instant une pièce à conviction.

— Une pièce à conviction ?

Prenant place à ma table neuve, il happe une goulée de cognac, qu'il retient un instant en bouche avant de l'avaler.

— J'ai poursuivi l'enquête, Hector.

— Au sujet de la baronne ?

— Non, pas exactement. Au sujet de Félicité Neveu.

Je le regarde.

— La blanchisseuse ?

— La blanchisseuse à l'enfant malade, oui. Qui s'appelait Virgile, n'est-ce pas ? Malgré tous nos efforts, et nous n'avons pas lésiné, impossible de la retrouver, cette lavandière. Ce n'est pas seulement Paris qu'elle a quittée en 95, mais la surface de la Terre, dirait-on. Pareil pour le gamin. En revanche, nous avons appris quelque chose de fort intéressant sur ses antécédents. Il semblerait qu'avant de blanchir le linge, elle fût au service d'une dame, dans une famille très distinguée. Je vous le donne en mille. Vous ne voyez pas ? (Il sourit finalement, mais d'un sourire obscur.) Le baron et la baronne de Préval, monsieur !

Ma première réaction est de rire, mais j'en viendrais presque à pleurer.

— Impossible, dis-je.

— C'est également ce que j'ai pensé. Pourtant d'anciens domestiques des Préval se souviennent bien de Félicité. Un si joli minois… Naturellement, elle n'a pas fait long feu chez la baronne. Personne ne se souvient des circonstances, cependant une chose est restée dans les mémoires : à son départ, elle serrait un bébé contre elle.

La lèvre ourlée, le policier observe son verre.

— Qui était le père, poursuit-il, nous ne le saurons jamais. D'ailleurs… (Il hausse les épaules.)… nous ne sommes pas certains qu'elle fût la mère. On ne se rappelle pas non plus l'avoir vue enceinte.

Je me tourne vers la fenêtre et la vie au-dehors. Les premières chaleurs de l'année ont jeté un voile dans les rues. Deux mitrons jettent des seaux d'eau sur leur devanture pour rafraîchir le plâtre, et un vieil homme à la blouse striée de sueur vend des pommes de terre frites à la criée. Sa voix est brisée, comme affamée.

— Vous ne croyez tout de même pas que c'était l'enfant de la baronne ?

— Je ne sais ce qu'il faut croire, dit Vidocq.

— Pour une femme de son rang, déjà… qu'elle puisse concevoir hors des liens du mariage…

— Elle ne serait pas la première.

— … mais ensuite qu'elle abandonne son petit, le promettant à la plus extrême misère… Cela serait monstrueux.

— Ah, vous présumez qu'elle avait le choix ! La Révolution était en marche, ne l'oubliez pas. Elle a dû fuir, ses terres furent confisquées, ses bijoux égarés. Aurait-elle voulu lui envoyer de l'argent qu'elle ne le pouvait pas.

— C'est absurde, affirmé-je, catégorique, en soulignant du chef. Rien ne dit qu'elle était la mère de cet enfant. N'importe qui d'autre aurait…

Soudain un souvenir me glace. Celui des derniers mots de Mme de Préval devant l'appontement.

« Je veillerai sur votre frère, disait-elle, comme s'il était mon fils. »

Comme s'il…

— Non, conclus-je à voix basse (un souffle à peine). Non, tout cela n'est qu'une étrange coïncidence, rien de plus.

Vidocq fait claquer sa langue et tourbillonner son cognac.

— Entre nous, dit-il enfin, si elle était là, j'irais toucher un mot à notre chère baronne.

— Que lui demanderiez-vous ?

— Un ensemble de choses. Comment son cher Leblanc avait-il retrouvé la trace de Charles ? Ou était-ce elle, plutôt, qui lui en parla la première ? Dans ce cas, d'où tenait-elle ses informations ? Et, maintenant que j'y pense, pourquoi les rapporter au marquis ? Par coquetterie ? Espérait-elle qu'il lui ménage une entrevue avec la duchesse ? Était-ce là ce qu'elle recherchait depuis le début ?

Son timbre prend des accents d'une rare sensualité. Comme il se languit d'elle ! J'imagine avec un frisson Anne Verteuil prisonnière d'une pièce sans fenêtre au sous-sol du Numéro six. Sans duchesse ni docteur pour l'en sauver. Livrée aux interrogations du sauvage Vidocq.

Il se forge des chimères. Les dames de la noblesse ne confient pas leurs fils aux blanchisseuses, pour s'efforcer ensuite de les hisser au trône.

Pourtant une voix s'élève en moi : « Ton jardinier suisse, n'est-il pas lui aussi une chimère ? »

Mais il aurait beau harceler l'équivoque baronne autant qu'il lui plairait, il buterait encore sur des questions auxquelles personne (de vivant, du moins) n'est capable de répondre. Qui était ce garçon qu'aida mon père à sortir du Temple ? Et qu'advint-il de lui ?

Je saisis dans l'armoire une bouteille d'un jeune bourgogne et m'en sers un grand verre. J'entends derrière moi le policier qui soupire longuement et, me retournant, le vois sortir une pipe de sa poche.

— Auriez-vous des allumettes, Hector ?

Une pipe qu'il bourre avec un soin méticuleux, mesuré, détaché, tel un archer visant sa cible.

— Quand bien même, dit-il, nous ne pouvons pas tout rejeter sur la baronne. Après tout, le témoignage le plus important de l'affaire… n'est sûrement pas de son fait.

— Quel témoignage ?

— Cette petite lettre de votre père ! Cachée dans la reliure de son cahier. Cette histoire de verrue, là…

Enfin, c'est cela qui nous a décidés à rencontrer la duchesse, non ? Et qui a tout mis en branle.

— Sans doute.

Formant un nuage par-dessus ses cheveux, la fumée de son tabac vient s'effiloquer sur mes narines et mes oreilles.

Puis, brusquement, Vidocq pose sa pipe et ramasse une sacoche en cuir à laquelle je n'avais pas prêté attention. L'ouvrant, il extrait d'un soufflet une vieille feuille de papier, aux pliures saillantes… qui porte ces mots familiers…

À toutes fins utiles.

Vous voudrez bien vérifier que la marchandise comporte cette singularité : un grain de beauté marron foncé…

— C'est étrange, dit mon policier, en survolant du doigt les courbes de l'écriture. Cela vient de chez Bromet, le papetier. Vous connaissez bien sa boutique, Hector. Un établissement respectable, tout près de l'école de médecine. Voyez-vous, quand j'ai soumis à Bromet cet échantillon de sa production, il s'est montré fort perplexe.

— Comment cela ?

— « Sapristi, a-t-il dit. Ce papier paraît très vieux, mais je reconnais le filigrane, c'est un des nôtres, et nous l'utilisons depuis moins d'un an. » Il était sûr de lui, il en a déposé le brevet au mois de septembre.

Vidocq plaque un coin de la feuille sur la table, puis la repousse doucement.

— Je tombais des nues, Hector. Votre père est décédé il y a plus d'un an et demi, n'est-ce pas ? Peut-être quelque chose m'échappe-t-il, mais je crois que cette pièce… je ne voudrais pas être grossier… enfin, c'est ce qu'on appelle un faux ! (Il hoche lentement la tête.) C'est à croire qu'on nous a joué quelque aimable farce… Et, bien sûr, tel que vous me connaissez, je me pose la question de savoir qui !

Il frappe sur sa narine le tuyau de sa pipe, une fois et puis deux.

— Eh bien, cette nuit, comme je n'arrivais pas à trouver le sommeil, m'apprend-il, je me suis occupé à rassembler les éléments. Pour passer le temps… Il fallait que notre faussaire soit capable d'écrire comme votre père… Qu'il s'y soit employé depuis des années… Qu'il sache le faire les yeux fermés, pour ainsi dire… Mais qui que cela soit, il croit sûrement au fond de lui que Charles est bien notre dauphin, c'est pourquoi il voulait produire une manière de certificat, pour mettre les chances de son côté.

« J'imagine que ce gars s'est posé la question : a-t-il un signe particulier, notre Charles Rapskeller ? Oui, sa verrue entre les orteils… Et il a dû la remarquer… (Vidocq se racle doucement la gorge.)… alors qu'il lui retirait ses souliers… Il ne restait plus qu'à mentionner ce détail dans un document posthume, ensuite les choses suivraient leur cours.

« Mais du début jusqu'à la fin, je n'en doute pas une seconde, Hector, cet ami-là a agi en toute bonne foi, et avec les meilleures intentions du monde. Il voulait que justice soit faite.

Je tends l'index au fond de mon verre pour recueillir des miettes de tanin, que je porte à ma bouche. Et je retrousse les lèvres, tant elles sont acides.

— C'est une supposition intéressante, dis-je.

— Oh, je regorge de suppositions, aujourd'hui ! Et il n'en est pas une que je puis vérifier. Mais Dieu du ciel, j'aurais presque oublié le but de ma visite !

Voilà qu'il sort d'autres papiers de sa sacoche et les pose devant moi.

— Qu'est-ce ? m'enquiers-je.

— Mon petit compte rendu de toute l'affaire. De ce qui s'est produit depuis… mm… le décès de Leblanc. Cela n'est pas destiné à être rendu public, comprenez-moi. Il s'agit d'archives strictement personnelles. Mais, comme vous avez participé à l'enquête, Hector, je me suis dit que vous pourriez les relire et, si tout concorde… (sa main gantée effleure le bas de la dernière page)… poser ici votre signature, si vous n'y voyez pas d'inconvénient.

Je saisis le premier feuillet, dont les mots se dissolvent à peine tenté-je de les déchiffrer.

— Cela paraît conforme à mes souvenirs.

— Êtes-vous sûr ? Je ne voudrais surtout pas vous voir attester des événements qui n'ont pas eu lieu.

Y aurait-il deux cents témoins dans cette pièce qu'aucun n'entendrait autre chose dans ces mots. Moi si, pourtant.

— Certain, réponds-je.

— Eh bien, merci beaucoup. Vous n'auriez pas une plume par-devers vous ?

— Sur le bureau.

— Ah ! Voilà ! Avec un encrier bien propre ! Tout est tellement neuf, ici.

Il pose la plume et l'encre devant moi, puis (allez savoir pourquoi) se retourne. Peut-être est-ce une manière de clémence, toutefois son dos m'est plus pénible que son visage. Comme si Vidocq nichait entre mon pouce et mon index, repassant les pleins et les déliés jusqu'à la barre finale.

— Terminé ? claironne-t-il.

Il examine ma signature d'une mine indifférente. Puis il place à côté la note de mon père, étudie quelques instants encore l'un et l'autre documents, qu'il range finalement dans sa sacoche.

— Cela ira très bien, commente-t-il doucement.

Il est presque à la porte quand je retrouve assez de voix pour l'appeler.

— Chef !

Le mot semble nous réunir dans la même cosse. Un mot que, pour la première fois, j'emploie à son adresse.

— Pourquoi m'aviez-vous emmené ? demandé-je.

— Emmené où ?

— À Saint-Cloud. Vous n'aviez pas besoin de moi et je ne pouvais que vous gêner. Pourquoi se trimballer le pauvre Carpentier ?

Difficile de cerner l'expression qu'il affiche alors. M'y forcerait-on, peut-être y distinguerais-je du regret, de l'amusement, de la nostalgie. Voire une pointe de courroux.

— Vous savez ce que c'est, les voyages, Hector. Cela passe plus vite avec un peu de compagnie. (Il incline son chapeau.) Mais nous sommes arrivés à destination, n'est-ce pas ?

Il se maintient devant la porte, et le premier souvenir que j'ai de lui (celui d'un Bardou en hardes, tout hérissé de soupçons) se superpose sur sa silhouette. Puis le policier reprend lentement la forme d'un personnage plus doux, et dont le regard, à ma grande surprise, s'empreint de gaieté. Il rejette même sa grosse tête en arrière et éclate de rire.

— Dieu merci, vous êtes moins innocent que vous en avez l'air !

Il disparaît.

ÉPILOGUE

Deux jours après cet au revoir de Vidocq, l'épouse du général de brigade Bauséant me fait appeler de toute urgence à son domicile. Les dames du beau monde, comme leurs invitations, éveillent ma méfiance, et je ne suis guère rassuré de voir celle-ci, une douairière de soixante-deux ans, se plaindre avec force détails des douleurs que lui occasionnent ses hanches. Son discours terminé, elle fond sur moi et, d'une voix de baryton, m'assène :

— Alors ?

— Alors quoi, madame ?

— J'espérais, docteur, que vous seriez assez aimable pour émettre une opinion sur mon rhumatisme.

— Ah ! Oui…

— Je veux dire : croyez-vous pouvoir me trouver une place dans vos consultations ?

— Mes consult…

— Allons, je vous en prie, ne faites pas le timide ! L'on sait, dans tout Paris, que vos médications sont remarquables.

Très soigneusement, je repose ma tasse de thé sur sa soucoupe.

— Pardonnez-moi, madame, mais d'où tenez-vous cela ?

— De la duchesse d'Angoulême, pardi ! Il n'y a pas trois jours, elle chantait vos louanges à tout un entourage…

Une semaine plus tard, une invitation aux Tuileries me fournit l'occasion de remercier personnellement ma bienfaitrice. Mais la duchesse n'est pas d'humeur à m'écouter. Elle s'attache seulement à savoir si j'ai reçu des nouvelles de Charles ou de Mme Verteuil. Un message lui est parvenu du Havre, l'avisant qu'ils étaient retardés, obligés d'attendre un autre bateau. Depuis, plus rien.

— Sincèrement navré, lui dis-je. Je ne suis pas informé.

À mon départ, elle murmure sur le ton de la confidence :

— Nous ne devons pas nous inquiéter, docteur. Dieu s'est donné tant de peine pour nous retourner Charles qu'il ne l'abandonnera pas.

Nous apprendrons par des voies détournées que Charles et la baronne n'étaient pas au rendez-vous avec les Lioncourt dans la vallée de l'Hudson, et la duchesse, si avide de nouvelles, n'en recevra point d'autres. Elle n'entendra d'ailleurs plus jamais parler de son frère.

Ce qui ne l'empêchera pas de maintenir à son égard une foi inébranlable et d'opposer son refus à tous les « dauphins perdus » qui s'en remettent à elle pour réclamer leurs droits. Ils se compteront par dizaines. L'un d'eux, un horloger prussien du nom de Karl

Naundorff, revendiquant « son héritage », ira jusqu'à l'assigner. Pour le châtier d'une telle audace, on le déportera en Angleterre.

En 1824, le vieux Louis XVIII, perclus de goutte, meurt enfin. Le comte d'Artois monte sur le trône qu'il a tant convoité et, devenu Charles X, s'attache à renouveler les valeurs de l'Ancien Régime. Les Français ne l'entendent pas ainsi. Six ans plus tard, lui succédera Louis-Philippe, cousin plus modeste et plus mesuré. Une fois encore, la famille royale est contrainte à l'exil, et la duchesse forcée à quitter pour toujours sa patrie.

Ses pérégrinations l'emmèneront en Écosse, puis au château de Prague, enfin à Goritz et à Frohsdorf, mais elle reste ma plus fidèle correspondante. Bien que ses lettres ne se réfèrent à Charles que rarement, sa figure se tapit entre les lignes, car il est, bien sûr, le socle de notre amitié. Qu'aurions-nous autrement en commun, elle et moi ?

Si : la carrière que je lui dois. Quelques semaines seulement après ses chaleureuses recommandations, je suis assiégé par tout le faubourg Saint-Germain. Ces requêtes sont exclusivement féminines : comtesses, marquises, femmes d'ambassadeurs et mamans de banquiers, déplorant leurs palpitations, leurs insomnies, leur frigidité ou leur concupiscence. Un grand nombre d'entre elles se croient mourantes ; l'une est même persuadée d'être une perdrix. Toutes ont de l'argent à jeter par les fenêtres et, un an ne s'est pas écoulé que j'ai acquis un cabinet à mon nom, rue de Richelieu, ainsi que la réputation d'un homme doué de rares pouvoirs (d'aucuns les déclarent indécents) en matière de suggestion.

Je vous confie un secret. Il est certaines femmes qu'il est bon de convier dans une pièce sombre. En les regardant dans les yeux, on leur administre la simple médecine du toucher aux endroits nécessaires… et l'on constate vite que peu d'humeurs malsaines y résistent. En outre, si l'une de ces dames offre à vous soigner également, pourquoi le lui refuser ?

Au bout de plusieurs années de pratique (et plus encore de maîtresses), force est de constater que j'en suis venu à exercer hors des chemins de l'idéal hippocratique. Dans un retournement dont je suis le premier surpris, je décide de me consacrer aux maladies vénériennes. Naturellement, c'est un choix calculé pour offusquer ma clientèle. Pourtant, mes tout premiers patients sont ces mêmes nobles dames dont je m'efforçais d'améliorer la mauvaise circulation veineuse.

Bientôt les messieurs aussi frappent à ma porte. Marins, calfats, députés, ducs… Je ne fais pas de distinction, sinon que mes honoraires varient selon leurs moyens. Par un matin d'août, je reçois la visite d'un distingué gentleman, portant, sous une veste d'été, une chemise de soie blanche à jabot. Il me suit dans la pièce d'examen où je m'enquiers de ses souffrances. Alors il me répond avec un verbe raffiné :

— Ça n'a pas l'air très sain, ce qu'il me sort de la queue.

Relevant la tête, je reconnais, sous les paupières qui battent, deux grands yeux bleu-gris.

Vidocq !

Nous ne nous sommes plus vus depuis des années, mais j'ai suivi ses progrès dans les journaux. Je sais, par exemple, qu'en épousant Jeanne-Victoire, il a… « fait son devoir ». Elle aurait sûrement continué à faire le sien, cependant la pauvre est décédée quatre ans plus tard. Ce fut peu après le tour de maman Vidocq et, selon les rumeurs, le grand policier s'en console dans les bras d'une avenante jeune cousine. Lorsqu'il ne court pas, bien sûr, après les actrices, les modèles, les soubrettes… les épouses de ses propres agents…

Plus épais, grisonnant, plus distingué dans ses manières, il a toujours cette même légèreté physique… Tandis qu'il s'allonge, à moitié nu, sur ma table d'examen, sa conversation a le débit régulier d'une cascade naturelle :

— Ma foi, Hector, vous avez fait du chemin. Fort beaux, ces candélabres… du porphyre, non ? Incrusté de malachite, peut-être. Splendide. Ces draperies de velours sont d'un goût excellent. Une manufacture lyonnaise, sans doute. Dites donc, êtes-vous marié ? Non ? Mettez un genou à terre et remerciez Dieu, dans ce cas. J'ai à peine enterré ma femme que Fleuride-Albertine me tanne chaque matin pour que je l'emmène à la mairie. À quoi bon ? lui répété-je. Enfin, il y aura après tout un avantage à la chaude-pisse. On ne vous traîne pas à l'autel avec la queue qui pleure. Non que cela m'empêche de tisonner le fourneau. Ah, je suis né dressé ! C'est la vérité vraie, ça !

L'auscultation ne fait rien pour endiguer le flot, toutefois, je discerne dans la voix un trait nouveau, une sorte de fragilité qu'elle n'avait pas auparavant. Et je me rends compte que, s'il parle tant, c'est qu'il est aussi mal à l'aise que moi.

— Que mélangez-vous là ? me demande-t-il.

— Mercure et nitrate d'argent.

— À m'injecter dans le tube à pipi ?

— J'en ai peur.

Je déduis de son silence qu'il rassemble ses forces en prévision de la seringue. En réalité, il se remémore nos aventures.

— C'était une drôle d'affaire, n'est-ce pas, Hector ?

— Pour le moins.

— Il est vraiment regrettable, dit-il, que nous ne puissions savoir ce qui s'est passé, cette nuit-là dans la tour du Temple. Ça, c'est enquiquinant.

*

* *

Rentrant chez moi par un soir de décembre, je trouve une enveloppe à mon nom en provenance des États-Unis d'Amérique. Elle contient une brève découpée dans le *City Gazette and Daily Advertiser*, un journal de Charleston, en Caroline du Sud… qu'avec mon anglais sommaire, je parviens à traduire :

Un lecteur nous écrit :

La baronne de Préval, partout célèbre pour ses conférences, séjourne dans notre ville où elle nous fera la démonstration de ses talents. Ayant déjà eu le plaisir d'écouter cette femme de haut rang, d'une grâce et d'une élégance peu communes, je ne peux qu'ici témoigner de ses remarquables dons oratoires. Le colloque auquel elle nous convie porte le titre de « Une pairesse de France aux mains des Jacobins, sous le règne de la Terreur ». L'évocation de la condamnation à mort de son propre fils est particulièrement saisissante (s'il a échappé in extremis *à la guillotine, il n'en a pas moins perdu une main, tranchée par le bourreau). Cette partie de l'exhibition est mise en scène par l'intéressé, qui nous entretiendra ensuite des différences entre les variétés européennes et américaines des principales familles d'orchidées. Son éloquence vous charmera. Je ne doute pas que la baronne et son associé recevront chez nous le chaleureux accueil qu'ils méritent.*

Si jamais je ne montre ce billet à quiconque (surtout pas à Vidocq), je le relis de temps en temps. J'y cherche certainement quelque éclaircissement, mais n'en retire qu'une confusion plus grande.

Et je m'interroge : Charles s'est-il simplement insinué dans les bonnes grâces d'un nouveau protecteur ? Quitte à revêtir une autre identité ? Ou est-il réellement le fils de Mme Verteuil, baronne de Préval ? Par quel miracle, dans ce cas, a-t-il su rapporter tant de choses intimes, concernant la vie des Bourbons au Temple ? Les cloches… le sphinx tête-de-mort dans la chemise de Madame Royale… les lettres liées d'un ruban blanc… Qui d'autre que Louis-Charles pouvait s'en souvenir ?

Voilà donc qui je suis, un médecin d'âge mur privé de certitudes, et forcé de m'en forger une. Vidocq est persuadé qu'on n'explique pas la confiance du peuple, et pourtant je vois une explication. Nous donnons forme à nos désirs. Le Christ n'était que fils de charpentier, jusqu'à ce qu'une grappe de fidèles, élaborant son souvenir, lui conférât un autre statut. Alors Charles également, par la force de nos attentes, devint l'homme que nous désirions. Et il est aujourd'hui cet homme. Aussi imparfaits soient les chemins de la foi, celle-ci finit par incarner la perfection.

Ce qui revient à dire que, malgré tant de présomptions du contraire, je crois que Charles Rapskeller est le dix-septième Louis.

Pourtant j'hésite encore au moment où je l'affirme. Peut-être ai-je atteint un âge où le doute et l'ignorance comptent plus que le savoir.

Ou, comme disait François Eugène sur la table d'examen, voyant approcher l'inquiétante seringue :

— On n'élucide jamais rien, finalement. Ce sont simplement les questions qui changent. Maintenant guérissez-moi mon vit, voulez-vous ? Il y a cette jeune fille en fleur de la rue Saint-Claude, qui ne demande qu'à être butinée…

REMERCIEMENTS

Le récit que je fais des derniers mois au Temple du jeune dauphin de France est, pour une moitié environ, fidèle à l'histoire. Le reste est invention. Pour ce qui est de l'histoire, le lecteur pourra, comme moi, consulter l'excellent ouvrage *The Lost King of France* de Deborah Cadbury.

Tous mes remerciements à Marjorie Braman, qui m'a glissé le nom de Vidocq à l'oreille, et à Vidocq lui-même, qui m'a donné le prétexte d'un nouveau séjour à Paris.

Toute ma reconnaissance, une fois encore, à Christopher Schelling, Peggy Hageman, Sharyn Rosenblum et Abby Yochelson.

Ajouter à ceux-ci : Dan Mallory (si doué qu'en sus du reste il sait maintenant habiller les livres), Jean-Luc Piningre (traducteur français *nonpareil*[1]), le Dr Paul Bayard (pour ses gracieux conseils), Denny Drabelle, Dan Stashower, Sheryl Kroen.

Et Don, cerise sur le gâteau.

1. En français dans le texte.

TABLE DES MATIÈRES

PREMIÈRE PARTIE
Saint-Cloud

DEUXIÈME PARTIE
Saint-Denis

TROISIÈME PARTIE
Place de Grève

Composé par Nord Compo
à Villeneuve-d'Ascq (Nord)

Imprimé en Allemagne par
GGP Media GmbH
à Pößneck
en août 2011

POCKET – 12, avenue d'Italie – 75627 Paris cedex 13

Dépôt légal : septembre 2011
S18890/01